クトゥルー・ミュトス・ファイルズ
The Cthulhu Mythos Files

遥かなる海底神殿

The Hommage to Cthulhu

荒山徹
小中千昭
協力 クラウドゲート
樹シロカ・佐嶋ちよみ・高原恵・旅硝子

創土社

目次

海底軍艦〈檀君《タングン》〉恨《ハン》ニ狂《くる》ヒ誣《ム》ニ猖《くる》フ　荒山徹（あらやま・とおる）……3

キングダム・カム　小中千昭（こなか・ちあき）……125

神殿カーニバル　読者参加企画……239

事件1　いと小さき者達よ　樹シロカ（いつき・しろか）……246

事件2　沈黙の海より　佐嶋ちよみ（さしま・ちよみ）……286

事件3　歴史を紡ぐモノ　高原恵（たかはら・けい）……320

事件4　首飾りが呼ぶ怪と海　旅硝子（たびがらす）……352

協力・クラウドゲート株式会社
菊地秀行、朝松健、牧野修、山田正紀

神殿　H・P・ラヴクラフト……395
増田まもる（ますだ・まもる）訳

海底軍艦〈檀君《タングン》〉恨《ハン》ニ狂《くる》ヒ誣《ム》ニ猖《くる》フ

《荒山 徹》（あらやま・とおる）

一九六一年、富山県生まれ。上智大学卒業後、新聞社に入社。在日外国人の指紋押捺反対運動を取材したのをきっかけに韓国へ留学する。一九九九年、『高麗秘帖』でデビュー。二〇〇八年『柳生大戦争』で舟橋聖一文学賞を受賞。時代伝奇小説を得意とする。

――ソウル特別市瑞草《ソチョグ》区瑞草洞《ドン》

「本日は、ご足労を願い、たいへん恐縮至極《きょうしゅくしごく》に存じます。どうぞお座りくださいませ」

「ふん、きみが担当か」

ソファに腰を下ろすや脚《あし》を尊大に組んだ男は、小馬鹿にした表情を浮かべた。「まだ、ひよっこもいいところだな」

櫛目《くしめ》もあざやかに撫《な》でつけられたロマンスグレーの頭髪、眼光鋭い眼、高く突き出した頰骨《ほおぼね》、極端な鷲鼻《わしばな》が特徴の顔は、支配者、統率者として長く君臨してきたことで培《つちか》われた、掛け値なしの威厳をそなえている。

「身がまえてきたのだが。それなりのベテランがお出ましになるだろうと。そう、検事総長とはいかないまでもね」

疾《と》うに還暦《かんれき》を過ぎていながら余分なたるみもなく頑健《がんけん》に引き締まった身体。仕立てのよさが一目でわかるサキソニー・ツイードの高級スーツの着こなしは完璧だ。

「いえ、わたしなどではございませんよ」

ロッテ・マート地階の衣料品売り場で買った吊るしのスーツが似合う、くたびれた感じの中年男は、慇懃《いんぎん》に首を横に振った。

「検事ではない？」

「はい、事務官でして、一介の」

紅茶が運ばれてきた。銀のトレイに載せられたマイセン磁器のティーカップ。ソーサーと一緒にガラス・テーブルの上に差し出されると、薔薇《ばら》の香《こう》気《き》がゆらめき立った。

「ほう」

男は鼻をうごめかせる。一口すすって、相好をくずした。「やはりローズヒップだ。わたしの好みをどうして？　いや、これは我ながら愚かなことを訊いたものだ。人のことを根ほり葉ほり調べるのが、きみたち検察の職務だったな」

嫌みたらしく言いながらも、その顔には小さな満足の色が仄《ほの》見える。自分がそれなりに遇《ぐう》されたと受け取ったようだ。再びカップに口をつけると、今度は感歎《かんたん》の声をあげた。「おお、何という美味しさだ。ローズヒップをここまで上手く浸出させるとは――誰が、これを淹れたのだね？」

「わたし」

銀のトレイを胸に抱えた女が応じた。ほうという顔で男は見上げる。黒いエナメルのピンヒールをはき、足首はきゅっと締まり、丈《たけ》の極端に短いスカートから肉づきのいいふとももを丸出しにしていた。ストッキングをはいていない素脚《すあし》の輝きは処女雪のように白く滑《なめ》らかだ。男の視線はゆっくりと上に這《は》い上がってゆき、シャーベット・ピンクのテーラード・スーツとくびれた腰、大きく盛り上がった胸元を目におさめ、最後に顔を見た。

美人だ、猫科の。まつ毛の長い目は、煙草《たばこ》の煙が目に沁《し》みたように魅惑的に顰《しか》められ、両端の微《かす》かに吊りあがった唇にルージュを毒々しく塗りたくっているのがポップ。頭髪は刈り上げに近い短さで、丸見えになった形のいい耳には、あってしかるべきイヤリングやピアスの類《たぐ》いがない。あらためて眺めやれば、ネックレスも、ブレスレットも、指輪さえ着けてはいなかった。

職員だろうか？　男は欲望を隠さないぶしつけな目で女を舐めまわしながら、楽しい疑問を頭の中で弄《もてあそ》んだ。検察庁のようなお堅い役所が、こんな女子職員を？　だとしたら時代も変わったものだ。

咳払い、あからさまな――。

男は我に返ると、視線を中年の事務官にしぶしぶ戻した。「それで、担当の検事は誰なんだね」

「わたし」と、銀のトレイの女。

男は鷹揚《おうよう》に笑った。「わかっているとも、きみがこの美味しいローズヒップ・ティーの抜群の淹《い》れ手であることは。どうだろう、今夜ディナーでも。なあに、取り調べなどすぐにも終わる」

女が銀のトレイを無造作に後ろに抛《ほう》り投げた。事務官が心得顔《こころえがお》でそれを受け止める。戦場に臨《のぞ》んで主君の投げ捨てる長剣の鞘《さや》をキャッチし馴れた騎士の従者さながらに。

女は右手をさっと差し出した。「ソウル中央地方検察庁特捜部へようこそ。わたしは権 侯蘭《クォン フラン》、あなたの担当検事です」

男が唖然《あぜん》として口を開けた。無意識のうちに、手を伸ばしてしまっていた。握手。氷のような冷たさの手。

「終わらないわよ、すぐになんか」女検事はガラス・テーブルを挟んで向かい側のソファに腰を沈め、男に負けず劣らす高々と脚を組んだ。「もっとも、あなたがちゃんと証言してくれるというなら話は別だけど」

「まさか……」まだ驚きから立ち直れないように、男はどこかぼんやり然とした口調で言った。「検事さんだとは……」

「わたしの淹れた紅茶を呑んだ参考人は、必ず喋《しゃべ》ってくれるの。そうよね、金熙老《キムヒロ》」

「仰《おお》せの通りです」金熙老事務官が恭《うやうや》しくうなずく——今度は従者から執事に早変わり。

男はぎょっとしたようにカップに視線を落とした。

「安心して。自白剤とか入ってないから。一種のジンクスとして言ったまで」

「ジンクスねえ」何とか自分を取り戻そうと、男はせせら笑った。「おやおや、これはまた古い言葉をご存じだ」

「年季が入っているといいたいのね。そうなの、わたし権侯蘭は三百歳。同僚からは魔女と呼ばれているわ」

「権検事は対手を自白に追い込む名手ですから、男性検事たちがやっかみでそんな仇名《あだな》を奉《たてまつ》ったのです」

「あなたは黙ってなさい、金熙老」

女検事に鞭《むち》打つような声を浴びせられ、金事務官は首をすくめたが、その顔には屈折した法悦《ほうえつ》の色があった。

「人呼んで、特捜部の魔女検事。でもね、わたしは自分のことをこう呼んでいるの、フランケンシュタイン検事って。なぜだか、おわかり?」

男はまじまじと相手を見つめた。醜い新造怪物との共通点など皆無だ。が、まもなく口元に微笑が浮かんだ。「なるほど、英語ふうにファミリー・ネームを先にすればフランクォンとなる」

「ハズレ」権侯蘭検事はにべもなく言い、「宣銀烈《ソンウンヨル》、趙鉛筆《チョヨンピル》、姜達煦《ガンダルフ》、李優枝《イウヂ》、そして朴秋槿《パクチュグン》」と立て続けに五人の名前を挙げた。「一つでも記憶があって?」

「いや」男はつばを呑み、首を横に振る。「どれも知らない名前ばかりのようだが」

「わたしの上司だったの、みんな。これまで仕《つか》えた鑑《かがみ》とすべき立派な検察官たち。大邱《テグ》地検の宣銀烈検事は、地元建設業界の汚職疑惑を捜査中に娼館で縊《くび》れた。光州《クァンヂュ》地検の趙鉛筆検事は、陸軍の拳銃横流し事件を追及中に自宅で自分の頭を撃ち抜いた。釜山《プサン》地検の姜達煦検事は、人身売買組織を追っていて八十歳の男娼と仲よく手をつないだ心中死体で運河から引き揚げられたわ。大田《テヂョン》地検の李優枝検事は、ヘロイン大量密輸事件を担当して重度の中毒で廃人になった。江南《カンナム》精神病院の特別病棟に入院中だけど、死んだも同然、恢復《かいふく》する見込みは一生ないそうよ。ここソウル中央地検特捜部の朴秋槿検事は男性アイドルグループのホモ枕接待事件を手がけていて、卑劣な写真を撮られて失脚、第三ロッテ・ワールドの頂上から投身自殺を遂げた。どれも不慮《ふりょ》の死として処理されたわ。無念の死を遂《と》げた彼らの志を、わたしは引き継《つ》いだの。正義を希求する彼らの志《こころざし》を継ぎ接《は》ぎして生まれ変わった新造人間。だから――フランケンシュタイン検事」

「…………」

男は額の汗を手の甲で拭った。口の中がからからに乾いていた。

「まず姓名、肩書から訊くわ」

権侯蘭の後ろでは、デスクに向かった金熙老がPCのキーボードに指を乗せている。

「ご存じのはずだ。だから、こうして呼びつけられ――」

凄まじい音が検事室に響き渡った。権侯蘭が、組んでいた一方の脚を振り子のように振り下ろしたのだ。ガラス・テーブルも、マイセンのティーカップ・セットも、粉々に砕けて床に散らばった。

「鄭宇喆《チョンウチョル》」男は悲鳴をあげた「現宇星《ヒョンウソン》グループのCEOを務めている」

――慶尚南道《ギョンサンナムド》 昌原《チャンウォン》市鎮海《チネ》区

「視聴者のみなさん、チャンネル8クムガンサンTVのキャスター李宵娫《イソジョン》です。わたしは今、ソウルのスタジオを離れて、軍港都市である鎮海に来ています。大韓民国海軍潜水艦司令部の第三ドック前からリポートをお伝えします」

タフそうな面《つら》構えの女性記者がマイクを握って画面中央に映っている。

「今日は韓国海軍にとって、我が国《ウリナラ》の防衛にとって、そして韓国の女権史上において記念すべき日を迎えました。ご覧ください、それを祝福するかのように輝かしく晴れ渡った空を、穏やかに凪《な》いだ海を。まさに天気晴朗にして波低し、です」

　画面が切り替わり、巨大ドックの全容を映し出した。中央に潜水艦が鎮座《ちんざ》し、甲板《かんぱん》上に乗組員が整列。ドック周辺には二重、三重に桟敷《さじき》が設営され、数百数千という太極旗《たいきょくき》が波のうねりのように打ち振られている。しばらくの間、テレビ画面は進水式の模様を中継した。

　始めに大統領の祝辞が代読された。次に正装の国防部長官が特設ステージを中央に進み、新たな潜水艦戦略による大韓民国の安全保障を力強く闡《せん》明《めい》し、乗組員に訓示を垂れた。それが終わると、国歌の『愛国歌《エグクカ》』が演奏された。列席した全員が斉唱する。

東海《トンヘ》の水　乾《ひ》
白頭《ペクトゥ》の山　竭《つ》くるまで
神よ　守れよかし
ウリナラ　マンセー
無窮花《ムグンファ》　三千里　華と麗しき江山
大いなる韓《ハン》の民よ　大いなる韓へと
保存せよ　常しなへに

　さらに続いて『滄海万里行進曲《チャンヘマーリヘンヂングク》』『見よ、東海の空あけて』『チャンボゴ・マーチ』『独島《トクト》を守るは誰ぞ』『チョンマル水平線』『疾風怒濤《しっぷうどとう》！　ぼくらの忠武公《チュンムゴン》』『テマドヌン・ウリッタン』『七つの海からケンチャナヨ』など、お馴染みの曲が、勇壮に、力強くアレンジされて演奏された。

　軍楽隊員、会場の人々の歓喜の表情、建造工程の秘蔵映像などがプロモーション・ビデオよろしく次々と画面に映し出される。そこに、李宵娫キャスターのハスキーヴォイスが重なった。

「演奏をお聞きの間に、潜水艦〈檀君《タングン》〉についてご説明いたします。〈檀君〉は我が国初の原子力潜水艦である〈桓因《ファンイン》〉級の三番艦にあたり、一番艦の〈桓因〉、二番艦〈桓雄《ファンウン》〉に続いての就役《しゅうえき》となります。全長一〇二・六メートル、全幅一〇・〇三メートル、喫水《きっすい》は一〇・〇一メートル。この数字はそれぞれ、安重根《アンヂュングン》義士がハルビンで兇賊伊藤博文を成敗《せいばい》した十月二十六日、檀君が国を開いた開天節《ケチョンヂョル》の十月三日、国軍記念日である十月一日を意識したもの、という非公式な発表がなされています。

排水量はラッキー・ナンバーを四つ重ねた七七七七トンです。最大潜航深度は公表されていませんが、新開発のウルトラ・マイティー・スーパー・チタニウム合金を外殻に用いたことにより、世界最大の潜行深度を達成したのではないかと囁かれています。わたしどもクムガンサンTVの特別取材チームの調べでも、一〇〇〇メートルを凌駕《りょうが》したのは間違いないことのようです。

水中における最大速度は三七ノットと非常に高速です。アメリカのヴァージニア級で三四ノット、日本の〈そうりゅう〉型にいたっては二〇ノットですから、まさに兎《うさぎ》と亀、我が〈檀君〉がいかに速い潜水艦であるかがおわかりいただけるかと思います。機関は、加圧水型原子炉を一基、タービンを二基それぞれ搭載《とうさい》しています。原子炉に関しては、我が国の科学技術により二番艦の〈桓雄〉を上回る高性能のものになっているとのことです。

次に兵装です。〈檀君〉は十六基の巡航ミサイル垂直発射システムと、六基のチョンドゥファン六六六ミリ魚雷発射管を備えています。魚雷管からは対艦ミサイルのノテウSM9が発射可能です。巡航ミサイルのパクチョンヒⅡはアメリカのトマホークの二倍の威力を有するもので、同じくノテウSM9もハープーンの性能を超えているとのことです。どちらも深さ一〇〇メートルの海中から発射することができます。

乗組員定員は百二十三名、全員が女性です」

音楽が『海底に響け、偉大なる韓民族の雄叫《おたけ》び』から『世界の海を征服せよ、テーハンミングッ、ゴー、ゴー、ゴー』に変わり、画面も切り替わった。攻撃型原潜〈檀君〉の甲板上に整然と列をつくる女性乗組員の顔をアップでパンしてゆく。

「わたしも、同じく女として、胸にこみ上げる感動を禁じ得ません」

李宵娫キャスターの声が、かすかな震えを帯びた。

「視聴者の皆さま、どうか、どうか、よくご覧ください、彼女たちの凛々《りり》しい顔を。艦長の蘇多鯤《ソダゴン》中佐はじめ、百二十三名すべてが女性です」

ほとんど同じ顔が続々と映し出された。同じ帽子をかぶり、髪形も同じ、いちように表情をきりりと引き締めているため、なおのこと同じ顔に見えるのだ。

「思えば、儒教《じゅきょう》国家としての歴史にまみれた我が国では、男尊女卑の悪《あ》しき伝統が長く深く続いてきました。その最たるものが、前世紀の末に起きた慰安婦《いあんふ》問題です。我が国の男たちは、先の大戦における性産業従事女性を、こともあろうに性奴《ど》隷《れい》と貶《おとし》め、日本に対する攻撃手段として利用することで韓国女性史に泥を塗ったのです。女を卑《いや》しんでいればこそ出来た所行《しょぎょう》です。幸いにも、みなさんご存じの通り、真実を求める者たちの粘《ねば》り強い知的探求によって、それらが恥知らずな捏造《ねつぞう》、真っ赤な嘘であったことが世界的に知れ渡りました。我が国の卑劣な男たちの陰謀は打ち砕かれ、慰安婦の名誉と尊厳は回復されたのです。当然の報いとして、韓国は国際社会の軽蔑《けいべつ》と失笑を買いましたが、雨降って地固まる、怪我《けが》の功名《こうみょう》の譬《たと》え通り、そのことがきっかけになって男たちは力を失い、ついに男女平等の社会が実現しました。その具体的な成果の一つが、我が国初の――いいえ、世界でもこれが初めてとなる、女性の、女性による、女性のための攻撃型原子力潜水艦〈檀君〉の就役《しゅうえき》なのです。

別の見方をしてみましょう。国軍における女性の歴史は長い。六・二五《ユギオ》動乱でも女性兵士が活躍しました。しかし彼女たちは女軍《ヨグン》と呼ばれ、長く添え物の扱いでした。男尊女卑思想によるものです。男性兵士は彼女たちを対等とは見ず、私的に呼び出して酌婦《しゃくふ》の役を命じたり、はなはだしきは強姦《ごうかん》したりするなど不祥事が後を絶ちませんでした。その女軍が、今やこうして潜水艦を、それも世界的レベルの高性能原子力潜水艦を女たちだけで乗りこなす時代となったのです。繰り返しになりますが、だからこそ今日は、我が国の女権史上、最も記念すべき日だと胸を張って言えるのです」

演奏が止んだ。甲板上の乗組員が一斉に敬礼した。正面中央の貴賓《きひん》席で、国防部長官以下の軍幹部が起立し、敬礼で応じる。ドックに大歓呼が巻き起こり、太極機の旗、旗、旗が千切れんばかりに振られた。

乗船が始まった。女性乗組員は機敏な動作で次々とハッチの中へ消えてゆく。甲板、セイルの上には誰もいなくなった。

テープが乱れ飛ぶ中、原潜〈檀君〉はレール上を緩やかに動き出し、水の上に乗り出した。

黒い巨体が海を押し割り、大きな水しぶきがあがった。そして五〇メートルほど浮上航行していたが、まばたきするほどの間にセイルの先が没し、それきり見えなくなった。魔法と形容するしかない急速潜航だった。見逃した視聴者は多く、このシーンはその後しばらく繰り返し放送された。

――ソウル中央地方検察庁

「潜水艦って、見てるだけでゾクゾクしてくるわ。捜査員の仕事と似ているもの」

テレビを消した後、権《クォン》 侯蘭《フラン》検事は長い指でリモコンを弄《もてあそ》びながら言った。「そうは思わないこと、鄭《チョン》会長？」

「考えもしなかったが」

「そんなに突飛な比較じゃないと思うわ。だって潜水艦は水の中に潜んで、相手に存在を気づかれず攻撃する。捜査も同じ。深く静かに潜航して犯罪者の知らないうちに犯行を察知し、有罪の証拠を集めて、魚雷発射！　命中！　つまり逮捕、訴追《そつい》、有罪ってわけ」

「魚雷発射だって？」鄭宇喆《ウチョル》はせせら笑って言い返した。「あんた、まだそこまで行ってないじゃないか、検事さん。わたしを任意で呼び出してるだけだ。今日が三回目だが、何も得られてはいない」

「それはあなたが協力的でないからよ」

「充分に協力しているつもりだがね。わたしのような多忙な人間が、こうして時間を割《さ》いているのだから」

「何なら拘束《こうそく》してさしあげてもいいのよ。そうしたら、二十四時間あなたを締めあげてやれる」

「やってみたまえ。検察ファッショだと世間が黙ってはいないだろう」

「証拠は充分そろっているわ」

「状況証拠がね」

「あとは、あなたの自白調書がほしいだけ」

「それがなければ公判を維持できない程度の状況証拠というわけだ」

権侯蘭がぎゅっと唇をかんだ。

なかなかいい表情だ、と鄭宇喆は股間《こかん》が熱く脈打つのを覚えた。しかし彼の好みは、それよりも、高みに立った女検事にがんがん押しまくられるほうだった。そのためには多少こちらから弱みを見せてもいいだろう。

鄭宇哲は取り調べられることを楽しみ始めていた。

――攻撃型原潜〈檀君〉

「戦車女子という言葉があるわ」

艦長室で夕食のテーブルを囲みながら蘇多鯤《ソダゴン》が言った。「彼女たちにとって戦車とは、男根、ペニスなのよ。熱く熱した灼熱《しゃくねつ》の鋼鉄弾《こうてつだん》を撃ち出す力強い鉄の男根、アイアン・ペニス。それへの潜在意識での憧《あこが》れが、戦車ファンという形で露頭《ろとう》するの」

蘇多鯤は四十二歳。大韓国防大学を首席で卒業した後、海軍勤務となる。最初から潜水艦乗りを志望した。さまざまな水上艦で経験を積み、二十七歳で選抜されてアメリカに留学。コネチカット州グロトンにある米海軍潜水艦学校に入学し、さらにＮＰＳ（原子力学校）と原子力プロトタイプ学校で学び、アメリカ軍人に混じってＳＯＢＣ（潜水艦士官基本コース）を履修《りしゅう》した。

その後、同盟国留学士官の立場で攻撃型原潜、弾道ミサイル原潜の勤務を二度ずつ務めあげ、三十五歳で帰国。四年間は通常動力潜水艦に乗り、三隻目となる〈元均《ウォンギュン》〉で艦長に昇格。大韓民国初の女性潜水艦艦長誕生とマスコミに大きく騒がれたのはこの時のことである。ちなみに〈元均〉は乗組員全員が女性で、〈檀君〉のプロトタイプといえる。初の原潜〈桓因〉就航に際しては、航海長を務めた。それが三年前で、二番艦〈桓雄〉では副長に昇格、長い航海の途中で艦長が病に倒れたため、代理艦長として職責を遂行した。

以上、非の打ちどころのない輝かしい経歴と、卓越した操艦技術、および指揮能力すべてに合格点を得て、三番艦〈檀君〉の艦長に抜擢《ばってき》されたのだった。

その容貌は女優級、プロポーションはモデルはだしと評判で、以前、女性初艦長としてマスコミをにぎわした際には、実はこちらの要素も大きくあずかっていた。両目の間隔《かんかく》が開き過ぎて魚の顔に見える、という嫉妬《しっと》めいた批評もなくはなかったが。

「なるほど、フロイトですね」副長の崔純姫《チェスニ》が相《あい》槌《づち》を打つ。「でも、それは大砲であっても同じなのでは？　大砲女子とは聞きませんけど」

崔純姫の軍歴は、四歳年上の蘇多鯤のそれをほぼそっくり踏襲《とうしゅう》している。女優なみの美貌、モデルとしてもやってゆけるプロポーションという点でも同様だ。強《し》いて違いを探せば、蘇多鯤が独身であるのに対し、崔純姫は既婚で、二度の離婚歴。現在の夫は三人目である。子供は三人。長男は世界初の潜水艦出産として国際的なニュースになった。これは長期航海中に妊娠が発覚したことによるアクシデント的性格のものだったが、以後、彼女は確信犯的に次男、三男と艦内出産を強行している。それでいて〈檀君〉の副長に起用されたのだから、実力のほどが知れようというものだ。

「崔副長こそ大砲女子そのもののようね」蘇多鯤が混ぜっ返した。「何しろ、三台の巨砲を指揮したのだから」

追従《ついしょう》とは無縁の笑い声が座を包んだ。

「お言葉ですけど艦長」当の崔純姫もくすくす笑っている。「指揮した、と過去形でおっしゃいましたが、三代目はまだ現役です」

「これは失礼、うっかりしていたわ。ところで諸君、副長の問題提起をどう考える」蘇多鯤は視線を楽しげに巡らせた「陸軍の武器には疎《うと》いわたしたちだけれども」

テーブルを囲んでいた六人の士官は、にやにやと互いの顔をうかがっていたが、やがて航海長の李恵卿《イヘギョン》が片手を上げた。

「大砲は固定されていますからね。戦車はその点、自由に動けて、ダイナミックなことといったら」

「わたしも同じ意見だわ」船務長の黄信徳《ファンシンドク》が舌先で唇を舐めて、「あれはやはり、あちこち元気に動いて楽しませてくれないと」

「キャタピラの力強さも」補給長の金活藍《キムファルラム》が続けた。「見た目の訴求力が高いと思うんですが。戦車の魅力は、けっして砲身だけではありません」

「あら、そういうこと」今度は崔純姫が茶化した。「意外ね、補給長は蹂躙《じゅうりん》されるのがお好みだったとは」

「キャタピラって、芋虫《いもむし》という意味です」水雷長の許禎淑《ホヂョンスク》が言った。「艦長流の解釈によりますと、これもペニスのメタファーということに？」

「わたしは、ちょっと違うな」機関長の鄭香和《チョンヒャンファ》が大真面目で言う。「戦車の砲身は細すぎる。そうは思わないか。やはり大砲に限る」

「同意」衛生長の申梅玉《シンメオク》がうなずいた。「機関長がカミングアウトしたのに便乗するけど、わたしも大砲女子かしら。太さ、威力、安定は機動性に勝るわ」

「戦車派が四、大砲派が二か。副長を入れれば四対三。あなたはどう思う、ドクター？」

蘇多鯤に振られ、柳七厳《ユチロム》は口ごもった。あまりにあけすけな会話には正直、驚かされていた。女の花園というものは、いつもこんな話が交わされているのだろうか。

「そ、そうですね……フロイトの学説に関しては肯定否定、諸説ありますから。フロイト本人にしてからが、いろいろと問題のあった人物で――」

蘇多鯤が声を上げて笑った。ひらひらと手を振って話の続きをさえぎり、「女子艦は初めて？」

「ええ」柳七厳はうなずいた。通常動力の女子潜水艦である〈元均〉にも乗船したことはない。水上艦にも女子艦が船数を増やしつつある昨今だが、軍船医としてのキャリアは専《もっぱ》ら、同じく海軍用語でいう共学艦、すなわち男女混淆《こんこう》の艦船ばかりで積んできた。

「では、さぞや面喰ったでしょうね、ここは色情狂の集団かと」

「いえ、そのようなことは」

全員の視線が自分の顔に集中するのを柳七厳は感じた。「ずっと男女共学で、女性だけの集団に入ったのは、今回が初めてなのです」

クルーの名簿に乗っていた軍医と、その補欠者がどちらも突然の病に倒れたため、柳七厳にお鉢がまわってきたのだ。

「いつもこんな話をしているわけではない。戯言《たわごと》の一種ね。今後はあなたも積極的に参加すること。これは艦長命令よ、ドクター」

「わかりました」

「で、あなたの意見は？」

「ずるい答えかも知れませんが」驚きが去ると、柳七厳は緊張がゆるむのを感じた。性的な戯言にリラックス効果があることは医学的にも認められている。「わたしは戦車派でも大砲派でもありません。強いていえば、魚雷派でしょうか」

「確かにずるいな、それは」黄信徳がすかさず声をあげた。「ならばわたしだって当然、魚雷派さ」

わたしもだ、わたしも、という声が次々にあがった。

「この世に魚雷ほど官能的な武器はない」金活藍がうっとりと言う。「速度がいいのよ。スピード万能のこの時代に、速すぎもせず遅すぎもせず、執拗《しつよう》に敵を追尾して」手にしたナイフをそれらしく動かし、空になったソーダーグラスに当てて押し倒した。「仕留める。官能的で、芸術的だわ」

「何が芸術的よ」許禎淑が首を横に振る。「讐えるなら、くじ引きね。どうか、命中しますように。いつもそう念じながら発射するんだから。ねえ、艦長」

「戦車はペニスだと言ったのは、あくまで前ふりにすぎないわ。諸君がここまで話を盛り上げてくれたのには感謝するけれど」蘇多鯤は一人ひとりの顔を見やりながら、「我らサブマリナー女子にとって究極のペニスとは、言うまでもなく潜水艦だ。一蓮托生《いちれんたくしょう》のこの〈檀君〉こそが我らのアイアン・ペニス。外から眺め、思慕《しぼ》し、期待するペニスではない。我ら女性が乗り込み、思いのままに操るペニスなのよ。つまり、我ら女性はついにペニスを手に入れたというわけ。男のペニスに隷《れい》従《じゅう》する時代は終わりを告げた。以後は、この〈檀君〉ペニスを押し立てて、韓国女性史の新たな未来の一頁を開いてゆきましょう」

口々に高揚した応諾《おうだく》の声があがった。

「では、テマドヌン・ウリッタンを合唱してお開きに」

蘇多鯤に続いて副長、士官も立ち上がった。柳七厳も膝のナプキンを払って起立する。

巨済島《コヂェド》東南、お船に乗って二十里
険しい島ふたつ、道は禽鹿《きんろく》の径《みち》のよう
誰が何と言ったって
対馬島《テマド》は我らの地
慶尚北道《ギョンサンブクド》巨済市長承浦洞《チャンスンポ》一番地

東経一二九、北緯三四
平均気温十六度
降水量二二〇〇ミリ
対馬島は我らの地、我らの地
タコ、アジ、ヒラメ、ウニ、マンボウ
ヒトデ、ギンダラ、亀の卵、漁師小屋
七十万平方メートル
海物で自活し、船で南北に市糴《してき》する
対馬島は我らの地

初航海は順調だった。試験航海ではない。いきなりの本格就役である。搭載し得る武器弾薬をフルに積み込んで〈檀君〉は領海警備の任務に深く静かに邁進《まいしん》した。

出港して二週間後、北緯三七度一四分、東経一三一度五二分の地点に到達した。慶尚北道鬱陵郡《ウルルングン》南面《ナムミョン》島《ド》洞一番地、すなわち独島《トクト》（竹島）である。

〈檀君〉は三日かけて周辺海域を周回した後、針路を北東に取り、東海を航行することになっていた。有事の際は、海上自衛隊の潜水艦を始末するのが〈檀君〉の帯びる使命なのである。

柳七巌は退屈していた。噂には聞いていたものの、思っていた数十倍も艦内生活は快適だった。潜水艦という性質上、常に静かであるのが何といってもありがたい。通路に絵画でも飾れば、海底美術館になるだろう。冷暖房完備のため温度は理想的に調整され、フィルターを通して供給される空気は新鮮で、油臭さとは無縁だ。水上艦のほうが天候に左右され、海が荒れるとそれなりの厳しい忍耐を強いられる。しかも煙とディーゼル油の臭いが鼻をついて離れず、工場勤務の企業医にでもなったような気がしたものだ。

惜しむらくは、肺いっぱいに潮風を吸い込むことができず、朝夕の陽光に染まった海原《うなばら》も目にし得ないことだが、それはないものねだりというものだった。

　乗組員の活動は規則正しい。それがためか怪我人や病人も今のところ一人も出ていなかった。水上艦勤務の時は、ひっきりなしに兵士が駆け込んできたというのに。

　柳七厳はドアに『往診《おうしん》中。急用の向きは館内スマホでご連絡を』のプレートをノブに引っかけた。〈檀君〉の発令所はセイルの真下にあった。

「お邪魔してかまいません？」

「これはドクター、発令室へようこそ」大型カラー液晶ディスプレイの前に、クルーが数人陣取って、肩を並べていた。蘇多鯤が振り返り、きびきびとした足取りで歩み寄ってきた。「歓迎する。さあ、どうぞ」

「そろそろ艦内見学をしていい頃かなと」

「おっしゃってくれれば優秀なガイドをつけるわ。どうやら、お暇なようね？」

「潜水艦が――いいえ」柳七厳はすぐに訂正した。「原子力潜水艦がこんなに乗り心地がいいとは思いませんでした。これが個人経営の医院なら、そろそろ廃業を考えるところです」

「潜水艦乗りは、水上艦勤務とは違うの。あらゆる意味において。水上艦のやつらにサブマリナーは務まらない。その逆も然りだけれど」

「密閉空間、それも長期勤務です。メンタル面に変調をきたす者がもっと出るかと考えていました」

「この艦のクルーたちは、わたしを含めて全員が通常動力艦勤務の経験者なの。あれは過酷《かこく》よ。較《くら》べて、ここは天国」

「なるほど。鍛《きた》えられていると」

「だからこそ心配なのは、モチベーションの低下というわけ。ドクターには、その辺のモニターを怠《おこた》りなく頼みたい」

「これからというわけですね。心得ました」

「艦長」声が飛んだ。「やっとキャッチしました」

蘇多鯤は、ついてきてかまわないと目顔でうなずき、柳七厳を大型カラー液晶ディスプレイの前に誘った。

縦三メートル、横二メートルの巨大画面に海底の様子が映し出されていた。手前の岩棚《いわだな》が自ら発光しているように白く見えるのは探照灯の強烈な光が反射しているからで、奥にゆくほど暗い。浮遊物がキラキラと光りながら、流砂のようにゆっくりと一定方向に流れてゆく。

「五百十二分割の露出補正を行ないます」

映像処理オペレーターがキーボードを操作する。画面のコントラストが均一になった。岩棚は翳《かげ》って色彩と凹凸を露《あらわ》にし、画面の奥は明るさを増す。

「――何です、あれは」柳七厳は思わず口走った。

屹立《きつりつ》する巨大な柱、柱、柱……どう見ても人工物だった。探照灯の光を浴びて白く輝く柱は、大理石造りとしか思えない。海底にあるはずのない列柱回廊。

クルーは誰もが信じられないものを見る目で巨大ディスプレイに見入っている。

「当直の監視員が」

蘇多鯤が画面から目を離さずに答えた。その頬は興奮に薔薇《ばら》色に輝いていた。「柱を見たと言い張るので、艦の位置を少し戻して探っていたの。こんな海底にまさかとは思ったけれど、ひょっとしたら日本が独島奪取の海底基地を建設した可能性も排除できないと考えたものだから」

映像は、セイル上部のフォトニック・マストに内蔵された光学式カメラが捉えているものだ。旧式の潜水艦では艦長の独占物、すなわち潜望鏡を覗《のぞ》くことでしか見ることのできなかった艦外光景が、今は当然のように発令所全員の共有物となっている。

「航行停止」

蘇多鯤は操縦士に命じると、マイクに手を伸ばした。「こちら艦長よ」

『ソナー室です』

「パッシヴ・ソナーはどう？」

『反応ありません。いたって静かなものです』

周囲に潜水艦はいない、ということだ。それぐらいは軍医にもわかる。

「よろしい、ではピンガーを打ちなさい」蘇多鯤はディスプレイ下部に表示された数字の一つを読んだ。「Q－B－Rの方向よ」

『了解。Q－B－Rに向けて発信します』

〝ピンガー〟とは、アクティブ・ソナーで索敵する際に発する探信音のことである。

蘇多鯤はマイクを握ったまま待った。

数秒後、スピーカーから流れてきたのは驚きの声だった。『こんな莫迦《ばか》なことって』

「どうしたというの」

『は、反響が、返ってきたんです』声は震え続けている。『返ってくるはずないのに。だって海底地図によれば、平坦な岩棚が続いているだけなんですから』

「何があって？」

『はっきりとはわかりませんが、ものすごく起伏《きふく》が複雑な感じです。これが地形であるならばですが……もっと打ちますか？』

「いや、もういい」

短く答えると、蘇多鯤は副長を呼んだ。

崔純姫は上着に腕を通しながら発令所にやってきた。ディスプレイ画面をみるや、ボタンを留めようとしていた手が止まった。Ｔシャツを大きく盛り上げる胸の上で、乳首が力強く突き出している。

「クラシックなSF映画の上映会にお招きいただき」呆然とした声ながらも、崔純姫は気力を振り絞るように言った。「どうもありがとうございます」

「映画？　わたしは小説を思い出しているところよ」蘇多鯤は古典詩でも朗読《ろうどく》するように先を続けた。「ええ、誰が書いたものか忘れてしまったけれど、第一次世界大戦中に航行不能に陥ったUボートの艦長が、深海の底で神殿の廃墟《はいきょ》に遭遇《そうぐう》するの。場所は大西洋のどこかで、艦長はそれを伝説のアトランティスの遺跡ではないかと考えるのだけれど……」

「プラトンの？」航海長の李恵卿が疑わしげに言った。「ここは独島の海底ですよ。アトランティスだなんて……」

「認めるしかないわ」崔純姫が頭を振って、思いきったように言った。「どう見たって、あれは柱よ、神殿の柱」

「いいえ、あり得ないことです」李恵卿が言い張る。「独島の海域は、それこそ何度も測量され、最新の海底地図が毎年更新され続けています。それに、ここは一九五二年から特別警戒海域に指定されていて、一九九二年の潜水艦就役以後、航行回数は延べにして一千回を下らないはずです。あんなものがあったという報告は、一度もなされていません」

「では、わたしたちが見ているものは、いったい何なの」

長い沈黙。

「艦長」柳七厳は自分の声がやけに大きく発令所に響くような気がした。「その小説の結末とは？」

「結末というほどの結末ではない」蘇多鯤はそれを訊かれたことが、ひどくうれしいとばかりに微笑み、「ごく短い小説で、そういう怪異に遭遇したということだけが、艦長の冷静な一人称で綴られているの」

「一人称？」

「海底に座礁《ざしょう》したUボートから船長が手記を壜《びん》に収めて投棄した、というスタイルの短編なの。これを読んでサブマリナーを目指したのじゃないかと、時折り不思議にそう思うことがあるわ。だから、最後の文章は今も暗誦《あんしょう》できる。こうよ――されば慎重に潜水服を身につけ、胆《きも》をすえて階段を上り、あの原初の神殿、測り知れぬ深みで無量の歳月を閲《けみ》するあの沈黙の神殿の只中へと、足を踏み込むつもりである」

「艦長、それよ」崔純姫が手を打った。「わたしたちも海底探索チームを編制して、あの神殿に足を踏み込んでみるべきだわ。独島の海の底に謎の神殿遺跡だなんて、もう一大ニュース以外の何物でもない。海に沈んだ超古代韓文明の痕跡《こんせき》なのかも」

「神殿うんぬんはともかく、副長のご提案にはわたしも賛成です」李恵卿は言った。「海底地図の誤謬《ごびゅう》は正さねばなりませんから」


一時間以内に海底探索隊が組織された。水雷科所属の魚薇譚《オミダム》少尉を指揮官とする六人が選抜された。いずれもフロッグ・ウーマンとして申し分のない技倆《ぎりょう》と経験を有する。魚少尉らは、大型ディスプレイに映し出された列柱群を見るや、冒険心に目を輝かせた。そして嬉々《きき》として潜水服を身にまとった。彼らの姿は、それこそ宇宙SF映画にでも登場する人型戦闘ロボットのようだ。潜水服というより、正確には耐圧特別仕様の深海作業服と呼ぶべき代物で、〝着る深海艇《イムヌンシームヘヂョン》〟という別称もある。これが開発されたことで水圧を気にすることなく長時間の水中作業が可能となったのだ。加圧、減圧の必要は一切ない。

探索時間を三時間と限って、魚少尉のチームが出発したのが午後二時のこと。六人が海底を緩慢《かんまん》な足取りで進み、遺跡に向かって近づいてゆく様子が、光学式カメラを通して届けられた。人型戦闘ロボットと古代文明の残光を感じさせる列柱の取り合わせは、非現実的な光景としかいいようがなかった。やがて彼らは柱群の先を目指し、探照灯の光が届かぬ闇の奥へと消えた。

その後は、彼らが帰るまで、することがなかった。柳七厳はいったん、自分の持ち場である診察室に戻った。来訪者を待ったが誰一人として訪れない退屈な時間を過ごし、結局は午後四時にまた発令所に足を向けた。

「いいタイミングね、ドクター」蘇多鯤はマイクを元の位置に戻し、「人の声のようなものが聞こえるというの。耳がおかしくなったのでなければいいのだけれど。あるいはメンタル面の変調とか。ともかく一緒に来て」

ソナー室は発令所の前方に位置する。幾つものモニター画面が並べられ積み重ねられたウリ式ソナー制御コンソールの前に、大きなヘッドフォンをかけたソナー員四人が横並びに並んでいた。

「艦長、これを聞いてください。Q－B－Rの方向からです」

ソナー員の一人がヘッドフォンを頭から外し、ボタンを押した。途端に、スピーカーから音が流れ出た。音——いや、声だった。

「……はんぐるい　むぐるうなふ　くとぅるう　るるいえ　うがふなぐる　ふただん……」

読経《どきょう》もしくは詠唱《えいしょう》？　いや、もっと忌《い》まわしい響きだ。呪文《じゅもん》を唱えるように執拗《しつよう》に聞こえてくる。繰り返し、繰り返し……だが、一人の声なのか、複数で声を合わせているのかの別さえつかない。

「何、これは」柳七厳は、次第に不快さが募ってくるのを感じた。「こんな深海に、人の声なんてありえないはずよ。イルカとかクジラとかが鳴くって聞いたことはあるけど。つまり哺乳《ほにゅう》類が。歌う人魚は、ジュゴンかマナティを見誤ったものっていうでしょ」

「照合しましたが、そのどれとも違っています」ソナー員が薄気味悪そうに答える。「それに、ここはイルカが遊弋《ゆうよく》する水深をとっくに超えているんです」

「じゃあ何なの」

「音声解析不能としか……」

柳七厳は蘇多鯤を見やって、ぎくりとした。腕組みして目を閉じた艦長は、まるで愛好する音楽を聞いているかのようだった。時折り軽くうなずいてみせもする。頬はますます上気して、薔薇色が濃くなっていた。

「艦長?」

蘇多鯤は目を開けた。「お手上げだわ」顔がきゅっと引き締まった。「これで謎が一つ増えたことになる。謎というより——怪奇が」

午後五時になって探索チームが時間通り戻ってきた。耐圧作業服を脱ぎ、発令所で蘇多鯤の前に整列した魚薇譚以下六人は異様な興奮状態にあった。一目見るなり柳七厳は医学上の興味を覚えた。誰もが目をギラギラと輝かせ、小鼻はひくつき、息は荒いうえに不規則だ。最強のフロッグ・ウーマンたちが麻薬中毒患者になって戻ってきた、そんな感じだった。

発令所には、機関長の鄭香和を除く五人の士官が集められていた。

蘇多鯤が訊いた。「何を見たの?」

「信じられないものを」魚少尉は口腔で舌をうね

らせながら答える。「とても言葉では説明できません。艦長ご自身の目でご確認なさってくださるのが一番です」

耐圧作業服のヘルメット部分には、サーチライトとともにビデオカメラが取り付けられている。ただちに画像が再生された。大型ディスプレイに映し出されたのは、漆黒《しっこく》の闇だった。

「何も写ってはいないじゃない」水雷長の許禎淑が不審の声をあげた。

「そんなはずはありません」魚少尉の声には憮然《ぶぜん》とした響きがある。「カメラは確かに録画モードで作動していました」

「是非もないわ。他のものを」

記憶媒体《ばいたい》が挿入《そうにゅう》されては抜かれ、抜かれては別のものが挿入された。それが次々と繰り返され、結局、六人ともに撮影に失敗したことが瞭《あきら》かになった。

「あり得ないことです」魚薇譚が抗弁する。

「わたしは貴官を信頼している、少尉。貴官のチームも」蘇多鯤は応じた。「原因の究明は後回しにしよう。で、何を見たの?」

「神殿です」魚少尉は言い、残りの五つの頭が明確な意思を宿して強く縦に振られた。いったん少尉は言葉を切り、自分たちを取り囲む上官の顔を眺めまわした。失笑や反論の色が向けられているのではないかと身構えるように。そうではないことを確認できたのか、ややあって、少しく力を抜き、話し始めた。

「石柱は間違いなく回廊《かいろう》を構成していました。近くに寄って調べると、素晴らしく豪華な装飾《そうしょく》が施されていることに驚かされました。長い回廊を抜けると広場になっていて、片側は緩《ゆる》やかな斜面をなして谷へと落ち込み、斜面には都市らしい景観が望めました。光量不足で、都市だとは断定できないのですが、建築物、迫持《せりもち》、彫像、橋などを目にしたように思います。艦に戻って画像解析をすれば判明するものと考え、撮影に専念しました。斜面を降りて確かめようとは思いませんでした。というのも、広場の反対側に、海水に浸《つ》かりながらも完璧に保存された大建築物が聳《そび》え立っていたからです。硬い岩を穿《うが》って造られた神殿に相違ありません。位置関係はよくわかりませんが、ひょっとすると、この岩が海面に突き出て島となり、それを我々は独島と呼んでいるのでは、と思いました。いいえ、あくまで直感で、確証あってのことではありませんが。この大建築物が神殿だと思ったのと同じく直感です。ともかく神殿に探索を集中しようと決め、二人一組で調査範囲を割り振りました。

わたしと朴伍長は、神殿の中央部の探査に向かいました。壮麗で巨大な階段が上へと続いていて、全部で二百三段を数えました。上りきると、正面に大きな扉が口を開け、周囲の壁や柱には奇怪な彫刻がこれでもかとばかりに施され尽くしていました。どれもこれも奇怪な生き物を浮き彫りにしたものです。魚類や両生類、爬虫《はちゅう》類、甲殻《こうかく》類や奇怪な軟体動物などの水生動物に似ていて、しかし一つとして既知のものには当て嵌《は》まりません。かろうじて水に棲むものとわかるのみです。しかも不思議なことに、眺めているとそれらの怪物じみた生き物の中に、王や貴族、司祭や女司祭ともいうべきものの存在が見分けられるような気がしてきました。

わたしは、こう見えても歴史好きで、『ヒストリー・チャンネル』や『ナショナル・ジオグラフィック・チャンネル』などを暇な時によく見るのですが、この神殿の様式はわたしが知っているあらゆる古代王国のものとも違っています。強いて類似を求めるなら……いいえ、やはりどんなものとも異なっていると言わざるを得ません。何よりも不思議なのは――どうぞお笑いになって結構ですが――神殿には埋没《まいぼつ》による破壊の痕跡がいっさい認められない点です。ということは、海底で造り上げられた当初からの海底神殿だ、としか思われないのです。

扉の中には入りませんでした。時間が足りなかったこともありますが、これ以上の探査はまた陣容《じんよう》を整え直して、改めて行なうのが適切と判断したからです」

他の五人の答えも、ほとんど同じようなものだった。ただ、神殿の左翼《さよく》を担当した成芝美《ソンヂミ》軍曹はアクシデントを思い出した。

「わたしは金蘭影《キムランヨン》一等兵と組みましたが、彼女の姿が消えたのです。五分ほどの間だったでしょうか。潜水中によくあることといえばそれまでですが」

問われて金蘭影は答えた。「いいえ、わたしのほうこそ成軍曹の姿が見えなくなったので慌てふためきました。五分ぐらい経って後ろを振り向くと、軍曹が何事もなかったかのように彫刻を撫でていたので、自分の目がどうかしたのだとばかり思っていました」

「声は聞かなかった？」蘇多鯤が六人全員に訊いた。

魚薇譚は首を傾《かし》げた。「声、ですって？」

「声、のようなもの。恨狂《ハン》い、誣猖《ム》う……何とかというやつだけど」

六人の首が横に振られ、蘇多鯤はマイクを取った。

『ソナー室です』

「艦長よ。あの不気味な声はまだ聞こえていて？」

『それが、一分ほど前に止みました。お知らせしようとしていたところです』

「録音したやつをスピーカーに流して」

『了解です』

二十秒後、狼狽の極みにある声が返ってきた。

『き、消えていますっ、音声が……こんな莫迦なこと……あ、あ、あり得』

「あり得ないこと、か」蘇多鯤はマイクのスイッチを切り、一同の顔を見回した。「諸君、どう考える？　我が〈檀君〉は、どうやら怪異に遭遇したようよ」

柳七厳の目には、蘇多鯤が落ち着いているように映《えい》じた。

返事は、ない。

「古来、船乗りに」促《うなが》すように蘇多鯤は言葉を続ける。「海の怪異は付き物だといわれているわ。未知の領域に踏み入る者の宿命ね」

「異常事態であることは確かです」崔純姫が応じた。「ただちにフローティング・ブイ・アンテナを上げて連絡すべきかと」

「原潜〈檀君〉ヨリ至急打電。ワレ独島深海ニテ巨大海底神殿ヲ発見セリ、と？　証拠はないのよ。気が狂ったと思われるわ」

「応援が駆けつけさえすれば、一目瞭然《いちもくりょうぜん》、すぐにも証明できることです、艦長」

「お言葉ですが、副長」船務長の黄信徳が警戒感を露《あらわ》にして口を開いた。「こうした怪異の類いは、古今東西、当事者の間だけで体験を共有するということになっています。第三者が新たに登場すると、その時点で怪異は決まって消えるのです」

「消える？」と崔純姫。

「最初から、そんなものはなかったかのように。それが法則というものです」

「何の法則？」

「ホラーの法則です」

「黄中尉、貴官は特殊な映画の見過ぎなのではなくて？　怪異ではない。これはあくまでも異常事態、不測の事態よ」

「船務長の言うことにも一理あります」衛生長の中梅玉が言った。「あり得ないことが多すぎます。まずは、我々の持てる力で怪異に立ち向かってみるべきではないでしょうか。鎮海に連絡するのは、それからでも遅くありません」

「確かにそうね」補給長の金活藍が同意を表明した。「船務長の言うホラーの法則を頭から信じるわけではありませんが、もし仮にその法則が発動したとすると、結果的にわたしたちは笑いものになります。キャリアに傷がつくことになります」

「あら、わたしたちだけ？」航海長の李恵卿が声を尖《とが》らせる。「笑うのは男たち、笑われるのは女たち。それでなくても卑劣な男どもは女を笑いものにしてやろうと、いつも手ぐすねを引いている。わたしたちだけでない、女全体の名折れになるわ。こうなったら女の誇りにかけても――」

「証拠でしたら」水雷長の許禎淑が割り込んだ。「あるじゃありませんか」

全員の注目が集まると、許禎淑は大型ディスプレイを指差した。画面には相変わらず石の柱が大理石めいた白い肌を輝かせている。

「再生モードにしてみて」

蘇多鯤の指示で、映像処理オペレーターがキーボードを叩いた。途端に、画面が暗黒に転じた。

〝NO FILE〟の表示が点滅する。

「再生不能です」諦《あきら》めた、というより醒《さ》めた声。「録画ファイルが作成されていません。いいえ、作成されないのです」

「そんな莫迦なことって」許禎淑が激しい声音で言った。「現に見えているじゃない」

「はい」オペレーターがキーを操作するとディスプレイに再び石柱が映し出された。「ライブではこのように中継できるのですが、録画はされないんです」

「なぜよ」

オペレーターは肩をすくめた。

「ドクター」蘇多鯤の視線が柳七厳に向けられた。「わたしたちはメンタル面で変調をきたしているのかしら？」

「診断の下しようがありません」柳七厳は両手を広げ、首を横に振った。「変調をきたしているのだとしたら、わたしもその一人ですから」

かくて議論は出尽くした。決断を待つように全員が無言で蘇多鯤を見やる。

「我が〈檀君〉は怪異に遭遇したわ」

蘇多鯤は先ほどの言葉を断定的に繰り返すと、どこか弾《はず》んだ口調で続けた。「我々は軍人よ。軍人であるからには、怪異の向こう側に存在するものが敵であるか否かを見極める義務を負う。当面はこの海域に留まって索敵《さくてき》活動に全力を傾《かたむ》けましょう。明白な証拠を掴《つか》み次第、ただちに鎮海に連絡よ」

ドアが開いた。その直前、蘇多鯤は椅子から立ち上がり、出迎えた。彼女、いや彼がやってくるのは気配で察していた。入ってきたのは、成芝美軍曹だった。手をかけたとも見えないのに背後でドアが閉まった。

狭い室内で二人は互いに見つめ合った。狭いとはいえ艦内の個室はここだけだ。艦長のみに許された特権である。

「金蘭影一等兵か、あなた——どちらかだと思っていたわ、成軍曹。いいえ」蘇多鯤はその場で片膝《かたひざ》を折り、跪《ひざまず》いた。「主よ、深きものどもを導く海帝よ」

成芝美の顔にはおよそ人間らしい表情がなく、その口が開かれると、人間の発声器官からは出るはずのない音声が流れた。「……るるいえ　うがふなぐる　ふただん……」

蘇多鯤の顔が歓喜に上気した。「ああっ、この時をどんなに待ち望んだことか。我が祭祀《さいし》一族百十数代にわたる宿願だったのです。主よ、海帝よ、あなたはあまりに深き処《ところ》にお隠れでした。我が先祖たちは、遠く陸地より祈りを捧《ささ》げるのがせいいっぱい。せめて風浪《ふうろう》の穏やかな日を択《えら》んで沖に漕《こ》ぎ出し、海上祭祀を執行《しっこう》することが唯一お近づきになれる機会でした。けれども、科学技術の進歩は目覚ましく、ついに潜水艦という手段を得ることができた次第です。わたしはこの日のために潜水艦乗りを志願し、キャリアを重ね、首尾よく艦長の座を射止めました。あなたの奥津城《おくつき》にようやく伺候《しこう》が叶《かな》ったのです。主よ、海帝よ、奇《く》しくもあなたと同じ名を持つこの潜水艦を献上いたします。我が〈檀君〉は現代科学の粋《すい》を凝《こ》らした最新鋭の原子力潜水艦です。これを用いれば、あなたを海底の牢獄より解き放つ鍵を得ることができるのです。そのためにも、どうかこのわたしに力をお与えください」

「……はんぐるい　むぐるう……」

ぴちゃっ、という小さな濡音《じゅおん》がして、成芝美の額から顎《あご》先まで、顔の中央に細い縦線が走った。次に両眼がぐぐっと盛り上がったかと思うと、頬を転《ころ》がり落ちていった。虚《うつ》ろになった眼下から吸盤のびっしりと生えた触手《しょくしゅ》が伸びた。鼻の穴、両耳の穴からも、同じような触手がくねくねと伸び出し、先端を顔面に這《は》わせた。次の瞬間、顔の皮膚が中央の縦線から左右に真っ二つに裂け、剥《は》がれ、その下から蠢《うごめ》くピンクの軟体が現れ出た。

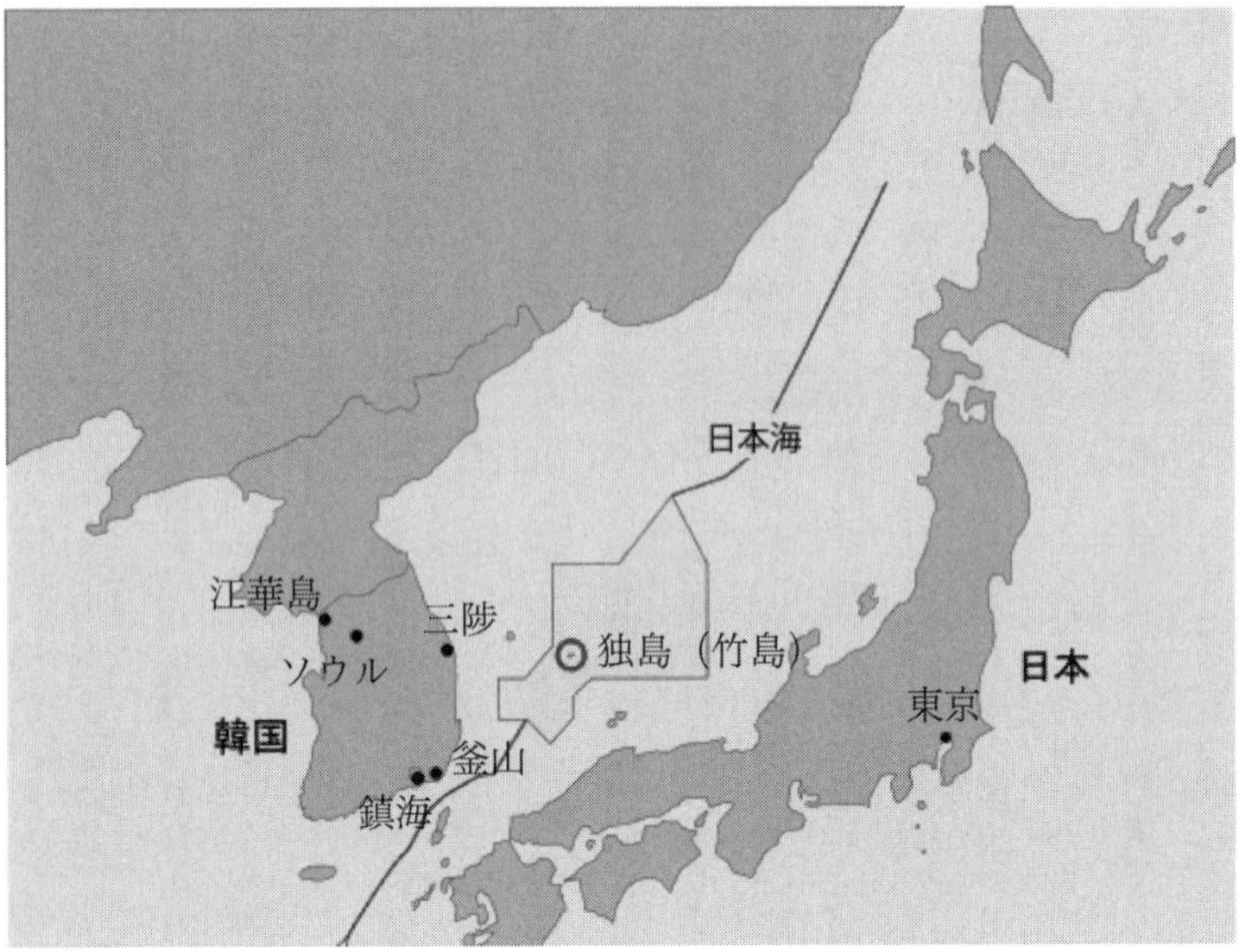

——ソウル中央地検特捜部

「今日は、前回の話の続きを聞かせていただくわ」

「話の続きって、検事さん、あんたが聞いているのは、わたしの一代記だぞ」

「とても面白く拝聴《はいちょう》しているの。済州島《チェジュド》の海女《あま》の十三番目の子供として生まれ、極貧《ごくひん》のうちに育った小学校中退の少年が、天才的な頭脳と、一歩も二歩も先を読む才覚、理不尽《りふじん》な境遇に対する怒りを武器に、成りあがってゆくサクセス・ストーリー。これほどワクワクさせられる物語はそうざらにないわ」

「そんなふうに言われると、まんざら悪い気はしないが、どうせすべては調べ上げているのだろう」

「分厚《ぶあつ》いだけの調査報告書って無味乾燥。退屈の極みよ。本人の口から直接聞くのが格別なの。本物の値打ちが感じられるもの。検察官の特権というか、醍醐味《だいごみ》なのね。さあ、続けて。首都大学ソウルを優秀な成績で卒業した鄭宇喆《チョンウチョル》青年が、天下のサモハン・グループに就職したはいいけれど、失態を犯した上司に責任をかぶせられてバングラデシュに左遷《させん》され——前回はそこまでだったわね。アジア有数の最貧国から、鄭青年はどんな手段を弄《ろう》して巻き返しを図《はか》るのかしら？」

「ふっ、検事さんにはかなわないな。わたしはダッカ支店で——」

女検事の魂胆《こんたん》などわかっているつもりだった。人にはそれぞれ同一の癖《くせ》、思考、行動パターンがある。それを把握《はあく》し、現在進行中の事案に当て嵌め、突破口にしようというのだろう。だが、簡単にはゆくものか。

そう思いつつ、鄭宇喆は話を止める気にはなれなかった。何と気持ちのいいものだ、自分を仕留めようとする牝虎を前に、積極的に自叙伝を語ってみせるというのは。自分を獲物《えもの》として差し出す——賭け事のスリルにも似た快感。いや、それ以上だ。

——攻撃型原潜〈檀君〉

一夜が明け、柳七厳《ユチロム》は艦内の様子がおかしいことに気づいた。どこがどうだと具体的には指摘できず、単にクルーたちの動きが緩慢になったように見え、表情から生気が減じたらしく感じられるだけだが。潜水艦に搭乗した経験のない彼女には、これがサブマリナーに特有の反応なのかどうかの見定めがつかない。何しろ密閉された鋼鉄の空間に百人を超す女ばかりが犇《ひし》めいているのである。時間の経過とともに変調が生じても不思議ではないのだ。

例の怪異と結び付ける気には、まだなれなかった。

もう一点、空気が少しばかり変化しているように思えた。生臭《なまぐさ》いとまでは言えないものの、かすかに潮の香りがある。昨日までは感じられなかったものだ。

「空調のせいじゃないわ」衛生長の申梅玉《シンメオク》が気のなさそうに言った。「海の中よ。どんなにフィルターを通しても、濾《こ》しきれるものじゃない。それに気づいたのなら、一人前の乗組員になれたというわけよ」

そんなものかしら。首をひねりながら発令所へ足を向けた。

彼女が入ってゆくと、全員が一斉に振り返った。副長の崔純姫《チェスニ》、航海長の李恵卿《イヘギョン》だけでなく、それぞれの機器に向かっていた操縦士やオペレーターたちまでもが。

瞬間、柳七厳は異様なものを覚えた。


「何の用？」崔純姫が不自然に間延《まの》びした口調で訊いた。

「その……艦長は？」

「お休みになっています。御用だったら、わたしが承っておくわ」

「用と言うほどのものでは。索敵活動はどうなっているのか気になって」

「こちらへ」崔純姫が手招いた。「あれを見て。昨日とまったく変わりがない」

大型ディスプレイには、相変わらず白く輝く石柱が映っている。

「録画ができないのも同じ。どうやっても」

「昨日のように探索チームは出さないのですか」

「その必要がないと艦長はおっしゃたわ。後はただ待つだけだと」

「待つ？　何を待つんです？」

「さあ、何かしらね」

要領を得ない思いで柳七厳は診察室に戻った。艦内に懈怠《けたい》の雰囲気が強まっているのを肌で感じた。空気はますます潮の香りが鼻についた。診察用ベッドに身を横たえ、目をつぶって考える。発令所で異様さを感じた原因に思い至り、小さく叫び声を上げた。誰もがそうだったと確信をもって言えるわけではないが、ほとんどの者が目と目の間隔《かんかく》が少し開き気味で、どことなく魚の顔のように見えたことだった。柳七厳は寒気《さむけ》を覚えた。

「きみたちは誰一人としてわたしのところに来ないのね。悩み事の一つでもいいし、息抜きするためでもかまわないわ」

夕食を摂りながら、兵員食堂でそう声をかけてみたが、応じる者はなく、魚のような無表情な顔を振り向けられただけだった。

勤務時間が終わって、デスクの後片付けをしていると、ドアがノックされた。

「ドクター、ちょっといいかしら？」

機関長の鄭香和《チョンヒャンファ》が切迫した表情で入ってきた。強い視線で室内を見回し、さっとカーテンを開けてベッドが空なのを確認した。

「歓迎します。あなたが最初の受診者よ」

鄭香和はその言葉に取り合わなかった。診察室の検分が終わると、次は柳七厳の番とばかり顔をまじまじと見つめた。

その懐疑《かいぎ》の視線を真正面から受け止め、柳七厳はささやくように言った。「あなたと同じよ、機関長。わたしの目と目の間隔は広がってはいないわ」

「――気づいていたのね、ドクター」

「いったい何が起きているの？」

「わたしにもさっぱりよ」鄭香和は首を横に振った。「異常な、とてつもなく異常なことが起きている。それだけは確か。みんなおかしい。変わってしまった。兵だけではなく、下士官、士官に至るまで。ええ、わたしの部下も。シフトで入れ替わるたびに、魚のような顔になって帰ってくる。気がついたら、わたしだけになっていた」

「危害を加えてくる様子は？」

「ない。職務もきちんとこなしている。だけど、人が違ってしまったというか、何か薬物のようなものを飲んだというか、ともかく変なのよ」

「艦長は何て？」

「一笑に付したわ。ドクターに見てもらえって。その艦長の顔も変なのよ。もともと少し目の間隔が開いた人だったけど、今ははっきりと魚のように見える」

柳七厳は思い切って口にした。「あの神殿と何か関係しているのかしら」

「成芝美《ソンヂミ》が行方不明になったことは聞いていて？」

「誰ですって？」

「成芝美軍曹。神殿の探査に行ってきたフロッグ・ウーマンの一人よ」

「思い出した。探査中に五分ほど行方不明になっていた二人のうちの一人ね」

「今現在の話よ、艦内での出来事。どこにも見つからないの。午前中、成軍曹の所属する水雷科の兵士たちが血相を変えて探しまわっていた。でも、今では誰一人として気にしていない——どこへ行くの、ドクター」

「艦長室よ」

柳七厳はドアに手をかけた。その手を鄭香和の手が押さえる。「どうしようと？」

「こうなったら艦長命令を出してもらう。全員、艦医の診察を受けるようにと。身体を調べれば、異変の原因が何かわかるかもしれないもの」

「艦長が応じると思って？」

「……まさか、そんなことが！」

「わたしが先に」鄭香和は決然と言った。「実は、そのつもりでここに立ち寄ったの。艦長には、すぐ鎮海に戻るべきだと進言する。三十分経って戻ってこなかったら――その時は、ドクター、あなたが」

鄭香和は柳七厳を押し退けると、廊下に出た。見送ろうとして、柳七厳はすぐにドアを閉めた。鍵をかけ診療室に立て籠《こ》もった。魚めいた顔の兵士たちが用もなく廊下をのろのろと、それでいて監視するかのように歩きまわっていた。

「わたしよ、鄭香和。ドアを開けて」

三十分と経たず機関長は再び来訪した。間延びした声。頭の中で危険信号が鳴り響いた時にはもう遅く、指は鍵を外していた。

鄭香和の顔には表情がなかった。のみならず目と目の間隔が開いていた。「艦長がドクターに会いたいそうよ」

是非《ぜひ》もなかった。兵士たちが診察室に雪崩《なだ》れ込んできた。柳七厳は連れ出され、罪人のように引きたてられた。

艦長室は皓々と照明が灯り、隈《くま》のない明るさに溢れていた。薄闇《うすやみ》や濃霧など雰囲気《ふんいき》的演出のアシストを何ら必要としないぶん、中央に鎮座する触手の化け物は、圧倒的な本物感を放っている。全長二メートル超。隙間《すきま》なく触手が生え、不気味に伸縮しつつ四方八方に蠢いている。数百、いや数千本――極太の触手あり、糸のように細い触手あり。いずれも吸盤がびっしりと植わり、吸盤の形、色、大きさはさまざまだ。体形は、絶えず膨張《ぼうちょう》と攣縮《れんしゅく》を繰り返して定かならず、体色も特定し難い。発光する深海魚のように不思議な輝きを走らせるかと思えば、汚泥《おでい》のように暗く沈む、その不断の

連続だ。

副長以下の士官たちが使徒のように周りに控えていた。

「ようこそ、ドクター」どこからか艦長の声が言った。「あなたが最後よ」

化け物の上端が伸び、くねくねと曲がってこちらを向き、近づいてきた。そこに顔があった——蘇多鯤《ソダゴン》の顔が。全身が化け物と融合《ゆうごう》し、かろうじて顔だけが——さながら、人面の疽《そ》の如《ごと》くに残っているのだった。その美しい顔は中央から縦に山折りにされたように立体的で、眼球は左右に突出していた。

「これで〈檀君〉は、深きものどもを導く海帝さまの利器となる」

腕、と思しき触手が二本、するすると伸びてきた。兵士たちに身体を拘束されてはいなかったが、柳七厳は動くに動けなかった。脳が、見ているものを拒み、混乱して、全身が自縄自縛《じじょうじばく》の麻痺《まひ》状態に陥《おちい》っている。

触手の先端が、柳七厳の頭に左右から巻き付いた。その瞬間、凄《すさ》まじい音とともに電光のような蒼白《あおじろ》い輝きが一閃《いっせん》した。

化け物は身を二つに折って、触手という触手をいっせいにざわめかせた。士官たちは特別な反応を見せるでもなく、虚ろな表情で化け物が苦しむのを見守っていた。

ほどなく化け物は体勢を立て直した。二本の触手は先端が焼け焦げたようになって萎れていた。

「この女…… 巫《ムーダン》か……」蘇多鯤の口から忌々《いまいま》しげな声が洩《も》れた。その目は、正体を失って床に倒れた柳七厳に注がれる。

「まさか巫が乗り込んでいようとは……いや、ダゴン教団の末裔《まつえい》であるこのわたしが艦長となっていることを思えば、異とするに足りぬ偶然……さても、さても、どうしたものか……」

長い触手が伸び、デスクの抽斗《ひきだし》を開け、拳銃を取り上げた。「巫は、殺すに如《し》かず」

差し出された拳銃を衛生長の申梅玉が受け取った。

「さあ、始末するのよ」

蘇多鯤の指示で、申梅玉は拳銃を柳七厳に向けた。失神した艦医は足元に転がって動かず、狙いをつけるまでもない。引き金を引く指に力が込められるや、申梅玉は腕を反転させて己の顳顬《こめかみ》に銃口を押し当てた。

銃声が室内に轟き渡り、血と脳漿《のうしょう》が噴き迸《ほとばし》った。顔の半分を吹き飛ばした申梅玉の身体が顚倒《てんとう》した。

士官も兵士も無表情だ。驚愕《きょうがく》の声を上げたのは化け物のほうだった。「……まさか、意志を返された？」

再び触手が抽斗に伸び、今度はナイフを取り上げた。モリブデン鋼の軍用ナイフ。受け取った補給長の金活藍《キムファルラム》が片膝をつき、ナイフを柳七厳の上にかざした。その刃先は振り下ろされず、楕円軌道を描いて、己の左胸を刺した、深々と。金活藍は悲鳴をあげることなく、申梅玉の死体の上に重なった。

「何て巫なの！　意志を返すなんて！」

蘇多鯤は叫び、兵士たちに命じた。「監禁しておきなさい。しっかりと見張るのよ」

魚のような顔の兵士たちがうなずき、床から柳七厳の身体を担ぎ上げた。

——青瓦台《チョンワデ》大統領執務室

「大統領、大変です」

「何ごとですか、そんなに慌てて」

陳伴智《チンパンヂ》大統領は咎《とが》めるように言いながらも異変

を察知していた。国防部長官が予告もなしに面会に現れるなど、よほどの大事が出来《しゅたい》したに決まっている。

「原潜〈檀君〉が消息を絶ちました」

「何ですって」

「定時連絡が途絶えて三日になります。何の連絡もありません」

「いったい、どこで」

「独島海域です。現在、P－3C対潜哨戒《しょうかい》機を飛ばして捜索中ですが、手がかりは何も得られておりません。当該海域には昨日から海上艦、潜水艦が集結し、海の上と中から行方《ゆくえ》を追っています。ですが、こちらも今のところ特には……」

「独島海域ということは、もしかして日本の軍事的挑発なのでは？」

「海戦のようなものが行なわれたという痕跡は見つかっておりません。大統領閣下もご存じのように、我が国は国民の反日意識を永久に煽《あお》り続けるため、日本の軍事的挑発をことあるごとに強調しておりますが、実際問題として日本が我が艦船に手を出すとはおよそ考えられないことです」

「そうなのですか？　わたしはなにしろ国連が長いから」国連の二文字にさりげなく力がこもる。

「その辺りの機微は疎いのです。日本ではないとすると？」

「事件、事故、両面で捜索中です。何を今さらとお思いかもしれませんが、閣下、最悪の場合の心積もりをお願いいたします」

「最悪の場合？」

「原子炉の事故で、乗組員百二十三名全員が死亡するというケースです」

大統領の顔が蒼白になった。「わ、わたしの政権はどうなる……任期は、まだ三年残っているのだぞ！」

――ソウル中央地検特捜部

「今日は、わたしが自分の小さな会社を興《おこ》す話からだったね」

鄭宇喆《チョンウチョル》はすっかり乗り気になっていた。自分の半生を美貌の女検事に自慢する。それが麻薬を吸引するような快感をもたらしてくれる。

権侯蘭《クォンフラン》検事はうなずいた。「我が国で最も起業に成功した男。それは神話になっているわ」

今日の権侯蘭はパンツ姿だった。自慢の脚線美を拝めないのは残念だが、上は薄いニットのノースリーブ。豊満な胸がこれでもかと強調されている。鄭宇喆は香り高いローズヒップ・ティーを味わいながら、熱い視線で乳房のまろみを撫でた。

「でも、その時のあなたは元手といえるほどのものはなかったはずよ。その辺りはどうやったの？」

「元手なんて必要ない。人脈だよ、ヴィクトリア」

それは鄭宇喆が奉った愛称だった。フランケンシュタイン博士のファーストネームはヴィクターだからだ。その洒落《しゃれ》を権侯蘭が受け容《い》れてくれたことに、彼は子供っぽい満足感を覚えていた。

「人脈さえあれば、ほとんどのことは意のままになる。たとえばだが――」

――攻撃型原潜〈檀君〉

触手の化け物は発令所に立っていた。柳七厳《ユチロム》を監禁したことで艦内の制圧が完了し、艦長室に身を潜めている必要はなくなった。来る日も来る日も、もはや根を生やしたように化け物は指揮台を動かなかった。

「目標地点、到達です」機関長の李恵卿《イヘギョン》が告げた。コンソールのモニター画面に表示された現在位置は、東経一二八度七一分、北緯三五度〇七分。すなわち、三週間前に出港してきた軍港鎮海の目と鼻の先、巨済島最北端との間を流れる狭い水道の海中を〈檀君〉は航行していた。

「VLS運用可能深度まで浮上」蘇《ソ》多《ダ》鯤《ゴン》の顔を持った触手の化け物は命じる。

「深度一〇〇」操縦士が告げる。「VLS運用可能です」

触手が伸びてマイクを掴んだ。口許《くちもと》に持ってゆく。「こちら艦長よ」

『ミサイル発射管制室です、どうぞ』

「パクチョンヒⅡ、二発を発射準備せよ。攻撃目標は追って指示する」

『了解。復唱します、パクチョンヒⅡ、二発の発射を準備……準備完了、目標指示あるまで待機します』

従順なものだ。魂は邪神の影響下に置かれながらも、その頭脳、肉体は、サブマリナーとして積んだ訓練と経験に忠実に運用されているのである。

触手がマイクを戻した。蘇多鯤の口が次なる命令を下す。「フローティング・ブイ・アンテナを出しなさい」

「了解」

ややあって、発令所オペレーターの声が返ってきた。「ブイ、海面に浮上しました。チャンネル回線、開けます」

「よし、チャンネルQ、オープン」

「チャンネルQを開きます」

原潜と鎮海の潜水艦司令部との間には無線回線が用途に応じて幾つか開かれている。Q回線はその中でも緊急度と機密度が最上のもので、潜水艦司令官との直通であるのみならず、無線でのやりとりはソウルの国防部にも同時に転送されることになっていた。

「こちら〈檀君〉、どうぞ」

『蘇多鯤！』

潜水艦司令、涅螺苑《ニョルラト》中将の声は悲鳴に近かった。

『生きていたのか。何があったのだ、どうして連絡してこなかった、今どこにいる』

矢継《やつ》ぎ早《ばや》の質問を蘇多鯤はすべて受け流した。

「これより我が〈檀君〉からの要求を伝えます」

『何だって？　要求？　要求とは、いったい何を言っているのだ』

「要求すべきは、ただ一つ――」

『おい、蘇多鯤中佐』

「江華島《カンファド》摩尼山《マニサン》の茶坤《ダゴン》洞窟にある茶坤の棺を発掘し、おまえたちが独島と呼ぶダゴン島の海中に投下しなさい。さもなくば――」

『何をわけのわからんことを。今どこにいるのだ、中佐』

無線機の向こうで涅螺苑中将が電波の発信位置を探るべく指示を下している姿が、蘇多鯤には手に取るようにわかった。

「青瓦台には使者を送ります。その者の命ずるがまま従うのです。要求が叶うまで容赦《ようしゃ》はしません。一日一度、どこかの都市に向けて本艦搭載の巡航ミサイルを発射します」

『気でも狂ったか、蘇中佐』

「では、さっそく二発お見舞いいたしましょう」

『おい、いったい――』

無線を一方的に切ると、フローティング・ブイ・アンテナの回収を命じ、次に艦内マイクを口にやった。「発射管制室、こちらは艦長よ」

『管制室です、どうぞ』

「ただちにパクチョンヒII巡航ミサイルを五秒差で連続発射のこと。目標は鎮海、潜水艦司令部」

『了解、発射します』

「副長、発射後、本艦は当海域をすみやかに離脱する」

「パクチョンヒの威力を確認せずともよいのですか」崔純姫《チェスニ》が訊いた。

「その必要はない。ぐずぐずしていると、見つけられないとも限らない」

何しろ、ここは潜水艦司令部なのだ。韓国水軍の潜水艦がひっきりなしに出入りを繰り返している。

「ちょっと残念ですね」邪神に脳を侵《おか》された結果としての邪悪さを剥《む》き出しにしてか、崔純姫は陰惨な笑いを洩らした。「軍港鎮海が炎上するところを見られなくって」

「明日がある」

「明日はどこを?」

「そうね、釜山を火の海にしてやるというのはどうかしら?」

「最高ですわ」鄭純姫は期待に声を震わせると、操縦士に命じた。「針路、東。しばらく前進微速を維持せよ」

フル・スピード航行に移るのは、この狭い水道を出てからだった。

——鎮海・潜水艦司令部

〈檀君〉の船体前部から垂直発射されたパクチョンヒⅡは、最新鋭の純国産巡航ミサイルである。ペイロード部に強烈無比な〝オマオマ火薬〟が充《じゅう》填《てん》され、射程距離は実に二七〇〇キロメートルを誇る。必要以上に鎮海に近づいたのは、韓国政府に対する挑戦の意志を明確にする——唯《ただ》それだけの理由からだった。

五秒差で射出された二発のパクチョンヒⅡは、海面に躍り出るやターボ・ファン・エンジンに点火。キャニスターを脱《ぬ》ぎ去り、一対の主翼を広げて巡航飛行を開始した。巡航ミサイルは遠距離発射こそが真面目である。迎撃《げきげき》を避けるため超低空で飛行し、命中精度を向上すべく高性能の誘導装置を備えている。だが鎮海の潜水艦司令部まで指呼《しこ》の間、一〇キロさえ切っているとあっては、本領を発揮するまでもなかった。一発目は火薬庫にピンポイントで命中し、超巨大な爆発を引き起こした。

猛烈な爆風は半径二キロのすべての建物を呑み込み、司令部のメイン・ビルディングが倒壊したのはもちろんのこと、その他の付属建築物、兵舎、各種倉庫といった地上施設を軒《のき》並み破壊した。後日、即死者は五百人にのぼると推定され、それに輪をかけて夥《おびただ》しい数の爆死者、負傷者が計上された。爆風による被害は広大な基地エリアだけではおさまらなかった。北部の市街地にまで拡大し、走行していた車輌《しゃりょう》が次々と巻き上げられ、道行く人を薙《な》ぎ倒した。交通は大混乱に陥った。すべての南面した窓ガラスが粉々に砕け散り、凄まじい殺人嵐となって居住者を殺傷し、歩行者の頭上にも殺人雨の如くに降り注いだ。鎮海区は鮮血の巷《ちまた》と化した。

二発目のパクチョンヒIIは、港湾《こうわん》施設部を狙った。これもまたピンポイントで石油タンクに命中し、凄まじい爆発音とともに辺り一帯たちまち火の海が現出した。タンクは次々と連鎖的に誘爆を繰り返し、引きも切らずにオレンジ色の巨大な火花が炸裂《さくれつ》する。湾内に流失した油を炎が追い、停泊中の大小の軍艦がなすすべもなく火の手に呑み込まれた。

火薬庫周辺から黒煙が立ち昇り、上空で合してキノコ雲となった。巨大なキノコの根元を炎の波が洗い、その地獄絵図はいつ終わるとも知れなかった。

――攻撃型原潜〈桓雄〉

呉醍醐《オヂエホ》艦長は耳を疑った。

「叛乱《はんらん》ですと？」

通信室のオペレーター全員が、あっけにとられて彼の顔を見上げる。

呉醍醐は禿頭《とくとう》にヘッドフォンを装着して交信していた。もっぱらの聞き役で、いま放った驚きの声が初めの反応だ。オペレーター四人の顔にみるみる興味の色が浮かぶ。交信対手は国防部長官なのである。

〈桓雄〉は黄海を潜航中だった。中国海軍の潜水艦群に対する哨戒活動に就《つ》いていた。深度一〇〇メートルでの通常任務である。「浮上セヨ、至急」という無線連絡が入ったのは五分前のことだ。極超長波による無線連絡は一方通行ながら深度一六〇メートルまでは到達が可能だ。急ぎ浮上して海面に露頂《ろちょう》すると、セイルのサテライト・アンテナが通信衛星『シンユハン』経由の無線を受信した。発信元はソウルの国防部で、長官は艦長との秘密交信を要請していた。

オペレーターたちの期待をよそに、呉醍醐はすぐに聞き役に戻った。薄い唇は二枚貝のようにぴたりと閉ざされた。しかし、顔色が蒼ざめ、額に大粒の汗が浮かび始めたのを見れば、よほどのことが伝達されているに違いなかった。

「了解しました、長官」再び呉醍醐が口を開いた。その声は緊張に強張っていた。「本艦はこれより鎮海に急行します」

――攻撃型原潜〈桓因〉

「三番艦に異常事が出来した」

白貴莱《ペククィネ》艦長は発令所に戻らず、無線室から自室に向かい、そこに副長を呼び出して告げた。

「なるほど、浮上命令とはそれでしたか」副長の孫山満《ソンサンマン》はうなずき、身構える表情になって訊いた。

「で、異常事とは？」

「三番艦がな」白貴萊は歯軋《はぎし》りをして、「叛乱を起こしたらしいのだ」

「叛乱ですって？　檀……いえ、三番艦が？」

白貴萊は男尊女卑の権化《ごんげ》のような旧タイプの軍人だ。女性の女性による女性のための原子力潜水艦を認めてはおらず、あくまでも三番艦と呼称し、部下にもそう呼ぶよう強制している。

「艦長、叛乱とは一体どういうことです。まさか、北に寝返ったとか。それとも、よもや日本に？」

「詳しいことは何もわからん。潜水艦司令部に目と鼻の距離から巡航ミサイルを二発発射して、それきりだ。姿を消しやがった」

「何ですって？　鎮海に――」呼吸を整えるのには時間が必要だった「ミサイルを撃ち込んだというのですか」

「前代未聞の被害を被《こうむ》ったらしいぞ。涅螺苑《ニョルラト》中将以下の死亡が確認された。潜水艦ドックはすべて破壊され、修復までの間、出入りは不能となったという。停泊中の水上艦も残らず大破、中破して、鎮海は軍港としての機能を喪失《そうしつ》したそうだからな」

「まさかそんな！」

「市民にも被害が出ている。軍民併《あわ》せて死傷者は一万人を超えるとの試算だ」

白貴萊は憤怒《ふんぬ》に燃える眼光で孫山満を見すえた。

「副長、我々は現任務を変更。これより鎮海に急行し、三番艦の捜索に加わる」

鎮海までは約七五キロ。極超長波無線を受けた時、〈桓因〉は対馬島北部海域に潜航していた。一二〇メートル前後の深度を保ちつつ、海底に引かれた見えない領海線を挟んで、海上自衛隊の旧式ディーゼル艦〈かんりゅう〉と睨《にら》み合っているところだった。

「蘇多鯤《ソダゴン》は連日のミサイル攻撃を予告したそうだ。ということは艦長自らの叛乱だ。見つけ次第、撃沈せよ。これが長官じきじきの命令である」

「撃沈」

言葉のあまりの重みに、孫山満は二の句が継げなかった。

「だから言わんこっちゃない！」白貴萊は振り上げた拳をデスクに叩きつけた。「何が男女平等だ！　何が機会均等だ！　フェミニズムだ何だのという甘い言葉に騙《だま》されて、女に軍事を任せるから、こんなことになるんだ。おれはずっと警告してきた。我が国の諺《ことわざ》にもいうじゃないか、女は三日殴りつけないと狐になると」

「蘇多鯤中佐は何を狙っているのでしょうか」

「おれもそれを訊いた。長官め、言葉を濁《にご》しやがった。きっと表沙汰《おもてざた》にしたくない何かがあるんだろう。文民どもめ。ここぞと隠しごとをしやがって」

「しかし艦長、今さら鎮海に急いでも、後の祭りでは？　三番艦はとっくに海域を脱出した後でしょうに」

「その通りだ。それにな、これを認めるのは実に癪《しゃく》に障《さわ》るが、蘇多鯤の女狐《めぎつね》は女だてらに大した潜水艦乗りだ。容易に尻尾《しっぽ》をつかませるものかよ」

「では、どうします」

白貴萊は間髪《かんはつ》を容《い》れず答えた。「プロファイリングだ」

「は？」

「おれはな、副長。アメリカのテレビ番組ではクライム・ミステリのファンなんだ」

「ああ、そのプロファイリング。犯人の人物像を分析するとかいう――」

「ここは一つ、蘇多鯤をプロファイリングしてみようじゃないか。やつは、おれがこの艦の副長だった時に機関長として乗り込んできやがったんだ。よく知っている」

「そうでしたね。わたしは面識《めんしき》程度しかありませんが」

「一言でいって、あの女狐は戦闘的なフェミニストだ。男を莫迦にし、男を虚仮《こけ》にし、男を打ちのめすのが生きがいのアマゾネス、それが蘇多鯤だ」

「決めつけ過ぎではありませんか。上層部の受けはいいと聞いていますが」

「おまえはあの女狐を知らんのだ！　下に対しては女主人の如く強圧的で、上に対しては酌婦の如く媚《こび》を売る。それが蘇多鯤の処世術だ。そうして原潜の艦長の地位を手に入れた。望み通りな」

「望み？」

「復讐《ふくしゅう》だよ、男に対する。ひいては男が築き上げた大韓民国という男性国家に対する復讐だ。これはな、あの女の復讐戦なんだ。となれば、やつの次なる狙いがわかるだろう」

「と言われましても……」

「被害が甚大《じんだい》であるほど復讐者の満足度は大きい。軍港の次は都市。それも大都市だ」

「大都市と言いましても、我が国は大国ですからね。まさかっ、ソウルを？」

「いきなり首都にミサイルをぶち込みはせんだろう。ソウル一千万の民を恐怖で震えあがらせておくのも目的だろうからな。鎮海のすぐ西には、我が国第二の国際都市がある」

「釜山を！」

「そうだ。幸いにも、我々のほうが距離的に近い。全速力で急行し、女狐を待ち伏せしようじゃないか」白貴萊は発令所に急ぐべくドアを開けた。

「ちょうどいい機会だ。前からやってみたかったのだ。くそ生意気な女どもの艦に魚雷をぶち込んで、海の藻屑《もくず》にしてやる」

――政府第一合同庁舎記者会見場

「……国民のみなさんの安心と安全を取り戻すべく、一刻も早い事故原因の究明に取り組んでおります。――以上が、陳伴智《チンパンヂ》大統領の対国民緊急声明です」

金《キム》伊《イ》量《リャン》報道官が声明文を読み上げ終えると記者席から一斉に手が挙がった。

「大朝鮮日報の崔宣茂《チェソンム》です。この大災害に関しては、ミサイル攻撃という見方も一部で提起されているのですが。爆発の数秒前に、基地に向かう飛翔体が複数の人間によって目撃されています」

「ミサイル攻撃という可能性はまったくありません」金伊量は語気を強めた。「我が国のミサイル防衛システムはそれほど脆弱《ぜいじゃく》ではありません。いたずらに国民の不安を煽るような質問は慎《つつし》んでいただきたい」

「KTVの林寛淑《イムグァンスク》です。対潜活動が活発化しているという情報があります」

「それは事実ですが、これほどの事故が起きた以上、乗ずる勢力が出現しないよう、通常の任務の範囲内で警戒レベルを上げているに過ぎません」

「でも、外国からの情報ですよ。韓国海軍は領海内で何らかの作戦を展開中だと」

「外国の情報に関してはコメントのしようがありませんな。――次」

――ソウル中央地検特捜部

「あの報道官、瞭《あきら》かに嘘をついてるわね」

テレビを消して、権《クォン》侯蘭《フラン》は蔑《さげす》むように言った。

「この国はいつだってそう。国民に嘘をつき、騙し、洗脳して、恥じない」

「そんな不穏なことを言っていいのかね、ヴィクトリア」鄭宇喆《チョンウチョル》の口ぶりは茶化すようだったが、目には讃嘆《さんたん》の色があった。「あんたは検察官なんだぞ。国家公務員だ」

「わたしは国家の犬じゃないわ。巨悪を爬羅剔抉《はらてっけつ》するのが使命。大統領が罪を犯せば、大統領だって逮捕する」

「報道官は嘘をついていると、どうしてわかるんだ」

「あなたと同じ目をしているからよ、鄭会長」

「やれやれ、ここまで正直に話してもわかってもらえないとは」

鄭宇喆はティーカップを飲み干し、邪《よこしま》な目で権侯蘭を舐めまわした。今日の女検事は会計事務所の事務員のような地味なダーク・スーツという装いだったが、例によってスカート丈は極端に短く、ストッキングを吊る黒絹のガータ・ベルトの繊細な網目が、白い太ももにきつく食い込んだ光景は、得もいわれぬほど官能的だった。

——通常型潜水艦〈柳寛順《ユグァンスン》〉

「パッシヴ・ソナー、応答あり！」

ソナー員の緊張した声がスピーカーいっぱいに発令所に響き渡った。「艦長、原潜の音紋です！」

「識別しなさい」艦長の文悦香《ムンヨルヒャン》少佐は命じ、魚雷発射室を呼んだ。「全発、発射準備せよ」

「了解。全発、発射準備に入ります」

大韓民国海軍所属の原潜は三隻。ソナーが捉えた音紋が〈檀君〉のものなら、命令通り撃沈しなければならない。

文少佐には同じ女として躊躇《ためら》いがある。蘇多鯤《ソダゴン》中佐は海軍大学の二期上だった。学生時代から憧れの先輩であり、軍役に就いてからは〈元均〉と〈桓雄〉に最側近の部下として同乗した。男に勝るとも劣らない卓抜した操艦術を目の当たりにし、尊敬の念をいよいよ濃くした。その偉大な女性サブマリナーが指揮する原潜に、一体どうして撃沈命令が出されるようなことになったのか。その理由が開示されていないことに、文少佐は苦しみをさらに募らせていた。

「神さま、どうか〈檀君〉ではありませんように」

傍らで、副長の金聖桃《キムソンド》中尉がそう呟《つぶや》くのを聞いた。彼女も同じ気持ちなのだ。

この〈柳寛順〉は通常のディーゼル動力のタイプだが、攻撃能力において原潜に何ら劣っていない。潜水艦同士の戦いは、如何《いか》に先に相手を発見し、攻撃に移れるかにかかっている。その点において〈柳寛順〉は原潜と互角に渡り合える。小型潜水艦といっても過言ではなかった先代は、男尊女卑時代の産物であり、タイトル・ロールがそうであったように性能は誇大宣伝されていた。二代目の本艦は大きさも攻撃能力も格段に向上している。全乗員を女性だけが務める通常型潜水艦としては〈元均〉に次ぐ二隻目だ。任務を終えて鎮海に帰投する途上の遭遇だった。

「判明しました！」ソナー員の声。「〈檀君〉です」

「確かなのね」間違いであってほしいと祈るような思いで文悦香は訊いた。

「はい。確実に〈檀君〉の登録音紋です。〈桓因〉〈桓雄〉とは一致しません」

「そうか……」文悦香は肩を落とした。「魚雷発射室、艦長よ」

「魚雷発射室です、発射準備、たった今、完了しました。どうぞ」

「ソナー室から音紋データが送られてくるわ。それを追尾装置に入力したら、ただちに発射して頂戴。まずは四発よ」

急がねばならなかった。こちらがパッシヴ・ソナーで〈檀君〉を捕捉し得たということは、向こう側でも同じ理屈が成り立つのだから。

その時、ソナー員の悲鳴じみた声がけたたましく響き渡った。「魚雷です！　〈檀君〉が魚雷を発射！　一発！　来ます！」

――攻撃型原潜〈檀君〉

『相手艦は、〈柳寛順〉と判明』

ソナー室から連絡が入ったのは、チョンドゥファン六六六ミリ魚雷を撃った直後のことだった。チョンドゥファンは純国産パッシヴ・ホーミング式魚雷で、標的に対する識別能力が群を抜いている。

「そう」

蘇多鯤《ソダゴン》は素っ気なくうなずいた。事前に艦船名を知る必要などない。韓国海軍の全艦船を敵に回した今、遭遇すれば即座に攻撃を加えるまでだ。

『……柳寛順がデコイを発射しました……でも遅過ぎです……三秒、二秒、命中です！』

発令所に歓声が沸き立った。

「おめでとうございます、艦長」崔純姫《チェスニ》が言祝いだ。

「何がめでたいの？」

「これが初めての戦果ですもの。艦長、そして本艦にとってのみならず、韓国海軍史上初めての」

——慶尚南道機張郡沖《キヂャングン》

海原は折《おり》からの夕陽を返照して濃い茜《あかね》色に染まっていた。昼間はまぶしい限りに真っ白な波頭が、今は黄金色の燦然《さんぜん》たるきらめきを放って豪奢《ごうしゃ》な彩《いろど》りを添えている。

と、細長い筒《つつ》状のものが、海面に躍り上がるようにして次々と飛び出してきた。水圧式で水中発射された三発のパクチョンヒⅡだった。キャニスターが剥離すると、中から現われた細身の巡航ミサイルは、メタル塗装のボディが夕陽を浴びて、現代アートのように輝いた。対をなす翼が開かれ、ブースターが点火する。パクチョンヒⅡは空中で一瞬、体勢を立て直すように傾いだ。そして三発揃って尾部から長い炎を伸ばしながら、南西の空に向かって飛翔《ひしょう》していった。

——慶尚北道甘浦沖上空《カムポ》

レーダー・スクリーンに突然、三つの点が現れた。

「ミサイルです、三発！」オペレーターが叫ぶ。

「機張前洋からミサイルが発射されました」

パクチョンヒⅡの飛翔をレーダー探知したのは、その北五〇キロの海域を哨戒中だったP－3Cだった。

「南西へ向かっています、三発ともに！」オペレーターは緊張の声で続ける。「南西——釜山です！」

——釜山広域市

機張から釜山まで約五〇キロ。パクチョンヒⅡの最大巡航飛行距離の五十分の一にも満たず、鎮海攻撃ほどではないにしろ今回も役不足の感は否《いな》めなかった。とはいえ、巡航ミサイルの弱点は低速にある。近距離からの発射は、相手に然るべき迎撃態勢をとらせぬうちに目標を叩けるという利点があった。事実この時も、五〇キロ北を飛んでいたP－3C対潜哨戒機が発射を探知したが、事は遅きに失した。

パクチョンヒⅡは四分足らずで釜山の上空に到達した。最初の一発は、夜景の名所として知られる釜山タワーに命中した。二年前に建て替えられたばかりの高さ六一一・三五メートルの新タワーは根元から折れ、市民の憩《いこ》いの場である龍頭山《ヨンドゥサン》公園一帯を凄惨な地獄図絵に変えた。二発目のミサイルはビーチリゾートとして有名な海雲台《ヘウンデ》の自称七つ星高級ホテルイースティン・チョソンを直撃した。三発目は、繁華街西面《ソミョン》のランドマークタワーである釜山パンマンニョン・ワールドを狙った。デジタル・マップによる地形照合を続けながら飛行するパクチョンヒⅡは、林立する高層ビル群をやすやすと抜け、高度三〇メートルを維持して中央大路を一気に北進した。ちょうど退社時間で、繁華街は大勢の人でごった返していた。街中を音速の三分の二の速度で飛行する巡航ミサイルは、彼らの目に止まるはずもなかった。凄まじい音と波動を感じただけだった。地下鉄一号線と二号線が交わる西面駅ロータリーの手前でパクチョンヒⅡは速度を落とし、方向を西に転じた。西浦《ソポ》市場と雑居ビルがつくる狭い路地を縫うように飛び抜け、標的に迫った。釜山パンマンニョン・ワールドは百貨店、免税店、ホテル、カジノ、映画館、水族館などが複合した高層ビルで、高さ三三四メートル。東側低層階の百貨店部分にパクチョンヒⅡが命中、爆発し、しばらくの間、黒煙に包まれ燃えていたが、十一分後に崩壊が始まった。

——**政府第一合同庁舎記者会見場**

「……国民のみなさんの安心と安全を取り戻すべく、一刻も早い事件原因の究明に取り組んでおります。——以上が、陳伴智《チンパンヂ》大統領の対国民緊急声明です」

金伊量《キムイリヤン》報道官が声明文を読み上げ終えると記者席から一斉に手が挙がった。

「——この期に及んで鎮海の件を事故だと言い張るのですか？」

「——国籍不明の潜水艦って、北の？　それとも日本？　日本の攻撃だとすると、即刻応戦すべきでは？」

「——テロという可能性はないんですか？」

「——テロだとしたら要求は何です？」

「——政府はいつ頃から情報を掴んでいたのですか？」

「釜山の被害についてですが……」

興奮した記者たちは口々に叫び、会見場は収拾のつかない混乱状態に陥った。

——**攻撃型原潜〈桓因〉**

「くそっ、女狐め！」

海軍本部との交信を終えて、白貴萊《ペクウィネ》は罵《ののし》りの言葉を吐いた。釜山沖で網を張って待ち構えていたつもりが、〈檀君〉が巡航ミサイルを発射したのは、五〇キロ北上した機張の沖だという。では、すり抜けられたのだ。「このおれが、あんな女狐にしてやられるとは！」

「本部の指示は？」孫山満《ソンサンマン》が顔を歪《ゆが》めながら訊く。彼は釜山の出身で、両親妻子ともに西面の高層マンションで暮らしている。が、副長としてそれを口にするのは憚《はばか》られた。

「決まっとるだろう！」白貴萊は吼《ほ》えた。「ただちに現場海域に向かい、索敵せよ、だ。今頃はソノブイをじゃんじゃか雨のように降らしているに違いない。遅かれ早かれ三番艦は見つけられるぞ。東海大海戦の始まりってわけだ。おい、急げ。不埒な女どもを仕留めるのは、この〈桓因〉でなくてはならんのだからな」

——青瓦台正門前

小柄《こがら》な老婆は、早くから衛兵の注意を引いていた。テレビのハイヴィジョン歴史ドラマで見る時代考証を無視した華やかなそれとは違って、見るからに着古《きふる》し、薄汚れた白衣の伝統衣装を身にまとい、三角形の素麻《しろあさ》の頭巾をかぶっている。夜だというのに黒眼鏡をかけ、だからなのか足取りは覚束《おぼつか》なく、歩いているというより、水中を浮き漂っているかに見えた。

「もしもし、おばあさん」大統領警護室に所属する衛兵の李正博《イヂョンバク》は自分から歩み寄り、立ち塞《ふさ》がって、諭《さと》すように声をかけた。「ここから先は通行禁止ですよ」

「大統領に用があるのじゃ」老婆はしゃがれた声で言った。漁業従事者なのか、その全身から生臭い魚の臭いがした。

「だめだめ。見学ツアーなら、午前十時からだから、明日また——あっ、こら」

老婆が制止を振り切って前進しようとした。李正博は慌てて腕をつかんだ。と、掌に冷気を感じた。夜目《よめ》でよくわからないが、衣装は今しも水から揚がってきたばかりのように濡《ぬ》れそぼっていた。

「こちら正門詰め所」薄気味悪いものを覚えつつ李正博は無線のスイッチを入れた。「頭のおかしな婆さんが——あっ、こら」

ハンドマイクが老婆の手に奪われた。

「よっく聞くのじゃ。〈檀君〉の艦長が申したはずじゃぞ、使者が行くとな。それが、このわし、人呼んで〝ダゴン婆さま〟じゃ。さっさと大統領に会わせぬと、このさき第三、第四の鎮海地獄、釜山地獄が現出するぞえ」

——ソウル中央地検特捜部

「少し休憩しましょう」

権侯蘭《クオンフラン》はリモコンのスイッチを押してテレビを入れた。

無惨に倒壊し、瓦礫《がれき》の山と化したビル群が映し出された。地獄の釜の底で揺らめくかのような紅《ぐ》蓮《れん》の炎、あちこちで濛々《もうもう》と噴き上がる黒煙、走りまわる消防車、救急車、警察車輛、軍の装甲車、悲鳴、サイレン音、逃げまどう人々、担架で運ばれる負傷者——つまり、混乱の極み。

『……地下鉄一号線の中央駅には、千人以上の利用客が閉じ込められているという情報が伝わっています』

現場から中継する女性記者の声は興奮に裏返っている。

スタジオに切り替わった。頬を硬くした男性キャスターのアップ。

『次は大田《テジョン》警察署にいる金哲明《キムチョルミョン》記者を呼んでみます。金記者、これまで入っている被害状況を伝えてください』

「大田！」鄭宇喆《チョンウチョル》が呻き声をあげた。「釜山に続いて、今日は大田だというのか！」

「そのようね」権侯蘭はうなずいた。「昨日のリピート映像かと思ったけど」

「くそっ、こいつはいったいどこの国の仕業なんだ！　くそっ、くそっ、くそっ」

「そう激昂《げっこう》しないで。これじゃあ休憩にならないわね」

テレビ画面が消えた。女検事はリモコンを事務官の金熙《キムヒ》老《ロ》に投げ返した。

「おい！」鄭宇喆は喚《わめ》いた。「もっと見せてくれ！」

「だめ。取り調べを再開するわ」

「どうしてあんたは、そんなにも冷静でいられるんだ。連日、ミサイル攻撃を受けているんだぞ、我が国は」

「それが何？　わたしの使命は犯罪者を起訴することにある。ミサイルを防いだり、負傷者を救出したりするのは、その道のプロフェッショナルに任せておけばいいのよ」

「我が国に対する愛はないのか？　祖国への愛国心は？」

「テレビを見ることが愛国心だとでも？　時間の無駄だわ。鄭会長は、福沢諭吉という日本人を知っていて？」

「何者だっ」それがどうしたと言わんばかりに鄭宇喆は吼えた。彼が知る日本人は、ほとんどの韓国人がそうであるように、豊臣秀吉と伊藤博文の二人だけだ。

「福沢はね、偉大な教育者なの」女検事は尊敬の口ぶりで言った。「時は明治維新前夜、彼が学校を経営する江戸に、いよいよ新政府軍が迫った。砲声が教室にひっきりなしに聞こえてきて、浮足《うきあし》立った学生たちは口々に訴えるの。福沢先生、授業なんかしてる場合じゃありません。それに対して、福沢はこう諭した。席に戻りたまえ。今は、学問をするのがきみたちの本分なのだって。どう、いい話だとは思わない？」

――青瓦台大統領執務室

ドアを入った瞬間、魚類の腐ったような臭いが鼻をついた。韓弄罽《ハンニバル》は顔を顰《しか》めた。そんな悪臭が漂っているのが信じかねるほど豪華で威厳のある部屋だった。中央に黒檀の楕円形大テーブル。十数人が席に着いている。壁際には私服の警護官たち。韓弄罽はテーブルの端《はし》に立たされた。ここまで彼を連行してきた刑務官は追い返されたが、手錠《てじょう》は外されなかった。テーブルの向かい端に坐《すわ》った老人を見るや驚きの声が口を衝いて出た。

「国連事務総長！」

「以前はね」陳伴智《チンパンヂ》はうなずいた。「今は大統領だ。去年の選挙で当選したものだから。服役中でも新聞は読めるはずだが？」

「そうでした。うっかりしていて。読みはしましたが、すぐにも忘れてしまうのです。終身刑の受刑者にとって、娑婆《しゃば》のことなど無関係ですからね」

自虐的に言いながら韓弄罽は心臓が音高く鳴り出すのを感じた。社会的に抹殺《まっさつ》され、囚人《しゅうじん》として人権さえも剥奪《はくだつ》された自分が、何と大統領に呼ばれた――。

「韓弄罽、三十八歳」陳伴智大統領は背中を丸めて手元の書類を読んだ。「三年前、特別反民族行為処罰法違反の罪で終身刑の判決が確定、西大門《ソデーモン》刑務所で服役中。以前は、首都大学ソウルの生物学部教授だった――こんなところだね？」

「間違いなくわたしです、大統領閣下」

「きみに足労を願ったのは、韓教授、きみが有罪とされた主張を改めて聞きたいからなのだよ」

韓教授――そう呼ばれるのは久しぶりだった。胸がときめいた。今は自他ともに六六〇一九一〇号と囚人番号で呼び呼ばれる身なのだ。「論文を読んでいただければ、すべてわかることです。あるいは法廷の記録を。飽きるほど説明しましたから」

「きみの口から直接聞きたいのだ。当時わたしはニューヨークにいた。きみの事件は知らなかった。なぜ独島を、我が国の神聖な領土である独島を、こともあろうに日本に引き渡すべきと論文で主張したのかね」

「大統領閣下、わたしの主張は憤激《ふんげき》と嘲笑《ちょうしょう》とを以《もっ》て迎えられました。結果、わたしはすべてを失ったのです。地位も名声も妻子も……」

「大統領の職務にかけて誓う。わたしは怒りもしなければ笑いもしない。話してくれないか。なぜ独島を手放すべきだと？」

韓弅閑は心を決めた。この際、感情は制御するとしよう。またとない復活の機会を与えられているのかもしれないのだ。「何となれば、独島の海底にはルルイエが沈んでいるからです」

「そのルルイエとは？」

「旧支配者、大いなるクトゥルーが幽閉《ゆうへい》された牢獄神殿です。これまでルルイエの所在地は南緯四七度九分、西経一二六度四三分、すなわち南太平洋中央部、ニュージーランド沖の海底と信じられてきました。しかし、それは人類を欺《あざむ》くための偽情報であり、真のルルイエの位置は北緯三七度一四分、東経一三一度五二分――独島の海底だったのです」

「我が国にルルイエが……韓教授は、どうしてそれを？」

「大学から選抜されて南極越冬隊員として勤務中、ヴィジョンを見たのです。ある日、わたしの運転する雪上車が故障して、途方に暮れていたところ、西の空を背景に聳え立つ巨大な山脈が……」

「そうだったね。その辺りは論文で読ませてもらったよ。先を急いでほしいのだが」

「わかりました。そのようなわけで、南極から戻ったわたしは、本業を中断し、我が国の超古代史の研究に没頭《ぼっとう》したのです。その結果、檀君神話の檀君とはダゴンであることを証明するに至りました。ダゴンはメソポタミア神話に登場する半人神というのが一般的な理解ですが、実はクトゥルーの眷属《けんぞく》なのであり、主の復活を目指して力を振るい続けています、昔も今も。檀君ことダゴンによって建国された檀君朝鮮、つまりダゴン朝鮮は、海底牢獄ルルイエからクトゥルーを解き放つことを目的としてダゴン教の司祭が支配する超カルト国家でした。殷を倒して中原《ちゅうげん》の覇者《はしゃ》となった周王朝は、その危険を察知して箕子《きし》を派遣《はけん》し、カルトの撲滅《ぼくめつ》に努めました。これが史書に記《しる》される箕子東来の真相です。しかし周が衰微《すいび》し、戦国の世となり、中国を統一した秦《しん》が滅びると、箕氏朝鮮の国力も傾《かたむ》きました。そこへ乗り込んでいったのが燕人の将軍衛満《えいまん》です。衛満は、秦の後に覇者となった漢に対抗すべく、ダゴン・カルトの残党と手を結びました。こうして衛氏朝鮮はダゴンの国家となったのです。第二次ダゴン朝鮮の建国です。時代が下るにつれてその勢いが侮《あなど》り難《がた》くなり、そのためクトゥルーの復活を危惧《きぐ》した漢の第七代皇帝劉徹《りゅうてつ》、いうところの漢の武帝は、遠征軍を興して衛氏朝鮮を滅ぼしました。漢の郡県支配の中に組み込むことで、ダゴン・カルトの根絶やしを図ったというわけです。前漢、後漢、魏《ぎ》、西晋《せいしん》と続く中華帝国による朝鮮支配は四百年の長きに及び、ダゴン教徒たちは徹底的に弾圧されて、細々と地下に潜伏《せんぷく》するのみとなりました。それが証拠に、檀君が我が国の史書に初めて登場するのは十三世紀まで待たねばなりません。それほど檀君は禁句だったということです」

陳伴智が口をはさんだ。「独島返還論との関係が見えてこないのだが」

「独島とは、クトゥルーを閉じ込めた海底牢獄ルルイエの海上突出部分なのです。この島は長く見捨てられてきましたが、一九〇五年になって日本が領有を宣言しました。でも、それはそれでよかったのです。日本はダゴン、檀君とは何ら関係のない国ですから。ところが、それから四十七年が過ぎ、日本への復讐と民族主義感情に引きずられた李承晩《イスンマン》大統領が、当時日本が連合軍による占《せん》領《りょう》状態だったのをいいことに、武力で強奪《ごうだつ》したことから――」

「言葉に気をつけろ！」

「強奪とは何か！」

閣僚《かくりょう》たちから怒りの声が飛んだ。

「きみたちこそ口を慎みたまえ」すかさず陳伴智がたしなめる。「そんなことにこだわっている場合ではない。失礼をお詫びする、韓教授。どうか続けてください」

「日本人と違い、われわれ韓国人はダゴンの血を引いています。歴史的にダゴン・カルトは過去のことであり、現代韓国人とは無縁であるかに見えますが、実はそうではありません。民族の血において、わたしたち韓国人はダゴンの末裔、ダゴン民族たるを免《まぬが》れ得ないのです。弾圧を逃れ地下に潜ったダゴン・カルトの司教、司祭の末裔たちも連綿《れんめん》と今の世に生き延びていることでしょう。そうした韓国人が、独島を我がものとしたのです。これがどれほど恐ろしいことであるか、詳しく説明するまでもありません。譬えるならば囚人の身内が典獄《てんごく》になったようなものです。ダゴンの血が、あの島にいかなる影響を与えるか予断を許しません。だからこそ、わたしはその破滅の時が迫る前に、独島を日本に引き渡すべしと訴えました。あくまでも愛国的な動機に端《たん》を発していましたが、結果的に反民族行為で断罪され、狂人学者の汚名を着せられて、刑務所に強制隔離《かくり》されてしまったというわけです」

「クトゥルーが幽閉から解き放たれると、どうなるのかね」

「見当もつきません。ただ、こうは断然できます。韓国だけの問題ではなく、地球規模の災禍《さいか》になる、と。旧支配者の復活、それは人類の想像もつかない地獄の世の現出となるでしょう」

「江華島摩尼山にある茶坤洞窟のことは何か知っているかね」

「ど、どうしてそれを！」あまりの驚きに韓弄閼はよろめいた。「閣下のほうこそ、なぜそれをご存じなのです！」

「わたしが問うているのだ」

「ならば答えましょう。茶坤とは、その音から察せられる通りダゴンのことです。この洞窟にはクトゥルーを独島海底から、つまり牢獄神殿ルルイエから解き放つ鍵が棺の中に収められているのです。わたしは南極でのヴィジョンでそのことを知った。しかし論文には書きませんでした。鍵にはダゴン・カルトに対する抗体が塗られていて、ダゴンの末裔たちがこの鍵に手を触れることはできないにしろ、そのような危険な情報を一般に開示するわけにはいきませんから」

「それ、わしの申した通りであろう」

テーブルから誰かが立ち上がった。韓弄閼は目を疑った。薄汚れた白のチマチョゴリを身につけ、三角形の素麻の頭巾をかぶり、丸縁の黒眼鏡をかけている。そんな老婆が閣僚たちの中に紛れこんでいたことに、どうしたものか、今の今まで気がつかなかった。老婆が身動きすると、魚の腐った臭いが吹き寄せてきた。彼女こそ臭いの発生源であると韓弄閼は知った。

「だから最初からわしの言うことに耳を傾けるべきであったのじゃ。いたずらに閣議とやらにだらだら時間を空費《くうひ》しおって。大田、蔚山《ウルサン》、光州《クァンヂュ》が焼け野原と化したのは、ひとえにおまえたち無能で、何も決められぬ大臣の責任であるぞ」

「大統領閣下」韓弄闕は気を取り直した。「この老婆は何者です？　大田、蔚山、光州とは？」

「最近、新聞は読んでいないようだな」

「もうそんな気はなくなりました」

陳伴智は溜め息をついた。「遅すぎたのだよ、韓教授」

「遅すぎた？　何が遅すぎたのです？」

「きみの警告を取り上げることが、だ。用意周到《ようい しゅうとう》にもほどがある、しかしながら誰が想像し得ただろう。ダゴン・カルトの末裔が我が国の海軍に入り、攻撃型原潜、その名も〈檀君〉の艦長となって、艦の私物化を企てようとは。摩尼山茶坤洞窟から茶坤の鍵を発掘して引き渡さなければ、我が国の各都市を順次ミサイル攻撃してゆくというのだよ。警告は既に実行に移されている。鎮海に始まって釜山、大田、蔚山、そして昨日は、光州が甚大《じんだい》な被害を被った」

「何ですって！」

「当然わたしは〈檀君〉撃沈を命じた。しかし〈檀君〉に対する哨戒活動は、ことごとく失敗に帰した。通常潜水艦の〈李舜臣《イ スンシン》〉〈張保皐《チャン ボ ゴ》〉〈柳寛順〉が消息を断った。魚雷攻撃を受けて返り討ちに遭ったと考えられる。他にも五隻のミサイル艦が沈められた」

「…………」

その時、大統領の前に置かれたタブレット端末《たんまつ》がブザーのような音を鳴らした。大統領は指を触れた。「報告したまえ」

『大統領、大変です！』急《せ》いた声が最大音量で響き渡る。『慶州の仏国寺《ブルグルサ》がミサイル攻撃を受けました！　寺は現在炎上中！　土砂崩れが発生し、石窟庵《ソックラム》が崩壊した模様です！　画像をお送りいたしますか？』

「……いや、いい」陳伴智は諦めきった声で応じ、もう一度指先を画面に触れた。

「我が娘ながらやりおるわ」老婆の勝ち誇ったような笑いが室内を圧した。「確かユネスコの世界遺産じゃったな、どちらも。ぐずぐずしておるからこうなる」

「聞いての通りだ、韓教授」大統領が涙ぐんだ目を向けた。「このままだと大韓民国は滅亡する。ソウルが攻撃される前に、要求された通り茶坤の棺を引き渡すつもりだ」

「滅亡とは、少し大げさ過ぎやしませんか」韓弄闕は懸命に言った。「わたしの兵役《へいえき》は海軍勤務だったので、それなりに知ってはいるつもりですが、潜水艦が積み込んでいる巡航ミサイルは数に限りがあります」

「ダゴン・カルトの手に落ちた艦には、五十発が装備されている」

「五十発。凌げないことはありません。ナチス・ドイツのV－2攻撃を耐え抜いたロンドン市民のように」

「うち四十五発は通常火薬だ。しかし、残る五発が問題なのだ。というのも、その五発は核弾頭を搭載している。もしもソウルに飛来したら――」

「核！」

「我が国が極秘に開発したものだ。ヒロシマ型の五倍の破壊力を有する。いざという場合、日本に撃ち込むつもりだった。東京、大阪、名古屋、神戸、京都……それがこんなことに……」

「大統領閣下」李浣仇《イワング》首相が起立した。「わたしも国務総理として大統領のお考えに全面的に賛成いたします」

「――わたしも同じく」

「――わたしもです」

「――わたしも」

閣僚たち全員が立ち上がった。

「いいえ、いけません！」韓弄閑は声を限りに叫んだ。「ダゴンに屈してはいけません。クトゥルーが復活すれば世界の破滅です！　地球の終わりです！」

「韓国が滅んで、何が世界だね、何が地球だね。わたしには耐えられない」

「ダゴン民族の宿命です。義務です。従容と甘受するしか――」

「我が国に対する愛はないのかね。こうなったら――」あくまでも平静な口調で陳伴智は続けた。

「世界を、地球を、道連れにしてやるまでだ」

「気でも狂ったのですか。いやしくも国連の事務総長まで務められた方のご発言とも思えません。そうだ、もはや事は我が国の手に余る。国連に連絡して国際社会の協力を仰ぐべきです。全人類の叡智《えいち》を結集すれば――」

「ならぬ！」一転、陳伴智は激昂《げっこう》し、拳《こぶし》をテーブルに叩きつけた。「ならぬ！　それだけは絶対にならぬ！　わたしは事務総長だったからこそ知っておるのだ。国連とは、その実、米ソ中英仏に私物化された利権組織でしかない。それが国連の正体だ。我が国を助けてくれるどころか、徹底して妨害してくるはず。韓国を犠牲にすることで世界が救われるのなら、こんな安い代価はないとばかりにな。嬉々《きき》としてそうするだろう。もしもこの中に――」陳伴智の射抜くような視線は、全閣僚のみならず警護官にまで及んだ。「国連への通報を考えている者がいるならば、明朝の日の出は拝めぬものと覚悟せよ！」

沈黙が座を支配した。恐怖で押し黙ったのではない。言わずもがな——当然の同意表示としての沈黙だった。

「さても議論は尽きたようじゃのう」老婆がテーブルを回って、陳伴智と向き合った。「そうと決まれば、すぐにも棺の発掘と搬送《はんそう》に取りかかってもらおうかの」

「万事仰せの如くに」陳伴智は恭《うやうや》しく一礼すると、大統領席を老婆に譲る素振りすら見せて、「ですがダゴン婆さま、その前に条件——いいえ、お願いをいたしたき儀がございまして」

「何じゃ。申すがよいぞ」

「この世界が、大いなるクトゥルーさまの支配する世となりましたその暁には、何卒《なにとぞ》我が国に、我が大韓民国に、格別のご高配を賜《たまわ》りますようお願いいたします」

「何やら恩着せがましく聞こえるがのう」

「いいえっ」陳伴智の額から、どっと玉の汗が噴き出した。「恩などっ、けっして売ろうというのではございませぬっ。あくまでも棺の発掘と搬送は一切の見返りを期待せぬ無私なる至情の発露《はつろ》にございますれば。ただ、我が国は歴史的に見て大国に仕え馴れております。かかる歴史的経験、属国という名の歴史的資産を活《い》かし、他国に抜きん出てクトゥルーさまにお仕《つか》えいたしとうございますと、さよう進言する次第にございます」

「承《うけたまわ》ったぞえ」老婆はうなずいた。「大いなるクトゥルーは、さぞお欣《よろこ》びになられよう」

陳伴智だけでなく閣僚たちの間にも安堵《あんど》の気配《けはい》が流れるのを、韓斉閥は信じられない思いで見やった。その一方で、すとんと腑《ふ》に落ちてもいた。これだ、こうやって我が国は生き延びてきたのだ、と。

「だ、だめだ、ダゴンに屈するなんて!」

両手を振り上げ、韓斉閔は老婆に駆け寄った。拳に自信はないが、嵌められた手錠が凶器になってくれることを期待した。

老婆が黒眼鏡を外した。左右に間隔の広がった目が現れた。そのため老婆の顔は妙に魚のように見えた——と思った瞬間、韓斉閔の脚は動かなくなっていた。

「刑務所に送り返せ」陳伴智大統領が警護官に向かって叫んだ。

「いや」老婆はゆるゆると頭を振って、「この場で始末するに如《し》かずじゃ」

壁際《かべぎわ》に控えていた警護員たちは、忠誠を競うように前に走り出ると、スーツの下に吊ったホルスターから拳銃を抜き、先を争って引き金を引いた。

——攻撃型原潜〈檀君〉

意識を取り戻した柳七厳《ユチロム》は、自分が懲罰房《ちょうばつぼう》に閉じ込められていることを知った。倉庫とか寝室が代用されていれば、脱出の手立てが考えられないではない。通常型の潜水艦なら充分に可能だ。しかし、原潜ならではのスペースを活かして最初から艦内監禁の専用システムとして構築された懲罰房とあっては、万事休《ばんじきゅう》す。

首を傾げたのは、気を失っている間に缶詰とレトルト・パックの食糧が運び込まれていたことだ。ざっと見積もって十日分はある。自分を生かしておくことにどんな価値があるのかしら、と柳七厳は不思議に思った。とはいえ、おかげで飢餓《きが》に陥ることなく生き延びられた。その間、扉は一度も開かれることがなかった。完全に捨て置かれていた。まったくおかしな話だ。

自分のことはさておき、気がかりなのは　連日パクチョンヒⅡの水中射出音を耳にすることだった。時には、チョンドゥファン六六六ミリ魚雷とノテウSM9のそれも。パクチョンヒは地上施設を、チョンドゥファンとパクチョンヒは水上水中を問わず総《すべ》ての軍艦を攻撃対象とする。〈檀君〉は、交戦状態にあるのだ。では、どの国と？　真っ先に考えられるのは北であり、次《つ》いで日本だ。とはいえ、蘇多鯤《ソダゴン》中佐の顔を持った化け物のことを思えば、単に戦争というだけでなく、もっと想像を絶することが進行しているのではという思いを禁じ得ない。

脱出は不可能と絶望はしたものの、すべてを諦めたのではなかった。食事、排便、就寝と規則正しく過ごし、膨大な空き時間は体力トレーニングをして過ごした。

いざという時のため、身体を鈍《にぶ》らせておくわけにはいかない。

――ソウル中央地検特捜部

「どうしたんだね、検事さん。その格好は」

鄭宇喆《チョンウチョル》は目を丸くした。取り調べの日ごとに変わる権検事の姿を、さながらランウェイでファッション・ショーを娯《たの》しむように愛《め》でてきたが、今日という今日は驚きの言葉を口にせずにいられなかった。ゴージャスな深紅のドレス。肩と背は剥き出しで、胸のふくらみも半ば近くまで大胆に露出させている。自信に満ちた表情で、華やかな映画祭に出席する主演女優のようだった。

「はい、これはわたしからのプレゼントよ」

手にしていた紅薔薇の花束を渡された。

「今日は記念すべき日ですもの」

「ほう、何の記念日だね。わたしの誕生日なら二カ月後だ。当然知っているだろうが」

「あなたが自白する記念日よ」

鄭宇喆は声を上げて笑った。「きみの冗談ときたら、最初はユニークで楽しめたが、だんだん鼻についてきたように感じる」

「冗談ではないわ。今日の取り調べでちょうど十四回目」

「ちょうど？　端数なのに？」

「あなたはわたしの特製ローズヒップ・ティーを規定の数である十三杯呑み、しめくくりに紅薔薇を受け取った。これで自白の魔法は完成したわ。さ、取調室に行きましょう。そこなら録画録音の設備が整っているわ」

権侯蘭《クォンフラン》の口のきき方に、これまでになかったおぞましいものを聴き取り、思いもかけず鄭宇喆の胸に鋭い不安が萌《きざ》した。金熙老《キムヒロ》を見やったが、冴えない事務官も、今まで見せたことのない表情を向けていた。哀れむように彼を見返し、首を小さく横に振った。

「二人して、わたしを暗示にかけようとしても」

彼は自分を励ますように言った。「そうはいかないね」

暗示——ではなかったことを、すぐに鄭宇喆は思い知ることになる。

——攻撃型原潜〈檀君〉

発令所では艦長、副長と四人の士官が鳩首《きゅうしゅ》凝議《ぎょうぎ》して、「本日の目標」を検討中だった。

「仏国寺はいいアイデアだったわね」蘇多鯤《ソダゴン》が鄭香和《チョンヒャンファ》を見やって言う。古都慶州の古刹《こさつ》をと提案したのは機関長だった。

「石窟庵には修学旅行でいったことがあります」

鄭香和は言った。「あの阿弥陀仏は、日本の侵攻《しんこう》を防ぐため、新羅《シルラ》の王さまが建てさせたものなのだけれど、壬辰倭乱《イムヂンウェラン》と日帝《イルチェ》三十六年、二度とも効果がなかった。そんな役立たずな仏像なんか要《い》らないと思って」

追従ではなく、心から共感の笑いがさざめいて、座が華やいだ。

「では、引き続き文化財を攻撃するのがいいと思います」許禎淑《ホヂョンスク》が言った。「仏教の次は儒教。李《イ》退渓《テゲ》ゆかりの陶山《トサン》書院など格好かと」

「それはどうかしら、水雷長」李恵卿《イヘギョン》が反駁《はんばく》した。「我が国には、目を瞠《みは》るような文化財はそれほど多くないわ。これを認めるのは癪だけどね。仏国寺の次が陶山書院だと、ちょっと地味過ぎるというか、インパクトに欠けると思うの。やはり、ここは都市攻撃に戻るべきだと思うわ」

「わたしも航海長に同感です」黄信徳《ファンシンドク》が援護する。「ものをいうのは、何といっても死者の数です。狙うのは仏ではなく、人間をいかに多く仏にするか、ということ」

「うまいことを言うわね」蘇多鯤が感心の口ぶりで言う。

「水原華城《スウォンファソン》はどうでしょうか」鄭香和が再び口を開いた。「建築年代が新しいのが玉に疵《きず》ですけど、そうはいってもユネスコの世界遺産です。あれが破壊されるのはヴィジュアル的に衝撃度が高いと思います。ソウルからそう離れていないのも効果的ですし」

談論風発《だんろんふうはつ》――発令所はさながらサロンの如《ごと》くだった。ゆったりとした雰囲気の中で、優雅に次の攻撃目標の品定めができるのも、〈檀君〉がまたとない〝巣〟を見つけたからだ。海底神殿が臨《のぞ》む谷の先に、底知れぬ深淵《しんえん》が口を開いていた。大いなるクトゥルーが〈檀君〉のため新たに海底を割いてくれたのではと疑いたくなる、どんな海図にも記されてはいない、未知の海溝であった。深さ何千メートルあるかも知れぬその大海溝の、おそらくまだ上部であろうが、最大潜航深度にまだ余裕を残した深度一〇〇〇メートルに〈檀君〉は終日身を潜めている。一日に一度、浮上して、パクチョンヒIIを射ち出し、再び潜航、帰巣《きそう》する。それを連日繰り返していた。通常動力型の潜水艦が追ってこようにも、途中で圧潰《あっかい》する深さだ。唯一、僚艦《りょうかん》である〈桓因〉と〈桓雄〉に対してだけは警戒が必要だったが、まだ発見されてはいない。

「みんな、あれを忘れているわよ」崔純姫《チェスニ》が思わせぶりに言った。「そういうわたしにしてからが、どうして今まで考えつかなかったのかしらね」

――**最新鋭国産イージス艦〈姜以式《カンイシク》〉**

独島海域で対潜哨戒作戦を陣頭指揮するのは洪《ホン》春秋《チョンヂュ》副提督だった。海軍ナンバー・ツーが送り込まれてきているのである。これほどの規模の作戦は、韓国海軍創設以来、前代未聞《ぜんだいみもん》であった。普段は見渡す限り水平線で、独島の名に相応《ふさわ》しく二つの岩礁《がんしょう》が寄り添うように孤独に浮かんでいるだけの海原が、今は百隻を超す艦船で埋め尽くされている。海面下には潜水艦群が、生け簀《す》の中の鯉《こい》や鮒《ふな》の如く犇《ひし》めき合っているはずだし、空に目を転じれば、P－3Cを始めとする対潜哨戒機が乱れ飛ぶ光景は、秋空に群れなす蜻蛉《とんぼ》を見るようだった。

旗艦であるイージス艦〈姜以式〉の艦橋に立ち、双眼鏡から目を離さない副提督の顔色はよくない。くちびるを真一文字《まいちもんじ》に結び、顳顬がぴくぴくと脈打っている。潜水艦を三隻失い、五隻のミサイル艦を沈められた。たった一隻の潜水艦のために。〈檀君〉を仕留めるまでは、死んでも海軍本部に帰らぬ決意の洪春秋だった。

「司令官」

艦橋に登ってきた無線担当士官が、深紅《しんく》の受話器を差し出した。謂《い》うところのカーディナル・フォン――国防部長官との極秘直通回線である。

洪春秋は長官の話を聞くや呆然自失《ぼうぜんじしつ》した。目の前の光景が一気に色褪《あ》せた。

「……し、しかし、長官！」

『これは大統領命令だ。全閣僚が賛成した閣議決定に基づく。国家の命運がかかっているのだ』

昏迷《こんめい》に陥ってしまいそうだった。副提督は歯を食いしばった。「国家の命運は、叛乱艦〈檀君〉の処理にかかっている。そうおっしゃって、この洪春秋を送り出したのは長官、あなたではありませんか！」

『状況が変わったのだ。いいか、蘇多鯤《ソダゴン》中佐の艦を沈めてはならん。ただちに全作戦を中止し、基地に戻りたまえ』

『もしもし、副提督？　わたしだ』

馴染みの声に替わった。海軍トップの奇翔鶴《キサンハク》提督。

「提督、いったいどういうことなのです」

『ソウルに帰れば、きみも事情を理解するだろう。ともかく戻りたまえ』

「……それでは部下が納得しません」

『抗命するなら、きみを解任して、わたしが乗り込むまでだが、事は急を要する。すでに全空軍基地から戦闘機、爆撃機がそちらに向けて飛び立った。各ミサイル基地でも対艦ミサイルの攻撃準備が発令されている。空軍と海軍で内戦をおっ始めたくはないだろう、洪春秋』

「…………」

汗で受話器が手から滑《すべ》り落ちそうだった。

再び国防部長官に替わり、とどめを刺すように言った。『叛乱艦の鎮圧に向かったきみまでが、叛乱を起こそうというのかね』

その時、艦橋で哨戒任務についていた兵士が叫んだ。

「ミサイル発射を視認！　一四一二方向の海上です！」

洪春秋は動物的な反射能力を見せてマイクに飛びつき叫んだ。

「攻撃中止！　攻撃中止！　攻撃中止！」

そう絶叫しつつ、十四時十二分の方角に目をやった。一キロ先、ミサイル駆逐艦〈金令胤《キムヨンユン》〉とフリゲート艦〈階伯《ケベク》〉の間を縫うようにして海上に射出されたパクチョンヒⅡがキャニスターを脱ぎ捨て、ブースターに点火したところだった。

機銃による射撃、砲撃、空対空ミサイルの発射、ありとあらゆる手段でパクチョンヒⅡを撃ち落とせ――そう命じていた当の本人が、まさにその瞬間、攻撃中止を連呼し、そしてその命令は忠実に履行《りこう》された。一発の銃弾、砲弾も放たれなかった。これこそは軍隊組織として賞賛されるべきことだった。

だが、その代償は小さくはなかった。

手出しのできぬ包囲陣を嘲笑《あざわら》うかのように、パクチョンヒⅡは次第に飛行速度を上げ、西北に向かって飛び去ってゆくと見えたが、いきなり方角を転じた。

一秒後、巨大な火柱が閃《ひらめ》き、轟音《ごうおん》と爆風が海を揺るがした。

『副提督！　副提督！　今の音は何だ！』

慌ただしい、しかし断乎《だんこ》とした国防部長官の声が答えを要求する。

「……独島が……ミサイル攻撃されました」

洪春秋は力なく告げた。湧き上がる黒煙に包まれ、二つの岩礁のうちどちらが狙われたか判別できない。いずれにせよ、パクチョンヒの破壊力からすれば間違いなく守備隊は全滅したはずだ。

わずかな沈黙の後、長官の動じない声が命令を繰り返した。『全作戦を中止し、ただちに帰投せよ』

――江華島上空

魚の腐ったような臭いがヘリコプター中に充満している。ただのヘリではない。内部の広さが命である中型輸送機CH－47チヌークなのだ。しかし安鍾根《アンヂュングン》大佐はすぐに気にならなくなった。人間の腐乱死体よりかはましだ。安大佐は一時期ソマリアにPKO派遣され、過酷な実戦経験を有していた。

臭いの発生源は彼の傍《かたわ》らに坐っている丸い黒眼鏡をかけた奇怪な老婆だ。その薄気味悪さはいっこうに減じないが、安大佐は自分を律し、抑制することに長《た》けていた。命令には絶対服従、それが軍人の本分である。

しかも今度は何と大統領から直々《じきじき》に命令を拝受した。彼は大統領にこう命じられたのだ。

『特殊部隊を率いて江華島で発掘作業を行ない、掘り出した物を空輸し、独島海域に投下するのが君の任務だ、安大佐』

いっさい理由は告げられなかったが、極秘裏の特殊作戦では珍しくもないことだ。

彼が手塩にかけて育てあげた屈強の特殊部隊兵士百五十人が、三機のチヌークに分乗してソウル北方にある碧蹄館《ピョクチェグァン》の部隊基地を飛び立った。それが十五分前。前後左右を、攻撃ヘリのAH－1コブラが護衛している。コブラは仁川《インチョン》の空軍基地から合流させた。大統領の特命を受けたからには、どんな運用も思いのままであった。ただし、指揮官は彼ではない。あくまで彼は支援者筆頭という位置づけであり、発掘部隊を率いるのは黒眼鏡の老婆なのである。

老婆について、大統領からはこう釘を差されていた。

『このお方をわたしだと思って、鄭重《ていちょう》にお仕えするのだ。仰せになられたことは、万難《ばんなん》を排してでも実行に移したまえ』

畏敬《いけい》の念、そして恐怖を隠さない大統領の声は、今も生々しく彼の耳の中でこだまし続けている。

目の前のコンソールで赤ランプが点灯した。操縦室が通話を求めている。安鍾根はヘッドフォンを取り上げて片耳に当てた。

「わたしだ」

『ただいま江華島上空に入りました』パイロットの声が耳に流れ込む。『摩尼山はもう間もなくです』

「了解した」

安鍾根は部隊員に降下準備を命じた。老婆の話では、洞窟の入り口は山頂付近にあるという。摩尼山の標高は四六九メートル。良好な着陸地点は確保できず、ホバリングした機体からのロープ降下となる。もちろん、そんなことは何ら問題ではない。安大佐の特殊部隊は正式には首都防衛軍空挺師団に属し、その手の訓練なら何千回とこなしているのだから。

また赤ランプが灯った。

『問題発生です』

「何だ」

『その……言葉では説明しづらいので、どうか大佐ご自身の目で確認していただきたいのですが』

「……よし、わかった」

安鍾根は立ち上がった。と、手首を掴まれた。引き戻されるような強さの力に加え、身震いするほどの冷たさだった。

「どこへゆくのじゃ」黒眼鏡の老婆が彼を見上げて嘲《あざけ》るように言った。

「操縦室。何か起きたらしい」

「ならば、このダゴン婆さまもお供するといたそう」

大統領の言葉を思い出し、安鍾根は敢《あ》えて逆らわなかった。

大佐に続いて操縦室に入ってきた老婆を見て、パイロットは一瞬ぎょっとしたようだったが、すぐに気を取り直すと、

「あれです、大佐」

機窓越しに下方を指し示した。

目の前に摩尼山の山容が迫っていた。山頂近くまでは美しい緑に覆われているが、それから上は岩肌が剥き出しだ。頂《いただき》には方形の祭壇があって、その昔、檀君《チョンシン》が天神を祭祀したとの伝承に基づき、毎年十月三日の開天節に八仙女《パルソンニョ》の舞いを奉納《ほうのう》する祭天儀式が執《と》り行われる。

人の群れが見えた。陽《ひ》は西に傾き始めたばかりで、空には雲一つなく、空気は澄んで視界は良好。

登山客——ではない。革靴にスーツ姿の男たち、ブレザーの学生服の少年少女、家庭の主婦と思《おぼ》しき女たち、白衣をまとった医者らしき者、看護師、ファスト・フードの制服、建築作業員……老若男女あらゆる身なりの雑多な人々が山頂に蝟集《いしゅう》していた。十人、百人ではない。ざっと見積もって千人をゆうに上回る数だ。びっしりと枝葉にこびりついた蚜虫《あぶらむし》か磯辺の藤壺、それを安大佐は連想した。

「何か行事でもあるのか」

「さあ」パイロットは首を横に振った。「十月三日はまだまだ先ですしね」

「開天節だとしても、こんな人出にはならんぞ」

安大佐はホバリングを命じ、機体外部の拡声器を起動させた。

「摩尼山頂の登山者に告げる」マイクを握って警告を発した。「大統領命令により当山全域が陸軍の作戦遂行地区に指定されている。ただちに下山しなさい。繰り返す――」

ややあってパイロットが言った。「下りる気配、まったくありませんね」

わけても奇怪なのは、人々が他に何をするでもなく、ただただヘリを睨みつけるように凝視《ぎょうし》していることだった。

「どういうつもりなんだ、あいつら」

「反ダゴン同盟の末裔たちじゃ」傍らで老婆が硬い声で言った。

「何？」

「漢の武帝が衛満朝鮮を滅ぼして後、ダゴン教団は地下に潜伏するを余儀《よぎ》なくされた。周到な武帝はそれに満足することなく、教団の復活に備えんがため次の手を打ったのじゃ。それが反ダゴン同盟――いわば漢の武帝の肝煎《きもい》りで結成された反ダゴン同盟の者たちは、市井《しせい》の人間に身をやつし、子孫連綿としてその使命を伝えた。ダゴン教団が復活する動きを察知するや否や、彼らは血に刷《す》り込まれた使命に覚醒《かくせい》し、行動に移る」老婆は憎々しげに山頂を指差した。「まさしくあれがそうじゃ」

安大佐の脳裡で、数千億の疑問符が轟々《ごうごう》と渦を巻いた。しかし彼は自制した。「……わたしにわかるのは、このままではロープ降下など不可能だということだけだ」

「ならば蹴散らすまでじゃ」

「どうやって」

「機関銃でもミサイルでも撃ち込めばよい」

安鍾根は無線の周波数を合わせ、マイクを手にした。「青龍刀、青龍刀、こちらダニー・ボーイ。どうぞ」

待っていたように応答があった。『ダニー・ボーイ、こちら青龍刀。どうぞ』陳伴志大統領自らの声だ。

簡潔に山頂の状況を説明。

『ダニー・ボーイ、了解した。ダゴン婆さまは何と仰《おっしゃ》っておいでか。どうぞ』

安大佐は絶句した。

『ダニー・ボーイ、ダニー・ボーイ、応答せよ。ダゴン婆さまは何と仰《おお》せあそばしておいでか。どうぞ』

「……そ、その、機関銃でも、ミサイルでも撃ち込め、と……」

『では、その通り実行したまえ。そうしろと命じたはずだ。以上。交信を終わる』

安大佐の顔色は蒼白になった。額から脂汗《あぶらあせ》がだらだらと流れ落ちた。かくも超絶無比の命令を受けた大韓軍人が自分の他にいるだろうか。と同時に、彼には心のどこかで悟るものがあった。ここ数日、祖国は正体不明の敵から連日のミサイル攻撃を許している。女だけの原潜〈檀君〉が叛乱を起こしたことは公然の秘密だが、その背後にもっと禍々しい何かが蟠《わだかま》っているのではないか。そう思えてならなかった。大統領の怪しむべき変貌《へんぼう》、この不可解な任務、老婆から発せられる謎だらけの言葉、そして沙汰《さた》の限りとしかいいようのない今の命令――そうだ、すべては繋がっているのだ、祖国の命運と！

国ノ為ニ身ヲ献ズルハ軍人ノ本分ナリ。

有名な言葉が啓示の如く閃いた。安鍾根は無線の周波数を切り替え、決然とマイクを口もとに寄せた。「AH－1コブラ部隊に告ぐ、こちらは全権指揮官の安大佐だ」

――攻撃型原潜〈桓因〉

怒髪天《どはってん》を衝《つ》く、という言葉は、その時の白貴萊《ペククィネ》のためにあった。

「全作戦中止？　帰投？　いったい、そいつは何の冗談です、副提督！」

大口を開け、マイクを噛《か》み砕かんばかりに吼え立てた。

定時連絡時刻にフローティング・ブイ・アンテナを上げると、伝えられたのは慮外の命令――即時浮上せよ、だった。やむなく白貴萊は従った。

海上に出てみて驚いた。フォトニック・マストの光学カメラが伝えるライヴ映像をスクリーンで見れば、彼の〈桓因〉だけでなく、何と全潜水艦が浮上している。二番艦の〈桓雄〉の姿も見えた。

『冗談ではない』洪春秋《ホンチョンヂュ》のしゃがれた声には自分の意思を殺すかのような苦渋《くじゅう》の響きが明瞭に聞き取れる。『これは大統領命令だ。なお、帰投先の束草《ソクチョ》基地までは、水上航行を厳命する』

「了解しました」

白貴萊は叩きつけるようにヘッドフォンを戻した。通信オペレーターが四人とも呆気《あっけ》にとられた顔を向けていた。

「艦長」一人が思いきって訊いた。「全作戦中止って、その……」

「忘れろ」

「は？」

「おれの言ったことは忘れるんだ、いいな」

「でも……」

「それからな」憤然と発令所に戻りかけて、振り向くと、「副提督の野郎から連絡が入っても、絶対に繋ぐなよ、いいな」さらに、もう一度振り返って、「副提督の腰抜けクソ野郎さまが何かごたごたぬかしやがったら、艦長からだと言って、こう答えてやれ。バカめ、と」

「は？」

「バカめ、だ」

——攻撃型原潜〈檀君〉

扉に微《かす》かなノックを聞いたのは、腕立て伏せをしている時だった。身構えたと同時に錠の外れる音がして、扉が開いた。

柳七厳《ユチロム》は床を蹴って飛びかかった。

レトルト・パックが振り撒《ま》かれ、缶詰が幾つも床を転がった。

力を緩め、あっけなく組み伏せた相手を見下ろした。二等兵の徽章《きしょう》。気絶していた。活を入れると、たちまち息を吹き返した。

「手荒な真似をしてごめんなさい」まず謝った。

「食糧を運んでくれたのは、あなただったのね」

「補給科の趙美蝶《チョミヂョブ》です」趙二等兵は余計なことを口にせず、きびきびと言った。「懲罰房の見張り役が、ローテーションでまた回ってきましたので」

「おかげで助かったわ。何が起きているの？」

「この艦は……」

趙美蝶の話を柳七厳は驚愕して聞いた。ではあれ、疑いは生じなかった。何といっても自分はあの化け物を見ているのだから。

「……毎日、気が狂ったみたいにミサイルを撃ち続けて……このままでは韓国は滅びます。お願いです、ドクター。どうか助けてください。ドクターだったら闘えます」

「どういう意味？」

「気を失ったからご存じないんですね」

「話して」

「わたし、あの場にいたんです。ドクターを艦長室に連行した兵士たちの一人でしたから。……でも、そうするしかなかったんです。素直に従わないと、やつらの仲間じゃないってことがわかってしまうから——」

許しを乞《こ》うように言う趙美蝶をさえぎり、柳七厳は先を急がせた。「わたしは、どうして気絶したの？」

趙美蝶は経緯を簡潔に話した。「……だからドクターは、やつらに負けない何か不思議な力をお持ちだと思うんです」

「不思議な力……」

「何か心当たりはありませんか」

「さっぱりよ。そういうあなたこそ、どうして普通でいられて？」

「わけがわかりません。わたしも艦長室に呼ばれて、あの気味の悪い触手で首を撫でられたんです。同僚たちは、もう一瞬で変わりました。それこそ、まるで集団催眠術にかかったみたいに。わたしはそうじゃなくて……だから、咄嗟《とっさ》に思いついて同じ状態に陥ったふりをしたんです」

「機転が利くのね」柳七厳は改めて趙美蝶を見やった。まだ二十代の前半だろうか。線の細さが目につくが、瞳には意志の炎が燃えている。「あなたの他にも、そういう人がまだいるんじゃないかしら」

「そういう人？」

「つまり、化け物に魅入《みい》られなかった人といったらいいか」

趙美蝶は短い間、答えを考え、首をあいまいに振った。「わかりません。いるのかもしれません。でも、いたとしても、わたしと同じで、そんなことはおくびにも出さずに黙っているんだと思います。だって、怖いんですもの。わたしだって、やっと勇気を振り絞ってここに入ってきたんですよ」

柳七厳は、趙美蝶の表情の変化を見落とさぬよう視線を注いで訊いた。「この部屋に入ってくるのには鍵が要るはずだけど？」

「えーと」趙美蝶は床を見回し、散乱した缶詰の間に鍵束を見つけ出した。「艦長室から補給長の死体を運び出したのはわたしなんです。その時に上着のポケットからこっそり鍵束を手に入れました。それから士官室に忍び込んで、キーボックスを開けて、懲罰房の合鍵だけじゃなく――」

「何て頼もしい」

「頼もしいだなんて！　わたし、ずっと一人ぼっちで、怖かった」今になってようやく趙美蝶は感情を露にし、声を震わせた。「みんな化け物の手下にされちゃって……いつ自分がそうじゃないってバレるかと思うと……」

「いいえ、胆が据《す》わってなきゃできないことだわ。あなたは女傑《じょけつ》よ、趙美蝶」

「一度なんか、もう少しで泣いてしまうところでした。大田が攻撃された時です。大田には両親と弟が住んでいるんです」

趙美蝶は柳七厳の胸に飛び込み、堰《せき》が切れたように嗚咽《おえつ》を始めた。

柳七厳は彼女の震える身体を強く抱きしめてやり、頭を優しく撫でた。よく耐えたものだ。掛け値なしに賞賛に値する。こういう女性がいる限り、大韓民国は滅びない。滅びさせてなるものか。

「さあ、泣きやんで。ここで気を緩めたら九仞《きゅうじん》の功を一簣《いっき》に虧《か》くことになってしまう。反撃開始よ」

趙美蝶は身体を自ら引きはがし、手の甲で涙をぬぐって、こっくりとうなずいた。

「いま思い出したんですけど、あの化け物、触手を焦がした時に、巫だからどうしたとか言ってました」

「巫？」

「そういえば、わたしの母方の祖母は巫なんです。凄い素質があるって、子供の頃からずうっと言われ続けてきました。それに反発して軍人の道を択んだようなものです。ドクターもそうなんじゃありません？　いいえ、きっとわたしなんかよりずっとずっと巫の力が強いんだわ。だから、わたしと違って化け物に魅入られなかっただけじゃなく、あの醜い触手に一撃を与えることができたんです」

「それかも知れないわね、多分――わたしの家も、似たようなものだから」

似て、それ以上のものだ、とまでは口にしなかった。柳家は代々、呪術師の家系だと。

――摩尼山地下洞窟

ロープから手を放し、安鍾根《アンヂュングン》大佐は洞窟の岩底を軍用ブーツのソールで踏みしめた。ようやく到達した。周囲に部下の隊員が次々と降下してくる。洞窟は、横穴ではなく山中に垂直に穿たれた竪穴《たてあな》のもので、内部は擂《す》り鉢《ばち》を伏せた形になっているようだった。すなわち入り口が狭《せば》まって、底へ向かうほど広い。

ここまでたどり着く三十分ほどの間に、自分がもはや人間と呼ぶに値しなくなったことを安鍾根は思い知らされていた。何人殺したのだったか、無辜《むこ》の民間人を。まずは四機のコブラにバルカン砲を斉射させた。口径二〇ミリのバルカン砲は、毎分六千発の発射速度を誇る。山頂はたちまち血まみれの挽肉《ひきにく》で厚く塗りたくられた。そのうえでCH－47チヌークから特殊部隊をロープ降下させたのだが、思いきや、挽肉の山の中に身を潜めていた生存者が襲いかかってこようとは。隊員たちは不意を衝かれた。さなきだに降下から着地までが最も無防備で危険な時間なのである。生存者たちは、さながらゾンビの如くだった。襲撃を受けた隊員たちは岩で顔を割られ、首の骨を圧し折られ、武器を奪われた。この国には徴兵制《ちょうへいせい》が敷かれている。成人男子のほぼ全員が軍隊経験を有し、ということは戦闘訓練を積み、武器の扱いにも習熟していた。

生存者たちは、奪った自動小銃で、ロープ降下中の隊員たちを狙い撃ちし始めた。のみならずチヌークにまでも銃口を向けた。通常は五・五六ミリのライフル弾ごときで中型輸送ヘリを落とせるものではない。不幸にも後部ローターが被弾《ひだん》した。ローターこそはヘリコプターのアキレス腱《けん》だ。安定を失ったその一機は、空中を迷い飛び、やがて激しく錐揉《きりも》みしながら落下、山腹に激突して凄まじい火柱が噴き上がった。

安鍾根大佐は自分の搭乗する機と僚機を周辺空域から退避させ、コブラに再度の攻撃を命じた。

掃蕩《そうとう》は、二度と取りこぼしを出さぬようミサイルを使って行なわれた。取り残された特殊部隊員が少なからずいたが、かまってなどいられなかった。山頂は炎に包まれ、生者も死者も瞬時に黒焦げの焼き肉となった。

抵抗は終熄《しゅうそく》した。今度こそはロープ降下が完遂《かんすい》され、老婆の先導で瓦礫の中から洞窟の入り口が発見された。かくして安鍾根は最終目的地にたどり着くことができたのだった。千人以上もの罪なき同胞を殺戮《さつりく》し、自らも部下の隊員を百人――三分の二に減らして。

隊員の一人に背負われて老婆がロープを降りてきた。

「茶坤の棺というのはどこに?」

安大佐は老婆のもとに自分から足を運んで訊いた。天井の入り口から陽光が射し込み、洞窟の内部はそれなりに仄明《ほの》るいが、まもなく夕暮れを迎える。照明機材を運び入れるとなると、さらに時間を喰う。太陽の沈まぬうちに発掘を終えてしまいたかった。

老婆の顔が引き攣《つ》っていることに安鍾根は気づいた。怯《おび》えているのだろうか。老婆は目を背《そむ》けるようにして一角を指し示した。

「あれじゃ」

洞窟の奥に岩底がまるで人工の基壇《きだん》のように盛り上がった箇所があり、その上に長い直方体の物体が載せられてあった。おおよその目測で、長さ二メートル、幅六〇センチ、高さ五〇センチといったところか。確かに棺のように見えなくもない。苔《こけ》とも緑青《ろくしょう》とも判別できないものに全面を覆われ、材質は見当もつかなかった。

「何だろうか、この既視《きし》感は」安大佐は呟くように言った。

「まるで映画ですよね」その独《ひと》り言を耳ざとく聴きつけて一人の副官が応じた。

「映画だと？」

「ええ、子供の頃に見た大昔のアクション映画です。どんなタイトルだったか忘れてしまいましたが、主人公は確か考古学者のくせして冒険家で、ナチス・ドイツと地中の埋蔵物を争うんです。その埋蔵物というのが、やはりあんな棺のような形をしていて――ねえ、大佐」

「何だ」

「もしかしたら、わたしたちも映画の中の存在なのかもしれません。そうはお思いになりませんか」

「莫迦なことを」安鍾根は一笑に付した。だが副官の気持ちはわからぬでもない。命令とはいえ、あれだけの大殺戮に手を染めてしまった。すべては映画の中の出来事、すなわち虚構《きょこう》と思うことで現実逃避し、精神を安定させたがっているのだ。

「映画のラストはこうなります」副官は続けた。「ナチス・ドイツが棺のようなものを運び出そうとした瞬間、その中から怪しいパワーが発散されて、兵士たちを次々と薙ぎ倒してゆくんです。もしもですよ、あの棺が——」

声が次第に狂気を帯びてゆく。

「いい加減にしないか」安大佐は厳しく叱咤《しった》した。精神の安定は必要だが、現実逃避し過ぎては困る。「第一班、かかれっ」

大佐の命令で、二十人の兵士が台車を引いて棺に向かった。棺を台車に移し、ロープで固定。洞窟から引き揚げ、ヘリに吊り上げ収容したら、そのまま独島海域に向かって一直線に飛行する。投下すれば、それで任務終了だ。

突如、異変が起きた。兵士たちが咽喉《のど》をかきむしり、苦悶《くもん》の声を上げて棺の傍《そば》にばたばた倒れていった。ただし、二十人全員ではない。残った四人が、折り敷かれた死体の間に呆然と立っている。

「ひ、棺の力じゃあ」老婆が声を震わせた。

「聞いてないぞ、こんなことは!」安鍾根は両の拳を固めた。

「我ら韓民族は檀君民族、すなわちダゴン民族じゃ。ダゴンの末裔なのじゃ。棺の力には弱い。ダゴンの血を濃く引く者は、棺に近づいただけで死ぬ。されど、さほど濃くない者は大丈夫じゃ。ほれ、あの通り」

「くそっ、くそっ、くそくそくそっ……ええいっ、第二班、かかれっ」安大佐は怒りを抑制して命令を下した。

ほとんど同じことが起きた。数のみは違って、三人が生き残った。

「第三班、進め」

生き残ったのは五人。

「第四班、ゆけ」

今度は二人。

「よし、棺を台車に載せろ」

十四人——二十四本の手が棺の底にかかった。一方がかすかに浮くものの、わずかに運び上げるには至らない。

「第五班！」

これが最後の持ち駒だ。

安大佐は棒立ちになった。

「…………」

第五班は一人も残らなかった。二十人全員が死んだ。

「ど、どうします、大佐」

副官が後ずさりしながら訊いた。

上の入り口には、引き揚げ要員として若干の兵士を残してきている。彼らを呼ぶか……。

安鍾根は決断を躊躇わなかった。

「大佐！」

副官の叫びを背中に聞きながら彼は棺に向かって歩いていった。おれは死ぬのか？　それならそれでかまわない。いいや、望むところだ。そして、自分が死に追いやった人々に詫びるまでだ。この狂気の世界から脱出できる。

何も起こらなかった。彼は折り重なった死体を踏み越え、棺の傍に立っていた。

「安大佐！」

「大佐！」

十四人の隊員たちは頬を濡らし、口々に声をあげた。

「悪餓鬼《わるがき》ども」安鍾根は猛訓練の時と変わらぬ声を張り上げた。「こんな代物《しろもの》に、何をいつまで手こずってるんだ。力を合わせて、もう一度だ。ゆくぞ、一、二、三」

棺が岩から離れた。

――最新鋭国産イージス艦〈姜以式〉

「司令官、〈桓因〉が潜航しました」

その知らせを、洪春秋《ホンチョンジュ》は階段を下る途中で受けた。慌てて艦橋に引き返すと、暮れなずむ海面に〈桓因〉は没し去った後だった。泡の痕跡さえ残ってはいなかった。

「おのれ、白貴莱《ペククィネ》の阿呆め！」

欺《あざむ》かれたという以上に、自分がやりたくてできなかった抗命を〈桓因〉の艦長が躊躇いもなくやってのけたことに、洪春秋の怒りは激しく燃え上がった。

「全艦に告ぐ」マイクに向かい、嗄《しゃが》れた声を振り絞って叫んだ。「これより〈桓因〉を攻撃せよ」

突然の命令は、艦隊を混乱に陥れた。頭上を旋回していた対潜哨戒機はすでに一機残らず姿を消し、艦船も舳先《へさき》を揃えて東草の海軍基地に向かい始めた矢先のことだった。

――ドウナッテイル？

――作戦ハ中止サレタハズダガ？

――〈檀君〉ノ間違イデハ？

そんな問い合わせが集中豪雨となって殺到した。

ようやく各艦が了解、納得のうえで攻撃態勢を整えた時、もはや〈桓因〉は手の届かぬ深みに潜航していた。通常動力潜水艦の最大潜航深度を楽々と超えた深みへと。

追ってゆけるのは、同一の性能を備えた同型艦〈桓雄〉あるのみ――。

――攻撃型原潜〈桓雄〉

「一転二転とはこのことです。いったい何が起きているのでしょうか」

ディスプレイに表示された深度から目を離さず

に副長の羅禹錫《ナウソク》が言う。

「さあな。わたしにもさっぱりだ」呉醍醐《オヂエホ》は苛立ちをこらえながら応じた。「憶測を逞《たくま》しくすると、〈桓因〉は作戦続行を選択したというところだろう」

「なるほど、あの艦長の性格からして、充分にありうることです」羅禹錫はあっさり同意する。同じ考えを抱いていたのだ。「叛乱艦のために自らも叛乱艦になってしまった。ミイラ取りがミイラになる、の譬えを地で行ったわけですな。で、この艦の立場はどうなります？」

「立場とは？」

「これでは〈檀君〉の手助けをしてやるようなものではありませんか」

「是非もない。命令は絶対に遵守《じゅんしゅ》する、それが軍人の本分だ」

『ソナーに応答あり』スピーカーの声が発令所に響き渡った。『今、音紋を識別中です』

羅禹錫が振り向き、呉醍醐と目を見交わした。スピーカーから再び声が流れ出るまでの十数秒間が一分にも、二分にも長く感じられた。

『〈檀君〉です！　間違いありません！』

「艦長！」羅禹錫は露骨な期待を面に刷《は》いて促すように言った。

呉醍醐はきっぱりと首を横に振った。「いや、だめだ。〈檀君〉に対する攻撃命令は取り消された。本艦の標的はあくまでも〈桓因〉だ」

「しかし……」

ソナー員が切迫して叫ぶ。『〈檀君〉の魚雷発射管が開いています！』

「お願いです、艦長」

『新たなソナー反応を感知！　こちらは……桓因です！』

呉醍醐はマイクを手にした。「〈桓因〉の位置情報を魚雷発射室に送れ……魚雷発射室、こちらは艦長だ」

『魚雷発射室です、どうぞ』

「標的を捕捉。データが転送され次第、チョンドゥファンを発射せよ。二発だ」

『標的といいますと……』

「復唱しろ、水雷長」

『は、データが転送され次第、チョンドゥファン二発を発射します』

「それでいい……ソナー室」

『はい、艦長』

「〈桓因〉の様子はどうだ」

『こちらに気づいた気配はありません。〈檀君〉に対してもです』

「どうしたというんだ、白貴莱《ペククィネ》艦長。頭に血でも昇ったか？」呟くように言うと、声を張り上げ操縦士に命じた。「浮上の準備だ。魚雷発射後、本艦は直ちに本海域を離脱する」

——攻撃型原潜〈桓因〉

「銃を下ろせ、副長」

「いいえ、だめです。お願いですから、艦長のほうこそ大人しく銃を捨ててください」

「話し合おうと言っているのだ」

「無用です。わたしは艦長職を代行し、軍規違反であなたを拘束します」

発令所は一触即発状態だ。クルーが艦長派と副長派に分かれ、互いに銃を構えて睨み合っている。双方ともに折れる気配はない。

ソナー員の一人が、副長の孫山満《ソンサンマン》にこっそり耳打ちしたのが事の発端だった。孫副長はその密告を信じた。白貴莱《ペククィネ》の性格からして考えられないことではない。いや、大いにあり得る、と。とはいえ事は重大である。艦長に叛逆容疑をかけるのだから。孫山満は慎重に進めようとした。しかし針鼠《はりねずみ》のように神経を尖らせた白貴萊の察知するところとなり、事態はあっという間にエスカレート。結果的に、かくも愚《おろ》かしい最悪の状況の現出となってしまったのだった。

「いいか、副長。こんなことをしている場合ではないのだ。一刻も早く三番艦を仕留めなくてはならん」

「では、その前に副提督からの命令を、わたしたちにも明かしてください」

「何度言わせればいい。作戦の続行だ」

「嘘です！」

孫山満の背後で高賢哲《コヒョンチョル》が叫ぶ。「自分は確かに聞きました。全作戦中止、帰投——艦長はそうおっしゃっておいででした」

「おまえは耳が悪いのだ」高賢哲を密告者と看破《かんぱ》し、白貴萊は罵りと憎悪の視線を浴びせた。

「耳が悪い？」高賢哲は怯《ひる》むどころか、激昂した。「誇り高いソナー員にとって、そいつは最大の侮辱です。ちっくしょう、銃を持ってたら、あんたなんか撃ち殺してやれるのに」

「自分も聞きました」

「自分もです」

同僚の張銀恒《チャンウンハン》と朴痴源《パクチウォン》が声を揃える。

声はさらに続いた。

「自分も」

愕然となって、高賢哲、張銀恒、朴痴源の三人は声の主を見やった。

「車泳鎮《チャヨンヂン》！　どうしてここに」

「おれも気になって」四番目のソナー員は答えた。

「様子を見に来たんだ」

「じゃあ、ソナー室には誰が？」

「誰がって……そりゃ……」

「戻れ！」白貴萊と孫山満は異口同音に怒鳴った。

四人が風を巻いて持ち場に戻っても、対峙《たいじ》は依然として続いた。

スピーカーから性急な声が流れた。

『パッシヴ・ソナーに反応！　音紋は……桓雄です！』

白貴萊は薄く笑った。「気骨のある艦長がもう一人いたようだな」

「今の言葉、お認めになったも同じです」孫山満は笑いを返したが、すぐに頬を引き締めた。「気骨のある？　いいえ、わたしは呉醍醐《オヂエホ》艦長をよく存じ上げております。あの方は軍人の鑑のような人物です」

白貴萊の顔から血の気が引いた。「追ってきたというのか、この艦を」

「それ以外に何が考えられますか」

『魚雷！』スピーカーが喚いた。『桓雄が魚雷を発射しました！』

白貴萊は銃を捨て、マイクを掴んだ。

「デコイ、発射」

『だめです！　すぐ来ます！』

ソナー員の絶叫はスピーカーを突き破って、本人自身が飛び出さんばかりだった。

次の瞬間、凄まじい衝撃が突き上げた。

――攻撃型原潜〈桓雄〉

『命中です。破壊音、感知』

ソナー室からの報告に、ほんの一瞬、呉醍醐《オヂエホ》と羅禹錫《ナウソク》は痛苦の視線を交わした。副長の目には非難と憤りの色もあった。

「浮上します」

その操縦士の声をかき消すように、スピーカーのけたたましい声が重なった。『魚雷、来ます！

檀君です！』

――攻撃型原潜〈檀君〉

『〈桓雄〉の撃沈を確認』

「ご苦労さま。引き続き哨戒に当たって頂戴」

蘇多鯤《ソダゴン》の顔を持つ触手を化け物は、マイクを戻すと操縦士に命じた。「帰巣します。深度一〇〇〇まで潜航」

化け物は長い首を伸ばし、発令所内を見回した。士官、オペレーターの顔はどれも海戦直後の興奮に上気している。

「行き掛けの駄賃《だちん》にしては大戦果を挙げたと自画自賛していいようね」

拍手、そして喝采が起きる。

「独島を攻撃しに行って、原潜を二隻も沈めたのだもの。もっとも〈桓雄〉が手間《てま》を省いてくれたおかげではあるのだけれど」

「それが不思議ですわ」副長の崔純姫《チェスニ》が一同を代表するように言った。「〈桓雄〉はなぜ〈桓因〉を攻撃したのでしょうか」

「考えられる答えは一つ」化け物は全身に生えた無数の触手を喜びに蠕動させた。「韓国政府は、わたしたちダゴン教団の要求を呑んだのよ。それで作戦中止命令が出された。ところが〈桓因〉は抗命した。白貴莢《ペククィネ》――あの李朝時代の遺物、唾棄《だき》すべき男尊女卑の〃マチズモ〃ならきっとそうする。〈桓雄〉は〈桓因〉の叛乱を阻止するために遣《つか》わされたのね」

「政府が要求に屈したというのは」水雷長の許《ホ》禎淑《チョンスク》が手を挙げた。「どれくらい確かなことでしょうか」

「そうね、わたしにしても、フローティング・ブイ・アンテナを上げる危険を冒《おか》す気にはなれないわねえ。でも、いずれわかる。茶坤の棺が投下されれば。論より証拠よ」

航海長の李恵卿《イヘギョン》が訊いた。「それはいつになりますか」

「今ごろ政府は急ピッチで発掘作業にかかっているはず。降伏したというのに、これ以上パクチョンヒⅡを撃ち込まれては堪《たま》ったものじゃない。早ければ、明日の午後にでも」

「残念」機関長の鄭香和《チョンヒャンファ》が拳を握った。「水原華城は破壊したかったのに」

「わかるわ。兵器って、持つと使いたくなるものなのよね」崔純姫が陶然とした色を浮かべて同意した。「それも、使えば使うほど、もっと使いたくなってしまう」

「水原に」船務長の黄信徳《ファンシンドク》が訊いた。「何か恨みでもあるんじゃないの、ねえ?」

「驚いた。図星よ。水原第三高等学校に通っていた頃、大好きだった先輩に思いきって告白して、見事にフラれた場所なの」

「古傷ってわけね」

「あら、〝青春の甘酸っぱい思い出〟ぐらいは言ってほしいわ」

〈桓因〉と〈桓雄〉という真の脅威《きょうい》が除き去られた今、解放感、勝利感、そして余裕が彼女たちに軽口を叩かせていた。化け物の触手の魔力によりダゴン教徒に〝改宗《かいしゅう》〟したからといって、人間としての個性まで書き換えられてしまったわけではないのである。

「機関長の切なる願いを容れて」蘇多鯤の顔を持つ化け物は満足の口ぶりで請け合った。「明朝一番で、パクチョンヒⅡを水原華城に撃ち込んでやりましょう。最後の催告《さいこく》よ」

——**江華島摩尼山**

太陽が黄海の果てに沈もうとしている。海原は血の色に深く染まっていた。山頂を埋め尽くす黒焦げの死体群は、夕陽に赤々と照らされて、この世のものならざる奇景を呈している。狂った芸術家の生み出す怪異なオブジェのようだった。

——惨憺《さんたん》たるものだな。

身を揉み搾《しぼ》られるような激しい嘔吐《おうと》感を抑え込み、安鍾根《アンヂュングン》大佐は最後のフックを台車に取り付けた。頭上を振り仰ぐ。ホバリングするＣＨ－47チヌークに向かって手で合図する。

機内のウィンチが作動した。ロープが巻き取られる。棺を固定した台車がヘリに引き揚げられていった。

収容が無事に終了すると、機体からロープが次々に投げ落とされた。

「よし、撤収《てっしゅう》する」

部下の隊員たちがロープを掴んだ。そのうちの一人は、黒眼鏡の老婆をハーネスで背中におぶっていた。彼らもまたウィンチによって苦もなくチヌークに戻ってゆく。すべてを見届け、安大佐は最後にロープに手を伸ばした。

発掘は終わった。後は、最終目的地の独島に向かってひとっ飛びだ。

——**攻撃型原潜〈檀君〉**

「はいっ、これです」

趙美蝶《チョミヂョプ》が戻ってきた。二等兵の徽章の縫い付けられた艦内着を差し出す。

柳七厳《ユチロム》は白衣を脱いだ。

「サイズ、どうですか」

「だいじょうぶ。ぴったりよ」

「武器庫のキーなんですけど、どうしても手に入らなくて」

「いいって言ったでしょ、そっちのほうは」

これから先、クルーを敵に回すことになるのだが、全員が銃器を携行《けいこう》しているわけではない。特殊な閉鎖空間である潜水艦の艦内は銃規制が敷かれている。この点、一般社会と同じだ。拳銃を手元に置ける資格を有するのは、士官以上と、艦内警務の任を帯びた船務科所属の数人に限られていた。それに趙美蝶の話によれば、柳七巌を撃とうとする者は自分自身を撃ってしまうというのだから、銃器はさほど気にしなくもていい、と柳七巌は踏んでいた。

「それよりも、リクエストしたものは持ってきてくれた？」

着替えを渡した後、趙美蝶は手ぶらになっていた。その顔を得意の色がかすめた。

「もちろんです」

趙美蝶はベルトを緩め、上着の裾をズボンの中から引き出した。

「思った通り、工具室で見つけました」

上着をめくりあげると、左脇腹の辺りに密着した金属の棒先が見えた。

「でも、けっこう大変だったんですよ、怪しまれないで歩くのは」ズボンの左側から金属棒を抜き出した。「こんなもので、本当にいいんですか」

柳七巌は受け取った。ずしりと持ち重りがする。長さ七〇センチ、直径三センチの鉄パイプだ。握ると、向こうのほうから吸いついてくるかのように掌にフィットする。狭い艦内で振り回すのだから、もう少し短くてもいいが、文句は言うまい。

「ありがとう。こういうのが欲しかったの」

絞り込むように右手で握る。左手は添えるだけ。軽く素振りした。びゅっと音をたてて空気が斬《き》り裂かれる。趙美蝶が目を丸くした。

「すっごーい。ドクターは海東剣道《ヘドンコムド》でもやってるんですか？」

「そんなんじゃないわ」

柳七厳は微笑を返したが、答えは曖昧《あいまい》に濁した。

剣法は柳家代々の家学であった。呪術師の家柄《いえがら》が、なぜに剣法を相伝するのか——。

柳七厳は他言無用の絶対秘事として、母の柳玄矩《ユヒョンググ》から柳一族の来歴を以下のように聞かされていた。

——李氏の朝鮮王国が建国されて二百三十年ばかりが過ぎた頃のことという。柳家の呪術者が国の密命を帯びて倭国《わこく》に渡った。別の人間との間で魂を入れ替え得る秘法の術者である彼は、首尾よく使命を果たし、倭国随一の青年剣士の肉体を手に入れた。帰国後、国家機関である兵曹《ピョンヂョ》に設置された武芸庁《ムイエチョン》で剣法の指導に当たり、所期の目的であった朝鮮への剣法の扶植《ふしょく》、すなわち朝鮮剣士の育成に力を尽くした。その一方で私的には、妙齢の美しい妹に対しても倭国の剣技を余さず伝授し、免許皆伝を与え、さらに情を通じて子まで生《な》した。肉体は別人のものだから、兄妹相姦には当たらないのは道理である。生まれたのは女子だった。後に彼は再び倭国に行き、消息を絶った。その行方は杳《よう》として知れぬ。国を離れるに際し、妻である妹にこう命じた。娘には呪術だけでなく剣法も学ばせよ。されば柳の姓を冒すを許す。柳一族の剣法は代々母娘の相伝とすべし、と。

なぜそのようなことを命じたのか、そこまで詳しくは伝わっていない。何にせよ娘の四厳《サオム》は母から剣と呪術を学んで成長し、柳一族の太祖となった。柳七厳はその末裔である。

「では、行きましょう」

「待ってください」

趙美蝶が柳七厳の腕を押さえた。「ほんとに信じていいんですね、原子炉には絶対行かないって」

彼女が着替えを取りに行く前に、この先の手筈《てはず》を打ち合わせた。そして激論になったのだった。柳七厳が挙げた襲撃目標は、原子炉制御室だ。ここを制圧し、航行不能に追い込む。場合によっては原子炉を破壊するまでのことをやる。つまり、艦と運命を共にするわけだが、クルー全員が化け物に〝感化〟された現下で、たった二人で〈檀君〉を奪い返すよりも、こちらの策のほうがよほど現実的というものだった。聞けば〈檀君〉は、敵国艦船と交戦しているのではなく、韓国本土をミサイル攻撃しているという。もはや化け物の道具に堕《だ》した狂える艦であった。ならばなおのことであろう。これ以上の祖国攻撃を許さないためにも、潜水艦本体を葬り去ってしまうに如くはなし。

ところが趙美蝶は猛烈に反対を唱えた。艦と運命を共にするだなんて、そんなことのためにドクターを助けたのではありません、と頑《かたく》なに言い張った。

『あの化け物はドクターに手が出せません。魅入られてしまったクルーたちもです。信じられないかもしれませんが、わたし、ちゃんと見たんです。艦内を制圧するのは難しいことではないはずです』

結局、柳七厳は折れた。あの化け物さえ仕留めることができたら、クルーたちは正気を取り戻すのではあるまいか。そんな根拠のない思いが脳裡《のうり》に閃いた。自嘲《じちょう》した。生への未練《みれん》だろうか。いや、根拠がないわけではないと自分を励ます。呪術においては、術客《じゅつきゃく》が敗れると術は解けるものだ。その理屈が、あの化け物にも通用してくれれば。

「誓うわ」柳七厳はきっぱりと言った。「目指すは発令所よ」

——ソウル中央地検特捜部

「でも、検査というものがあるでしょ」

「そんなものは何でもないよ、検事さん。検査官に金を掴ませるだけのことだ。いくらでもこちらの望んだ通りのデータを出してくれる。出なければ？　出なければ何度でも実験をやり直させるまでだ。それでもだめなら改竄《かいざん》だよ。金さえ握らせれば、ころばない検査官なんて——いや、検査官というよりは検査機関だな」

「検査機関を丸ごと買収するってこと？」

「その通り」

「どうしてそんなことができて？」

「民間の検査機関といってもね、結局は国防部の外郭《がいかく》団体のようなものだ。そちらから圧力をかけてもらうんだよ。要するに金と力さ。この二つが働けば、この世に、なるようにならないものなんて皆無だ」

「では、国防部にも金に転んだ者がいるというのね」

「上から下まで、そんなやつばかりだよ、この国のお役人は。違いを言えば、金額の多寡《たか》だけだ」

「だとしたら検査機関より、国防部のほうがよほど問題ね。これは汚職よ、汚職」

「汚職か。確かにそうだ」

「教えてもらえるかしら。金を受け取った者の実名、肩書、金額、年月日と場所。まずはリストを作成したいの。それを元に一つ一つ立件してゆくわ」

「いいとも」

鄭宇喆《チョンウチョル》の顔色は紙のように白く、ねっとりとした脂汗にまみれている。彼は自分が信じられなかった。絶対に隠さなければならないことを舌が勝手に喋っているのだ。録画録音中の取調室で！

「……主だった顔ぶれは、まあこんなところかな。課長級になると人数は倍増する」

権侯蘭《クォンフラン》検事が机の上に紙とペンを差し出した。

「今喋ったことを書いてもらえないかしら」

「いいとも」

舌だけではなかった。手も、だ。ペンを握るや、意志に反して動き始めた。

名前、肩書、金額、日付、場所……名前、肩書、金額、日付、場所……。

――攻撃型原潜〈檀君〉

「今ならだいじょうぶです」

ドアから顔をのぞかせて左右を確認した趙美《チョミ》蝶《ヂョプ》が、振り返ってうなずいた。柳七厳《ユチロム》は彼女に続いて懲罰房を出た。顔をうつむき加減にした。人間の心理として、まずは服装で相手を識別する。二等兵の恰好なら無難で、特別な注意を引くことはないというのが柳七厳の読みだった。

「お待ちなさいっ、あなたたち」

いきなり背後から声を浴びせられた。

まさに最悪のタイミングというしかなかった。よりによって懲罰房から出てゆくところを見られたとは。こうなったら切り抜けられる手は一つだ。こそこそ顔を隠しているなど無意味。ためらわずに柳七厳は振り返った。

トイレから出てきた大柄な兵士の肩章《けんしょう》は伍長だった。

「違うんです、李伍長」趙美蝶が言い繕《つくろ》おうとする。「これはその……」

「どういうことなの、趙美蝶」補給科の上司なのだろうか、叱りつけるように言い、鋭い視線を柳七厳に向けた。表情が更に険しくなる。「……ドクター？」

間髪を容れず柳七厳は動いていた。素早く前に進み出ると鉄パイプの突きを繰り出した。パイプの先端は鳩尾《みぞおち》に決まり、伍長は声もあげずにその場にくずおれた。

「すっごおい」

「感心してないで、手を貸して」

「どうするんです」

「このままにしてはおけないでしょ。懲罰房に放り込んでおく」

「そんなの、わたし一人で充分です」

趙美蝶は倒れた伍長を楽々と肩に担《かつ》ぎあげると、懲罰房のドアを開き、無造作《むぞうさ》に投げ飛ばして、鍵をかけた。

「さあ、ゆきましょう、ドクター」

懲罰房は兵員居住区の端にある。化け物が占拠しているという発令所までは、居住区を抜け、階段を上り、兵員食堂を通り、さらにまた階段を上る必要がある。肝要《かんよう》なのは、見とがめられないことだ。見とがめられず発令所にたどり着けるかどうか――そこに、すべてがかかっている。

ちょうど今がシフトの切り替え時間で、兵員居住区は出入りの兵士でごったがえしていた。サブマリナーにとって一日は〝十八時間〟である。勤務に六時間、睡眠に六時間、残る六時間がフリータイムというサイクルだ。原潜は広いことで定評があるが、それはあくまでも通常艦との比較においてであり、スペースは切り詰めなければならない。プライベートを確保できる棚型のベッドルームにしても個人用ではなく共有である。

「ちょっと、趙美蝶」声がかかった。「どこへゆくの。あなた、勤務中じゃなかった?」

「李伍長の頼まれごと」

趙美蝶は顔も向けずに平然とやりすごした。やはり女傑だわ。後ろに続きながら柳七厳は頼もしさを覚えた。鉄パイプは、身体の陰に隠し持つのではなく、敢えて人目に晒《さら》して握っている。二、三の訝《いぶか》しげな視線が注がれるが、声をかけてくる者はいない。隠したい物こそ人の目につくように置け――それも人間心理の盲点を突いた手法だ。

無事に兵員居住区を抜けた。階段に足をかける。

「止まれ」

頭上から鋭い声が降ってきた。

趙美蝶が足を止めた。

咄嗟《とっさ》に彼女の背中にぶつかったように見せかけて顔を隠し、柳七厳は小声で訊いた。「どうしたの？」

「わ、最悪」趙美蝶が肩越しに囁き返す。その声は緊張に硬い。「警務の朴曹長です。わたしを懲罰房当番のシフトに組み込んだ人」

警務ということは拳銃を所持している。柳七厳はパイプをそっと持ちかえた。

「趙美蝶、どうしてあなたがここに？　懲罰房の見張りはどうしたの？」

「伏せて」柳七厳は叫ぶや、趙美蝶の肩をぐっと押し下げた。

朴曹長は階段の上に立っていた。柳七厳は彼女に下方から顔を晒す形になった。曹長の顔を驚きの色がかすめる。と同時に、その右手は腰のホルスターへ疾《はし》った。

柳七厳が趙美蝶の身体を飛び越し、上段を踏んだ時には、抜かれた拳銃がすでにこちらに向けられていた。引き金にかかった指に力がこもったのは、柳七厳の手にした鉄パイプを目にした条件反射だったろうか。

と、信じ難いことが起きた。

朴曹長が構えを崩すと、銃口を自らの顳顬に押し当てたのだ。柳七厳は目を瞠った。趙美蝶から話に聞いていなければ、驚きのあまり発砲を許していたことだろう。そして、そうなったが最後、非常ベルを鳴らしたも同じこと。だが、幸いにも驚きによる遅延は、須臾《しゅゆ》の間に過ぎず、彼女の手から飛んだ鉄パイプは、朴曹長が自分の頭を撃ち抜く直前、狙い過《あやま》たず手首を搏《う》っていた。

骨が砕かれる鈍い音がし、拳銃が手から抜け落ちる。柳七厳は素早く駆け上がって、階段ぎりぎりで拳銃を受け止めた。暴発されては元も子もない。

朴曹長はその場に両膝をついた。不自然な角度にだらりと垂れ下がった右手を不思議そうに見つめるうちにも、ゆっくりと口が開かれていった。悲鳴をあげられてしまう前に拳銃の台尻を後頭部に振り下ろした。曹長の身体は前のめりに倒れた。

「名付けて敵意返し」趙美蝶が階段をうれしそうに上ってきた。「なんて、どうかしら。ね、わたしの言う通りだったでしょ、ドクター」

「半信半疑、いいえ、正直なところ疑い七割だったわ」

そう認めながら、柳七厳は前途にぱっと光明《こうみょう》が射し込めるのを感じた。趙美蝶の言う通りなのかもしれない。敵意返し——これなら艦内制圧も難しくはあるまい。

「持っていて」拳銃は趙美蝶に渡した。「でも不用意に使っちゃだめよ」

銃声で異変を察知され、発令所の扉を閉められたら一巻の終わりだ。

「わかっています。曹長はどうしましょうか。隠せる場所は近くにないし」

「放っておくしかないわね」柳七厳は鉄パイプを拾い上げた。「あとは一気に発令所に突入するまでよ」

二人はキムチの臭いが濃く立ち込める兵員食堂に入っていった。

十数人がテーブルについていた。トルソッ・ビビンバを匙《さじ》で情熱的にかき回す者、ぐつぐつ煮立ったスンドゥブ・チゲを口に運ぶ者、食べ終えて歓談に打ち興じる者、大型スクリーンで本日の艦内上映映画『ムグンファ・コッチ・ピオッスムニダ』をぼんやりと見ているなど、各人各様だ。

食堂は通り抜けになっている。何食わぬ顔で反対側のドアに向かおうとした二人の足を、背後からの声が止めた。

「待ちなさい、ドクター柳！　柳七厳！」

名指しだった。振り返ると、朴曹長が戸口に立っていた。

「何ってこと！」趙美蝶が顔を歪める。

信じられない思いは、柳七厳のほうが勝っている。容赦なく頭を殴ったはずなのに。化け物になる。〝感染〟した者は、人間離れした力が備わるのだろうか。

ドクター、の言葉に食堂にいた全員が反応を示した。手を止めた。顔を上げた。視線を向けた。

「ドクターが懲罰房を脱走したわ！」朴曹長の警告は食堂の空気を震わせた。「その女が手引きしたのよ！　止めて！」

皆、一斉に立ち上がった。二人の行く手に立ち塞がった。

いちばん近くにいた兵士が椅子を振り上げて襲いかかってきた。が、次の瞬間には自分の頭に椅子の縁を振り下ろしていた。彼女は椅子とともに倒れた。

「立ち向かうな！」朴曹長が右手首を千切《ちぎ》らんばかりにぶらぶら振り回しながら叫ぶ。「抵抗もしちゃだめ！　押し包むだけでいい」

己の経験に鑑みて、数を頼んで足止めを図ろうというわけだ。

柳七厳は六臂《ろっぴ》の阿修羅《あしゅら》の如く鉄パイプを振るっ

た。一方的に、手当たり次第、兵士を無力化してゆく。いや、さらでも無力な相手だったから、正確には数を減らしていったというべきか。

案じられるのは趙美蝶の身だった。巫の力がそれほどでない彼女は、敵意返しができないだろう。だが、心配するまでもなかった。

趙美蝶のほうも、持ち前の怪力を活かして大暴れしていた。兵士の一人を軽々と持ち上げるや、ぶんぶん振り回し、当たるを幸いに辺りを薙ぎ払った。人は倒れる、椅子は飛ぶ、テーブルは引っくり返った。ビビンバの石鍋は床を転がり、チゲがぶちまけられて壁を唐辛子色に染めた。

厨房《ちゅうぼう》から二人のコックが血相を変えて飛び出してきた。それぞれ鍋とフライパンを手にしていた。朴曹長の警告は間に合わず、二人は己の調理器具を自分の脳天に叩きつけてその場に倒れた。

反対側のドアが開いた。三人の兵士が何かを議論しながら入ってきた。乱闘を目の当たりにして戸口で立ち止まった。

「脱走よ！」朴曹長が叫んだ。「早くドアを閉めて！　そうじゃない、莫迦！　外から締めるのよ！」

三人は回れ右して食堂を出た。

柳七厳は最後の一人を倒してドアに駆け寄った。が、一瞬の差でドアは閉じられ、鍵をかけられてしまった。

趙美蝶が、もう敵はいなくなったのを確認し、振り回していた兵士を手放した。兵士の身体は宙を飛び、壁の艦内電話に駆け寄ろうとした朴曹長を押し倒した。傍らに積み重なっていたテーブルの山が、どどどどどっと崩れ、曹長を兵士もろとも下敷きにした。

「わたしがやります、ドクター」

柳七厳に代わって趙美蝶がノブを握る。だが彼女の怪力を以てしてもドアを開くことは無理だった。

二人は暗然と顔を見合わせた。塞がれてしまったのだ、発令所へ向かう唯一の道が！

ドアの向こうから悲鳴が聞こえた。と、ラッチボルトが外され、ドアは開いた。

「梁《ヤン》一等兵！」趙美蝶が驚きと安堵の入り混じった声をあげた。「じゃあ！」

「趙二等兵、おまえもだったのね」

ドアを開けたのは、三人の兵士のうちの一人だった。残る二人は彼女の足元に気絶して倒れていた。「先を越されたわ。わたしもドクターを助けなければと思っていたのだけれども」梁一等兵と呼ばれた中年女は、興奮の面持《おも》ちだった。

柳七厳は瞬時に状況を理解した。何と、趙美蝶の他にもいたとは。梁一等兵もまた化け物に〝感染〟したふりをして、静かに潜伏していたのだ。

「梁夏香《ヤンハヒャン》一等兵であります、ドクター」新たな味方は敬礼した。「行き先は発令所ですね」

「言わずもがなよ」

「お供します」

銃声が鳴り響いた。

額に大きな穴が開いて、一条の鮮血を迸らせながら梁一等兵の身体が倒れていった。

柳七厳はさっと頭をめぐらせた。通路の奥から魚薇譚《オミダム》少尉が走り出た。その手には拳銃が握られている。

再び銃声。

弾がドアに鋭く跳ね返る。趙美蝶が立っていた位置。咄嗟に柳七厳が突き飛ばさなかったら、趙美蝶も梁夏香の後を追っていたことだろう。

趙美蝶を庇《かば》いつつ、柳七厳は彼女を階段のほうへ押しやった。

「発令所を」

その一言で趙美蝶には通じた。今の銃声を聞いたからには、発令所は警戒態勢をとるはずだ。入り口を閉められてしまっては、もはやそれまで。趙美蝶は目に強い決意の光を浮かべてうなずき返すと、急ぎ階段を駆け上がっていった。階段を上れば、すぐ先が発令所だ。

柳七厳は魚薇譚に向き直った。

少尉は、もどかしげな表情を浮かべて拳銃を握った手を下げた。柳七厳を狙えば、それが自分に跳ね返ってくることを承知しているようだった。結局踵《きびす》を返して逃げ出した。化け物の〝感化〟を受けても、十人十色というわけか。

と、食堂のドアから、手負いの兵士たちが溢れ出てきた。柳七厳は再び鉄パイプを縦横に揮《ふる》って彼女たちを叩きのめし、床に這いつくばらせ、食堂内へと押し戻した。ドアを閉め、ラッチボルトを差し込むと、趙美蝶の後を追った。彼女が先行して、まだ一分は経っていないはずだった。

――ソウル中央地検特捜部

「何、鄭宇喆《チョンウチョル》が自白を始めた？」

知らを受けるや、特捜部長の尹勇俊《ユンヨンヂュン》上級検事は執務室の椅子から立ち上がった。

「はい！　目下、贈賄《ぞうわい》者リストが作成されているところです！」

取るものも取り敢えず駆けつけたといわんばかりに、副部長の辛厚洛《シンフラク》検事も異様な興奮状態に陥っていた。

「そうか！　またも権侯蘭《クォンフラン》がやってくれたか！」

建国以来最大とマスコミが騒ぎ立てている今回の国防産業疑獄事件の中心人物こそ、一代で新たな大財閥を築きあげた現宇星グループのＣＥＯ鄭宇喆だった。マスコミに煽られる形で捜査に着手したまではよかったが、証拠は次々に湮滅《いんめつ》されていった。下級幹部の一人でも起訴に持ち込めれば、少なくとも全面的な敗北は免れる――尹勇俊としては、そう弱気になっていた矢先だった。

「まったく、あの女は魔女だよ。今回もいったいどんな魔法を使ったというのだ」

「何はともあれ、これでわたしたちは――いいえ、韓国検察は救われました」

二人は手を取り合い、さらには互いに肩も抱き寄せ、子供のように涙を流した。

「夢を、夢を見ているのではあるまいな、副部長」

「いいえ、夢ではありません、部長」

辛厚洛は上司の頬をつねった。

「遠慮するな。もっと強く」

「はい、では」

「痛っ、うむっ、夢ではない、が――」

「まだお疑いですか。では、鄭宇喆が自白している姿を直接ご覧になってはいかがです」

「おお、それだよ、それ！」

――攻撃型原潜〈檀君〉発令所

たゆたうように流れていた時間は、一発の銃声で一気に現実に戻った。

動きを止めていた化け物が触手を一斉にざわめかせ、夢遊病者めいた足どりでゆっくりと歩き回っていた副長と士官たちが弾かれたように顔を上げた時、二発目が響き渡る。

「警務班！」船務長の黄信徳《ファンシンドク》が手近のマイクに飛びついた。「今の銃声は何、至急報告せよ」

緊迫した声がすぐに応答を返した。「これより調査に向かいます」

「ずいぶん近く聞こえたわね」蘇多鯤《ソダゴン》が触手を長々と伸ばし、出入り口に最も近いところで歩みを止めた許禎淑《ホジョンスク》の肩を押しやった。「見てきなさい、水雷長」

「ラジャー」

出てゆこうとした許禎淑を押し退けるようにして、そのとき一人の兵士が突風のように駆け込んできた。

――平沢市《ピョンテク》・在韓中軍烏山《オサン》空軍基地

「発進」

ヘルメットの中でパイロットが離陸を告げた。

滑走路は誘導灯が点燈しておらず、機窓前方は完全に闇の中に沈んでいる。が、手元のモニター画面には赤外線カメラによる暗視映像が明瞭に映し出されていた。

午後八時十三分、配備されて間もない新型ステルス機、殲《ジェン》－51は滑走路を難なく離陸すると、黒い翼を翻《ひるがえ》し、漆黒の闇空に翔《か》け上がっていった。

――攻撃型原潜〈檀君〉発令所

「報告しますぅ！」息せききって趙美蝶《チョミジョプ》は叫んだ。「食堂で喧嘩が起きて、撃ち合いになっちゃいましたぁ。もう、ばっかみたいにささいなことで口論になってしまって、それでカッとなったらしくてぇ……そのぉ……」

せいいっぱい能天気な二等兵らしく見えてほしい。時間稼ぎの演技なのだ。趙美蝶は言葉を切って反応をうかがった。

「喧嘩？」副長の崔純姫《チェスニ》が応じる。「誰と誰が喧嘩を？」

「えーと、船務科の朴紅椿《パクホンチュン》曹長と、水雷科の魚薇《オミ》譚《ダム》少尉でーす」

「艦長に命じられた通り検分を」副長は許禎淑《ホジョンスク》

を促すと、鄭香和《チョンヒャンファ》にも指示を下した。「機関長は念のためドアを閉めて」

「ラジャー」

「ラジャー」

二人の士官がドアに向かう。

「だめっ」

趙美蝶は二人を追いかけると、ポケットに隠していた拳銃を引き出した。許禎淑のうなじに銃口を押し当て、引き金を引く。驚愕の表情で振り向いた鄭香和の眉間にも一発見舞った。銃声が凄まじく反響する中、水雷長と機関長は折り重なって戸口に倒れた。

趙美蝶は振り返った。警務の責任者である船務長の黄信徳《ファンシンドク》が、素早く反応して、ヒップ・ホルスターから拳銃を抜き出したところだった。引き金に指をかけていた趙美蝶に利があったことは言うまでもない。三度目となる指は滑らかに動き、発射された弾丸は三メートル先の黄信徳の眉間をぶち抜いた。

その直後、矢のように伸びてきた触手が趙美蝶の首に巻き付いた。応射する暇もあらばこそ、二等兵の爪先は床を離れ、頭は天井近くまで持ち上げられた。化け物の触手は、巫性を帯びた彼女をダゴン教徒へ改宗させることは叶わなかったものの、物理的に首の骨を折るぐらいは容易《たやす》かった。

一秒後、趙美蝶の首は触手によって極限まで細く圧縮され、胴体がその重みによって千切れ落ちた。

二人の士官の射殺体を踏み越えて柳七巌《ユチロム》が発令所に入ってきたのは、まさにその瞬間だった。

『まもなく東海です、大佐』

——江原道三陟《カンウォンドサムチョク》市上空

「了解」

安鍾根《アンジュングン》はヘッドフォンを戻した。あと僅《わず》かだ。海に出れば、独島まで二一〇キロ。目をこすり、ヘリ後方のカタパルトに台座ごと固定された棺をぼんやりと見つめる。

「何をくよくよすることやある」黒眼鏡の老婆が言った。「あれが投下されれば、ルルイエの牢獄は開かれる。クトゥルーさまの御世ともなれば、あんたは英雄じゃ。聖クトゥルー勲章《くんしょう》を授けられるのも夢でないぞえ」

あと僅かだ、と安鍾根は自分に言い聞かせた、この意味不明の不愉快千万な戯言を耳にするのも。

すぐにまた赤ランプが点滅した。

――攻撃型原潜〈檀君〉発令所

鉄パイプを剣のように引っ提《さ》げて現われた柳《ユ》七歳《チロム》を見るや、触手の化け物は、炎に触れて火傷《やけど》したかの如き反応で後退した。

「は、早く殺しなさい」

ソナー室へのドアを背に、怯えたように触手をざわめかす。

柳七歳と化け物の間に、副長の崔純姫《チェスニ》と航海長の李恵卿《イヘギョン》が立ちはだかった。

李恵卿は反射的に自分のホルスターから拳銃を抜いた。

「お、愚か者めっ」

蘇多鯤《ソダゴン》が叫ぶと同時に、柳七歳に向けられかけた拳銃は、途中で向きを変え、轟音とともに持ち主の額に穴を開けた。後頭部が吹き飛び、蘇多鯤の顔が血しぶきを浴びた。

崔純姫が腰をかがめ、仰向けに倒れた李恵卿の手から拳銃を取り上げた。

「お、おまえまでっ」

蘇多鯤が叫ぶと同時に、崔純姫は発砲した。

銃弾は柳七厳の左胸を貫いた。心臓のほとんど真下だった。

「……な、なぜ……」

柳七厳は痛苦よりも驚愕に目を見開き、断末魔の息を吐きながら、膝を折った。手から鉄パイプが落ちた。音をたてて発令所の床を転がった。すでに五人の死体が横たわる発令所の床は血の波で真っ赤に洗われている。

「巫の血を引くわたしには」崔純姫がにっこりと笑って言った。「ダゴンさまの触手は効き目がなかったのよ。だから最初のうちは感化したふりをして、反撃の機会をうかがっていたのだけれど、おそばにお仕えするうち、ダゴン教の深遠な真理に触れて、自分の意志で教徒を志願したというわけ」

「そ、そんな……」

その声とともに最後の息が吐き出され、柳七厳は血の海に顔を突っ伏し、絶命した。

――青瓦大統領執務室

「わたしだ。安大佐のヘリは今どの辺りを飛んでいるかね」

『三陟の上空です』

「では、まもなく東海だな」

『はい、大統領』

陳伴智《チンパンチ》は受話器を戻すと、背もたれに深く上体をあずけ、揉み手をした。笑みがこぼれるのを抑えきれない。

ほどなくヘリから棺が投下される。ルルイエの牢獄が開かれるのだ。

その先、どういう展開になるのか、正直なところ陳伴智にもわからない。だが、ダゴン婆さまの言を信ずるならば、大韓民国には栄光が待っている。偉大なるクトゥルーさまの筆頭臣下として、全世界に君臨することになるのだから。

「わたしは晴れて世界大統領だ」

陳伴智の笑い声が執務室に谺《こだま》した。

——攻撃型原潜〈檀君〉発令所

「よくやったわ、崔純姫《チェスニ》」

「ありがたき幸せです、ダゴンさま、海帝さま」

触手にさわさわと全身を撫でられ、崔純姫は歓喜の喘《あえ》ぎ声で応じた。

化け物は長い首を伸ばし、なすすべもなく壁際にへばりついていた操縦士、オペレーターたちを叱咤した。「何をしているの。死体を片づけて、床を清めなさい」

——江原道三陟市上空

ヘッドフォンを耳に当てるや、パイロットの慌てふためいた声が飛び込んできた。

「大佐！　ミサイルです！　本機はミサイル攻撃を受けつつあり！」

「ミサイルだと？　どこからだ！」

「わかりません！　突然、レーダーに現れたんです！　きっと空対空ミサイルに違いありません！」

もはや悲鳴といっても過言ではないパイロットの声が、事態の危急性、いや百二十パーセントの破滅性を物語っている。

「空対空ミサイル？」

ならば航空機から発射されたのだ。機体はレーダーに映らず、ミサイルだけが出現したということは——。

安大佐は棒立ちになった。「ステルス戦闘機か！」

韓国空軍はステルス機を所有していない。

「ど、どうしたというのじゃ」

老婆がおろおろと問いを口にした瞬間、パッシヴ・ホーミング追尾による空対空ミサイル超音速ミサイル紀昌《ジーチャン》C－7はチヌークに命中した。

遠目には、線香花火かとも見える儚《はかな》い輝きが、星のない夜空に明滅した。

火花は幾つかの火の粉に分かれ、三陟市の市街に降り注がれていった。

――攻撃型原潜〈檀君〉発令所

「お母さまっ」

蘇多鯤《ソダゴン》が声を引き攣らせた。化け物の醜い全身が名状し難いうねりを見せて打ち震え、無数の触手が痙攣を引き起こしたかのようにざわめいた。

「ど、どうなさったの!?」

オペレーターたちと死体を片づけていた崔純姫《チェスニ》が駆け寄った。

「お母さまが……お母さまが、死んだ！」

「ダゴン婆さまが？」

「そう、娘のわたしにはわかる」

「いったい何が……」

「詳しいことはわからない……。でも、お母さまは棺を導いていたはず……。ということは……おのれっ、大韓民国！」

蘇多鯤はぎりぎりと歯軋《はぎし》りをした。「土壇《どたん》場《ば》で裏切ったんだわ！」

「では、ルルイエの牢獄は開かれない？」

「こうなったら、裏切りの代償を与えてやるまでよ」

触手が伸びてマイクを掴んだ。

「こちら艦長よ」

『ミサイル発射管制室です』

「核ミサイル、ムグンファを発射」

『目標は？』

「ソウル！」

――北京

「主席、烏山《ウーシャン》の空軍司令から連絡が入りました。殲－51は、作戦通り標的を仕留めたとのことです」

執務室への入室を許された党中央軍事委員会の副主席、郭豪城《グオハオチエン》上将が直接口頭で報告した。中軍委は人民解放軍を統率する組織で、郭上将は軍制服組のトップだ。

「遺漏《いろう》は？」

翌遠来《イーユエンライ》主席が短く訊く。

郭上将は首を横に振った。「何一つ」

「ご苦労だった。もはやルルイエの牢獄は永遠に開かれることがない？」

「その通りです、主席。漢武帝より歴代の皇帝が連綿として申し送ってきた中華帝国最大の懸案事項は、ついに取り除かれました。これにて一見落着というわけです。それにいたしましても、韓国の陳《チン》大統領は愚かにもほどがあると申さねばなりませんな。宗主国の目から隠しおおせると、どこまで本気で考えたのでしょうか」

「いずれ灸《きゅう》を据えてやらねばなるまい。うんときついやつを。次の大統領には、国防部の長官がいいだろう。真っ先に注進に及んだのは彼だからな」

「原潜のほうは如何いたしましょうか」

「放っておこう。北京や上海が目標ならばこそ、韓国の都市が破壊されてゆくぶんには痛くも痒くもない。いや、むしろ復興に力を貸すという名目で、これまで以上に影響力を行使できるというものだ」

「さすがの深謀遠慮《しんぼうえんりょ》、いつもながら感歎の言葉もございません」

――ソウル中央地検特捜部・取調室

マジック・ミラー越しに隣室のやり取りを見守る上級検事の顔は、みるみる深い感歎《かんたん》の色に彩られていった。目を疑うとはこのことだった。ミスター難攻不落という仇名をつけたのは特捜部長である尹勇俊《ユンヨンジュン》自身だが、その鄭宇喆《チョンウチョル》が、何と恍惚《こうこつ》とした表情を浮かべて権侯蘭《クオンフラン》検事に己の罪状を洗いざらいぶちまけているとは。

『――そうなると、正規の品は買えない。類似の安い製品を仕入れるわけね。で、検査でそれを誤魔化す、と』

『――そういうことだよ、検事さん』

二人のやり取りはスピーカーを通してモニターされている。

『以前にもいろいろあったじゃないか。魚群探知機もどきの最新鋭レーダーや、自爆する世界最先端の自動小銃、推進力が突然落ちてしまうエンジンを搭載したミサイル高速艇とか、類似の事例を捜せば枚挙に遑《いとま》がない』

『話を逸《そ》らさないようお願いするわ。お訊きしたいのは、あなたの現宇星グループが開発したウルトラ・マイティー・スーパー・チタニウム合金のことよ』

『ああ、そうだったね。最大潜航深度一二〇〇メートルが売り物の超合金』

『まさか、違うと?』

『そのまさかだよ。考えてもみたまえ、検事さん。アメリカやロシアの潜水艦だって最大潜航深度は七〇〇がいいところだ。しかも我が国の近海は、その深ささえない。一二〇〇メートルというのは、よくいって宣伝文句、正直にいえばハッタリ、羊《よう》頭《とう》狗《く》肉《にく》だな』

『呆れてものが言えないわ。では、嘘だというの？』

『それが、まるっきり嘘というわけでもないのだ。いくらお手盛り検査でも、それなりの結果を出さなければならない。数日なら、その深度でも充分に大丈夫のはずだ。その先となると、はははは、わからないねえ。ま、いいじゃないか。我が国の潜水艦が一〇〇〇メートルの深さに潜航するなんて、現実にはありえないことなんだから』

――攻撃型原潜〈檀君〉発令所

「目標はソウルよ」蘇《ソ》多《ダ》鯤《ゴン》は命令を繰り返した。

「五発ともぶち込んでやりなさい」

凄まじい音が艦内に響き渡ったのは、まさにその時だった。銃声の比などではない。もっと圧倒的な禍々しさに満ちた、およそ破壊音とでも呼ぶのが相応しい音だ。

「何よ、何だというの？」

蘇多鯤が見上げた天井に、一瞬にして亀裂が走った。左右の壁が張り出し、床が盛り上がった。

「圧《あっ》潰《かい》する！」

操縦士のあげた絶望のわめきか、オペレーターの悲鳴か、はたまた崔《チェ》純《ス》姫《ニ》の絶叫か、いずれにせよ、それは化け物が耳にする最後の声となった。

キングダム・カム

《小中 千昭》（こなか・ちあき）

一九六一年、東京生まれ。一九八八年、ビデオシネマ『邪願霊』で脚本家としてデビュー、一九九四年「蔭洲升を覆う影」（『クトゥルー怪異録』収録）で小説家デビュー。クトゥルー神話が登場する作品としては、脚本では『インスマスを覆う影』『ウルトラマンティガ』『アミテージ・ザ・サード』など。小説では『怪獣文藝の逆襲』や『ご当地怪獣異聞集』などに、多くの作品を発表している。

第一章

1

渋谷区桜ヶ丘町の坂上にある古いマンションの一室が、画像解析《かいせき》会社レゾのスタジオである。

仕事の性質上、室内の窓は全て塞《ふさ》がれ、外光が入らないので、時間の経過に鈍感《どんかん》になりがちとなる。

代表であり主席解析員でもある山出光春《やまでみつはる》は、クライアントとの定例ネット会議を終えると、珍しく太陽がまだ空にある時間に社を出た。

部下には打ち合わせ会議があると言い残していたが、まるきり嘘という訳でもなかった。仕事に繋がる可能性は多分にある。

約束の時間まで結構ある事に気づいた山出は、タクシーではなくバスで六本木に向かった。うきうきした気分、という訳でもないが、何か胸が騒ぐ感じがして落ち着かない。バスの窓に自分の顔が映ると神経質に髪をいじり、冴《さ》えない自分の風貌《ふうぼう》に今更ながら悪態《あくたい》を心の中でついた。

大きなホテルのラウンジには、五時にまだ数分の猶予《ゆうよ》がある頃だったが、先に山出を見つけた丘野泉水《いずみ》が席を立って軽く手を上げ、会釈《えしゃく》していた。

「すいません、遅れましたか」

「いいえ、そんな事ありません。私が少し先に来ておりました。どうぞ」

促《うなが》されて席に座った山出は、泉水の様子を見て少し落胆《らくたん》した。以前会った時同様、彼女は地味なスーツを着ており、髪もまとめられている。やはりこの会合も仕事なのだと言外に主張していると感じたのだ。

山出は外資系ソフトウエア会社の画像編集に関するソリューションを企画する部署でキャリアを積み、画像解析に特化した会社を自ら興《おこ》した。地味な仕事が多いが、時には警察の依頼で解像度の低い防犯カメラの映像を鮮明化するような仕事もあった。

粗《あら》い画素の画像や映像を鮮明にする手立ては、普通のパソコンやスマートフォンで出来るレヴェルのものから、専用のインターフェイス機器を用いて何十台ものワーク・ステーションを同時に走らせ解析するものまで多種多様にあるのだが、山出の開発した手法は少し変わっていた。

単に機械任せではなく、それを観察する解析者の視線の動きをフィードバックして、そこに記録されていない部分の予測までを行うのだ。

この方法は人間の認知力を併用する事から、正確さを疑う向きもあったが、数々のテストでは抜群の成績を収め、一定の評価も得ていた。

しかし依然として、職種としては地味で目立たないものである事に変わりはない。

その状況が変わったのは、ちょっとしたきっかけがあったからである。

山出の趣味を通じて知り合いだったテレビのプロデューサーから、ＵＦＯの画像解析をしてくれという依頼が来たのだ。

その番組はお笑い芸人が司会をするただのバラエティであり、ＵＦＯの真偽を真剣に検討するような性質のものではなかった。

山出に提示された映像はいずれもYouTubeにアップロードされていたＵＦＯ映像であった。解析システムに掛けるまでもなく、二つは紛《まぎ》れもなくＣＧ合成で作られた事は明白で、残る一つは不明瞭過ぎてただの白い点がフラフラしているだけのものだった。

　山出は子どもの時からＵＦＯや幽霊の番組は大好きだったのだが、長ずるにつれて次第に腹立たしくなっていた。あまりにも嘘臭い事を信じろと言われているように感じたからだった。

　テレビの撮影隊が山出の会社に来たとき、山出は自分でも呆れるくらいに辛辣《しんらつ》なコメントを述べた。

「全く冗談じゃないです。こんなものを本物だと有り難がる輩《やから》がいるから、しょうこりもなくこんなものがまた出てくる。ＵＦＯをなめるな」

　番組がオンエアされると、山出の顔をスマホで撮った画像がツイッターで出回った。

「ＵＦＯをなめるな」というキャプション付きで。

　ほんの僅《わず》かな期間ではあるが、「変な人」として山出はネットで有名人となったのだった。

　山出はそれから暫《しばら》く、渋谷の町中を歩く時にも俯《うつむ》き加減で、あまり人に顔を見られないように過ごした。全く余計な事をテレビで言ってしまったと悔《く》いていた。

　しかし悪い事ばかりでもなかったのだ。

　オリエント・トラストという会社から山出のところにアポイントがあった。テレビを見て関心を持った、東欧に基盤を持つ流通会社のエージェントだという。山出は怪訝《けげん》に思いながら待ち、会社に現れたのがアンドレイ・クリモフという中年のポーランド人と、そのコーディネーターであり通訳の丘野泉水なのだった。

　山出は、自分の会社の特質や実績をいつものようにプレゼンしながら、最近請けた仕事の事も核心をぼかしながら説明した。

クリモフははっきりとは述べなかったが、流通トラフィックのあるポイントで、画像解析が必要になる可能性があるという。しかしクリモフよりも、コーディネーターである泉水の方が山出のプレゼンを興味深く聞いていた。

二〇代後半といったところか、落ち着いた雰囲気ながら、どこか少女っぽさを持つ不思議な女性だった。

身長が低いばかりでなく頭部自体が小さいので、一九〇センチを超えるクリモフと並ぶと不自然なスケールに感じる。漆黒の緩いショートヘアは少し前髪が重く、奥にある瞳の強い印象を少しだけ薄めている。

地味なスーツで細い身体を包んでいるが、秘書タイプという印象よりも、何かの専門職に就いているような物言いをする。

もっとカジュアルな服を着ていたら、学生に見えるのかもしれない。

面会の翌日、泉水から再び電話があった。

丁寧な説明をしてくれた事への礼をしたいので、食事でもどうかという誘いだった。

2

六本木の裏通りにあるレストランに、泉水は山出を連れてきた。

まだ業務を締結した訳でもないのに、あまり高いところだと恐縮だとは言ったのだが、既にクリモフの会社からは充分利益を得ていると泉水は遮った。

その店は「ユーラシア料理」の専門店だというが、専門というにはあまりに範囲が広すぎやしないか。そう思いながら、泉水は以前幾度も来ていたらしく、奇妙な名前の料理を次々に注文していった。

ワインもいつもより多めに飲んだので、山出は饒舌《じょうぜつ》になっていた。泉水のような女性が、山出の専門の仕事に関心を抱くとは思えないのだが、泉水は実に聞き上手であり、時折質問を交えて山出の話に熱中しているように見えた。

女性と二人で食事するなど、いつ以来だろうか。妻のみちるとは少なくとも三年は外出などしていない。今後も無いだろう。

「UFOの画像解析って、以前もされた事があるんですか？」

「いえ、ないですよ。あれはテレビの演出的にやった事です。あんな映像がインチキだって事はテレビ局の人なら判っていた筈です」

「そうですよね！　ああ、なんで気づかなかったのかな、私……」

困り顔をして視線を逸《そ》らした泉水を、山出はうっとりと眺めていた。

「本当におかしい事はあるもんです」

山出はまだこうして二人で過ごす時間を延ばしたくなって、話す予定ではなかった話題を持ち出した。

「また違うお仕事ですね？」

「ええ。いえね、変わってると言えば一番変わってる仕事でした。海洋資源研究の独立法人がありましてね、無人の深海探査船を運用してるんです」

「深海ですか。ロマンがありますねぇ」

「まあそうですね。今から七、八年前になるのかな。室戸《むろと》岬《みさき》の沖一三〇キロに潜っていた無人探査船〈しんえん〉が行方不明《ゆくえふめい》になるという事件があったんです」

泉水は目を輝かせて身を乗り出してきた。余程《よほど》こういう話に興味があるらしい。

「行方不明というか、まあケーブルが破損したんだと思いますけどね。結局そのビークル、あ、マニュピレータとかキャメラがついているリモート艇の事をそう呼ぶらしいんです」

「人が乗らないのに、Vihcle《ビークル》っていうんですか。へえ」

「おかしいですね、そう言われてみると」

「山出さんはそのプロジェクトにずっと参加されていたんですか？」

「いや、僕は昨年呼ばれたんです。その消息を絶ったビークルが残した映像を解析するというので」

「なるほど……」

「それがおかしいんですよ」

山出は、その話をしようか一瞬迷った。守秘義務を負った業務であったからだが、まあ後で口外しないように言っておけば良いだろうと判断した。

「その室戸岬沖一三〇キロの海溝は、太平洋プレートが巻き込んでいるところです。その時の〈しんえん〉の最深度は九千メートルで、その限界近くにまで降りていたんです」

泉水はじっと山出を見つめ、山出の言葉を聞いていた。大きな瞳に見つめられ、山出は何か圧力に近い感覚すら感じていた。

「――おかしな話です。九千メートルもの深い海の壁面に、何か人工のものが映っていたのですよ」

泉水は息を飲んでいた。

「正確には、人工のものが壁面に突出していたんです」

山出は胸からペンを出して、ナプキンに簡単な模式図を描いた。

「こういう形の岩というか構造体が、地層のある一体に密集しているのです」

「――そんなニュース、ありましたっけ？」

山出はやや身を乗り出して、声を下げて言った。

「いえ。これからの話は誰にも言わないで戴《いただ》きたいんですけど、大丈夫ですかね」

泉水は口にチャックをするジェスチャをして見せた。案外と子どもっぽい。

「なぜそれが人工のものだと判断されたかと言えば、その構造体には文字のようなものが刻まれていたからなんです」

「えっ――」

「おかしいでしょう？　深度九千メートルもの海溝に遺跡のようなものがあるなんて」

「どのくらいの昔なのかしら」

「見当もつかないですよ。少なくとも数千万年は遡《さかのぼ》る筈です」

「だって、そんな時代に人間は――」

「いません。だから人間ではない可能性がある」

「歴史が変わるじゃないですか」

「そうですよ」

泉水は口を薄く開けたまま、じっと山出を見つめていた。

「――からかってらっしゃるんですよね」

「――いえ」

「では本当に……」

「――まあ私には本当のところは判りません。地層的には古いかもしれないけれど、案外新しい地層が巻き込まれたものかもしれないし。そうだとしても有史以前にはなりますけどね」

「文字、のようなものが刻まれていたっておっしゃいましたよね」

「そうです。行方不明になったビークルが最後に送ってきた映像に、それが映っていました。七、八年前の装置ですから、あまり感度も解像度も高くなくて、文字らしく見える以上のものではなかったんです」

「それで、山出さんが解析をされた」

「ええ。先日説明した、類推型解像度補間システムを使った訳です」

「あのすみません、前からお伺いしたかったんですけれど――」

「なんでしょう」

「山出さんの画像解析システムは、解析者の視線が有力な情報源にもなるそうですが――」

「そうですね」

「という事は解析者によって結果が異なる事になりますね」

「統計でもそういうデータになっています。ただ、それは決して特殊な技能を持つ解析者が必要だという事ではないのです」

泉水は怪訝な顔をしていた。確かにここは判り難い部分ではある。

山出のシステムは観察者の視線というフィードバックが必要だが、それは画像を記録したデバイス（キャメラ）のレンズの動きを追体験させる目的なのだ。映っていない部位の何処《どこ》を見たいか、はない。勿論《もちろん》計算で導く事も不可能ではないが、効率的ではない。量子コンピューティングが手軽に扱えるようになれば、勿論その方が精度が高くなるだろう。

「――つまり、『もっとよく見たい』という意思を持つ視線が必要なだけなんですよ」

「面白いですよねぇ……。ノーベル賞獲《と》ると思う私」

完全に女の子の口調になっている泉水が可愛らしく思えた。

「ちょっと、すいません」

山出は尿意を催《もよお》し、席を外した。

店員に促《うなが》されて入ったトイレは、やたらに広かった。なぜこんなに広くする必要があるのか全く判らない。小さなカウチまで置かれている。

ちょっと喋《しゃべ》り過ぎたかもしれない。あまりにも軽々に業務内容を第三者に漏《も》らすような業務姿勢であると警戒されるだろうか、それよりも今夜の内に泉水のスーツを脱がせる事が出来るのだろうか。山出の思考は少し酩酊《めいてい》していた。

もうこれ以上飲むのは止めておこう、そう思いながら席に戻った山出は、話題を変えようと思った。

「この店のトイレって変ですね。やたらに広いし、なんか椅子《いす》まで置いてあるなんて」

泉水はやや周囲を憚《はばか》るように声を下げた。

「店員に少しチップをやると、三〇分くらい人を避けてくれるんです」

「——え……？」

「この店、よく貸し切りでパーティとかするので」

男女とも限るまい。二人の客が閉じこもるのだ。

俄《にわか》に度を失った山出は、体温が急激に数度上がった事を自覚した。ナプキンで額から滴《したた》る汗を恥ずかしそうに拭《ぬぐ》って泉水をチラと見上げると、口端《くちは》を少し上げて泉水が小声で訊ねてきた。

「私も素質あるかしら」

「は？」

「観察者ですよ。山出さんの予測システムの」

「——試して、みます？」

掠《かす》れた声で山出はやっとそれだけを言った。

3

今夜、ここに戻るとは予想していなかった。今は忙しい時期ではないので、スタッフは全員帰っている筈だったが、山出は胸の動悸《どうき》を抑えられなかった。

ドア脇のパネルを開き、警報システムを解除してから、山出は室内に泉水を招き入れた。

「どうぞ」

「すみません、山出さん。無理を申し上げてしまって」

山出の画像解析システムは、ワーク・フロアの片隅を占拠《せんきょ》していた。暗幕でデスク一つ分が遮蔽《しゃへい》されている。その暗幕の内側にある壁際には、様々な計測機器のモニタが積み上げられている。

「何か秘密基地みたいですよね、ここって」

「そうですね。好きなんですよ、こうしてモニタ映像に没頭するのが。じゃあこちらに座ってください」

モニタや機器と正対するポジションの、高級オフィス・チェアに泉水を座らせた。リラックスしたポジションをとれる。

山出はサーバを操作し、映像を探す。

「しんえん　ビークル2　20050324」というファイル名の映像がモニタに浮かぶ。

「これ！　ですか……？」

無人遠隔操縦《えんかくそうじゅう》の深海潜水艇が記録した映像は、漆黒《しっこく》の闇《やみ》を切り裂《さ》くライトの光筋のみしか判然としない。

全く光源の無い深海には、浅い海に見られるような浮遊物も少なく、果てしのない無の世界のようだった。

モニタ・スピーカからくぐもった男の声が聞こえた。

「あ、すいません」

山出はアンプリファイアのヴォリュウムを下げた。声の主は母船で操作をしているオペレータの声だった。

映像の右肩には数値が表示されている。九千三二一メートル。

「もうそろそろ……」

「どこ……？」

山出は座っている泉水の横に顔を寄せた。甘い香りが鼻をくすぐった。

「その辺りに――、ほら」

モニタ光源に照らされた泉水は、まるで憑《つ》かれたかのように見入っており、やはりまだ少女の面影《おもかげ》を残していた。

「いいですか。この辺。ほら――」

「ホントだ！　影が動いてますよね！」

移動する光源に合わせて、奥に佇立《ちょりつ》する壁から突き出た構造体の複雑な形状が影を蠢《うごめ》かせている。

泉水はうっとりとした表情で、唇の形を「お」にしたまま見入っていた。

山出にもう、業務上の守秘義務を冒《おか》している事への罪悪感はなくなっていた。

「――どんな人が作ったの……？」

「人なのかどうかも判りませんけれどね……。しかし文明である事は間違いない。ここからズームします」

映像がズームインすると、構造体の表面のディテイルが見え始めた。

遠目には直線的なラインで作られているように見えた構造体であるが、実際には三次曲線が有機的に複合して形作られていた。

「――え……、これ……？」

更にズームすると、構造体表面に文字のような文様が見えてきた。

山出はいつも、映像のこの部分になると謂《い》われの無い不安が込み上げる事を思いだした。

その不安の根拠はただ単に、その映像を撮る操作をしていたオペレーターが事故で亡くなったという話を耳にしていたからなのだが。

モニタから目を外して泉水の相貌《そうぼう》を盗み見ると、泉水は何ら不安も感じていないようだった。

「本当だ……、何かの文字に見える……」

この後、文字をもっとよく見ようと潜水艇は少し浮上し、キャメラの画角を下げるのだが、次第に画面にノイズが走り始める。一三秒後、完全に電力が落ちてしまい、記録はそこまでしかない。

映像が途切れると、泉水は切なそうな表情で山出を見上げた。

「ここまでだけなんですか？」

「残念ながら」

「もっとよく見たかったのに」

山出は頷《うなず》いた。切実にそう思った人々が、山出に仕事を依頼したのだから。

「山出さんの開発されたシステムだと、もっとよく見えるようになるんですよね？」

山出は少し逡巡《しゅんじゅん》した。

あまりにも都合が良すぎる。

レストランからここへ来るまでに幾度も脳裏に去来《きょらい》していた疑念が突如《とつじょ》拡大した。これはもしやハニートラップという類《たぐい》ではないのか。

こんなに小柄で若く見える女性が、山出を騙《だま》して情報を奪うスパイを働こうとしているとは思えない。しかしここから先を見せては、流石《さすが》に後へは戻れなくなる。

だが今に至るまでは、山出は泉水に指一本触れてもいない。山出は自分を無理矢理安心させた。

「――実はもう、かなり作業は進んでいるのです」

泉水の瞳《ひとみ》が輝きを増した。

これは抗《あらが》えない。

「お見せしますけれど、本当に誰にもこの事は口にしないでくれますよね」

泉水は口端を少し上げて、小さな声で言った。

「――私が誰にも言わないって事は、後で納得して貰えると思います」

後で――

山出は身体の奥が熱くなる感覚が襲った事を悟られぬように、キーボードを操作して処理済みの映像を呼び出す。

「類推型解像度エンハンサーというのは、単に粗い画素を擬似的に高解像度にするだけではありません。映像には映っていない影の部分、或いは隠れている部分までも類推して描画します――」

再生を始めた。

泉水は真剣にモニタを見つめている。

「あ……」

元の映像が昔のブラウン管のテレビだとすれば、処理後の映像はアイマックスの立体映像くらいの差がある。

元の映像には無いキャメラの動きが始まった。深海壁から突き出す構造体を正面から見るアングルへと移り、上の地層で隠れている部分が除去されて文様の多くが読めるようになっていく。

「何か……、まるで超能力みたい……」

「そうですね。確かにそういうイメエジで私はデザインしました。実際のものとどれだけ誤差があるのかは確かめる術《すべ》がありませんが、過去のテストでは八九パーセントという高確度で解読出来ています」

泉水は山出の言葉がまるで聞こえていないかのように、モニタに眼を奪われていた。

片手の細い指が、泉水の髪を無意識に梳《と》かすような仕種をしていたが、それにしては力が入っているように見えた。癖なのだろうか。自分の髪を引っ張るなんて――。

ぼうっと泉水を見ていた山出は、泉水が時折頭部を不自然に動かしている事にも気づいた。熱中すると自分でも意識しない癖が出るものだ――。

しかし――

何か様子が変だった。

なんだ……？

まるで角度を調節しているような――。

少し首を伸ばして、泉水をなるべく正面から見ようとすると、泉水は無意識なのか、山出の視線を逸らす角度に顔を避けた。

まさか――。

山出は泉水の髪をいきなり指で持ち上げた。

山出に顔を向けた泉水に表情は消えていた。

「あ……」

泉水の左耳の上に、光を反射する小さな半球が見えた。ウェアラブル・カメラのレンズだと悟った。

「――あなたは……」

泉水は山出から関心を失い、再びモニタに映る楔《くさび》文字のような文様を見つめた。

「あんたは一体何なんだ。こないだの外人は――、スパイなのか？」

泉水は山出の問いが聞こえないかのように文字を見つめ続け――、唇を小さく動かしている。

「答えろ！　あんたは誰なんだ！」

泉水の唇の動きはまるで、深海底の遺跡文字を音読しているかのように見える。

「おい！　俺を馬鹿にするなよ！　くそ！」

山出は携帯を出して、一瞬迷う。いきなり警察に言っても犯罪性は立証が難しい。ビルの警備会社を呼ぶべきだ。

山出は自分のデスク電話に向かおうとしたが

——、そこに行き着く事が出来なかった。

山出の視界は突如周囲から暗くなっていき、脚も腕も背後から何かに掴《つか》まれて動けなくなり、そのまま前方に突っ伏してしまったからだ。

カーペットの埃《ほこり》臭い臭いを嗅《か》ぎながら、自分の感覚が消えていく事を実感していく。

ああ、どこかで薬を飲まされたのだな。何て俺は間抜けなんだ——。

自分を嘲《あざけ》りながら、山出の意識はこの世界から消えた。

第二章

1

磯野《いその》の視界はゴーグルで覆《おお》われていたが、何もつけていないかのように視界は見晴らしが良かった。

しかし磯野は眼前の光景にずっと苛立《いらだ》っていた。

「もっとスロウダウンして。ターンする時には重心移動があるから」

オペレートしているのはまだ若い研修員だ。

まるでどこかの惑星のような表面を移動する視点が先程から続いている。

キャメラは車両の先についているようだ。大きな斜面を斜めに登っていた映像には次第《しだい》に振動が大きくなってきている。

「あれっ？　あれっ？」

車体の安定性は失われ、ついに画面はきりもみの乱れた映像になろうとした瞬間、磯野はヘッドアップ・ディスプレイを脱いだ。

「すいません……」

若い研修員はゴーグルをとらないまま俯《うつむ》いて、プロポと呼ばれている送信機を置いた。

「ローギアで回し過ぎると、モーターが焼き付く」

「すいません……、本当に」

最初ならこんなものだ。しかしこの研修員は既に三カ月も磯野についている。向いていないのではないか、とはずっと思っていたが、彼の上司にはまだそれを言わないでいた。しかし次にもし訊《たず》ねられたら、この若い研修員はこの施設から離れる事になるだろう。

重い気分を抱えたまま磯野は、研修員に軽く声を掛けてから時計を見て、事務所に向かった。

ちょうど面会者が来ている頃だった。

外からは平屋《ひらや》の工場のように見える実験棟《とう》を出ると、まだ太陽は照りつけている。

小さな三階建ての事務所棟に入ると、既に受付け前のスペースに二人の来訪《らいほう》者が待っていた。

すぐに磯野の事を察知して立ち上がって会釈《えしゃく》をしている。

「磯野ですけれども、ご連絡をいただいた——」

四〇前後の男性がまず挨拶をした。

「海洋リサーチの大賀《おおが》と申します」

続いて三〇代であろう小柄な女性が頭を下げた。

「岡田と申します。この度はお時間いただき恐縮です」

落ち着いた雰囲気の官僚型女性だと思っていたが、案外と声は若い。大きな瞳で見つめられると、磯野は何か根拠の無い不安が沸き上がる気がして、目を逸らした。

「こちらへどうぞ」

磯野は二人を面会室へと案内した。既に総務には言ってあったので、すぐに茶を持ってきてくれた。

受け取った名刺を眺めながら、机に二枚を並べた。

「今は主に後進のご指導をされているのですか」

「ええまあ。もうこの歳ですしね」

磯野は五〇を超えたところだった。だからと言って、遠隔操作の腕が衰えたとは自分でも思っていない。しかしあまりベテランが居座り続けると、どこの現場でもあまり歓迎されなくなってきていた。

この実験施設は三鷹の下連雀《しもれんじゃく》という住宅街の中にあるのだが、よもやこんなところに、月や火星の表面を模した映画セットのようなものがあるとは誰も思わないだろう。他にも水深八メートルのプールも設《しつら》えられている。

この施設の事業者はベンチャーの先端技術開発会社で、災害地用のロボットが今は最も需要が多いのだが、宇宙開発も見据《みす》えていた。

そうした事柄については、来訪者は既に知悉《ちしつ》していた。磯野は申し訳なさそうに言い添えた。

「本当は実験棟を見学して貰えたら面白いんですが、基本的に部外秘になっていまして」

「いえ。それはそうでしょうとも。――ところで、磯野さん、失礼ですけれど、増岡《ますおか》という人を覚えておられますか」

「増岡……？」

記憶を手繰《たぐ》り寄せるまでもなく、当該の人物はすぐに思い当たった。しかしなぜ、ここでその名前を出されたのかを訝《いぶか》しんだのだった。

「増岡拓喜司《たくよし》、ですよね。ええ。もう一〇年くらい前ですかね。ここではなく別の会社で、遠隔操縦を教えました」

大賀はじっと磯野を見つめていた。

「しかし――、彼は亡くなったと聞いたんですが、違いますか」

「はい。二〇〇五年に。正確には、行方不明なのですが、海上の事なので必然的に死亡宣告されたという事です」

「確か……、無人潜水艇のオペレーションをしていた筈ですが」

「ええ。〈しんえん〉という九千メートル級の潜水艇を担当されていました」

思い出してきた。

その無人潜水艇は華々しい活躍をしていたのだが、二〇〇五年に行われた調査の時に故障したかで、ケーブルを切ってしまいコントロール不能に陥って行方不明になったのだった。

その事を口にした磯野は、まさかと思いながら訊ねた。

「増岡君が、行方不明になったのは、その責任を感じて、なのでしょうか」

大賀は首を横に振った。

「それは判りません。そうなのかもしれません。私はその船には乗っていませんでしたので」

岡田という女性は、名刺交換の時以来はずっと声を出さないでいた。しかしメモをとるでもなく、ずっと磯野を見つめていた。

「――で、私に何かご依頼事があるんですよね」

「率直に申し上げます。先般〈しんえん Mk.IV〉が完成し進水しました。四代目という事になりますが、本格運用は初代以来です。そのオペレーションを、是非磯野さんにお願いしたい」

磯野は呻《うめ》いた。

現場に復帰出来るのは喜ぶべき事だ。しかし潜水艇の操縦となれば長期間船での生活を余儀《よぎ》なくされる。若い頃はそういう仕事もこなしたが、今のインストラクターという安定した仕事を棄《す》てられるものだろうか。

「ご懸念は色々あるかと思います。電話でも申し上げた通り、私どもは民間ではありますが、内閣府直属の機関でもありまして、今後の磯野さんの収入や保障についてはご納得いく待遇をさせていただきます」

「――そうまでして、どうして私なんですか。海中オペレーションは専門の人も多くいますけれど」

すると唐突に、岡田が口を開いた。

「失敗出来ないプロジェクトだからです」

「今回の調査は、確実な結果が求められています。その為には、最高のオペレータが必要なのです」

「……」

大賀は黙っていた。

磯野は黙って、並んだ名刺を見つめていた。

大賀英次という男よりも、岡田いずみという女性の方が実際には格上なのかもしれない、とぼんやりと思っていた。

「――判りました。会社と相談しますが、基本的にはお受けするつもりです」

2

磯野が妻の早紀《さき》に転職の事を切り出したのは、大賀と岡田いずみの来訪から四日経ってからだった。

既に会社には、大賀から指示があったのか、内閣府からの要請が入っており、辞職についてはスムーズに事が運んだ。

送別会を開くという研修員達の要望は再三頭を下げて辞した。

予想通り、最も抵抗したのは早紀だった。

生涯《しょうがい》年収は保証されるとしても、いくら内閣府の機関とは言え、もし政権が移ったらどうなるか不透明だ。何より今の年齢になって、長期間海に出るような仕事に就《つ》かれる事が不安だという主張であり、それらの指摘は至極《しごく》もっともである。

一人娘の綾《あや》はバイトから遅く帰宅してから、どういう諍《いさか》いなのかすぐに了解し、磯野の側についてくれた。

「だって最近のパパ、つまんなそうだもの」

ずっと同じように生活してきた筈だが、内心深いところを娘はよく見ていた。

しかしこの事で早紀の態度は一層硬化したのだった。


品川の倉庫街に臨時で設けられた海洋リサーチのオフィスに、磯野は数日通ってオリエンテーションを受けた。

既に〈しんえん Mk.IV〉の実機は船積みされる為にそこにはなかったが、オペレーションはシミュレータで習得出来た。

〈しんえん Mk.IV〉は初代と比べ、最大深度はさほど変わらないが、高水圧下での運動性能、照明の輝度や広角度、マニュピレータの性能などが遥かに進化していた。何より映像の感度は飛躍的に上がり、解像度も４Ｋとなって３Ｄ撮影まで可能だった。

開発も随分練り込まれており、磯野は率直に舌を巻いた。ここまでのものを作り上げるには莫大な費用と時間が必要であり、何より優れた人材が集まったという事に他ならない。

当初は冒険的な趣旨の調査だと漠然と思っていた磯野だが、プロジェクトの規模が判っていくにつれてその心象が変わっていった。

ここまで力を入れて行う調査には、それなりの目的がある筈だからである。


品川のオフィスには時折大賀が顔を見せたが、

様子を見るとすぐに去って行った。岡田いずみは一度も顔を見せることはなかった。

磯野はシミュレータですぐに〈しんえんMk.IV〉の操作は習得した。独特な癖のある操縦性はあったが、「こっちを見たい」「こっちに回りたい」というオペレータの意図をリニアに反映させる能力は、過去に触れた各種の遠隔操縦機には無い程の能力を持っていた。シミュレータには当然、深海での高水圧下における環境変数も盛り込まれてはいたが、突発的な海流などへの対応や不慮のアクシデントは様々に想定出来る。この機体も、初代のように失われる可能性は充分にある。

しかし遠隔操縦機はそういうものなのだ。

なぜ、増岡は行方を絶ってしまったのか。磯野の心にはそれがずっと引っかかっていた。

愛弟子という程に関係が深かった訳ではない。増岡の個人的な事情など当時から一切知らなかった。こんな依頼でもなければ、増岡の事など思い出しもしなかっただろう。

今回の調査目的が気になった磯野は、技術担当者に幾度か訊ねたのだが、「自分の管轄《かんかつ》ではないので」と返答を拒まれた。

高知港から出港の時期が決まり、委細は出航後に伝えられるのだという。

自分の行き先すらも判らない不安が磯野の心を小さく蝕《むしば》み始めていた。

3

高知龍馬空港からタクシーで、磯野は高知港へと向かった。

港に近づく広い道に来ると、それまで滅多に人が歩いている姿は見えなかったのに、急に数十人ずつの集団が歩いているのが見えた。

「――デモですかね……?」

それとなく運転手に訊いてみた。

「いや、よく判んないんですけどねぇ、最近増えたんですよ、ああいう外国人」

外国人?

身体を曲げて振り向いて見てみると、集団の先頭を歩いているのは確かに白人の男のようだった。スキンヘッドで青白い膚《はだ》をしており、何か見てはいけない感覚を磯野は抱いた。

どこが不自然に感じたのか、この時にはまだ自覚出来ないでいた。

高知港には海上自衛隊の護衛船も寄港しているらしい。これから乗り込む船が停泊しているエリアには、セキュリティ・ゲートを通過する必要があった。

〈しんよう〉という船は決して大きくはないが、乗用車なら一〇台くらいは積めそうだった。普通の船よりもアンテナ類が多く立っている。

磯野が船に近づくと、岡田いずみが出迎える為に待っていた。

「お疲れ様です。空港から直接?」

「ええ。着替えなど、本当に一週間分でいいんですかね」

「船で洗濯も出来ますから。じゃ、どうぞこちらへ」

促されて船内に乗り込むと、出入り口脇に大柄《おおがら》な男が立っていて進路を塞いだ。

怪訝な顔でいずみを見ると、すまなそうな顔をしていた。

「失礼ですが、ボディ・チェックを受けていただきます。前にお話ししました通り、携帯電話はお預かりさせていただきます」

そうだった。調査中の私用電話もメール通信はおろか、ネットへアクセスする事も禁じる誓約書《せいやく》にサインをさせられていたのだ。

「セキュリティ管理の野沢と申します」

屈強《くっきょう》そうな男は電波探知機を磯野の身体に近づけ、念入りに通信機が他に無いかを確認した。

「荷物はチェック後にお渡しします」

別に見られて困るものは入ってはいないが、気分は良くなかった。

いずみは磯野を船内奥の部屋へ案内した。


小さな会議室程の大きさの部屋には、数人の男達が既に着席していた。

軽く会釈して、磯野は隅の席に座った。

この調査には様々な種類の人間が参加している事は判ったが、決して愉《たの》しい航海にはなりそうもなかった。ちらと他の男達を見回して、磯野は嘆《たん》息《そく》を漏らした。

いずみが大賀と、船長らしき人物を伴《ともな》って部屋に入ってきた。

「お待たせして申し訳ありません」

すると神経質そうな眼鏡《めがね》の男が立ち上がって声を上げた。

「こんな扱いをされるなんて思わなかった。僕には持病がある。二週間分しか薬は持ってきていないんです。それまでには帰れると約束して欲しい」

大賀は穏《おだ》やかに言った。

「白井《しらい》先生、私たちもそんなに長く海にいたくはないのです。もし事情が変わったら、その時ご相談させてください」

「しかし――」

大賀はもう白井を相手にせず、一同を見回して言った。

「少し警戒の度が過ぎると思われるかもしれませんん。色々ご不便をお掛けして恐縮です。しかしこれは仕方ない事情があります。初代〈しんえん〉が撮影したデータは画像処理の専門会社に解析をさせていました。しかし残念な事に、データが何者かに奪われてしまったのです」

「何者かって、誰ですか」

三〇代後半の、固い仕事ではなさそうな男が質問した。

「はっきりは申し上げられませんが、国外です」

磯野はますますこの仕事が滅入《めい》るものだと感じていった。

「ここにいる皆さんは、こちらで調べさせていただいて信頼出来る方々です。まずはそれぞれをご紹介しましょう。まずこちらが本船〈しんよう〉の船長、田口です」

田口船長は黙って帽子のつばに指を触れ、軽く頭を下げた。

「そしてこちらが、古代言語がご専門の帝大教授、白井輝先生」

神経質そうな男が会釈した。

「そして倉島威史《くらしまたけし》さんは、小説家で翻訳《ほんやく》もされておられる方です」

小説家？　なぜそんな人物が調査に加わるのだろうか。

「倉島です。よろしくお願いします」

「そしてこちらは、潜水艇〈しんえんMk.IV〉のオペレーションを担当される磯野康《こう》さん」

「――倉島です」

船長は退席し、大賀といずみは席に座った。ここからが本題なのだ。

「今向かっているのは、室戸岬沖約一五〇キロの海溝です。十年前、既にご存知のように初代の〈しんえん〉が行方不明になったポイントです」

いずみがタブレットを操作し、壁にある大画面モニタに映像が映しだされた。

「〈しんえん〉ビークルが操縦不能になる直前に、水深九千メートルの壁面で捉えた映像です」

磯野は率直に驚いていた。あれはどう見ても人工の構造体ではないか。しかもそれが海溝の九千メートルもの深みにあるのだ。

思わず他の人物の反応を見たが、白井も倉島も既に見た事があるらしく、特別な反応は見せていなかった。なる程、知らされていなかったのは磯野だけらしい。

「――そしてこの人工物と思われるものに接近してみると――」

映像は飛んで、クローズアップとなった。

文字が刻みつけられている面が覗《のぞ》く。しかし一部が照明に当たっているばかりだ。

「本来ならば、もっと多角度から撮影すべきでしたが、ここでビークルが操縦不能となったのです」

映像がフリーズした。

「先程触れましたが、画像解析の専門会社にこの隠れた部分を読み取る処理を行わせました。途中までのデータがサーバに残っていたので回収しています。それが――」

え……？

急に解像度が上がり、上の地層の岩盤が覆っている部分が消失していく。影に隠れていた文字が露《あらわ》になっていった。

こんな事が可能なのだろうか。まるでSF映画のような技術だと磯野は思った。

「これは類推型解像度エンハンサーという技術で作られた映像で、当然ながら誤読や誤差は一定のパーセンテージを見込まなくてはなりませんが、解読する上では大きな材料となると思います」

白井は同意していない様子だ。

「今回の調査では、こうした画像処理を不要にする為の準備をしてきました」

磯野はやっと、自らに課せられたミッションの内容を理解した。これは苦労させられそうだと気分が重くなった。しかし、なぜこんなに秘密にする必要があるのか。磯野は思わず疑問を口にした。

「あの……、この遺跡、ですかね、これの発見はどうして一般に報じられなかったのですか。こんなに調査を秘密裏に行う理由は何ですか」

大賀はそうした質問を覚悟していたようだ。

「この海域は日本の領海です。この遺跡、と呼んで適切かどうかは判りません。とりあえずそう呼びましょう。これがどういうものなのか、何に由来するものなのか、全く見当がつかないまま公表すると、特に他国とのデリケートな問題を起こしかねないのです」

今ひとつ合点《がてん》はいかないが、この調査を主導しているのが内閣府である理由は理解出来た。

「この遺跡はどのくらいの範囲にあるのですか」

「それもきちんと調査する以前にビークルがロストしたのではっきりは判りませんが、海溝に露出しているのは少なくとも数十キロは続きます。ですから全体を調査する事は今回は不可能です。範囲を一キロに絞って、そこで可能な限りの映像を記録します」

やっと磯野は少し安堵《あんど》した。それならば四，五日もあれば出来る筈だ。

「ところで……、あの文字は何時代のものなんですか」

大賀は白井を見た。

白井は口を歪《ゆが》ませ、あまり言いたくなさそうに声を出した。

「——古代の甲骨《こうこつ》文字に近似《きんじ》してますな。ただ……」

白井は勿体をつけて磯野を斜《はす》に見ながら後を継いだ。

「水深九千メートルにある地層に、人類そのものが生まれている筈がないんです」

どういう事だ……?

人類ではないと言いたいのか?

重い沈黙を破っていずみが立ち上がった。

「調査の解析は陸に上がってからです。調査はあくまで映像記録です。では皆さんの個室にご案内しましょう」

4

個室と言っても狭い空間ではあるが、この規模の船としては多く用意されていた。三人はそれぞれ部屋をあてがわれたが、会議室のフロアからは三階層下であり、窓は無かった。

部屋には預けた手荷物が届けられていた。見られて困るものなど入ってはいないが、勝手にまさぐられたと思うと気分は悪かった。

既に出港しており、エンジン音が耳鳴りのように耳を苛《さいな》んでいる。これから暫くの時間、これを聞き続けなければならないのだ。

ドアをノックする音がした。

「はい?」

ドアが開き、いずみが顔を見せた。

「ちょっと早いんですけれど、ビークルのチェックをお願いします」

磯野は頷いて立ち上がった。

狭い通路を船尾の方に向かっていく。

さすがにいずみも船ではサブリナパンツの軽装だった。

「気をつけてください」

いずみは隔壁《かくへき》を抜ける度、磯野の足元へ振り向いた。

海中艇の操作はこれまでに二度経験があった。最初は二〇年程前に装置のテストとして、関東近海での仕事だった。そして八年前、今回のように極秘の調査を行った。航空機の海中墜落《ついらく》事故現場で、水深三〇〇メートルの海底をグリッド状に踏《と》査《さ》したのだ。表向きにはブラック・ボックスを探すという事になっていたが、実のところ探していたのは貨物として積まれていたコンテナであった。その中にはあるウィルス標本が入っており、そしてそれは本来存在してはならないものだった。

磯野は普段から自身の仕事を他者に話す性質ではなかったし、当然のようにその調査とその成果を他の誰にも話す事はなかった。

もしかしたら、今回自分にこの調査の話が来たのは、あの時の実績を買われたのかもしれないと、磯野は思っていた。

船尾部は二階層吹き抜けとなっており、甲板《かんぱん》へのリフトの周囲には〈しんえん Mk.IV〉のビークルと、その補機類がぎっしりと置かれていた。

既にシミュレータで見慣れてはいたが、実物のビークルは思っていたよりも大きいと感じた。これほどのサイズの無人潜水艇はかつて見た事が無い。

おや——、倉島が先に来ていたらしい。いずみと一言二言交わしてから、出て行った。

ビークルの脇には作業服を着た技術員が二人、調整をする為にパネルを開けているところだった。

「吉田さん、黒沢さん、オペレータの磯野さんをご紹介します」

二人は手を休めて立ち上がり、磯野に挨拶《あいさつ》をした。

「磯野です。よろしくお願いします」

「こちらこそ。IJSの吉田です」

「黒沢です。〈いざなみ〉型の操作はご経験あるんですよね」

「ええ、初期型をテストしました」

「そうですかぁ。あれは苦労したよなぁ」

二人は根っからの技術屋らしく、磯野とは気が合いそうだった。磯野がテストをした機体の開発にも関わっていたらしい。

「では後はお願いします」

そう言っていずみはそこから立ち去っていった。

その後磯野は吉田らと打ち合わせをしていった。

明日午後にはポイントに到着するので、彼らは徹夜で整備を強《し》いられていた。


磯野は船尾からブリッジに向かっていった。

明日の天候状態を知りたかったのだ。深海には影響はなくとも、海上は天候に大きく影響を受ける。

船長は快く磯野を迎え入れてくれた。

既に陽《ひ》が落ちようという空が久しぶりに見えた。

天候は問題無いらしい。幾つか台風が発生はしているが、現況ではコースを外れているという。海流の上であり波は高いが、それは仕方がない。

食堂での食事は好きな時にとって良い事になっていた。あまりまだ食欲が湧かず、磯野は狭いデッキに出てみた。

暮れていく陽を眺めるのも悪くない、そう思ったのだが、すぐ後から倉島が続いてデッキに出てきた。

「どうも」

倉島は煙草《たばこ》を出して吸い始めた。

ここだけが喫煙を許されているのだと言い訳がましく言い添えた。

「倉島さんは――、どういうものを書かれているんですか」

小説家、翻訳家という人物が、こうした調査に参加する事が不思議だったのだ。

「ホラーです」

「え？　ホラーって、恐怖物ですか」

「怪奇と幻想、まあそうです」

余計に奇異に思えた。

「あ、もしかしたら取材の目的で参加されたんですか」

「まあそれは無くもないですけど、あなたも誓約書にサインしたでしょう。ここでの事は最低でも七年間は、口外どころかフィクションにボカしてでも書けないです」

「――では、どうして……」

「無論、頼まれたからですよ」

大賀かいずみが？

「まああなたが信じられないという顔をしているその理由は判りますよ。僕だって信じられないからここにいる訳でね。勿体つけても仕方ない。僕はラヴクラフト、及びクトゥルー神話を専門にしてるもの書きなんですよ」

ラヴクラフト？　クトゥルー神話？　そんな神話などあっただろうか。

「それは何時代の神話なんですか？」

倉島は煙草の煙を吹き出した。

「ギリギリ二〇世紀ですね」

「は？」

「H・P・ラヴクラフトという小説家がいたんで

す。生きている時代には全く評価されなかったし、早く亡くなりました。彼は人類が生まれる以前の太古の地球に、異星から来た神がいるという設定の恐怖小説を多く書いたんです」

ＳＦか……。

「そのラヴクラフトが生み出したクトゥルーという古代の邪神は今もこの地球の奥底で眠っている。そういう彼の設定を使って、多くの小説家が話を紡いでいるんですよ、現代に至るまでね」

頷きながら聞いていた磯野は、もう頷く事も出来なくなっていた。

「そういうものを総称して、クトゥルー神話と呼び習わしています。我々の間では」

「……」

「それがどうしてこの調査と関係があるのだ、と思っていますよね。それが当然です。しかしクトゥルー神話の設定の一つに、ルルイエという古代に失われた架空の大陸というか都市というか、まあそういうものがあるんですよ。太平洋上にね」

「架空、ですよね、それは」

「そうですよ。ただ、ホラー作家はよく使う手法なんですが、自分が創作した架空の歴史とか古代神を、実際にあった宗教的な神や神話と編み込んでいるんですよね。どこまでが創作で、どこまでが実際に存在する神話――、もっともそれは時代も地域も極めて恣意《しい》的に選ばれているんですけれどね」

そうした小説の事など全く不案内な磯野にも、やっと話の筋が見えてきた。

「――そうか……、つまり、室戸岬沖の深海遺跡はルルイエかもしれないと」

倉島は他の誰かに聞かれていないかと、神経質に見回し、声を低めて言った。

「そんな事ある訳ないじゃないですか。そんな事を言ったら、頭のおかしい人間だと思われますよ。ルルイエはあくまで、ラヴクラフトという小説家の妄想が生んだ架空の土地です」

少し気色《けしき》ばんで倉島は強弁している。

磯野にはまた訳が判らなくなってきていた。

倉島は少し声を落として続けた。

「――初代の〈しんえん〉が撮った映像、あれに映っていた文字は、どんなに調べてもどの時代どの文明のものかは判らなかったです。ただ――、あるものに書かれたものにだけ、似ていた」

「あるものとは？」

「――ここからは内緒ですからね。僕はあの白井という教授に嫌われてるんだ」

「誰にも言いませんよ」

「ルルイエについては、ミスカトニック大学に所蔵されている『ルルイエ異本』という紀元前三千年に漢文で書かれた写本に記されている、とされています。あくまでも小説では」

「――」

「ミスカトニック大学というのは架空の大学です。しかし、ハーバード大学が所有するある本が、実は『ルルイエ異本』ではないかという説があるのです」

「――」

「その本の存在は昔から知られていました。しかしその本の所有者が内容を故意に誤ったものとしてオークションに出していたのです。

ハーバード大学の図書館が古代中国語の翻訳者を招いて訳したところ、その本は『ルルイエ異本』らしい事が判ったのです」

倉島はやや昂奮気味に説明しているが、磯野にはまだピンときていなかった。

「それは人肉の皮で装丁されたと言われています。

いや、DNA検査でそれは事実だと判明していま す。僕は五年前、その本に実際に触れて、そこに書かれているものをデジタル化しています。その写本自体は漢語に訳されたものなんですが、巻末に原典テキストの模写があったのです」

「――それが、室戸岬沖のあれと同じだと」

「現存する古代文字のどれよりも、近似していました」

「――つまり――、ルルイエは実際には作家が虚《きょ》構《こう》として作り出したものなのではなく――」

「その答えを出すのは軽率です。しかし、他の有力な手掛かりが無いのも事実。という事で僕のところに話が来た訳なのです」

磯野には、まだどういう事態が起こっているのか把握しきれてはいなかったが、ただ混乱していた先刻とは少し感情が変わっていた。

この仕事は面白いものになるのかもしれない、という期待が生まれたのだった。

5

磯野は一度部屋に落ち着いて、さっき倉島から聞いた話を走り書き程度だがメモ・ノートに記しておいた。

食堂では船の乗務員が数人、交代で食事をしていた。

ほとんど選択の余地は無いが、ビュッフェ式で料理を選び、トレイをテーブルに乗せて食べ始めていると、後から白井が入ってきた。

視界の端で、どこに座るか迷っているようだったが、「どうぞ」と目で磯野は促した。

会釈して白井は磯野の斜向かいに座った。トレイには食べきれるのかという量の料理が載せてある。

「――私はあんまり船旅ってした事がないんで……」

磯野は頷いた。

「私もそうですよ」

「おや、そうなんですか。もっぱら海で仕事されているのかと思ったが」

「どちらかと言えば陸と、空ですね」

近年遠隔操作の主流は、急激に進化したドローンが華々しく代表格となっていた。

暫く二人は無言で料理を処理していたが、先に乗務員が食堂を出て行き、二人きりになると、白井は声を低めて磯野に話しかけた。

「――この船には、核兵器が積まれてます」

「えっ？」

あまりに唐突《とうとつ》な話だった。

「私は船積みの時も来ていたんですが、あるコンテナが積まれる時だけ、その場から立ち退《の》かされたんです」

〈しんえんMk.IV〉の積み込みで、そんな措置《そち》をとる必要は全く無い筈だ。

「ちょっと覗いて見たんですが、防護服を着た連中がその時だけ作業をしていたんです。例のマークがついてました」

マークというのは、放射能汚染警告のものだろう。

「しかし調査目的ですよね、今回」

「――無論そうです。しかし、もし、深海の遺跡が我々にとって都合が悪いものだとなれば……」

「我々というのは、日本人としてですか」

「かもしれないし、あるいは人類全体」

流石に磯野は冗談だと思った。

「有り得ないでしょう？　そんな事」

「今回の〈しんえんMk.IV〉は、初代の五倍の大きさがあると聞いています」

「そうですね、確かに」

「なぜ、そんなに大きくする必要があったのか」

「それは……、今度は制御不能に陥《おちい》らないように駆《く》動《どう》系が強化されていますし、バッテリの容量も効率も一〇倍ですから」

「それでも船体を小さめにしておけば、もっと軽量化出来た筈です」

確かにそれは事実だった。

基本的な青図《あおず》は頭に入れてあるが、船体全ての構成要素は知る由《よし》もない。

「――何かを積む、んですかね……」

白井はじっと磯野を見つめて言った。

「私は純粋水爆だと睨《にら》んでいる」

「何ですか、それは」

「最強の爆弾である水素爆弾は、核分裂物質を使わないとこれまで作れませんでした。しかしそうではない、クリーンな水爆が純粋水爆です」

「そんなものがあったんですか」

「いや、現在の所アメリカですら作れていません」

「じゃあ、どこが作ったと」

「――日本です。今はまだ日本が核兵器を持つ事は無論許されていない。しかし既にミサイル技術は有しているんです」

ミサイル？　ロケット技術なら確かに進んでいるし、宇宙開発技術も進められている事は、自分の仕事で充分に判っていた。しかし――

「純粋水爆は本来、核分裂物質を用いずに作られる。しかし日本の技術は過度期なんですよ」

磯野は軽く目眩《めまい》を感じた。

さっきの倉島の話も突拍子《とっぴょうし》が無かったが、ロマンがあって愉しめる話だった。

しかし白井は大真面目な顔をして、まるで陰謀《いんぼう》論者のような事を言っているのだ。考古学者であるのに。

「それは想像の話ですよね」

「――」

白井は黙っていた。

「安心してください、白井先生。私は陸でシミュレーションをした上でここに来ました。深海で爆破作業を行うような想定の訓練は全くしていません」

「――訓練なんて要らないですよ。自爆すればいいんですからね」

それは、確かに――。

「勿論、さっきのは私が想定する最悪のシナリオです。そういう事態にならない事を私だって願っているんだ。磯野さん、でしたよね。気をつけてください」

「何に、気をつけるんです」

「――あの岡田いずみという女は――」


言いかけた白井は、「あ」という顔をしたまま声を出さなかった。

立ち上がり、大量に残したトレイを置いたまま、席を立って出て行ってしまった。

何を見て驚いたのか。

磯野は白井が見ていた方に目を向けた。

そこには誰もいなかったが、天井近くには監視カメラが設置されていた。

部屋の反対側にもカメラはあった。

船の中は、全て監視されている。

第三章

1

翌日の朝、磯野は四時半には目が覚めてしまった。

寝つきも遅く、実質三時間しか眠っていない。

この船の同乗者はみなどこかおかしい。

そもそも、調査自体が普通ではなかったのだ。

磯野はこの仕事を請けた事を後悔し始めていた。

夜明けまでじっと座って過ごし、洗面所に行って顔を洗ってから、デッキの方に向かった。


デッキに上がって船尾の方を見ると、既にビークルはクレーンに接続されていた。吉田と黒沢はずっと作業をしていたのだろう。

じっくりと〈しんえんMk.IV〉の船体を見つめながら、頭の中で青図と対比させてみた。

機体の後方三分の一は動力関係とバッテリ。それは間違いない。前面にはセンサーやキャメラ、マニュピレータが集中している。マニュピレータは多少の物質を回収する能力も持つ。場合によっては遺跡の一部を破壊して回収するという場合も有り得るかもしれない。

しかし何らかの火器を用いる事は到底考えられない。

今懸命に機体を整備している吉田達が、自爆させる為の爆弾を積んでいる事を知っている筈がない。やはりあれは白井の妄言《もうげん》なのだ。そう磯野は自分を納得させた。


午前十一時頃、〈しんよう〉から〈しんえんMk.IV〉が海中に降ろされた。

潜水艇はワイヤレスでも操作は出来るが、深海で長時間作業をする事もあり、二本のワイヤーで操作及び状況確認がなされる。

初代〈しんえん〉はワイヤーの一本が破損した為に制御不能になったと考えられていた。以来ワイヤーの強化が図られてきた。グラスファイバーと銅線のハイブリッドである。

与太話《よたばなし》に違いないが、もし〈しんえん〉に爆発物が積まれていたら、今よりもずっと慎重に作業される筈であった。

磯野は船尾の格納庫の片隅に設えられたオペレーション卓に向かっていた。

センサーもキャメラも問題無く機能している。クレーンから切り離されたビークルは、すぐに海中に沈んでいく。

最深部に降りるまでには一〇時間以上掛かる。バッテリの消耗《しょうもう》を最小限に絞り、GPSと海中レーダーで流されないように確認しながら、ひたすら下へと向かわせる。

磯野は雑念を払い、自分の仕事に専心しようとしていた。

背後で大賀といずみが小声で何かを話している。

白井と倉島はあと一〇時間は何も起きないと知り、部屋へ引き上げていった。

時折船長から、ビークルの位置を確認する船内通話が入る。

海流の速いところには幸いにも重ならなかったようだ。順調に降下している。

昼食時は黒沢が交代に来てくれて、磯野は席を離れた。

食堂の通路の向こう側で、大賀といずみが小声で何かを話していた。

大賀は小声ながら、怒気《どき》を込めているようだ。しかしいずみは全く平静でいる。

目を逸らして磯野は食堂に入った。

こういう時に炭水化物は多く摂《と》るべきではない事を磯野は経験上判っていた。ましてや昨晩はあまり眠れなかった。血糖値が上がると睡魔《すいま》との闘いとなる。それはもう避けられまい。食事後にカフェイン錠《じょう》を飲んでおかねばならない。

軽く食事を終えると、吉田とすれ違った。

「あ、もうお済みでしたか。まだ暫くは黒沢が見ているので、どうぞお休みになってても大丈夫です」

「――そうですか……。じゃあもう少しだけ」

磯野は個室に戻った。

天井を見回しても、判る所に監視カメラは見つからない。しかし監視されていると考えるべきだろう。

横になったら本当に眠ってしまいそうになるので、磯野は椅子に浅く腰を掛けて日記メモをつけようとノートを開いた。

「――お疲れですね……」

ハッとその声に目を開いた。しかしまるで脳が重い布団に包まれているかのように、すぐに覚醒《かくせい》する事が出来なかった。

「――すいません、すぐ、行きますので……」

それだけをやっと声に出した。

「磯野先生、お元気そうですね」

誰だ？　誰の声が話しかけているのだ。

磯野は何とか頭を起こして、背後で語りかけてくる者を見ようとした。しかし睡魔がそれを困難にしていた。いや、本当に睡魔なのだろうか。それすらも今は判然としない――。

「お久しぶりです、磯野先生」

薄く開いた視界の中に、痩せた長身の男の姿が入った。見覚えがある。

「――増岡、君……」

「磯野先生が僕の仕事を継いでくれるのですね……」

――そうだよ……。何の因果《いんが》かは判らないのだが……。

　重く閉じようとする瞼《まぶた》に必死に抗い、磯野は再度目を開けた。

　増岡……？

　全身が濡れているじゃないか。

　それになんて白い顔になっているんだ――。


「うっ!!」

　睡魔は突如去った。

　磯野は反射的に立ち上がり、椅子が背後に倒れて音を立てた。

　はっとドアの方に振り向くと――、そこには誰もおらず、床が濡《ぬ》れている、ように見えた。


　洗面所で冷たい水で顔を洗い、急いで船尾へ向かった。時計を見ると、一時間弱、席を外していた事になる。


　制御パネル前には黒沢が座っており、いずみ、倉島が背後の椅子に座っていた。

「長く離れまして失礼しました。代わります」

　黒沢は厭《いや》な顔もせず、「ではお願いします」と席を離れていった。


〈しんえん Mk.Ⅳ〉の降下は順調だった。

〈しんよう〉は停止する事はなくずっとこの海域を移動している。ワイヤーが海溝の崖に引っかかったらおしまいだからだ。

〈しんよう〉は初代〈しんえん〉以来の母船であり、船長や航海士はベテランの経験者なので、深海探査艇と海上の母船の位置を適切に維持し続ける事が可能だった。


　磯野はさっきの出来事を、自分でも意外なくらいに忘れていた。いや、忘れてはいないのだが、不意に襲った睡魔が見せた幻想だとはっきり自覚出来ていたのだ。

あと一時間で目標の水深に達するという頃、やっと少し磯野は緊張を解く事が出来た。まだ決して油断は出来ないものの、ここまでくればミッションは成功に近づく。

ふと背後を振り向くと、倉島だけがそこに座っていた。

「――白井さんはずっと部屋ですか？」

磯野はふと疑問を口にすると、倉島は頷いた。

「なんか船の中探検してたらしんですが、気分が悪くなったと言って寝てるみたいですよ」

探検――、彼はまだ妄想的な疑念を晴らせていないのだ。

「あと一時間弱で行き着きます」

「じゃあ後で声を掛けておきます」

倉島も煙草を吸いにか、出て行った。

制御パネル前には今、磯野だけしかいない。

ビークルの状態を表示するディスプレイを凝視《ぎょうし》した。どの数値も正常値だ。海流の影響はさほど受けずに深海に至る事が出来た。

ビークルのキャメラは漆黒の海中を写しているだけであったが、磯野はライトを二〇パーセントの明度で点灯《てんとう》させた。

この水深には酸素はほぼ無く、生物は存在しない死の世界だ。

何かが見える筈もなかったが、磯野はモニタを凝視し続けていた。本当にこの深さに、遺跡などが存在するのだろうか。ＳＦなどで、人類が誕生する以前に地球を支配した存在が登場するという設定はマンガか映画で観た覚えがある。そんな事は有り得ない、とは磯野は思っていなかった。そういう事だって有り得たかもしれない。ただ、今の我々がその存在を知る事は無理だろうとも思っていた。

　まして、あまり有名でもないホラー小説家が創案したような古代の神が実在する筈もない。

　遺跡の調査が達成し、古代文字の映像を撮れたとしても、解読する事は自分が生きている間には叶《かな》わないだろうと磯野は予感していた。

　そんな事を考えながら、ぼうっと漆黒だけが映るモニタを見つめていると、船内の遠くでガシャンと大きな音が聞こえた。

「なんだ……？」

　顔を船首側に向けてみるが、隔壁のドアは開いていても何もそこからでは見えない。

　荒げた怒声も聞こえ、船内を走り回る足音が聞こえる。

　一体どうしたのだ。一人船尾に残されている気がして、磯野は不安になってきた。

　もうあと十数分で予定水深に到達するというのに。

〈しんえんMk.IV〉ビークルの機能に異常は見られない。この船の中でまともなのは、自分自身とビークルだけではないのか。いや――、自分がまともだと明言する事も出来ない。さっき見た幻視が……

　そこまで考えてた時、倉島が戻ってきた。

「どうしたんですか、何かあったんですか」

　倉島は蒼白な顔をしていた。

「事故です」

「誰か怪我でもしたんですか」

「大賀氏ですよ。ブリッジ下の階段から落ちたらしいです」

「酷《ひど》いんですか、怪我《けが》は」

「――亡くなりました」

　磯野は絶句した。調査が始まるというその直前になって、調査団の責任者が事故で亡くなってしまったのだ。

　大賀の個人的な事は何も聞いていない。磯野には丁寧な態度で接していたが、好意というよりは慇懃《いんぎん》さの方が感じられた。しかし決して磯野は悪感情は抱いていなかった。それでも亡くなったという事で哀しさは感じていない。今の重い気分は、この仕事が達成に至らぬまま終了してしまう事が支配的になっていた。

「どうなりますかね。中止になりますよね」

「それが……」

　倉島は床を見つめながら眉を顰《しか》めていた。

「船長は帰港しようと言っていたんですが、岡田女史が強行に調査を続行すると主張しているんです」

「……」

「どうなるか今は判りません。無線で東京とやりとりしているようです」

　大賀よりも、実際には岡田いずみの方が立場が上ではないか、という磯野の直感は誤りではなかったようだ。

　今は船内の事情に心を乱さず、自分に課せられた職務に専心すべきだ。そう自己に言い聞かせ、磯野は制御パネルに向かった。

　水深は九千七二二メートル。

　もうあと一〇メートルで目標に達する。

　磯野は照明の明度を一〇〇パーセントに上げ、キャメラを下方に向けた。

「あッ――」

　背後から覗いていた倉島が思わず声を上げた。モニタには海溝の壁面が映り出されていたからだ。

　垂直に近い広大な壁が薄暗く広がっている。

　数値を確認すると、ビークルと壁面の距離は一二〇メートルだった。

ＧＰＳの数値からもプログラム通りの位置に居る事が判る。数年前までの深海探査艇では、ここまで正確に目標に到達する事は不可能だった。

「凄《すご》い光景ですね……」

確かに見た事もないような光景だった。

相当に輝度の高い照明であっても、光が到達する範囲は狭く、頭上も眼下も漆黒に溶けている。ひたすら壁面だけが広がっていた。

ピ、というアラート音が鳴った。予定の水深に到達した事を報せている。

「九千七三二メートル」

操作パネル卓は常時録画されている。ここからは操作の手順も音声記録しておく事になっていた。

「あるのかな……」

倉島はさっきの不幸な出来事も忘れたかのように、モニタに釘付けとなっていた。

「それらしいところは今のところ……」

磯野はジョイスティックでキャメラと照明をリンクさせ、少しズームインさせた画角《がかく》で壁面を走査《そうさ》する。

これほどのスケールの崖は地上ではそうそう見つからないだろう。しかし岩の密集度などは自然の造形のそれにしか見えない。

「――やっぱり、ここじゃないんじゃないか……」

倉島の呟きを磯野は気にした。

「やっぱり？」

「――ルルイエはこんな日本近海ではなく、南極に近い太平洋上だとされているんですよ」

「――それはあくまで……」

「ええ、ラヴクラフトの小説では、ですけどね」

どうやら倉島は、「そうだったら面白い」ではなく本当に、小説家の書いた虚構が現実になっていると思っているようだ。

「少し移動します」

左手のジョイスティックをほんの僅《わず》かに傾《かたむ》けると、モニタの画面が左方向へ動き始めた。

斜め前方の画角で照明を当てて進んで行く。

やはりこの距離では視認が難しいようだ。

あまり崖に近づけるとワイヤーが切れる危険が増すのだが、磯野は決意した。

「距離を八〇メートルまで詰めます」

壁面が少しずつ接近してくる。

いつしか倉島は磯野のすぐ隣に座り、モニタを見つめていた。

「どうでしょう……」

「——ん？」

倉島がモニタの一点を指した。何かが照明に反射して輝いて見えた。

磯野はビークルの推進を止め、慣性でそのポイントに近づけようと操作をした。

ゆっくりと回頭し、徐々に正面から接近していく。

画面の隅に表示される数字を読み上げていく。

「距離五〇——」

本当にここでなければ、二五メートルが接近の限界だ。

磯野は緊張のあまり奥歯を噛みしめていた。

「距離四〇——」

「——あった……」

力の抜けた声を倉島は上げた。

「ビークル停止」

磯野は軽く逆推進を入れてビークルを停止させた。

「距離三〇」

セカンダリの照明も点灯させると、前方に異様な光景が広がって見えた。

「やはりここだったんだ……」

ズームで寄ると、はっきりと判る。崖の中途に、明らかに異質な層があるのだ。灰褐色《はいかっしょく》の、複雑な多角形で構成された構造体の層があり、その幅は視認する限り数十メートルもの厚みがあった。

ゆっくりとキャメラを横にパンさせていく磯野。

異物の地層はその先にもずっと繋がっている。照明の及ばない遥か向こうにまで。

じっとモニタを凝視していた磯野は、突如首の後ろに冷たい感覚が走り、思わず首をすくめた。

どうしたのかと一瞬倉島が磯野に目をやった。

この感覚は、さっきも感じた。

そう、増岡の幻影と会話した時の――

ハッとなって磯野は椅子を回して背後を振り向いた。

二メートル程後方にはいずみが立っていた。

磯野はばつの悪さを感じながら軽く頭を下げた。

しかしいずみの異様なまでに見開かれた目は、モニタに映る海溝遺跡に向けられたまま、動く事はなかった。

「岡田さん、調査はどうなります？」

倉島のやや剣《けん》のある質問に、いずみは抑揚のない声で答えた。

「どうって？　勿論予定通り行いますけど」

倉島は「ね？」という目を磯野に向けた。

磯野は軽く頷いて操作パネルに向き直った。

大賀の家族には気の毒だが、こうした深海探査を仕切り直す事になれば、最低でも三カ月は無駄になってしまう。今は仕事がしたい。

2

磯野がまずしなければならなかったのは、遺跡地層の計測だった。

〈しんえんMk.IV〉の連続稼働は最高で四八時間。

浮上の動力を残す必要があった。四八時間の連続操作を磯野が出来る訳では無い。一二時間おきに吉田か黒沢に交代して貰い、その間は単純な作業に充《あ》てる必要があった。

全容を調査する事は到底今回だけでは無理だと予測されたが、遺跡の規模の類推は可能なだけのデータをとる必要はあった。

壁との距離はある程度自動トラッキングで制御が出来るが、頻繁《ひんぱん》に確認する必要はある。

一方でレーザースキャナのデータを見て目算を立てつつ、調査の段取りを暗算で組み立てるというマルチタスクを強いられていた。

倉島は早く近くに寄ってディテイルを見たがっており焦《じ》れていたが、磯野が都合良く操作をしてくれなさそうだと悟って、溜め息をつきながら席を離れていった。

まだいずみはモニタを凝視して立っていた。

今話し掛けられては困る、そうした磯野の気分を読んでいるかのように、いずみは無言でいた。

しかし——、なぜだろう。

いずみの声が聞こえる気がしてならなかった。

マルチタスクの作業をこなしながらも、磯野にはそれが気になり続けている。

まるで耳元で囁《ささや》かれているような——。

それも、どうやら日本語ではないような言語に聞こえる。語学は門外漢だが、中近東辺りで聞いたそれに近いかもしれない。

次第にいずみの呟《つぶや》く言葉が、本当にすぐ耳元で聞こえているような感覚になっていく。

同時に、自分の視野が狭窄《きょうさく》している事に気づいた。

磯野は小さなパニックを起こしていた。

もう視線をモニタに向ける事も難しい。

酸素が足りない。息が荒くなってきた。

このままでは――

「ったく！」

倉島が足音を大きく響かせて戻って来た。

その声と共に、磯野は自分に重くのしかかっていた負荷が急に消えるのを自覚した。

「何だよ、人が折角心配してやってんのに」

倉島は再び磯野の横の席に座った。

「どうしたんですか……」

掠れた声で倉島に問いながら、磯野は後ろを見た。

いずみが出て行く後ろ姿が見えた。

「白井センセイですよ。発見した事を教えてあげたのに、うるさい、放っておけって何様だ」

倉島は憤慨《ふんがい》しているが、磯野には疑問だった。

白井は妄想じみた考えは抱いてはいたが、遺跡の調査自体には意欲を持っていた筈だ。それが、実際に目《ま》の当たりに出来るというのに、そんな態度をとるのはおかしい。

吉田と黒沢も報《しら》せを聞いて戻って来た。

「あっ、本当だ」

「僕ら、目標の事あんまり教えて貰ってなかったんで半信半疑だったんですけどね。あるんですねぇ、本当に……」

これが正常な反応というものだ。

磯野はやっと仕事に集中し、調査のタイムテーブルを組んで、それを元にしたプログラムを組んだ。

結局遺跡地層の全容を把握する事は今回は不可能だと判断した。最も優先すべきミッションは、遺跡に刻まれた文字を一つでも多く撮影する事と、可能であるなら採取可能なサンプルを取得する事である。

夕食をとる為に黒沢に交代を頼み、磯野は食堂へ向かった。

途中、白井の部屋に寄って声を掛けようかと思ったが、自分の役割ではないと思い直した。

食堂に並んでいる料理を見て磯野はぎょっとした。

料理がこれでもかと盛られていたのだ。

「磯野さん、こっちどうぞ」

吉田がテーブルの向こうから声を掛けた。

「どうしたんです？　これ」

「冷凍庫の一つを空にしなきゃいけないって、料理長がキレたんです」

少し考えて、やっと判った。

事故で亡くなった大賀の遺体を帰港まで保存しなくてはならないのだ。

それを聞いただけで、食欲はみるみると失せていった。

肉料理二種と魚料理二種を少量づつとったつもりだが、これでも普段食べる倍の量はある。吉田も半分残していた。

「吉田さん、あの……」

磯野は白井の強迫観念を否定して貰おうと思った。

「この船に放射性物質はありますか？」

吉田の顔が少し強ばったように見えた。

「何か計測機器に影響出ていますか」

磯野は驚きを用心深く隠して言葉を繋いだ。

「今のところは誤差の範疇《はんちゅう》だと思いますけれど」

吉田は目を落とし、少し躊躇《ためら》いがちに言った。

「私達もアクセス出来ない部分なんですが……、黒沢が船底近くの船倉にレディエイション・

ウォーニングの標識があるのを見たと言っています。気になって一応計測はしたんですが、マイクロ・シーベルトレベルの微量なので、それ以上は我々も……」

今度は磯野が俯く番だった。


食堂を出た磯野は、やはり白井と話したいと思い直し、船室に向かった。

白井のドアをノックしたが、反応は無い。

ん……？

ドア下部の隙間が濡れている。

まるで室内が水で満たされ、漏水しているかのようだ。

強く何度もノックをした。

「白井さん！　磯野です。大丈夫ですか？」

反応が無い。ドアを開けようとしたが、レバーは内側から固定されているのか動かない。

船員の一人が気づいて近づいてきた。

「どうしました」

「ええ、この部屋の白井さんという人が暫く出て来ないんです。あの、この水って――」

磯野はドアの隙間を指した。

「これって……」

船員はレバーを強く押したが、やはり動かない。

「何だよこれ……」

船員は全身の体重をレバーに掛けた。

鈍い音を立て、レバーが根元から落ちる。向こう側も同じ状態となったようだ。そもそも強固なロックは不可能な構造だった。

ドアを押し開くと――、内側は暗くなっていた。

床は心配した程ではないが、数センチ分も水が溜まっている。

「白井さん！」

照明のスイッチを入れるが、どうやら蛍光灯自体が破壊されているらしい。

船員が先に部屋の中に足を踏み入れ、磯野も続いた。

ジャリ、という感覚と音を靴底で感じだ。

屈み込んでみると、鏡が割れて床に落ちていた。壁には残った三角形の破片が危うく落ちそうにぶら下がっている。

屈んでいた磯野はそれに振り向いて、慌てて一歩下がった。もし屈んでいる時にそれが落ちてきたらと思うとぞっとした。

「もしもし、白井さん、白井さん」

船員が寝台に話しかけながら近づいていく。

壁際の狭い寝台で毛布にくるまっている白井に近寄り、手を掛けた。

「白井さん、大丈夫ですか」

白井は反応しない。まさか——、
磯野はすぐに意を決し、腕を回して白井の上半身をこちらに向けた。

「——うっ——」

白井は死んではいなかった。

しかし形相が変わっていた。

まるで眼窩《がんか》が頭部の両側に移動したかのように、両眼は離れ、両眼とも違う方を見ていた。

廊下の照明だけでははっきり判らないが、肌も急に老化したかのようにたるんでいた。

船員は白井の口臭に吐き気を催していた。

「この船には医師はいないですよね」

「医務担当だけです。今呼んできます」

船員が出て行くと、磯野は白井から手を離した。何か伝染性の疾患であるかのように感じられたのだ。

いつの間にか、倉島も入ってきていた。しかし寝台に近づこうとはしない。

「インスマス面《づら》……」

何？　何と言った？

倉島は恐怖にかられ蒼白になって、慌ただしく部屋を出て行った。


医務担当の船員は看護師程度の知識しかなく、部屋から水を出す指示をした他は、白井をそのまま寝かせておく以外の事は出来なかった。

「どうしたんだ、これ……」

医務担当者は白井の頸《けい》部にフラッシュライトを向けていた。

「どうしました」

「傷なのかな」

たるんだ皮膚の皺《しわ》がまるで傷のように、粘液を染み出させていた。医療担当者は気が進まなそうに、ガーゼを消毒薬に浸《ひた》して頸部を拭こうとした。

すると――

「うあッ」

「どうしたんですか」

今、この皺みたいなのが動いたんです。いや、そういう気がした、というか……。

まるで魚の鰓《えら》のようだと、磯野は思っていた。

3

予定よりも大幅に席を外してしまっていた磯野は、その後三時間にわたって遅れを取り戻さねばならなかった。明朝からは海溝に沿って移動撮影を行うので、船長と綿密に打ち合わせをする必要があった。

ラフな海溝壁のスキャンを元に、簡易的３Ｄ画像を作成し、モーション・プログラムを作成する作業は視神経を疲弊《ひへい》させた。

やっと一通りの予定をこなした磯野は、椅子に深くもたれて瞼を揉《も》みながら頭を垂れた。

　この船で今までに起こった事はあまりに異常で、磯野の理解を超えていた。もうこれ以上関わりたくない。自分の仕事にのみ没頭《ぼっとう》し、可能な限り早く陸に上がりたい。それだけを考えていた。

　コーヒーを飲もうと食堂に向かうと、倉島が一人でそこに居た。

「――お疲れ様ですね」

「ええ……」

　ポットのコーヒーはもう冷めかかっていた。

　カップに注ぎ、普段よりも砂糖を多めに入れた。

「さっき、白井さんの部屋で変な事言いましたよね」

　もう倉島には遠慮なく物を言い始めていた。

「――」

「インス、なんとか」

「インスマス面です」

　わざとらしく溜め息を漏らしてから、倉島は言葉を継いだ。

「ラヴクラフトの小説に、『インスマスを覆う影』というのがあるんですよ。アメリカの海岸の小さな町が舞台でしてね。そこの住人は主に漁業を昔からやっていたんですが、ダゴンという海の邪神と契約した事で、他の漁村では全く漁が出来ない時でも、多量の魚をとっていた」

　磯野は無感動に聞きながら、甘いコーヒーを胃に流し込んだ。

「で、そこの住人はみんな似たような顔つきをしていたんですよ」

　磯野は先刻の白井の変貌した顔を思い出していた。

「魚、みたいな顔、ですか」

　倉島は突如、芝居のようにわざとらしく笑い始めた。

「ベタ過ぎるってば！　ねえ！」

同意を求められた訳では無いようだ。

「面白い事ですか」

「面白いかですって？　そりゃ面白いに決まってますよ。だってそうでしょう？　ラヴクラフトの小説は虚構なんですよ、当然ですが。それなのに、小説に書かれていた話が事もあろうに、この日本で起こっているんです。こんな馬鹿馬鹿しい事がありますか」

倉島も限界に近いのだろう。

「――そう言えば……、室戸港に来る途中、変な集団を見たな……」

口を笑った形にしたまま、倉島は真顔の目で磯野を見ていた。

「最近、あの辺に大勢の外国人が移り住んでいるらしいんです。それだけなら、日本中どこにでも起こっている事でしょうけど……、何か宗教団体のような行動をしていたんですよね」

「どんな顔つきでした」

「先頭の男しか見えなかったけど――、何となく白井さんのように、目と目が離れていた気がしているんです」

倉島は今度は頭を抱えた。

「勘弁してくれ……」

「彼らの事を知ってるんですか」

「――ダゴン秘密教団――」

「それも、ラヴクラフトの……」

「いや、ラヴクラフトの追随者、昨日説明しましたよね。クトゥルー神話の中に出てくるんだけど……、いやいやいや……」

信じたくないと全身で倉島は叫びたいようだった。

磯野はふと、自分でも思いがけない言葉を漏らした。

「あの遺跡、発見すべきものではなかったんじゃないか……」

倉島は「はっ」とした目で磯野を見つめたが、何も言わなかった。しかし彼は、まさにその言葉に同意していた。


仮眠をとる予定まではまだ一時間以上もある。仕事に戻る前に、夜風に当たろうとデッキに上がった。

煙草はもう二〇年以上も前に止めていたが、こういう時には吸いたくなる。

こんなところで迂闊《うかつ》に足を滑《すべ》らせたら、暗い海に落ちて二度と帰れない。そう思っただけで、少し足が竦《すく》んだ。

その心理状態を待っていたかのように、あの視線を背中に感じた。


振り向くと、やはりいずみがそこに立っていた。

「気をつけてくださいね。こんなところで迂闊に足を滑らせたら大変です」

なんだ、この女は――。考えを読んでいたのか。それとも、そう考えるように仕向けたのか――。

一五五センチくらいの痩せて小柄な体躯《たいく》だが、磯野には威圧感すら感じられていた。

緩いショートヘアの髪に、あまり化粧気の無い顔は幸いな事に、あの魚のようではない。

「岡田さんは、本当はどこの所属なんですかね。海洋リサーチの方ではないですよね」

いずみは口を開かなかった。

「――まあ結構です。私には関係無いですからね。ただ――」

いずみは無感情な瞳で磯野を見つめていた。

「調査が予定通り終わったら、私はすぐに帰りたい。予定外の作業は請けられません」

「予定外というのは、どのような事を指しておられるんでしょう」

磯野は自分でも驚く程平静に口に出した。

「遺跡の爆破とか、ですけどね」

いずみは口端を僅かに曲げて微笑んでみせた。

「そんな事、なぜ、する必要があるんですか」

「——いや、私には全然判りません。ただ、この船には物騒なものが積まれているという人がいましてね」

誰とは言えないが、誰を指すかはいずみにも判っているようだった。

「遺跡を爆破なんて、する訳がないじゃないですか」

そう言っていずみは暗い海面の波頭《はとう》に目をやった。

これまでそんな意識で見る事はなかったが、いずみの横顔は上唇が少し突き出ており、妙に色気のある顔立ちをしていた。

ゆっくりと長い睫《まつげ》が上下している。何か別の生き物のように思えた。

磯野は一礼して、仕事に戻った。


モーション・コントロールのプログラムは計算を終わっていた。明朝から、このプログラムに従って〈しんえんMk.IV〉ビークルを動かせばよい。

今は壁との距離を一定に保った自律プログラムを走らせている。

三時間程仮眠をとる事が出来る——。


船室に戻るのは気が少し重い。

昨日の夜は増岡の幻影を見たからであり、白井の部屋と似たレイアウトだからでもある。

白井の部屋はドアが少し開けられたままになっていた。息の音さえも聞こえない。

磯野は寝台に腰掛け、脚を降ろしたまま横になった。頭の芯《しん》が既にしびれており、眠気はずっと感じている。しかし、こういう状態であっても磯野は眠りにつき難《にく》い体質だった。

いつもなら眠剤を飲むのだが、三時間後には起きねばならず、今飲む訳にもいかない。

腕を目に被《かぶ》せて、瞼越しの光を遮《さえぎ》った。

眠れずともこうしていれば、少しは神経が休まる事を願っていた。

客船と違い防音は弱く、エンジンの音はずっと耳鳴りのように聞こえているのだが、既に慣れてきていた。

普段ならば五月蠅《うるさ》く感じる程の音ではあっても、今は静寂《せいじゃく》だとすら感じていた。

瞼に感じる光――、

それは遮断している筈だ。

しかし――、なぜか仄《ほの》明るく感じる。

そうか……。

今の自分はREM状態にあるのだ。身体は睡眠状態にあるのに、身体機能は覚醒している。

こういう時、よく金縛《かなしば》りという状態になるのだと、磯野は思い出し、可笑しくもないのに「ははは」という台詞《せりふ》を脳内で発語していた。

この船で起きている、かもしれない異常な現象は、間違っても心霊的なものではない。

なのに自分は亡霊と会話をしたり、金縛りに遭《あ》っているのだ。間抜けとしか思えない。

だが、今自分の視神経は何か変なものを見ようとしている。

仄明るい、群青《ぐんじょう》色のヴィジョンを洞窟《どうくつ》の中から見ているような感覚だ。

このヴィジョンには既視《きし》感がある。

まるで、そう、深い海の中を進んでいるような

——。

　磯野にダイビングの経験など無い。海を泳いだ事など、二〇代の時以来無い。

　しかし——、今見ているのは深海にある遺跡の上を見ているヴィジョンなのだ。

　ああそうか、これはビークルのキャメラが捉えた画面なのだ。

　磯野の専門である遠隔操作は、ヴィデオ・キャメラで視認しながら操作をするものがほとんどだ。

　多くは小さな液晶を見ながら操作するのだが、希《まれ》にはヘッドアップ・ディスプレイを装着して行う装置もある。ついこの間まで実験施設でテストをしていた、宇宙探索車両がまさにそうだった。

　これを使って操作をすると、まるで自分自身が遠隔操作される機体に乗っているかのような錯覚を得られるのだ。

　それにしても、夢の中でも仕事の延長をしている自分自身が憐《あわ》れだった。

　脳がその事に集中しているのだから仕方が無いとは言え。


「危ない！」


　磯野は幻想の中でジョイスティックを引こうとした。遺跡に近づき過ぎているのだ。

　しかし磯野の右腕は顔を覆ったまま、左手は寝台から床に垂らしたまま、動けなかった。

　磯野の意思に反して、視界はどんどん遺跡に接近していく。

　深海の水圧の中でここまで速く動く事は実際には有り得ない。これはただの幻想だ。

　そう言い聞かせても、ヴィジョンはますます鮮明になっていく。

　深海なのか——？

水の中という感覚がどんどん薄らいでいく。
そして、遺跡の上に覆い被さる岩盤が次第に消えていくように見える。
これは何だ――？
この遺跡が海上に露出していた時代に遡っているというのか。
遺跡の向こう側には荒れ果てた荒野が広がっている。
その向こうに視点は移動しようとしている。
これが古代の地球の光景なのか。
こんな光景は見た事がない。
磯野は次第に、この幻視を自然と受け容れていた。
寧《むし》ろもっと見たいと思っていた。
こんな光景を見られる者はそうそういまい。
自分はこういうものを見る事が許される、選ばれた者なのだとすら思えてきた。

荒野の中に、再び遺跡が見えてきた。
いや、さっきまで見ていた多角構造体とは異質な、荒野に佇立するような構造体だ。
何と形容すればいいのか磯野は言葉を探した。

神殿――

そうだ、あれは神殿なのだ。
何を祀《まつ》る為の――？
捻《ねじ》れた構造の神殿は、まるで門のように中央が大きく開口していた。
しかしその開口部の向こう側は、漆黒の闇になっている。
あの向こう側に、何かが、居る――。
磯野を、待っている――。

暗い闇の中に、赤い光が二つ見えた。

眼なのか。

だとしたらどれだけ大きいのか見当もつかない。

眼の上に、おぞましい歯が並んだ、巨大な口蓋が——


ダメだ！

あんなものが出てきてはいけない。

磯野は急に苦しみ始め、喘《あえ》いだ。

声を出したくとも出せない。

叫びたい。

警句を叫ばねばならない。

誰に——

急に身体を揺さぶられて、磯野はやっと腕を顔から降ろした。

茫然《ぼうぜん》と見上げると、倉島が今にも泣きそうな顔で磯野を見下ろしていた。

「——倉島、さん——」

「やめてくださいよ、磯野さんまでおかしくなったら、私はどうしたらいいんだ。お願いだからしっかりしていてください、頼みます」

4

〈しんえん Mk.IV〉は、プログラム通りの運行を始めた。

遺跡に沿って進行しながら、遺跡の３Ｄ映像撮影とスキャニングを同時に行う。

上部岩盤に覆われた部分は類推型エンハンサーでもない限りは除去出来ないが、露出している部分の情報量は初代よりも遥かに多い。

この段階となると、磯野はプログラムが正しく実行されているかのチェックをすれば良くなっていた。

倉島が横に座っており、モニタを凝視している。

「すいません、ここ、大きくなりますか」

モニタの一角を倉島が指さした。

磯野は別のモニタを示し、言われた部分を静止させて拡大表示した。

倉島はそれを見るや、手元に広げた分厚いリングファイルの頁を繰った。

「——これだ」

倉島のファイルは古文書をスキャンした画像であった。開いた頁には、甲骨文字が並んでいる。

「この二つの文字が、ここと似ている」

横目で見てみたが、確かに似てはいても同一だとは言い切れないと磯野は思った。

それは倉島も同感であった。

「——本当は白井さんが、こういうのは見る役割だったんだけどな」

白井の状態は、ずっと変わらないという事を医療担当船員から聞いていた。

陸に戻ったら、白井は元のように戻れるのだろうか。

「これがそうだとしたら——」

「え？　何です？」

「いや、この甲骨文字を翻訳したのがいわゆる『ルルイエ異本』だとされているんだけど、この漢文にはクトゥルーの事は省《はぶ》かれているんですよ」

クトゥルー——、ラヴクラフトが創造した古代の邪神。そんなものが実在した文書など、ある筈が無いのだ。

「しかし——、この原本である古文書には、明らかに写本には無い文字が幾度も出てくるんです。漢文の翻訳者が書く事を躊躇ったものが」

「それが、この拡大した文字なんですか」

「——似てるんですよ……」

もうそれ以上の分析は、戻ってからにして欲しいと磯野は率直に思った。

今はデータをとるだけでいい筈だ。

「磯野さん」

いずみの背後からの声に、磯野は思わず首を少しすくめた。

「——なんでしょう」

顔を斜に向けるだけで、いずみの顔を見ることは避けた。

「この文字のところに戻っていただけますか」

「え……」

「この部分はなるべく多くのデータが欲しいです」

そんな事をしていては時間のロスだ。

「しんえんの活動時間はあと一三時間です。より広範囲のデータをとるのか、特定部分に拘るのか、どちらかになりますが」

なるべく冷静を装って告げたが、磯野の内心では怒りが煮えていた。

「戻ってください」

「——判りました」

磯野はキーボードのファンクションキーを押して、プログラムの実行を止めた。

航海士と打ち合わせをしてから、磯野は指定された部位の調査準備を始めた。

ピンポイントであるなら、もっと崖に接近する事は可能だった。しかし全てをマニュアルで操作しなければならない。

倉島は言い出したのが自分であるという事をす

まなそうにしている。しかし倉島が悪い訳ではない。

既に日暮れが近づいていた。

本来なら一時間前に一度交代している筈だったが、ここからは磯野が独りで担当しなければならない。

KC2672、それが再調査するポイントだった。〈しんえんMk.IV〉は今のところ不具合もなく正常に機能している。

既に磯野はこの機体の操作に対する反応性も、この水圧下での運動性も体得していた。キャメラモニタを制御パネルから引き出し、磯野の視界はほぼモニタと等しくなっている。

今は磯野自身が、この深海で遺跡を見ようと近づいている事に等しい。

調査のプランを変更させられた事は業腹《ごうはら》だったが、しかし仕事自体はこれから行おうとしているものの方がやり甲斐《がい》はあるというものだった。

「あれ、磯野さん、急に目の色が変わってる」

倉島が面白がっている。

「——他にどういう文字を見つけるんですかね」

倉島はファイルを繰った。

「この写本の原本は少なくとも三つの時期に採取されたものだと思われています。さっきの文字の時代に合致するのは——、この辺です。勿論これが全てではありません」

倉島が開いたファイルに、甲骨文字が並んでいた。

横目でそれを見ながら、磯野はそれらの文字が見つかる事を疑ってはいなかった。

数時間前に見た、あの夢の中の光景——、あれが自分自身のイマジネーションが見せたものだとは思えなかった。

磯野は、自分自身がこの深海に眠る遺跡に引きつけられていると感じていた。

人類が生まれる遥か以前のこの地球に、超越的《ちょうえつ》な存在がこの遺跡を構築した事に最早疑いはない。

それが邪神と呼ばれるべきものなのか、磯野には判らなかった。

磯野がもっと冷静ならば、増岡の亡霊を見た事や白井の変貌《へんぼう》なども、それを導いた存在の事について懸念をする筈だったが、今の磯野にはそれを顧《かえり》みる余裕が失われていた。

「一〇メートル」

表示を読んで磯野は声を出した。

キャメラは広角側のアングルになっており、まだ文字は読めない。

しかし〈しんえんMk.IV〉の機首についたキャメラは、まるで飛行船で移動しているかのように露出した遺跡へ接近していき、ドラマティックな映像になっていた。

「凄いですね……」

倉島も脇のモニタに食い入るように見入っていたが、ふと背後を振り向くと、能面のような顔でいずみが立っていた。

倉島はいずみの顔を見ている内に、再び不安が込み上げてくるのを感じて、慌てて眼を逸らした。

「五メートル」

ついに――、遺跡にこれまでにない程近づいた。

望遠レンズの映像と違い、それが実際にそこにあるという現実感がまるで異なっていた。

「スキャン開始」

レーザー光線が高速で遺跡を走査していく。

リアルタイムで取り込まれたデータが別モニタで像を結び始める。

いずみはそのモニタに近づき、凝視していた。

倉島はファイルの甲骨文字と交互に見ながら照合しようとしている。

「リヴァース」

磯野はモーター推進を逆に軽く入れた。

左ジョイスティックの微妙な操作で〈しんえんMk.IV〉は静かに静止し始める。

「距離二メートル」

これが接近の限界だった。

僅かに機体は浮上し、一番文字を読みやすい角度に微調整された。

「——あった！　これ、これ、あとこれも！」

倉島が次々に『ルルイエ異本』写本にある文字を遺跡に見出し、ノートに書き写していく。

磯野は遺跡との距離がこれ以上接近しないように、自律制御をプログラムした。これで暫くはフリーハンドになる事が出来る。


嘆息を漏らし、無意識に伸びをしていた磯野の傍らに、紙コップのコーヒーが差し出された。

「？」

それはいずみだった。目線はモニタにむけたまま、またアルカイックな笑みを浮かべている。

「あ、すいません」

いずみがそういう事をするとは意外に思いながら、磯野は「すいません」と言ってコーヒーを受け取った。

「サンプルとれそうなところ、ありますか」

いずみに問われた磯野は、再びモニタに視界を没頭させた。

「——遺跡の構造体そのものはどうですかねぇ……」

遺跡は地殻変動で露出したに違いないが、それは途方も無い時間を経てのものであり、崩れた部分は海溝の最深部へ落ち込んでいったに違いない。

「この、下のところはどうなっていますか」

いずみが指摘しているのは、文字が読める構造体の下側だった。照明の影に落ちている部分である。

磯野は見当をつけて機体を降下させた。

「一〇メートル降下」

遺跡の層は平均すると四〇メートル程の厚みがある。文字が刻まれた構造体の下側は、遠くからの観察でも暗く落ちていて確認出来ていなかった。降下に従ってキャメラアングルを仰角に調整していく。照明はリンクしており、見たい部位を照らし出している。

「——あっ！」

倉島が絶句した。

いずみも少し動揺したらしい。

磯野は二人のリアクションを感じながらも、「何を驚いているんだ」という気分でいた。


崖から突出した遺跡構造体の下部には、横孔《よこあな》が暗く開いていたのだった。

「これは……」

いずみは若干強《こわ》ばった声で磯野に声を掛けた。

「——中はどうなっていますか」

磯野は言われるまでもなく、レーザー・スキャンを始めていた。

モニタに横孔のデータが表示されていく。

入り口の大きさのまま、ずっと奥まで続いているようだった。孔の形は丸では無く、歪んだ五角形に見える。

「——二〇〇メートル先まではストレートに続いていますね。そこから先は曲がっているのか、そこで突き当たりなのか、ここからでは判りません」

いずみは虚空《こくう》を見て思案していたが、既に平静に戻った声で磯野に訊ねた。

「奥まで行けますよね」

第四章

1

いずみに言われるまでもなく、磯野は中に入りたいと思っていた。遠隔操縦技術者としては、これほど挑戦しがいのある対象はそうは無い。

しかしここは深海である。

船と〈しんえんMk.IV〉は二本のケーブルで繋がれている。細くしなやかなカーボン・ナノチューブのケーブルであっても、孔の入り口にでも引っ掛かればそれで全てが終わってしまう。

ビークルが記録したデータは全て〈しんよう〉に確保されてはいるが、探査の度にビークルを失う事など許される筈が無い。

磯野は自分の個人的野心は隠して、船長と相談をしなければ出来るとは言えないと答え、操舵室《そうだ》へと向かっていた。

船長と吉田、黒沢は渋い顔をしていた。

「つまり、少しずつケーブルを送らなければならないんですよね。ビークルの速度に合わせて」

「その時の潮の向きによっては逆に引き上げなきゃならない場合もあります」

不可能ではないが、極めて神経を使う作業になる事は間違いない。

船長は時計を暫く見つめてから言った。

「予定作業時間は残すところ二時間。それを過ぎたらビークルを浮上させ回収は出来なくなる」

磯野は充分だと主張した。必ずそれまでには孔から引き戻すと。

「――今から船首を反転し、風下に向かいます。今からなら計算がし易い。やるなら急いでください」

それまでもずっと集中してきていた磯野だが、ここからは「ゾーン」に入る事になる。

操縦者ではなく、自分自身がビークルと化してあの孔の中に入っていくのだ。

孔の直径は七・五メートル。ビークルの断面は最長でも三メートル弱。余裕があるとまでは言えないが、針に糸を通す程では無い。

しかし孔の先には何があるのかも判らず、ビークルは反転出来ない。いつでも後退出来るように備える必要があった。

しかし既に磯野にとって、ビークルは自分の肉体と同化しているとさえ思えている。突発的な出来事でもない限り、失敗するイメエジは一切湧かない。

何より、自分がここにいるのは、この遺跡に喚《よ》ばれたからだという考えがどうしても拭えなかったのだ。

ビークルが余計なセンサーを伸ばしていないか、三重にチェックをし、磯野は遺跡の横孔に入る為の操作を始めた。

「五角形か……」

倉島はその孔の形状が気になっていたが、もう磯野には関係の無い事だった。

磯野が操舵室で話している時以来、いずみは無線室に籠《こ》もってどこかと通信しており、まだ戻ってはいなかった。磯野にとっては有り難い。

磯野の操作、ビークルの進行度に合わせて黒沢が船内無線で船尾にいる吉田に距離を伝えていた。

ケーブル・ワインダーを操作する吉田にとっては極めて緊張する仕事となっている。

「一〇メートル」

それまで照明を暗めに落とし、孔の壁面に機体をこすらないようにしていた磯野は、孔内に潮流《ちょうりゅう》が無い事を確認して照明をスポットに絞り、孔の前方がどうなっているかを確認した。

レーザー・スキャナはずっと前方を走査しているのだが、信号は返ってこない。先の方で回折しているのか、あるいは大きな空間に繋がっているのか――。

「――少なくとも、自然に出来た孔じゃないな、これは」

倉島は通過していく壁面の画面を見ながら呟いた。

磯野には時間が最も気がかりだった。

後退は前進の三分の一の速度しか出せない。浮上のリミットを超える訳にはいかないのだ。

「三〇メートル」

これは人類史上最大の冒険なのかもしれない。こんな事に挑んだ者は誰もいない。磯野は昂揚する心を抑えられないでいる。しかし前進速度を無闇に上げないだけの理性は残っていた。

「――ん？　少し明るくなってきてません？」

磯野は倉島に言われるまで気づかない自分を罵った。確かに明度が上がっている。

照明のパラメータを落として様子を見てみる必要があった。

奥が明るいのではない。

しかし孔の壁面は淡く光っている。

「――どういう事だ……」

壁面の仄明るさは、周期的に明るくなったり暗くなったりしている事が判った。

その明度の差は徐々に大きくなる。

この壁面は透過性の物質で出来ているのか。光源は向こう側にあるのか。或いは壁そのものが発光しているのか。磯野には判断がつかず苛立ちを覚えた。

「六〇メートル――」

黒沢は感情を失ったように、孔内進行距離だけをカウントしている。

壁面の明滅は次第に強まっている。いや、明度が大きくなっているのだ。

単純な明暗ではなく、不規則的な律動《りつどう》を伴っている。まるでこの孔が何か巨大な生物の体内であるかのように有機的だった。

倉島は壁の明滅に憑かれたように注視していたが、突如ハッと我を取り戻してモニタから眼を逸らした。

「この光、おかしいですよ」

磯野は何も感想を言わず、操作に集中していた。倉島はモニタが忌むべきもののように感じられ、椅子から立った。

すると、背後で距離をカウントしている黒沢の様子がおかしい事に気づいた。

「黒沢さん、大丈夫ですか」

黒沢は口をだらしなく開けたまま、眼を見開き離れたモニタを凝視している。膚が少し赤黒くなっており、皮膚がたるんでいるようにも見える。

「黒沢さん！　あれ見ちゃダメだ！」

思わず倉島は黒沢の腕を掴んで自分の方に向けさせた。

黒沢は見知らぬ者のように倉島を見つめ、無言で腕を払って再びモニタの方に向いた。

「――」

その時、倉島はモニタを見ていないにも関わらず、船内の明るさが明暗の脈動をしている事に気づいた。

「なんで――」

制御パネルのある部屋の照明を見ると、モニタ内の明滅と同期して明暗を繰り返している。

倉島は信じられないという顔で暫く茫然としていたが、部屋から飛び出した。

階段の照明も明滅している。

おかしい。何かがおかしい。

岡田いずみはどこに行ったのだ。

黒沢が距離を読み上げる事はもう無かった。

磯野は周りのノイズが無くなって喜んでいる。

もう自分だけの世界だ。

やがて入り口から二〇〇メートルになる。

しかし未だスキャンは出来ない。

こうなれば答えは一つだ。この孔は大きな空間に繋がっている。

しかし壁は光れども、先は暗いままであった。

引き返すリミットまでの時間はもう一〇分を切っている。しかし磯野にとって引き返す事の重要度は次第に失われてきていた。

この先の光景が見られるなら、その後の事などもうどうでも良いとすら思えていた。

もう壁が終わろうとしている。

巨大な漆黒の空間に出るのだ。

問題はケーブルだけだ。これが切られる事は磯野自身の感覚を失う事に繋がる。

しかしケーブルのテンションに異常はまだ見られない。

行くしかない。行けるところまで――

磯野の視界の先は、粘液のような暗く広い空間へ入っていった。

2

倉島は岡田いずみを探して調査を中止させるべきだと思っていた。

しかし船室のあるフロアにいずみはいなかった。

そう言えば無線室によく独りで籠もっていた。

操舵室の後方にある無線室のドアを叩いた。

「岡田さん！　岡田さんいますよね」

返事はなく、倉島は躊躇なくレバーを押してドアを開けた。

その瞬間、頭頂部に鈍い衝撃があった。

倉島は何が起こったのか判らないまま、床に倒れ込んだ。

「こんな事で俺は死ぬのか」

ぼんやりとそんな考えが浮かんだが、倉島の意識はすぐに失われていった。


制御パネルの一つのモニタには、レーザー・スキャンで描画した３Ｄ映像が映る筈だったが、今〈しんえん Mk.IV〉が入っていった空間はただ無が表示されているばかりだった。

進んでも何も反応がない。

磯野は焦れていた。

何も無いところである筈がない。

自分は招かれてここに来たのだ。

ふと、自機のやや上方に小さな反応がある事に気づいた。

何かがそこにある。しかし大きなものではない。

磯野は機体を仰角に起こし、キャメラと照明を上方に向けた。

しかし水の透明度があまり良くなく、何も見えない。

「くそ……」

磯野は左手のジョイ・スティックをぐっと押し込み、浮上させ始めた。

ここでそんなパワーを使ったら、海上に浮上出来なくなってしまうのだが、磯野はもう構わなかった。

ここに満たされている水は、確かに粘性が高いらしく、掛けたパワーが速度にはなかなか結びつかない。

磯野は苛立ちながら、一心に上方にある存在へ向かっていく。

スキャナが物体の形状を捉え始めた。

生物――な訳がない。しかし何か有機的な物に見える。

まだキャメラはその姿を捉えてはいない。

ピ、という警報が小さく鳴った。

「なんだ？」

何か様子がおかしい。

磯野は慌てて各種センサーの数値に目を走らせた。

何も異常は――

「！」

磯野は我が目を疑った。水深が僅か数十メートルになっているのだ。こんな事は有り得ない。水圧は――、やはり急速に低下している。しかし水深数十メートルの水圧ではなかった。

有り得ない事が起こっている。

ついさっきまで一万メートルの深さにいたのに、もうすぐ海上に上がるというのか。

そうか――、空間があるのだ。

そうに違いない。

上昇するにつれて、画面の明度が上がっている事にも気づいていた。

呼吸をするのも忘れる程に、磯野は上方に向けたキャメラの画面に入り込み、早く浮上して息をしたいと思っていた。

スキャナが上方の物体が停止している事を報せた。

そこが海面であるのだろう。

磯野は海面までの距離を読み上げた。

「五――四――三――二――」

激しい衝撃があった――、ように感じた。

実際には、粘性のある海中から浮上した時の機体の乱れであり、何かが激突した訳では無い。しかし浮上速度が想定以上に速かったのだ。

モニタを通して〈しんえんMk.IV〉ビークルと同化していた磯野は、激しい機体の挙動に自分自身がのたうち回っている感覚を得ていたが、しかしそれがすぐに収まる事は判っていたし、空間がどのような光景なのかを早く見たくてならなかった。

自分を落ち着かせる為に、磯野はセンサー表示を注視した。

何と九〇気圧もある。生身でこの空間に入る事は不可能だ。想像したよりも空間の明度は明るくない。暗視モードにする必要がある。赤外線ライトを点灯させた。

ピ――。

自動追尾させていたスキャナが完全にその像を捉えた。

「――これは……」

キャメラを操作してもなかなか画角に入ってこない。全長四メートル程の大きさの物体なので、望遠ではなかなか姿を捉えられなかったのだ。

そしてそれが、モニタに映った。

磯野は我が目を疑った。

人間だ――。

無人潜水艇――、初代〈しんえん〉の機体の上に、男がもたれかかっていたのだ。

ズームで寄るまでもなく、磯野にはその人物が誰か判っていた。

眠っているような顔でいるその男は、紛れもなく増岡拓喜司――、初代〈しんえん〉のオペレータだったのだ。

「増岡君――」

十数時間前、この船で、磯野は彼と会話をしていた。その感覚が生々しく蘇ったが、今モニタに映っている増岡は、とても喋りだしそうには見えない。

〈しんえん〉が居た水深の水圧で、生身の人間がその姿を保てる筈がないのだが、しかし増岡の顔は少なくとも生きている時のそれと造作は変わってはいないように見える。赤外線映像なので、顔色は判らない。

磯野は急に、増岡が妬《ねた》ましく思えてきた。

自分は仮想的にその空間に居るだけなのに、こいつは実際にそこにいるのだ。増岡が明らかに生きてはいない事も判って尚、磯野は増岡と立場を入れ替わるべきだと思っていた。

磯野は増岡の存在を無視する事に決め、その空間がどういうものかを見ようと機首を反転させた。

水面からの画角なので、全容は判らない。

しかし、ここがどういうところであるのかは、磯野には既に判っていた。

夢の中で彼は、この上空を飛んでいたのだ。

遺跡は水深一万メートルに沈んでいるが、その上方の岩盤と遺跡との間には広大な空間が空のようにあったのだ。

「空」の高さはとても〈しんえんMk.IV〉の貧弱《ひんじゃく》なセンサーでは測れないが、少なくとも千メートルはありそうである。

夢の中ではどんな色合いだっただろう。今のように緑のモノトーンで潰されてはいなかった筈だ。

しかしノーマル・キャメラではどんなにゲインを上げても、何も視認出来ない。

そこが夢で見た風景と同じ場所であるなら――、あれが見える筈だ――。

あの捻れた構造体――、神殿――。

あそこに行きたい。なぜ自分はビークルの中にいないのだ。理不尽に怒りを覚えながら、必死に磯野はモニタに注視する。

この「湖」は、遺跡の地表ではさほど大きなものではない。岸に近づけば、見えてくる筈だ――。

当然ながらここではGPSはおろか方位磁石《ほういじしゃく》すらも機能しない。磯野は自分の勘だけを頼りに操作をしていた。

パワー・インジケータが赤くなった。

〈しんえん〉ビークルを海面上にまで浮上させる為の動力分も食い始めている。


しかし磯野は「帰りたくない」と思っていた。

帰ったところで何があるというのだ。

ここ以上に地上が素晴らしいというのか。

自分はここに喚ばれて来た。そう認められているのだ。それには全く疑問の余地はない。

見えた！

あれこそが神殿だ。

まだ近づける。あそこまで行くのだ――。

突如、頭の後ろから声がした。

「磯野さん、プログラムのF12を実行して」

磯野はいきなり〈しんよう〉船内にいる肉体に引き戻された事に戸惑い、激しく怒りを感じた。

「何だ！　あんたは！」

振り向けば、そこに岡田いずみがいる事は判っている。見たくもない。画面から目を離したくない。

「磯野さん、こっち向いて」

磯野は殺意すらも抱いて、後ろに立ついずみに振り向いた。

「――!」

視界に入ったのは自分の顔だった。

いずみが鏡を抱えて磯野につきつけていたのだ。それは白井の部屋で割られた鏡の破片だった。いずみは自分の指をも切りかねないにも関わらず、歪んだ三角形の破片を直接手に持って磯野に突きつけていた。

これが――、俺の顔なのか……?

赤黒く変色した皮膚はむくんで皺がたるんでいる。両眼はこんなに離れていた筈が無い。そして丸く開いた口の中にある歯が、どうしてこんなに尖っているのか。これは――、インスマス面という奴ではないのか。

「磯野さん、あなたはもう普通の人間には戻れない。だけどまだ脳の全てが支配されてはいない。あなたには自分の意思が残っている」

自分の意思? 自分はずっと自分の意志で行動してきたのだ。この女は何を言っている――。

「F12を起動して」

〈しんえんMk.IV〉制御プログラムに、そんなファンクションが割り当てられているとは聞いていない。

しかし――、確かに項目にその表示があった。

「これは何だ――」

「自爆プログラムよ。ビークルには純粋水爆二〇キロが搭載されているの」

自爆、だと――?

白井の陰謀論はやっぱり事実だったんだ。しかし、なぜ自爆せねばならない。ここは――、これは神殿だぞ。人間が手を触れて良いところですら

ないのに！

「あんたは何なんだ！　どうしてここを爆破するんだ！　そんな権利があんたにある筈がないだろう⁉」

いずみは僅かに首を傾《かし》げ、小さく吐息《といき》を漏らした。

「私は内閣府機関・旧神祇省《じんぎ》の管理官です」

旧神祇省？　そんな役所の名前は聞いたことが無い。

「明治政府が発足《ほっそく》して間もなく、僅か一年だけ存在した神祇省という機関があったんです。戦後GHQの主導で、それが密かに再建されたのです。目的は全く異なりますけれど」

「その目的って、クトゥルーの復活を阻止する事なんですね」

後頭部を痛そうに手で覆いながら、倉島がいずみの背後に立っていた。

「倉島さん、頭大丈夫ですか」

「大丈夫ですかって、あんたが殴《なぐ》ったんでしょうに」

「――大事な話をしていたんです。すみませんね」

ちっともすまなそうな顔はしていなかった。

「私たちの機関では九頭竜《くずりゅう》と表記していますけれど、ええ、そうです」

磯野は二人の会話がまるで、異星人の言語のように聞こえ、苛立っていた。

倉島は磯野を哀れむような目で見た。

「――磯野さん……」

やめろ、そんな目で見るな――。

いずみが磯野の傍《かたわ》らに立った。

「磯野さん、F12を実行して。まだ人間でいる間に」

この高慢な女の細い頸《くび》を噛《か》み切り裂き、血溜《だ》まりの中で犯してやりたいと磯野は思ったが、自分の身体が鉛のように重くなってきて機敏《きびん》な反応が出来なかった。

どうしたのだ――。本当に自分は人間ではないものになっているのか――。

いずみは冷ややかな目で磯野を見つめていたが、モニタの映像に目を転じた。

「――バッテリが限界ね……。すいませんね、磯野さん」

「え」

いずみは磯野が座った椅子を徐ろに蹴った。

「うあっ」

キャスターがついた椅子が横滑りし、磯野の身体ごと転倒した。

いずみは結果を見ぬまま、キーボードを引き出してメニューを呼び出した。

「ひでえ……」

倉島はいずみの背中を非難する目で見ていた。

磯野は倒れたまま動けないでいる。

オプショナル・ファンクションF12が表示された。実行にはエディタで幾つかのコマンドを入力する必要があった。

「――ルルイエを破壊してどうなるんです?」

倉島はいずみが信用出来なかった。

「まさか、ルルイエを人工的に浮上させようとしてないですよね」

「ルルイエは喚ばれているのよ、人間に」

「え?」

「太平洋プレートはいずれバランスを崩す。でもそれをいつまでも待てない人間が望んでいる――。一人や二人の妄想ならいい。でもそんな幻想が共有され始めている」

「――クトゥルー教団? あ、ダゴン秘密教団」

いずみは少し口端を歪めて苦笑した。

「倉島さん、全部が小説通りって訳じゃないの。今顕在化なのは『狂えるアラブ人』達よ」

それは魔導書『ネクロノミコン』を著した人物の異名だと倉島には判っていた。

「それって、本当にアラブ人なんですか」

「な訳ないでしょ。ネットの時代ですよ」

どうやらそれは国際的な組織であるようだ。それが、クトゥルーの復活を願っている――。

「こっ、毀《こわ》していいんですかねっ？　ルルイエの神殿を」

いずみは答えなかった。

カウントダウン設定画面になり、いずみは六〇秒に設定し、エンターキーを押そうとした時――

「あっ！」

姿を消していた黒沢がいずみの左から、右の足元からは磯野が掴みかかったのだ。

いずみは渾身《こんしん》の力で抗いながら言った。

「――よく、そんな力――残ってた――」

「うあああああっ」

倉島は転がっていた椅子を持ち上げるや、磯野の胸元目がけ、ぶつけた。

「磯野さん、ごめん!!」

いずみは足元が自由になったので、黒沢の下腹部にパンプスの踵《かかと》を突き込んだ。

痛覚は残っていたのか、黒沢は赤黒い吐瀉《としゃ》物をまき散らしながら煩悶した。

「あ、強いんですね案外」

「ありがとう倉島さん」

「いえ……」

いずみは躊躇《ちゅうちょ》無くエンターキーを押した。

カウントダウンが始まった。

遥か深淵《しんえん》で、純粋水爆の起爆装置が作動しているビークルが、ゆっくりと神殿の方向へ進んでいった。

3

「——磯野さん」

増岡の声で、磯野は意識を取り戻した。

いや——、これは意識ではないのかもしれない。なぜなら、眼前に増岡がいるのだから。

「——増岡君——」

起き上がって自分がどこに居るのか、見回した。それは神殿のある遺跡の岸辺だった。

自分の顔に触れてみる。

目の位置はいつもの通りだ。皮膚もむくんではおらず、頸に鰓も無い。口の中の歯も尖ってはいない。

「——つまり、俺は幽霊なのか」

増岡は黙って磯野を見つめていた。

「君はずっとここにいたのかい」

「そうです。〈しんえん〉が行方不明になったので、探しに来たんですよ」

「——そうか……」

磯野には不条理だとは思えなかった。

はっと思い出す。この神殿は爆破されるのだという事を。

湖の黒い水面を見回した。

いた。こちらに向かって小さな機体が進んでくる。

「あれが新型なんですね」

「——そうだ。あれには純粋水爆が積んであるんだ。あの神殿を破壊し、上の岩盤を落として遺跡を潰《つぶ》すんだ。許せるか!?」

「——許せない、ですけどね……」

磯野は不思議に思った。

波紋を立ててこちらに向かっているビークルは、少しも近づいてこないのだ。

時間の流れ方が違う――。

磯野は思い出した。

自分が喚ばれてここにいるのだという事を。


磯野は反対側の、歪つな形状をした神殿に向き直った。

「――増岡君、行こう」

「え……」

「神殿が喚んでるんだ、僕を」

「誰が、呼んでいるんです？」

「――多分、神だ」

ここが九〇気圧もある空間だという事をふと思い出した。しかし足を運ぶ肉体は若い頃のそれと違わず、軽やかに動いてくれている。

幽霊なのだから当然だ。

一度振り向いて、ビークルの方を見た。

さっきよりは僅かに近づいているかもしれない。

どれだけの時間があるのか判らないが、行けるだけ行こう。神がそう望むのだから。

4

いずみは爆破プログラムを走らせると、キャメラ記録以外のプログラムを全てシャットダウンさせた。

「岡田さんは――」

「岡田は本当の名前じゃないです。いずみは本当の名前ですけど」

「――どうして僕をこのプロジェクトに入れたん

ですか。僕はただの作家ですよ」

「――実のところ、私もクトゥルーについての知識はまだそう無いんです。いちいち調べるのも大変だから来ていただいたんです」

倉島は意外に思った。

しかし冷静に考えると、いずみのような若い女性が邪神について詳しい筈もない。

「――九――八――七――」

モニタの数字がその時を迎えようとした時――

「ああっ!?」

神殿を映し出していたモニタが突如ブラックアウトした。同時にカウントダウン表示も消えてしまっている。

「どっ、どうしたんですか」

険《けわ》しい目で、いずみは制御パネルを見ていた。

と――、船内無線がザザっとノイズを立てた。

いずみは壁の通話機に駆け寄った。

「もしもし?」

吉田の声がノイズ混じりに聞こえた。

「――切れました!――」

「切れた!? 何が切れたんですか!?」

「――ケーブルです! ビークルのケーブル!」

いずみは暗然と立ち尽くした。

「っでっ、でもっ、起爆プログラムは生きてるんですよね!?」

「――やっぱり簡単にはいかないか……」


遺跡の上を進んでいた磯野と増岡は、近づいてきた神殿のあまりの威容《いよう》に足を止め見上げていた。

遠くから見るとシンプルな形状――、異界との門のような形に見えたのだが、近づいてみると単純ではなかった。ビークルから観察した多角構造体とも、作った存在の文化が違うように感じられる。

構造体が形成する巨大な虚空の「孔」は、あの地底湖と似た粘性的な質感の漆黒で埋まっている。

夢で見た時には、巨大な存在の影を見たのだが、今その姿はない。

「——増岡君はクトゥルーについて知っていたのか」

「え？　クトル？　私は知らないですよ」

唖然《あぜん》と増岡の顔を見た。

増岡は一体何を信じてここまで来ているのか。

そうは言え磯野にしても、クトゥルーだとかルルイエなどについては、倉島から僅かに教わっているだけだ。しかし磯野は、クトゥルーはラヴクラフトという小説家が生み出した虚構の神などではなく、この水深一万メートルもの海底で眠り、磯野を喚んだ存在だと信じていた。

だが——、一体神はなぜ、何の為に磯野を喚んだのか——。

時間の流れが極めて遅くなっているとは言え、ゆっくりしている暇は無い。

磯野は歩く速度を早足にまで上げた。増岡は慌てて続いていく。

茫然と立ち尽くしていたいずみに、倉島は怖々と声を掛けた。

「——爆発、してないんですかね……。一万メートル下じゃあすぐに判らないですよね」

モニタはブラックアウトしたままだった。

と、船内無線で船長の声が響いた。

「本船は高知港に向かう。以上」

いずみの瞳に光が戻った。

操舵室に向かって駆け出した。

船長は当然のように反対した。

「本船で可能な事はもうない。内閣府がどう言おうが本船は海洋調査センターの所属です。帰港の命令は出ています」

「まだやれる事はあります。停船してください」

いずみは出来る限り感情を抑えて訴えた。

「何が出来るんだ。ビークルはもう操作出来ない」

「また四年以上も待てないんです！　今潰しておかなければ取り返しがつかなくなる！　来年三月にはM9規模の地震が間違いなく起こるんです」

船長は苛立ちを露にしながら言った。

「あと、どれだけ待てというんです」

「――一時間――、いえ、三〇分」

船長はすぐに答えず、いずみを凝視していた。

操舵室から飛び出したいずみは、無線室に向かって駆けた。

「ったく！　なんでこんな！」

悪態をつきながら無線室に入ったいずみを、倉島は暗然と見送った。

無線室に置いていたキャリーバッグには、衛星電話の一式が入っているが、今いずみがまさぐって探しているものはそれではない。

彼女が手にとったものは、ハサミだった。

「――ったく！」

いずみは立ったまま身を曲げて、自分の髪を掴みハサミで乱暴に切り始めた。

「こんな事もうしたくないのに!!」

前に自分の髪を切ったのは八カ月前だった。やっと伸びて緩いウェーブのショートカットに整えられるようになったばかりだった。

当然ながら、自分で鏡も見ずに切っているので均一には切れない。乱暴な切り方なので頭皮を何カ所も傷つけている。

項《うなじ》の側や側部は無様に残っていたが、髪の大部分は切り落とされ、頭皮が見える状態になった。

こんな無様な姿にならなければならない自分が呪わしかった。

いずみはバッグの奥からソフトシェル・ケースを取り出し、もどかしそうに中の物を取り出した。

それはゴーグル型のヘッドアップ・ディスプレイだ。いずみがリクルートした類推解像度エンハンサーの開発者である山出が、いずみの為に設計製作したデヴァイスであった。

それは本来使ってはならない装置だが、今のいずみに迷いは無かった。

ゴーグルに覆われた内側で、いずみは眼を見開いた。超細密ディスプレイが表示する光が、いずみの視神経を激しく刺激していく。

いずみが「幻視操作」を行う為の、これはイニシエーションだった。

第五章

1

神居唯澄《くまいいずみ》が奇妙な幻想を自覚するようになったのは、中学生になった頃であった。

いや、それ以前からも幻視は起こっていた。彼女が幼い時、不幸な事故があり彼女は前頭部に強い衝撃を受けるという経験をしていた。奇跡的に酷い怪我とはならなかったが、その影響は物心がつく時から現れたのだった。

唯澄は自分が行った筈の無い場所の風景を、夢の中で繰り返し見る事が、他の人と変わっているとは思っていなかった。

しかし歳を経《へ》るにつれて、その未知の風景が薄らぐどころか一層具体的に見えるようになってきた。

彼女はその風景の中にあるシンボルのような形を見つけ、それについて調べたのだが、すぐには判らなかった。

夢の中だけの事であれば、さほどに問題とはならなかったのだが、唯澄は時折覚醒している時にも幻視を見るようになっていった。

大学の図書館で、彼女は自分が幻視の中で見るマークを見出す。それは「旧神の印」というラヴクラフト自身が書いた木の枝を模式化したような形であった。

後にオーガスト・ダーレスが描写するようになった「旧神の印」は、ヒトデのように歪んだ五芒星で描かれ、それが知られるようになっているが、ラヴクラフトは異なる形で描いていた。そのように変える必要があったのだ。

木の枝型のサインを調べていた唯澄の存在は、「旧神の印」――、その名を冠した機関に察知される事となる。

唯澄は元々の志望を変えて警察庁・外事情報部にキャリアとして入庁、サイテックという合衆国ＮＳＡの偽装会社に出向し、様々なテストとトレイニングを積まされる。その時初めて、唯澄は自分が何に導かれ、どういう仕事を任されようとしているのかを知った。

この時、唯澄の開発を担当したのは、解散して久しかった「スターゲート・プロジェクト」のトレイナーだった。

一九七〇年代、スタンフォード研究所（ＳＲＩ）は数々の超能力実験を行ったが、その中でもリモート・ヴューイング（遠隔透視）実験には力を入れていた。主にその資金はＣＩＡから得ていたが、後にアメリカ陸軍のプロジェクトとなる。それが「スターゲート・プロジェクト」だった。

しかしこの実験は一九九三年、投資に見合った結果が得られないと判断されて終了する。プロジェクトに関わっていたリモート・ヴューワー、及びトレーナーは離散していた。

唯澄を開発する為に、そのスタッフの数名が起用されたのだった。

しかし唯澄は単なる「リモート・ヴューワー」候補者ではなかった。

遥かに大きな能力の可能性を持ちながら、それを自律的に発動させる方法と経験が無かったのだ。

唯澄の幻視力は当初から高い評価を得ていたが、自分が「見たい」ものを見る為に、唯澄は過酷な訓練を経る必要があった。

後に、唯澄が頻繁に幻視していた風景が「この現実世界ではない」事を唯澄自身が判るまで、唯澄は自分の能力の存在を信じていなかった。

「旧神の印」委員の一人であるロシア人、アンドレイ・クリモフも、唯澄が幻視する「風景」に囚われる一人であり、唯澄はやっと理解者を得られたと思えたのだった。

この事を契機に唯澄の能力は桁違いに開発されるのだが、単に幻視するに留まらず、唯澄はその幻視映像の中を物理的に操作が可能である事が判明した。

しかしそこまでやろうとすると、唯澄は発作に近いトランス状態となり、自身の髪を掴んで引き抜こうとした。そうなる要因ははっきりしていないが、幻視操作に堪える為に痛覚を得ようとしている可能性と、脳がより鮮明な感覚を得ようとしている時に、髪の存在が障害となっている可能性が見出されている。

腕を拘束した状態では唯澄が幻視操作をする事

は出来なかった。また幻視操作は唯澄の肉体も精神も激しく疲弊させる為に、基本的には実行が禁じられる事になる。

訓練を終えて帰国すると、暫くは外事警察の仕事に就いていたが、政府が非公開で設置していた旧神祇省に出向となる。

かつて唯澄自身が説明した通り、神祇省は明治初期に僅かな期間存在した省庁だが、それとの関係は全く無かった。旧神祇省は「旧神」を祇《ただ》す機関である。

第二次世界大戦中、アメリカ国内では既に旧支配者の存在を警戒する一部の有力者が活動を始めていた。

終戦直後、日本は旧支配者の影響を最初に受けるという予測がなされ、ＧＨＱの働きかけで旧神祇省が設置された。

その存在は代々内閣が極秘裏に継承していったが、活性化したのは二〇〇五年に〈しんえん〉が行方不明となってからだった。

唯澄はクリモフと共に、室戸岬沖深海神殿の存在を隠蔽する工作を担ったが、深海の映像は彼女の幻視に深く干渉する事になる。

既に着工されていた〈しんえんMk.IV〉は、水爆を搭載する為に設計変更がなされた。この神殿破壊計画は、米ロ日共同で立案されたものではあるが、作戦の内容は各国首脳の極く限られた者にしか知らされていない。

にも関わらず、唯澄と計画を進める責任者であった大賀が「狂えるアラブ人」の内通者であった事は予想外であり、痛い失策となった。

唯澄はどうあろうとも、このミッションを完遂《かんすい》しなければならない。

その為には、自分の精神が取り返しのつかない損傷を得ようとも、幻視操作をしなければならなかった。

通信室に閉じこもったいずみが気になった倉島は、ドアの奥から漏れてくるいずみの苦悶《くもん》の声に背筋を凍らせ、為す術もなく立っていた。

一体何をしているのだ。どんな姿でいるのだ。

このままにしておいていいのか。

倉島は蛮勇を奮ってドアを叩き、声を掛けた。

「いずみさん、大丈夫ですか」

「開けないで！」

即座にいずみは答えたが、その声は泣き声のように聞こえた。

「――判りました」

倉島はドアから離れた。

再びいずみの苦悶の声が聞こえ始め、無意識に倉島は自分の耳を塞いだ。

しかし、この場から逃げる訳にはいかないとも思っていた。

2

深海の空間で磯野は、いよいよ目の前に迫ってきた神殿が、遠くからでは判らなかったが、僅かにそれ自体が動いている事に気づいていた。

この神殿は、全く死んではいなかったのだ。

一体どれ程の大きさなのか。一〇〇メートル？　その倍？　比較対象となるものがないので判らないが、空間の天井は数百メートルであろう。その半分程の高さはある筈だ。

神殿が中空に作り出してる「門」のような空洞

は、粘液のような物に黒く満たされている。これが「門」であるとするなら、その向こうはどこに繋がっているのか。

いずれにせよ、磯野をここまで導いた存在がいる筈であった。

磯野は自分が幽霊になったという感覚でいたが、不思議と人間としての感覚や過去の記憶も鮮明に維持している事を感じていた。

それまでの人生、家族、仕事、そうしたもの一切が無意味に思える。もっと早くそれに気づきたかった。もっと早く喚んで欲しかった。

そして、どうして自分が選ばれたのかその理由が訊きたかった。

どれだけ自分が「特別」な人間なのかを。

「――磯野先生」

かなり遅れて磯野に続いてきた増岡が、立ち止まって磯野を呼んだ。

「何だ」

「――僕はこれ以上行けません」

「え？」と磯野は振り向き、増岡を見て驚いた。

増岡の顔は、最初に見た時と同じく白蝋《はくろう》のように色を失い、皮膚の内側が萎縮していた。

「なぜ、ここまで来て……」

「僕の肉体が見つけられてしまったようです――。すみません――、先生――」

増岡の身体は、一瞬にして四方から圧縮されたかのように潰されて消滅した。

「――見られた――、誰に、どうやって」


いずみの幻視は、フィクションの超能力者のように自在にどこでも見られるような便利さは持ち合わせていない。「そこ」を見るには、「そこ」に居る何者かの視点が必要なのだ。

単に意識を飛ばす訳ではなく、いずみのほぼ全感覚を移行させるので、「そこ」に至るまでにはある程度のプロセスも必要となる。

幻視モードに自らを没頭させるプロセスは、山出が作ってくれた視覚エンハンサーによって、以前よりもずっと楽に入る事が出来るようになっていた。しかしそれは、あくまで仮想の視点、何者かの視点が必要であったのだ。

いずみはかつて試みた事が無い幻視操作をしようとしていた。

人間ではなく、機械に意識を同化させるのだ。

ケーブルを失い、どこか深淵に流浪している〈しんえんMk.IV〉である。

そんな事不可能だ、と少し前のいずみなら思っただろう。しかし今、それが出来るかもしれないと思えたのは、磯野の操作によってまるで磯野の肉体のように動いていた〈しんえんMk.IV〉のモニタ画面をずっと見ていたからであった。

磯野が出来ていたのだ。自分が出来ない筈が無い。

今はそう自分に言い聞かせるしかない。

しかし、それを為すには、かつて経験したよりも更に凄まじい苦痛に耐えねばならなかった。

髪を切ったおかげで毟《むし》らずに済んでいる。

だが指の爪は、腿を覆う布地を引き裂いていた。

食いしばった奥歯がまた欠けてしまった。

ゴーグルの下で、いずみの眼球は無気味なまでに激しく、左右別々に動き回っている。

しかし——、やがてある一点を見るように静止した。

「見えた！」

視界が得られた、といずみは思ったが、何かがおかしかった。

自分が潜水艇の視点になろうとしているのに、目の前に潜水艇がいるのだ。

しかし、それは〈しんよう〉に積まれていた〈しんえんMk.IV〉とは違う事にやっと気づいた。

あれは初代〈しんえん〉だ。

なぜか二機の〈しんえん〉は、操り手を失うと互いに近寄っていたらしい。

「何、あれ――」

初代〈しんえん〉の機体の上には、人間が覆い被さっていた。なぜ、こんな深海の水圧下で、人間の形が残っているのか――。

いや、今は潜水艇などに構ってはいられない。

視界の照明が暗くなり始めている。もうバッテリは僅かにしか力が残っていないのだ。

いずみはキャメラで辺りを見回した。

周囲に壁は無い。


地底湖の下に降下してしまっているのだろう。

いずみは再び全身に苦痛を感じながら、視点の主を自らの力で動かそうとした。

「んんんぬぬぁぁあああッッ!!」

潜水艇は機首を上げた。

再び遺跡のある水面に向かって浮上していく。

F12の実行プログラム＝自爆シークェンスは、ケーブル切断と共に自動停止していた。

いずみはF12を再起動させた。


こんな事を続けたら、長くは生きられない。

いずみには判っていた。

なぜこんな事を自分がやらねばならないのか。

「旧神の印」に強いられたからではない。

確かに彼らは、この十年いずみのする事は全て計画通りに進めてきた。どれ程困難で、いずみの精神を蝕む仕事であるかも判っていた上で。

「旧支配者」が甦《よみがえ》ったら、どうなるのか。

天変地異のような災厄ならまだ諦めがつく。

物理的な死傷、文明の崩壊、そんな程度の事では収まらないのだと、いずみは悟っていた。

生と死という根源的な原則までもが意味を成さなくなってしまう。時間すらも絶対的なものではなくなってしまう――。

だからと言って、人間がそれを止められるものなのか。

「旧神の印」の委員達も、それが可能であると信じてはいないのかもしれない。

自分はただその捨て石になるだけだ。

――じゃあ、なんで私は生まれたの――?

視界が明るくなってきた。

海底洞窟内は、何が光源となっているのか不明ながら、仄明るい。

ゆっくりと旋回《せんかい》し、神殿の在処《ありか》を探した。

見えた――。

あとは出来る限りあそこまで近づいて――

3

神殿の「門」の真下に磯野は立っていた。

ここに来さえすれば、神が出迎える、そう思い込んでいたのに、何も起きない。

磯野は焦れ始め、大声を上げた。

「来たぞ！　ここまで！」

門の内側には何の変化も起きず、粘液のような漆黒があるばかりだ。

磯野は激しい怒りすら抱き始めた。

自分は選ばれた筈だ。

自分だけがここに来られたのだ。増岡も成し得なかった事なのだ。

ここで約束を反故《ほご》にするつもりなのか。

そんな簡単な盟約も結べないのかこの神は。

そう、結べない。

なぜなら、磯野が判らないから。

磯野というよりも、今この地球を統《す》べている人間という存在が判らないから。

磯野は自分の思考が分裂している事に気づいた。

自分自身の意思とは別の、何らかの思考が対立している。

どういう事だ。

人間が判らないから、自分をここへ喚んだのか。

だが、もう判った——。

磯野は門の中の漆黒に、自分の過去に視覚として経験した記憶が一斉に浮かび上がるのを見た。

——つまらない人生、だったのか?

早紀——。

近年は愛情すらも感じずにいた。でも、他人よりも乏しい自分の愛情は、この女に注いだのだった。

綾——。

自分のような人間が子どもなど育てる自信は無かったのだが、綾は自分が思っていたよりもずっと良い娘に育っていた。

自分が近年、社会的に死んだも同然な気分で過ごしていた事を、綾は敏感に感じていたようだ。だから、この仕事に向かう事を彼女は支持してくれていた。

この子が誰かの妻になるまで、見守りたい——。

しかし、そんな事は不可能だと、もう一つの思考は冷笑的に告げていた。

だって、磯野という人間は、既に死んでいるのだから——。

ではどうするのだ。

人の記憶も何もかもこの神は奪ってしまった。

ここに残っている磯野という人間の抜け殻をどうしようというのだ。

門の内側にたゆたう闇の奥で、巨大な赤い光りが二つ灯った、ように見えた。

それは眼だ。

そしてその上に、黄色を帯びた大きな光がぼうっと開いていく。

びっしりと並んだおぞましい無数の歯の影が蠢く。

目の上にある口蓋《こうがい》が開いたのだ。そこから何かが吐き出されていく。

磯野は、自分がいなくなる、と感じた。

そもそもそこに居なかったのに、そう感じた。

そこにいた、磯野の意識を持った者は、何か別のものに変質していく。

人間の形をした、神の傀儡《くぐつ》に——。

神殿のある方向に進んできた〈しんえんMk.IV〉は、いよいよバッテリが尽きようとしている。

いずみは起爆させる為の僅かな力さえあればいいと全力で、もがくようにそこまで至ったのだ。

もう、いずみも〈しんえんMk.IV〉も限界だった。

神殿に最大望遠でズームした。

「――誰――？」

人が「門」の前に立っているのが見えた。

人が、いる筈がない。

いられる筈がない。


ほんの少し前まで、磯野という人間の意識であった存在は、ゆっくりと後方を振り向いた。

地底湖の岸近くに、弱々しい照明を点灯した〈しんえんMk.IV〉が見えていた。

磯野という人間の記憶は黒い影の中にデータベースとして残留していた。

あれはかつての自分の肉体だった。

そして、あれには水爆が積まれている――。


磯野だった存在は、突如その姿を黒く巨大なものに変えた。

そして地底湖目掛け、凄まじい勢いで迫っていく。


いずみはもう乾いた笑いしか出せない。

こんな所まで来て、何を私は畏《おそ》れているのだ。

しかし、恐ろしかった。

恐怖に身を竦ませていた。


早く自爆させねば。

しかし、それを行ったら自分はどうなるか。

今、いずみはこの〈しんえんMk.IV〉が肉体となって同化している。

それはあくまで脳の錯覚に過ぎないが、〈しんえんMk.IV〉が傷つけばいずみも傷つき、〈しんえん

Mk.IV〉が死ねば、いずみも死ぬ。それ程までに不可分になっているのだ。

しかし――、もう死を恐れてはいない。

寧ろそれで安らげるのなら――

巨大な黒いものは、次第にその形を露にしていく。

無数の器官が勝手に動き、地上或いは海中の何にも喩え難い不可解な形状だが、ぼんやりと巨人のようにも見えている。

それが本来そういう姿であったのか、その肉体の元となったのが磯野だったからなのかは誰にも判らない。

自爆シークェンスは残り五秒からカウントダウンを再開した。バッテリの残量はもうゼロ表示で、本当にギリギリであった。しかも、カウントダウンは異常に遅く進む。

いずみは早く時が過ぎろと理不尽さに焦れていた。

あの黒い巨人は〈しんえんMk.IV〉をこの場から排除しようとしている。あの巨大なものが、これほど素早く動いている事が信じられなかった。

あれが「旧支配者」なのか――。

いや、あれはさっきまで人間の姿をしていたではないか。

矮小《わいしょう》な眷属《けんぞく》か。

いずみの萎縮《いしゅく》しきっていた意思が、憤怒《ふんぬ》の衝動を取り戻した。

――なんで私がこんな事を!!

もう完全に残っていない筈の動力が、突如フル・パワーとなった。

推進モーターが焼け付きながら、ビークル機体を急加速させる。

視界の四方に表示されていたセンサーが次々と死んで消えていく。視界の中に火花が散り――、〈しんえん Mk.IV〉の機体は岸に乗り上げ、ホッピングして虚空に投げ出されていく。

いずみは、全く制御が利《き》かなくなり、ただ自由落下していく機体の中で、不思議と落ち着いた気持ちになっていった。

もういい……。

いずみは意識の瞼を、自分の意思で閉じた。

虚空に浮かんだ〈しんえん Mk.IV〉を掴もうとした黒い巨人は、突如そこで起こった眩《まばゆ》い閃光《せんこう》に切り刻まれて霧消する。

光は一度凝集してから、一挙に巨大なエネルギーを放出した。

〈しんえん Mk.IV〉に搭載された純粋水爆は、日本独自の開発だったが、アメリカにはその存在が知られていた。アメリカの基礎研究が基となっていたのだから当然ではあるが、実用実験の実現が困難であり、その完成は疑問視されていた。

核物質汚染が無い核抑止力という歪んだ理想論がこの開発を推し進めた。

〈しんえん Mk.IV〉に積まれた第二世代でも、核分裂物質を全く用いずに爆発を起こす事は叶わず、少量のプルトニウムが用いられる事になった。その事により、爆破シークェンスには二段階の課程が生じてしまった。

この二段階の爆発が、どういう影響を残したのか、それはいずみには全く判らなかった。

当然のように、いずみは〈しんえん Mk.IV〉が自

爆したと同時に、自らの意識が暗い深淵の中に落ち込んで行ったからだった。
しかし――、意識を失う刹那《せつな》に、神殿が倒壊《とうかい》するのは見えた気がした――。

4

閉じられたドアの向こうで、いずみはうめき声を上げなくなった。

あまりにも静かになって、倉島は不安に襲われた。

もう死んでしまったのかもしれない。

倉島は渾身の力でドアレバーを押してねじ切り、ドアを蹴飛ばした。

「いずみさん!!」

いずみは椅子の脇で、手足を丸めた状態で倒れていた。

虎刈《とらが》り状に頭髪が無く、あまりに無残《むざん》な顔をしている。しかし、なぜか穏やかな表情をしていた。

倉島は完全にいずみが死んだと確信したが、自分でも想定外にその事で動揺している事を自覚した。

倉島は涙を流しながらいずみの身体を起こして抱いた。

「――何でこんな……」

膝《ひざ》の上で抱いたいずみの顔に、倉島の涙が滴り落ちた。

「――キモいんですけど……」

「は」

いずみが半分瞼を開け、倉島を見上げていた。

「何であなたが泣くの」

「――」

5

〈しんえんMk.IV〉による室戸沖一〇〇キロの海溝調査は、再びビークル喪失《そうしつ》という結果となって終了した。

事故による死亡者は冷凍されたまま陸揚《あ》げされた。

また、伝染性が疑われる疾患《しっかん》による罹患《りかん》者が四名出ており隔離収容されたが、その経過は全く表に出る事が無かった。

倉島は、長い時間保護名目で軟禁され、情報秘《ひ》匿《とく》についてのくどいまでの誓約をさせられた上で、やっと帰宅を許された。

岡田いずみ、と名乗った内閣府職員は、高知港に戻ってからは一度も顔を見ていない。

「取材旅行どうでした？」

友人の脚本家がメールで訊ねてきた。

倉島はこの調査に行く事を、「ラヴクラフトの生地を巡礼する」という事にして、仕事をしている出版社などには通知していたのだ。編集部から聞いたのだろう。

倉島は、若い頃に行った時の写真を加工して、今の自分の姿を合成した画像を送ってやった。

若い頃はただ、憧れていた存在だった。

しかし、ハワード・フィリップス・ラヴクラフトという小説家は、思っていたようなただの夢想家ではないようだ。

センチネル？

ふとそういう言葉が脳裏を過ぎった。

そもそも、なぜオーガスト・ダーレスや、多くの小説家がラヴクラフトの幻想を共有しようと思ったのか。

クトゥルー神話は、ラヴクラフトが創造したというよりも、ラヴクラフトが「在るのだ」と「発見」したものではないか。

そこには真実があるからこそ、その「設定」の物語が生まれていったのではないか――。

〈しんえん Mk.IV〉が見せた、深海の遺跡が今もそこに残っているのかは判らない。

少なくともその深度で、大きな地滑りが起こった事は〈しんよう〉でも観測していた。

あれが幻想ではなく、本当に広い空間があり、そこで水爆が爆発したのなら、もうその地殻は崩れ、膨大な水圧で潰れているに違いないのだが――。

本当にあれは、「そこ」にあったのか。

今の倉島にとってそれは、確信のある記憶ではなかった。

だが、あの白井の、磯野のインスマス面は到底忘れられそうにない。

もう当分、いやもしかしたら生涯、頭付きの魚は食べられないのかもしれなかった。

倉島は、創作ノートもメモも何もない状態から、いきなりパソコンに向かい小説を書き始めた。

「螺湮城本伝」

『ルルイエ異本』の漢語題である。

「ルルイエ」は実在した。そういう小説になる予定であった。

第6章

千葉県A山山中に隕石《いんせき》が落下した事は小さなニュースとなった。

その頃、流星雨の季節でもあり、その一つが落下したのだと思われていた。

しかしその後、すぐ近くにあった航空自衛隊の分屯《ぶんとん》基地で、隊員の数名が狂乱し凄惨《せいさん》な集団殺人事件が起こった。

やがて隕石落下地点の周囲半径八キロに渡って立ち入りが禁止された。

ネットでは、その近辺に夜間に侵入すると、奇妙な色彩《しきさい》の光が見えるという噂が広まる。

心霊スポットのように、噂を実際に見てみようという若者が密《ひそ》かに集り始めていた。


倉島はその経緯を知った直後から、勝浦の安いホテルに拠点を作り、二日にわたって状況を把握した。山頂に至る道は当然ながら、千葉県警と陸上自衛隊と思われる部隊によって二四時間封鎖《ふうさ》されていた。

山頂へは行かずとも、隕石落下点の近くに迂回《うかい》路が無いかと探したのだが、車で走れる道は無い。

地図には載っていないが、Googleマップの航空写真を詳細に見ていくと、商店裏に小径《こみち》があるのを発見した。

翌日、倉島は午後にホテルをチェックアウトした後、港近くの駐車場で仮眠をとり、日が暮れるのを待った。

九時になってから、かの商店のある道へ車を進めた。

地元住民しか使わない道である為、検問に掛かる事もなく目指す店に着いた。

近隣住民相手の雑貨店であるようだが、店は閉っていた。もしかしたらもう誰もいないのかもしれない。

倉島にとっては好都合であり、車を店の裏手に停める事が出来た。

ここからは全く明かりの無い道を歩かねばならない。

頭部に装着するライトと、手持ちのＬＥＤライトを併用し、倉島は細い径を山の方に向かって歩き始めた。

覚悟はしていたものの、これは少し勇気が要《い》る行動だった。そもそも倉島はあまり度胸《どきょう》がある性格ではない。怪談話を人から聞くのは好きだったが、自分でわざわざ心霊スポットのようなところに出向く趣味は無かった。


それでも、どうしてもここに来なければならないと思った一つの理由は他でも無い。

半年前、彼が室戸岬沖で体験した出来事は忘れようがないが、日本の、世界のほぼ全ての人々にとっては「何も起こらなかった」事になっている。

しかし、ラヴクラフトの小説に描かれていた事が実際に存在しているとするなら、それはルルイエが実在するという事だけに留まらない筈である。

しかも、ただ存在が露になるというのではない。

「旧支配者」の復活を望む人々がいるのだ。

それは増えているのかもしれない。

ただ望むだけだとしても、その祈る力が強まっているのであれば、本当にそれが起こってしまうかもしれない。

全く論理的ではないが、しかし倉島の背中には切実な恐怖感が貼り付いていたのだった。

隕石が落下し、そこで異常な事件が起こる。

異常な色彩の光が観察される。

これだけで、ラヴクラフトが書いた「コズミック・ホラー」を連想しない訳にはいかなかった。

倉島は、タブレットでマップを表示しながら歩いていたが、それによるともうすぐ道は行き止まりになっている。そこから辺りを見回せる事を期待していたのだが、期待に反して道はやや下っており、木々が空を覆い始めていた。

失敗だったかもしれない。

心の中で悪態をついていた倉島は、ふと立ち止まった。

何かが擦《こす》れる音が聞こえた、気がしたのだ。

風で木の枝が触れあっただけか――？

見上げると、確かに枝が揺れていた。

しかし――、ある一角だけだ。

思わず明かりを向けようとして、すんでのところで倉島は思いとどまる。

こんなところで明かりを上に向けたら、そこに自分がいる事を警戒している者達に報せる事になる。

「なんだよ……」

小声で独り言を口に出したのは、己の恐怖を紛らす為だった。

ん――!?

二〇メートル程先の枝が揺れ始めた。

まるで何か見えないものがそこを過ぎっていくように。

倉島は慌てて手元のライトと、頭に装着したLEDライトを消した。

息を殺してじっと見上げていると――、

光が、見えた。

「異常な色彩の光」は、倉島の想像とは違っていた。倉島は何となく、ガス状生命体のようなものをイメエジしていたのだが、もっと実体感のあるものであった。

粒子状でもなく、不定型な、そう、ウミウシのような海棲生物に印象が似ている。

それがなぜ浮いているのかは、さっぱり判らなかった。

倉島はそっと腰からデジカメを取り出した。

写真を撮れたとしても、UFOの類かと思われそうだ。あの異常な感じは、動画でなければ——

操作をもたもたしている内に、その液晶の光が上に向いてしまった。

移動していた「異常な色彩の光」は、倉島の存在を認識してしまう。

「あ、れ……？ 止まった……？」

光は倉島に向かって近づき始めた。

「う、うあああああ‼」

倉島は慌てて逃げようとしたが、方向を間違えて行き止まりの方に走ってしまった。

そこには何かの栽培《さいばい》をする為か、切り倒された木々の丸太が積まれており、完全に袋小路となっていた。

「しまった！ どどどうしようううう」

こんなところに来なければ良かった。

ラヴクラフトなんかいなければ良かった。

何を考えてももう遅かった。

「異常な色彩の光」は、倉島が足止めをされた事を喜ぶかのように、にじり寄る速度で近づいて来る。

不定形にフォルムを変える速度が速まっていて、昂奮《こうふん》しているかのようであった。

インスマス面になる事は避けられたが、こいつからは逃れられそうにない。

あれに取り憑かれたら、狂気に支配され自分が何をする事になるのかも判らなかった。


倉島は、全く現実感の無いホラー小説を書いてきたし、幾つかの翻訳をした。

そんな虚構の中の虚構が、本当にもしあったら面白いのに。彼の執筆の原動力はそうした他愛《たあい》も無い無責任な願望だった。

退屈な日常も、虚構が現実を浸食する、かもしれないという可能性があれば堪《た》えられる。そんな事すらも考えていた自分を呪っていた。

「異常な色彩の光」は、倉島のすぐ上五メートルのところで停止した。

倉島が全身から分泌している恐怖のフェロモンを、香《かぐわ》しく味わっているのだろう。

殺せ、ひと思いに殺してくれ——。


その時、耳をつんざく高周波音が鳴った。

思わず耳を塞いでしゃがみこむ。

何だ!?

薄目を開けて上を見ると——、

「!?」

異常な色彩の光に、影が出来ていた。

正確には、ある形状の形で光が浸食されていたのだ。

あの形は——、紛れもない!

「旧神の印」だ!

思わず周りを見回すと——、

「い……」

積まれた丸太の上で、異常な色彩の光に向けレーザー光を放っている人物――、岡田いずみだ！

いや、岡田は本名ではなかった。

かなり小型化されてはいるが、自動で図形を描き出すレーザー照射器は小柄な唯澄にとって、一抱えはある大きさだった。

唯澄は無表情に緑色のレーザーを照射し続けている。

レーザー光は異常な色彩の光に当たると、色を失い暗く蝕んでいく。やがて異常な色彩の光は小さく萎縮していき、その場から逃げ去っていった。

唯澄はレーザーを消すと、嘆息をして丸太の山から下りてきた。

倉島は助けられた感謝よりも、自分の願いが叶った事を喜んでいた。

そう、彼がここに来ようとした最大の理由は、何よりも唯澄と再会する事だったのだ。

しかし、唯澄は頭で想い描いていた姿と少し異なっていた。

「あれ、髪伸びるの速いんですね」

唯澄は綺麗に切り揃えられたボブカットだった。

「は？　ウィッグですよ。当たり前じゃないですか」

剣呑《けんのん》に唯澄《いずみ》は言った。

「そんなに早く伸びる訳ないでしょう」

「あ、すいません……」

小声で倉島は謝る。

唯澄は倉島の前に立って、じっと顔を見つめて言った。

「なんでここに来たんですか。危ないって判ってたんでしょ」

「いや、その、僕にもまだ、手伝える事があるんじゃないかな、って」

唯澄は何も言わず、倉島を見つめていたが、まるで真意を見透かそうとしているかのような眼光の鋭さに、倉島は俯《うつむ》いてしまった。

「もう懲《こ》りたのかと思ってました」

唯澄は商店に向かう小径を歩き始めた。

「ライト」

倉島は言葉に従って、唯澄《いずみ》の前方を照らしながら後に続いた。

「――あの、ここにいる異常な色彩の光、どうやって全滅させるんですか」

「全滅？　無理ですよそんな事」

「えっ――」

「封鎖区域に人がいなければいいんですから」

そういう、ものなのか……？

「正直、ここにはあんまり時間を割《さ》けないんです。それどころじゃなくなって」

また唯澄は嘆息を漏らした。

「――倉島さん」

「はい」

「――もうちょっとだけ、力を貸して貰えますか」

「――僕の知識、想像力、たいしたもんじゃないですけど、是非使ってください。その為に来たんですから」

唯澄は立ち止まって、倉島の方を振り向いた。

「――神話は虚構の中に押し込める。そういう事を私たちはやっているんですよ。我慢出来ますか？　そういうの」

倉島はその問いに、明確な返答は出来なかった。

「神殿カーニバル」読者参加企画

《執筆者・寄稿者》

事件1　いと小さき者達よ……………………………樹 シロカ
事件2　沈黙の海より………………………………佐嶋 ちよみ
事件3　歴史を紡ぐモノ……………………………高原 恵
事件4　首飾りが呼ぶ怪と海………………………旅硝子
各キャラクターの物語（事件1〜4）
内原《ないばら》富手夫《ふてお》………………………………………菊地 秀行
神門《ごとう》帯刀《たてわき》………………………………………朝松 健
龍頭《りゅうず》麗華《れいか》………………………………………牧野 修
限界少女ニラカ………………………………………山田 正紀
登場する神話生物など………………………………読者による応募

登場人物紹介

内原富手夫（ないばら・ふてお）

見た目は、身長の高めな、口調も態度もいまどきの高校生男子。ただし、その筋では聞いた覚えのあるイカモノ料理人。神話生物といえども、彼にとってはただの食材なのかもしれない。

登場作品『妖神グルメ』菊地秀行著

神門帯刀（ごとう・たてわき）

外国人めいた彫りの深い顔立ちをした日本人。一見すると、ごくまっとうな公務員のように見えるが、その体格とシニカルな口調が、なんらかの事情を隠しているものと思われる。

登場作品「ダッチ・シュルツの奇怪な事件」（『チャールズ・ウォードの系譜』）朝松健著

限界少女ニラカ（げんかいしょうじょ・にらか）

本名は藤本 菫花（ふじもと にらか）。レイピアを武器にした静謐な美剣士。しかし、その性格は一筋縄ではいかない模様。なお、彼女の使命は、メタ進化を止めることだったようだが…？

登場作品『クトゥルフ少女戦隊』
第一部・第二部　山田正紀著

龍頭麗華（りゅうず・れいか）

オカルト犯罪を取り締まる呪禁庁呪禁局の捜査官。見た目は「目つきは鋭いが、いい女」。格闘技が得意そうな体躯。同じく捜査官の歯車俊彦とコンビを組んでいる。

登場作品『呪禁官　百怪ト夜行ス』
牧野修著

内原富手夫（ないばら・ふてお）

◇**性別**　男性　　◇**年齢**　17歳　　◇**職業**　高校生＆料理人

◇**容姿**　髪、瞳は黒。肌の色は他の日本人と同じ。身長172cm、体重60kgで引き締まっている。

◇**能力**　料理人としてはイカモノ料理一筋。真っ当な食材でも出せぬ魅力的な料理を作り上げ、どんな魔物もイカモノ料理で退散させてしまう。魔物も食材にする。理想はクトゥルーの料理。

◇**性格**　料理以外のことには全く興味を示さず、普段はぼーっとしている。唯一、幼馴染の少女のことは大切に思っている。料理にかかわると性格が豹変する。

◇ **性格パラメーター** ◇

防御	□■■■■	攻撃
理性	■□□□■	感情
	（両極端）	
狡猾	■■□■■	純真
	（両方をもつ）	
協調	□■■■■	自主
仕事	■■■■□	恋愛
現実	■■■■□	神秘

◇**出演作品と概要**

『妖神グルメ』（主役）、『邪神迷宮』（脇役）、『邪神艦隊』（脇役）

クトゥルーを復活させんとする連中が、それを妨げている最大の要因――「飢え」を満たすべく、イカモノ料理の天才を拉致しようとする。それを邪魔する各国のスパイたち。内原富手夫はついにルルイエでクトゥルーと遭遇。「おまえを料理させろ」とつめ寄る。

神門帯刀（ごとう・たてわき）

◇**性別**　男性　　◇**生年月日**　1911年2月14日

◇**血液型**　B型　　◇**視力**　左右とも1.8

◇**職業**　大日本帝国陸軍の戦略に従って各国に潜入する軍事探偵。

◇**容姿**

・髪、瞳は黒。髪の毛は硬く剛い。

・黄色人種、モンゴロイドで、軍人らしく陽に焼けている。日系二世めく彫りの深い面立ち。
・身長5尺8寸9分、体重20貫。痩せ型だが骨太な筋肉質。剣道・柔道・合気道といった武道に通じた者特有の体型。

◇職歴

・大日本帝國陸軍情報部中尉(1937年当時)
・陸軍情報部少尉(1935年当時)
・大日本帝國外務省ベルリン大使館二等書記官(1937年)
・ニューヨークの貧民街デッド・エンドの安宿に投宿する身元不明のよそ者(1935年)
・犯罪王ラッキー・ルチアーノにやとわれたフリーの殺し屋(1935年)。

◇能力

・英語・ドイツ語・イタリア語・フランス語・スペイン語・中国語・朝鮮語に通じる。
・射撃・格闘技が得意。
・毒物知識豊富。
・40種類もの暗殺術に通じ、人間に苦痛を与える方法を知りつくしている。自然死に見せかけて暗殺したり、自殺に見せかけて殺害した人間は12名。非戦場で銃器や刃物で殺害した人間は多数。
・社交ダンスが得意。恋愛経験は豊富らしい。閨房技術にも長けている。プレイボーイとして大金を湯水のように浪費することもある。グルメ知識・カクテル・各国の盛り場に通じ、ギャンブルが得意。ただし基本的にこれらの技術と知識は敵に接近し情報を得るための手段に過ぎない。

◇性格

・常に冷静で、危機に陥っても皮肉と軽口を忘れない。そのためしばしば日本人と思われない。

◇ 性格パラメーター ◇

防御	□□□■■	攻撃
理性	■■■■□	感情
狡猾	■■■■□	純真
協調	■■■□■	自主
仕事	■■■■□	恋愛
現実	■■□■■	神秘

・任務には非情なまでに忠実。
・冷徹な性格。何事にも懐疑的。客観性を重んじるが自分の野生的直感は信じる。

◇出演作品と概要

「ヨス＝トラゴンの仮面」(『邪神帝国』収録)
・事件の時には独露不可侵条約の背景を探るために第三帝国の首都ベルリンに潜入。ナチスドイツ首脳に接近しようとする。

「ダッチ・シュルツの奇怪な事件」
・来るべき日米開戦に備えて米国内の軍事施設を隠密理に探索するため米国に潜入した。

龍頭麗華（りゅうず・れいか）

◇性別　女性　　**◇年齢**　24歳

◇職業　呪禁局特別捜査官、通称呪禁官

(魔術が科学に取って代わった平行宇宙での日本が舞台。そんな世界で魔法によるオカルト犯罪を取り締まるために生まれたのが呪禁庁呪禁局であり、そこの捜査官が呪禁官と呼ばれた)

◇容姿　黒髪に長身。白い肌、肉食獣じみた鋭い目。派手な顔立ちに砲弾のような胸。洋物のポルノムービーの主役を務められそうな容姿。

◇能力　基本は古武術などを中心とした格闘技全般。魔術が普通に使われる世界なのだが、彼女自身は魔法をあまり使わない。呪文を唱えている間に3人は倒せるというのが信条。武術系魔術では、長距離を瞬時に移動する縮地法を得意とする。

◇ 性格パラメーター ◇

防御	□□□□■	攻撃
理性	□□□□■	感情
狡猾	□□□■□	純真
協調	□□□□■	自主
仕事	■□□□□	恋愛
現実	□■□□□	神秘

◇性格　一見クールに見えるが直情型で男勝り。正義感が強く情にもろい。

◇出演作品と概要

『呪禁官 百怪ト夜行ス』

突然オカルトや魔術などと呼ばれるものが奇跡でも超常現象でもなくなった世界。しかも正しい術式に基づけば、魔術は何度でも再現が可能だった。要するに正しく雨乞いをすれば、その時の気象状況に関係なく百パーセント間違いなく雨が降るようになった世界の話。

限界少女ニラカ（げんかいしょうじょ・ニラカ）

◇性別　女性　　**◇年齢**　14歳

◇職業　マイクロバイオーム環境における戦士。

◇容姿　髪は紫、瞳は黒。手足は長い。身長156cm、体重41kg、中学生の標準的体型。

◇能力　レイピアを武器にした静謐な美剣士。また他の戦士たちと記憶や五感を共有することができる。

◇ 性格パラメーター ◇

防御	□□□■□	攻撃
理性	□□□□■	感情
狡猾	■□□□□	純真
協調	□□□□■	自主
仕事	□□□□■	恋愛
現実	□□□□■	神秘

◇性格　昔のお嬢様風の敬語口調でおっとりしている風だが、辛辣な嫌みをしつこく言う粘着質。嫉妬深くヤンデレで、仲間を平気で裏切る一方、愛情が深い面もある。

◇出演作品と概要

『クトゥルフ少女戦隊』第一部・第二部。

地球上の生命の全てを絶滅に導くという「クトゥルフ爆発」。それを阻止するべく選ばれた４人の少女たち――実存少女サヤキ、限界少女ニラカ、例外少女ウユウ、究極少女マナミ。そして、絶対不在少年マカミをただひたすら愛する。現実世界での本名は藤本韮花。

事件1　いと小さき者達よ

樹シロカ

プロローグ・事件の入り口

低く垂れこめる灰色の空からは絶え間なく雨粒が落ちて来る。

それでも外の空気は美味い。ハッチから顔を覗かせた加持《かじ》はしみじみとそう思い、改めて陰鬱《いんうつ》な気持ちで黒い船体を眺めた。

そこでは彼らが命を預けている潜水艦〈らいりゅう〉の乗組員たちが、険《けわ》しい目を海に向けている。

「何か分かりましたか」

加持が声を掛けると、一人が振り向いた。艦長の家永《いえなが》二等海佐という壮年《そうねん》の男だ。

「残念ですが。やはり現在位置を特定できる物は何も視認できませんでした」

「そうですか……」

港で見た潜水艦は巨大でいかにも堂々としていたものだが、大海に漂う姿は情けない程に惨めだ。

加持は自分のスマートフォンを見る。そこに示されている情報によると、ここは「南緯65度、東経30度」らしい。南極大陸辺りだろうか。もちろん、嘘っぱちだ。

あれからもう何時間経過したのだろう。

何でもない取材のはずだった。

地方新聞の記者である加持は海上自衛隊の基地祭に出掛け、配備されたばかりの〈らいりゅう〉を取材していた。

そこに謎の高波が押し寄せた。高波というより、子供じみた表現で言うなら海坊主《うみぼうず》。とにかく丸く盛り上がった水の塊《かたまり》が、護衛艦を一隻あっという間に呑みこんでしまったのだ。

基地関係者はすぐに見学者達を高台方面へ避難させたが、沿岸部に居た加持達一般人は、その海坊主の進路を横切らなければ逃げられない。

家永艦長の決断は速かった。その場の人間を〈らいりゅう〉に収容したのだ。機密よりも人命を優先した判断は、実に立派といえよう。

だがどうにか全員が乗り込んだところで、海坊主は潜水艦をも呑みこんだ。

潜水艦は玩具のように、めちゃくちゃに引き摺《ず》り回された。

全員が頭や体を酷《ひど》くぶつけたり、船酔いでボロボロになったりしながら、どうにか浮上したのが数時間前。

だが辺りには陸地は見えなかった。

レーダーも通信機も各人が所持している電子機器も全く使いものにならず、それぞれ好き勝手な現在地を示している。海自の士官たちの時計が示す時刻までもがバラバラで全く予測がつかない。ちなみに加持の隣にいた学生が持っていたスマートフォンでは、ドイツのロマンチック街道辺りになるらしい。

そんな異常な状況の中、加持は辛抱《しんぼう》強く全員の名前やプロフィール、所持している主な物などを聞き込み、可能な限りまとめ上げた。おかげで乗組員と一般人の橋渡しのような役割を担うことになっていたのだ。

艦長が突然呟《つぶや》いた言葉に、加持は我に帰る。

「ねじれたる地、か……」

怪訝《けげん》そうな顔を向けると、艦長は少し困ったような笑みを浮かべた。

「申し訳ない、子供の頃読んだ冒険小説を思い出しましてね」

「どういう物語ですか？」

促《うなが》すと、艦長はそのあらましを語ってくれた。

――この広い海のどこかに途方もなく古い遺跡《いせき》があり、その奥にはたくさんの宝物が眠っている。

だが望んで行けた者は少なく、偶々《たまたま》迷い込んだ者のほとんどは帰ることなく、稀《まれ》に戻ってきた者は皆が正気を失って後に行方《ゆくえ》知れずとなっている。

僅《わず》かに残された記録によれば、気紛《きまぐ》れに神殿に導く海路はあれど、その途上にはこの世ならざる物が立ち塞《ふさ》がる。

だがその記録は余りに突拍子《とっぴょうし》もなく、遭難《そうなん》の恐怖が見せた幻ではないかとも言われていた――。

「ああ、脅すつもりはありませんよ。皆さんには黙っていてください。私は昔から船乗りに憧《あこが》れていたので、まだどこかで今の状況に興味を持ってしまうようですな」

艦長は雑談で気を紛《まぎ》らそうとしてくれているらしかった。直ぐに表情を戻すと、加持に船内に戻る様に告げる。

「雨も弱くなってきたようです。夜なら星で位置が推測できるでしょう。それまで我々も交替《こうたい》で休息を取ることに……」

そこに鋭い声が飛んだ。

「艦長、あれを！」

「どうした」

声を上げた男が指さす先には、盛り上がる丸い波。

「退避ッ！」

加持はほとんど落ちるように梯子を降りる。上では艦長がハッチの縁《ふち》を掴《つか》んでいるのが見えた。

ぐらり。

不意に足元がふらつき、艦内に悲鳴が響き渡った。あちらこちらから、ギシギシ、ミシミシ、と鉄の塊が軋《きし》む音がする。

「何があった⁉」

艦内の人々は逃げ場もなく、ただ怯《おび》えた顔を見合わせるしかない。

そのとき、ひとりの若い女が素《す》っ頓狂《とんきょう》な声を上げた。

「やだァ、なによこれ‼」

女は役に立たないとわかっていてなお大事に握っていたスマートフォンを放り投げる。

それは廊下を滑《すべ》り、加持のつま先にぶつかった。

「どうし……」

覗《のぞ》き込んだまま、加持は言葉を失った。

液晶画面に映るのは、先程まで上で見ていたこの潜水艦の姿だった。

その舳先《へさき》には白く細長い触手が幾本も絡《から》みつき、艦は前のめりに海へと引き込まれつつある。

手摺《てす》りに縋《すが》っていた制服姿の人間が数人、転がりながら落ちて行く。

加持はそれが外の今の様子なのだと確信した。根拠などない。もしかしたら自分はもう狂っているのかもしれない。

けれどもはっきりとわかることがあった。

潜水艦は今、海中深くへと潜航しつつある。

液晶の画面にはひとつ、またひとつと、数を増しつつこちらへ集まってくる何かの影が映っていた。

一．暗い波間に

現実のこととは思えなかった。

今や外の世界を映す「窓」となった液晶画面が、身体の傾《かたむ》きが、潜水艦が海中へと引き込まれつつあることを知らせていた。

絡みつく無数の触手は、その下にある半透明の丸い体に繋がっている。巨大なクラゲ状の化け物だ。

一般人が集められた区画では既《すで》にパニックの頂点を超え、啜《すす》り泣きと呻《うめ》き声だけが陰気に混じり合っていた。

「どうして、こんなことになってしまいましたの……」

藤本韮花《にらか》はその言葉を繰り返し、自分の膝《ひざ》を抱いて震え続けている。眼鏡《めがね》は涙に曇《くも》り、ただでさえ陰気な視界をますます見えにくくしてしまう。

基地祭を取材する仕事の為に、何だっけ、〝サーファー5〟とかいうアイドルグループと一緒にバスで基地に入ったときは、まさかこんな事態になるとは思ってもいなかった。

家に残してきたあれこれを気にしている場合ではない。自分の命がどうなるかも分からないのだ。目をごしごしこすり、改めて不幸な同行者達を見回す。

新聞記者の加持という男が全員の名前などを確認して回ったので、近くにいる人達のこともおよそは分かる。

あそこで日向《ひなた》ぼっこの如《ごと》く能天気な顔をしている青年は、確か内原富手夫《ないばらふてお》という名だったか。高校生らしいが、大した胆力《たんりょく》だ。あるいは既に正気を放棄したのかもしれない。

「う……ん」

呻き声に韮花はびくっと身体を震わせた。

だが声の主が分かると、そっと相手の顔を覗き込む。

「ご気分は如何ですか？」

「……最悪。冷えたビールが欲しい」

そう言って女が身を起こす。

美人だった。頬を汚す乾いた血さえも、女の野性的な美貌《びぼう》を引き立てる化粧《けしょう》のようだ。

存在をこれでもかと主張する砲弾《ほうだん》のような胸は、薄明かりを受けてくっきりとした陰影に縁どられている。

「あれ？　ここはどこだ」

「潜水艦の中ですの。基地祭の会場が高波に襲われて、わたし達はこの潜水艦のおかげでどうにか助かったのですわ」

助かったのかどうかは分からないが。菫花の心は果てしなく落ち込んで行く。

そんなことは知らない女は、自分の手を、続いて身体を眺めまわした。

「なんだこれ」

頭からペンキを被ったように、全身が真っ赤に染まっているではないか。

「血か？　でもあたし、怪我はしてない……？」

「あなたは食糧庫で倒れていたそうなんですの」

「え……」

女の目に困惑《こんわく》が浮かぶ。

何があったのか全くわからない。基地祭とやらもまるで覚えていない。驚いたことに、自分の名前も思い出せないのだ。

「どういうことだ、一体」

呻きながら髪を苛立たしげに掻《か》きまわす女の手がふと止まった。

「……音楽？」

明らかに日本人ではない、目鼻立ちの整った少年が小さなオルゴールを膝に乗せていた。

聞いた事のない音楽だ。だが心の奥底にある何かを呼び起こすような、不思議な音楽だった。

突然何かの気配を感じ、女は素早く身を捻《ひね》る。いつの間にそこに居たのか、外国人の男が笑みを浮かべて自分を見ていた。

「失礼。私はリチャード・アプトン・ピックマンという画家でして。貴女が余りに魅力的なので、ついじっと見てしまいました」

「画家？」

「はい」

リチャードは奇妙な笑顔を浮かべながら、スケッチブックを開いて見せた。異形のモノが逃げ惑《まど》う人々を喰らう、陰惨な光景が描かれている。

女は突然の頭痛に顔をしかめた。

（なんだこれ。この光景、見たことがある）

見ているうちに画面は歪《ゆが》み、人々を喰らう異形《いぎょう》の顔がなぜか自分の顔になる。

危うく喉《のど》から飛び出しかけた悲鳴は、どこかとぼけたような声によって引っ込んだ。

「なんだか怖い絵ですの～」

菫花の素直な感想に、リチャードはさも可笑《おか》しそうにくぐもった声で笑った。

加持は立ち上がり、揺れる身体を壁に持たせかけた。ふと、一人の男と視線がぶつかる。日に焼けた精悍《せいかん》な顔つきの若い男だ。

「外で何があった？」

加持は新聞記者という職業柄、一度会った人間を忘れることはない。だがハーフのようにも見える彫りの深い顔立ちは、加持でなくても一度見れば記憶に残るだろう。〈らいりゅう〉に乗り合わせた全員の点呼《てんこ》を取った時には、この男はいなかった。

だが触手《しょくしゅ》化け物の襲撃《しゅうげき》に比べたら、謎の男の一人など、どうということはない。

「自分でも信じられないのですが……この潜水艦が、謎の生物に襲われているんです」

我ながら陳腐《ちんぷ》な表現だ。だが本当なのだから仕方がない。

「嘘だと思うなら、家永艦長に伺《うかが》って……」

梯子《はしご》を見上げると、男もそちらを見る。

「艦長？　まだ船外に居るのか」

小さく呟《つぶや》くと、男は素早く梯子を上っていった。

ハッチから外を見ると、数人の男が手摺りに掴まり、仲間を救出すべく声を掛け合っていた。

「あなたが艦長か」

見た事のない制服、見た事のない階級章。それでもこの男の階級が一番上だと分かる。

「自分は大日本帝國《ていこく》陸軍情報部中尉、神門帯刀《ごとうたてわき》。この事態について説明をお願いしたい」

家永はほんの一瞬、呆気《あっけ》にとられたような表情をした。だが異常事態の連続に、もう何があってもおかしくないという気分になっていたのだろう。

「本潜水艦〈らいりゅう〉の家永二等海佐です。話は乗員を救助した後でお願いします」

神門は改めて辺りを見た。

彼が乗っていたのはドイツ軍のUボートのはずだった。太平洋上の通称「X point」で荒波に飲まれ、気がつけば見慣れない艦の中にいた。暫《しばら》く様子を窺《うかが》っていたが、内部の装備からやはり潜水艦であること、そして日本の、しかも彼の時代より随分後の物であることは理解した。

そういった事実を冷静に受け止められたのは、彼自身の資質と帯びていた極秘《ごくひ》任務故か。

しかし――。神門は小さく嘆息《たんそく》する。

「彼らが軍人だと。尋常《じんじょう》小学校の生徒の水雷艇ごっこではないか」

神門の時代の基準から見れば、救命胴衣や各種装備に守られた現代の海上自衛官はそう見えたかもしれない。

「だが艦を動かすのに必要な乗員ならば仕方あるまい」

波間から見え隠れする白い触手を睨《にら》みつけ、神門は手早く救助に加わる。

自分がこの場所に飛ばされた理由が次第《しだい》に分

かってきた。何か大きな力が、今ここで動き出そうとしている。あの異形はその表れだ。

それはすぐに確信に変わった。

「何だあれは……！」

乗員の一人が海の彼方《かなた》を指さす。

「伊号潜水艦だと？」

神門の思考を代弁する様に、艦長が呟いた。

幽霊船の話題は船乗りの間では珍しくもないが、潜水艦乗りの間にも似たような噂話があった。

旧日本軍の記録から消された、伊号型実験艦。それはあらゆる面で同型艦の性能を凌駕《りょうが》したが、艦内の空調設備に致命的な不具合が発生し乗員全員が死亡。彼らの魂《たましい》は今もまだ実験データを取るべく、彷徨《さまよ》い続けている……というのだ。

「ここにも化け物か」

神門は半ば呆れたように呟いた。

幽霊潜水艦は完璧に擬態《ぎたい》した生物だった。太古の昔、地球の主だった〈古きもの〉の手を逃れたShoggoth《ショゴス》がその正体である。

それはただ、興味のままに〈らいりゅう〉を観察し、再び波間へと消えていった。

勿論、この間乗員達はぼんやりそちらに気を取られていたわけではない。仲間を引き上げては艦内に送る。

最後の乗員を艦内に突き落とすように放り込むと、神門はハッチを閉めた。艦内では赤い光が激しく明滅している。

「しっかりしろ。これは警報ではないのか」

神門は前を塞ぐ軍人モドキを押しのけ、事前に調べておいた司令室らしき場所へ急ぐ。

かろうじて生きているソナーが伝えるのは、急速接近する物体の存在。角度、速度を伝える乗員の声が上ずっている。

「接近しているのは、ぎょ……魚雷です！」

「急速旋回、面舵一杯！」

触手に絡めとられた〈らいりゅう〉に魚雷が迫る。

だが海底に潜むのはそれだけではなかった。

　窓のない潜水艦で、乗員がそのおぞましい姿を見ずに済んだのは幸いだったかもしれない。不定形に形を変え、艦をじっと見つめる無数の目を持つ、海泥《かいでい》状の巨大な塊。

　それはこの艦に乗る、幾つかの異様な存在に惹かれて来たのだ。海泥の一部が細く長く伸び、奇怪な入れ物の蓋を開けようとする。それが無理だと分かるとボールのように形を変え、艦を叩き壊そうとぶつかってきた。

　が、これが幸いした。

　塊にぶつかり、艦は本来あり得ない方向に弾かれる。その直後に魚雷が到達したのだ。

　魚雷はすれ違いざまに絡みつく触手を千切り、そのまま暗い海中を突進して行く。無数の触手が潜水艦に絡みついたまま、船出テープのように海中を漂っていた。

　だが艦内の人間はあり得ない力で一斉に壁に叩きつけられ、あちこちで悲鳴が湧き起こる。

「いったあ～い!!」

「ジュンちゃん大丈夫!?」

　自分の身体も痛いだろうに、気遣ってくれる相手にジュンちゃんと呼ばれた男は笑って見せた。

「大丈夫よ～。ユリちゃんこそどこかぶつけたんじゃない？」

　頷きながら、その中に居る存在は艦の外の気配に意識を向ける。

「ごめんなさい、ちょっとおトイレいってくるわ」

　立ち去る背中に、ユリはそっと溜め息をつく。

「事故のショックよね、仕方がないわ」

　そう、彼女の知っているジュンちゃんは既にこの世に居ない。地球上の不穏な気配を探りに来た存在に衝突され、今は遠い湖の底で眠っているのだ。

　The Elder God（旧神）と呼ばれるそれは、ジュンちゃんを哀れに思い、彼の姿を借りて親しい人々の元に戻ってきた。

が、それは女性だった。というわけで、事故のショックで女性的になってしまったジュンちゃんが出来上がってしまったのである。

ジュンちゃんの姿をした旧神は、艦外にある気配を感じ取っていた。

『わたしはVulthom《ヴルトゥーム》。何が起きているのだ？』

久々に感じる大いなる古き者の気配だった。

意識を飛ばすと、ヴルトゥームと名乗った存在は震えるような喜びを伝えてくる。

それは地球を目指す途上で火星に不時着し、そこに居た生命を操り、ようやく地球まで無人探査機を飛ばすまでに進化させたという。

『この地に邪神が復活しようとしているみたいなの。力を貸してくれない？』

だが旧神の頼みはあっさりと断られた。

『それは出来ない。地球のことは地球で解決すべきだろう』

自身、火星に閉じ込められているようなものだ。折角の探査機を壊されてはたまらないので、ヴルトゥームはさっさとその場を離れるように指示したのである。

『ちょっと酷いじゃない、もう少し話を聞いて行きなさいよ!!』

地球の旧神は遠ざかる古き者を呼び止めようと意識を拡大させた。それは器である人間の五感にも影響を与えた。砥ぎ澄まされた嗅覚《きゆうかく》が捉えたモノ、それは……

「臭ッ!?」

潜水艦に閉じ込められた多くの人間が放つ生活臭を感じ取り、旧神の脳神経はショックの余り一部が焼き切れる。

ジュンちゃんの姿はそこで消え失せた。後に残されていたのは、パニックの余り飛び出した旧神の開けた穴。

メキメキ。バキバキ。

潜水艦の滑らかな船体が異様な形にひしゃげて行く。計算され尽くした構造体は、小さなきっかけで簡単に壊れてしまう。

だが流れ込む水をそれと知った者は幾人いただろうか。ある者は笑い、ある者は壁を血濡《ぬ》れた手で叩き、艦内は絶望の生み出した狂気に支配されていた。

その中で、ひとりの女が目覚める。

「あたしは禁呪官、龍頭麗華。あたしが、この艦内の人々を殺した……！」

その声をも飲み込み、潜水艦は白い泡を後に引いて暗く深く冷たい海底へと沈んで行った。

二、繰り返す時間

眩《まぶ》しすぎる光に、加持は思わず手をかざして目を庇った。幾度か瞬きすると、次第に感覚がはっきりして来る。

「俺はいったいどうしたんだ……」

何かとてつもなく恐ろしい、とてつもなく絶望的な状況にいた気がする。だが今、彼が目にしているのは、賑《にぎ》やかな音楽と明るい日差しに満ちた海上自衛隊の基地祭の会場だった。

加持は頭を振り、のろのろと歩き出す。

「しっかりしろ。取材があるんだぞ」

そう、今日は最新鋭の潜水艦〈くずりゅう〉のお披露目《ひろめ》なのだ。

そこでまた加持は、妙な感覚にとらわれた。潜水艦はそんな名前だったろうか？

「どうも変だな。コーヒーでも飲んでから行くか」

加持は屋台の並ぶ方へ足を向けた。

基地祭は大盛況だった。多くの屋台がテントを並べ、呼び込みの声や、ソースや醤油《しょうゆ》の焦げる香りが人々を誘っている。

「やきそば、お好み焼きはいかがですかー！」

ひと際《きわ》目立つ少女達の一団だった。

「今なら〝サーファー5〟のメンバーが握手してお渡ししまあす！」

彼女たちは基地祭に呼ばれたアイドルグループだ。いかにもギャル系な少女たちが愛想を振りまいて甲高《かんだか》い声を上げる。ミニコンサートの前にこうして注目を集めるわけである。

ここで加持はまた首を傾げた。なぜ自分は、彼女たちを取材する予定を入れていないのだろう？

そんなことを考えながら、何となく裏側から近付いて行く。そこでは紫色のポニーテールにひらひら衣装の女の子がしゃがみこんでいた。中学生ぐらいだろうか、どこかで見たような気もするが、明らかに〝サーファー5〟のメンバーではない。

加持は突然、古い魔法少女物アニメの登場人物を思い出した。

（限界少女ニラカ……？）

確かあれは数話で打ち切りになったはずだ。なぜこんな若い女の子がコスプレをしているのだろう。

ぼんやりとそんなことを考えていると、通りに明るい笑顔を向けていた〝サーファー5〟の一人の少女が振り向く。その目は鋭く、声は低い。

「ちょっとあんた、手が止まってるっつーの。メガネなんかかけて目立って、いい気になってんじゃねーよ」

ニラカが顔を上げた。その頬は涙に濡れている。手には剥《む》きかけのタマネギがあった。

「は、はい、申し訳ありません」

ニラカは手元に再び目を落とす。

（一体……なにがどうなっているの？）

取材のためバスに乗った時点では、自分は構成ライターの〝藤本菫花〟だったのだ。若い自衛隊員達が、まだそれ程売れていないとはいえアイドルの少女達をちやほやする横で、彼女達に「何このおばさん」とくすくす笑われていたことは覚えている。

それがなんだか無性《むしょう》に悲しくて、隅《すみ》っこに小さくなっているうちに、気がつけばニラカの姿になっていたのだ。

限界少女ニラカ。打ち切りになったアニメの少女戦士。紫色のポニーテールにメガネが特徴的な十四歳。マイクロバイオーム環境における戦士。

そんなフレーズを今は一体何人が覚えているだろう。

打ち切りになったアニメのことなど知らない、〝おばさん〟が消えた事には無頓着《むとんちゃく》だったアイドル達は、魔法少女コスチュームのニラカに明確な敵意を見せた。

「何あんた、新人？　うちら聞いてないし」

リーダーに凄《すご》まれ、ステージ前のアピールを兼ねた屋台で、訳の分からないうちに裏方仕事に追いやられた。

剥いても剥いてもタマネギは減らない。メガネをしていても涙が流れる。ぐしょぐしょに濡れた顔を上げると、隣の屋台の青年と目が合った。

青年の目つきの鋭さに、ニラカの声は震える。

「あ、あの……何か御用ですか？」

だが相手は無言のまま近付いて来ると、ニラカが皮を捨てたバケツを覗き込む。そして言った。

「おまえはサルか。タマネギの皮剥きに何時間かけるつもりだ、メガネかけてて、手に持ってるタマネギも見えてねえのか？　そんな役に立たんメガネなら輪切りタマネギに爪楊枝《つまようじ》差して貼っておけ、このトンチキが！」

「すすす、すみません‼」

いきなりの暴言に、とりあえず謝るニラカ。

だが青年はそんなことにはお構いなしに、茶色い皮を放り込んだバケツをひったくるように持ち上げた。

「これは貰っていくぜ。どうせおまえらの屋台じゃ、これを活かした料理なんかできんだろ」

呆気にとられたニラカを後に、青年は屋台の中にしつらえた作業台に中身をぶちまける。

薄刃包丁《うすばぼうちょう》を握ると、青年の目は一層鋭くなり、秀麗な頬には笑みすら浮かんだ。

と思う間もなく刃《やいば》が閃《ひらめ》き、大量のタマネギの皮が、見る見るうちに鰹節《かつおぶし》のような見事なみじん切りに。

青年の手つきの見事さに思わず見とれていた加持の脳裏に、突然ひとつの名前が浮かんだ。

「内原富手夫君……？」

思わず口を突いて出た名前だったが、どこで知ったのかが思い出せない。それに自分の知っている内原富手夫は、もっとこう、のほほんとしていて掴みどころがなくて、あんな鋭い眼光の持ち主ではなかったはずだ。

いや、だからなぜそう思うのだ？　加持はその場に立ち止まり、ぼんやりと富手夫を眺めていた。

実はさる筋では高名なイカモノ料理の天才こそ、この内原富手夫である。

料理の技量は尋常でなく、手は一時も止まることがない。別のバケツに手を突っ込むと、取り出したのはどう贔屓目《ひいきめ》に見てもその辺からはがしてきたスギゴケ。それを刻むと、続いて何やら良く分からない、とりあえず普通は触りたくもないような青黒い物を大胆にブツ切りにし、香辛料と刻んだタマネギの皮とスギゴケをまぶし、さらに何か分からない物をいくつか混ぜ合わせ、それを良く熱した鉄板にぶちまけた。

するとどういうことか。それまで不気味な臭気を漂わせていた屋台から、得も言われぬ芳しい香りが漂ってくるではないか。

作成過程を見ていた加持ですら、一瞬ふらっとそちらへ近付きかけた程である。

さすがに踏みとどまるが、加持の肩を乱暴に押しのける者がいる。見れば雑踏の中から幾人もの人々が内原富手夫の屋台へと駆け寄って行くのだ。

「はっはっは！　待っていろ、もうすぐ食わせてやるからな！」

少しでも屋台に近づこうとひしめき合う人々の前で、内原富手夫は鮮やかな手つきで鉄板の上の物体を混ぜ合わせている。

呆気に取られてその様子を見ていた加持だったが、突然の違和感を覚えた。押し寄せている人々の顔が一様に歪み、カエルのような飛び出た目と尖った口を持つ異形の集団に見えたのだ。

驚いて目をこすり、改めて見なおす。やはり普通の人々だ。

「疲れてんのかな……」

溜め息をついてその場を離れようとした時だった。

「見つけた、あんただ」

獰猛《どうもう》な野獣を思わせる目つきの若い女が、加持を正面から見据《す》えていた。


内原富手夫の屋台に違和感を覚えたのは加持だけではなかった。ニラカの目にも、異形の集団が見えていたのだ。

しかも鼻先を掠《かす》めて行くのは、濃い潮《しお》の匂い。単なる潮風ではなく、もっと深く遠い所から届くような、冷え冷えとした匂いだ。

思わず海を振り返る。屋台や雑踏の遥か向こう、明るい太陽に煌《きら》めく波の彼方の水平線の一部が歪んで行く。

すっくと立ち上がったニラカは、傍にいた〝サーファー5〟のリーダーに呼びかけた。

「お姉様たちは本物のサーファーでいらっしゃいますの」

シャギーの入った茶髪の少女は、マスカラを盛り上げた目をぱちぱちさせた。

「何だよ急に。そうよ、みんな湘南育ちよ」

「そうですか、それじゃ準備をいたしましょうか」

いつの間にか、ニラカの手には一振りの剣があった。細い少女の身体のどこにそんな力があるのか、刃が幾度か閃くと屋台は綺麗に崩れ、木の板が積み上がる。

はっと我に返ったリーダーは、ニラカに詰め寄った。

「何すんだ、このタコ」

「あれをごらんなさって、このイカ」

ニラカの思わぬ迫力に押されて指さす方を見れば、さっきまで穏やかだった海には黒い波が盛り上がっているではないか。幾人かが気が付いて逃げろと叫び、雑踏《ざっとう》は混乱に陥《おちい》って行く。

「お姉様たちならこれが使えますわね」

長い板を差し出され、アイドルたちは困惑していた。

「なんだよ、誰かマネージャーさんに電話しろよ、こんなの聞いてないし」

思わずリーダーがぼやく。が、そのとき高波が割れ、中から巨大な甲殻《こうかく》類の化け物が姿を見せた。

「お先に失礼しますわ」

ニラカが板を抱えて岸壁に走り出す。その姿に、アイドル達の負けじ魂が燃え上がった。

「バカ、ビビってんじゃねーよ。あんなのエビの大きいんじゃねーか。うちらもともと茅ケ崎《ちがさき》のレディースだし！」

「メガネ新人なんかに負けてんじゃねえよ！」

少女たちは次々と板を操り、波に乗る。

加持と謎の女は、少女達を見送るしかなかった。岸壁を超えて届く流れは激しく、それを渡って基地のある方へ逃げることは既に困難だ。

見回せば潜水艦〈くずりゅう〉がすぐ傍だ。乗員が拡声器で、避難を呼び掛けている。

「とにかく僕達も逃げましょう！」

「それじゃまた同じことの繰り返しだ」

同じことの繰り返し？

なぜかその言葉が妙に引っかかる。加持は、まじまじと目前の女の顔を見た。

「あたしは龍頭麗華《りゅうずれいか》。やっと思い出した。この世界は別の世界を取り込んでは、終わりのない円環を作ってる。そして星辰《せいしん》が正しい位置に巡る時、集めた供物《くもつ》を一度に喰らって、クトゥルーがルルイエを浮上させようとしてるんだ！」

何のことやら。加持は目の前の事象より、女の言葉が気味悪かった。

「信じられないのも仕方ないけどさ。あたしはあんた達の日本とは違う日本に生きてる。たぶん、あの女の子もそうだ。他にもいる。みんな円環に取り込まれて、同じようなことを何度も繰り返してるんだ」

龍頭は沖のニラカを指さしていた。少女は板に乗り、果敢《かかん》に剣を振るっている。

加持の足を先程までの妙な感覚がぞわぞわと這《は》い上がって来る。潜水艦は〈くずりゅう〉だったか？　内原富手夫はぼけっとしていなかったか？

ニラカは大人の女性ではなかったか？

「ツいてないとしか言いようがないけどさ。あんた、潜水艦で全員の点呼取ってただろ。無意識のうちに、それぞれの世界のピースを繋ぐ役割になっちゃったんだ。つまり、あんたもこのままじゃ円環から逃れられないよ」

「じゃあどうすればいいんだ」

加持はカラカラに渇いた喉から、声を絞り出す。

「こうするんだ」

鳩尾《みぞおち》に感じた鈍い痛みを最後に、加持の意識は途切れた。

三．海より招く物

酷い頭痛が加持を襲った。呻き声を上げながら身体を捩り、薄眼を開ける。最初に目に入ったのは、龍頭の苦虫を噛《か》み潰したような顔だった。

「なんであんたがいるんだ」

そう言われ、訳も分からず頭を押さえて身体を起こすと、掌にべっとりと血がついた。

「ツっ……！」

「そこでぶつけたんだ。また来るよ、起きたんなら何かに掴まるんだ」

「何が？」

良く分からないままにポケットからハンカチを取り出し、額《ひたい》に当てる。と同時に、両足がすごい力で引っ張られた。

「だから掴まれって言ってんだろ！」

龍頭が加持の襟首《えりくび》を掴んで引き寄せる。肉感的な女の身体が密着し、思わずどきりとする。だが傍を誰かが吹っ飛んで行き、すぐにそんな気持ちも霧散《むさん》した。加持は龍頭に猫の子のようにぶら下げられて、足をぶらぶらさせていたのだ。

必死で何かのパイプにしがみ付く。どうやらまた潜水艦の中にいるらしい。

……また？


それを深く考える暇はなかった。今度は横から衝撃が来て、嫌という程パイプで胸を打つ。

潜水艦〈くずりゅう〉は、引き込まれた海中で散々な目に遭《あ》っていた。星辰の動きに合わせるように、有象無象がこの場所に集まりつつあったのだ。

潜水艦の傍に、半透明のウツボカズラのような巨大な物が漂っている。海底の暗さを好み、吸盤の並んだ太い触手を揺らしていたギズグスは、舅《しゅうと》の呼びかけに気付いた。妻が自分を探しているのか。今は捕まっては面倒だと、猛スピードで浮上する。そのときに何かがぶつかったような気はしたが、ギズグスの知ったことではない。

だがぶつかられた潜水艦の方はたまったものではない。ちょうど度鼻面を突き上げられたような格好になった。

娘婿ギズグスが逃げ出す気配を感じたイクナグンニスススズは、さらに呼び掛ける。本気で追えば捕まえられるが、己の強大な力はこの地球に悪影響を及ぼすだろうと遠慮したのだ。

それでもその声の力は、通りかかった潜水艦のスクリューをひしゃげさせるに充分だった。

突然、周囲の海水の温度が上昇する。遥か深い海底には赤い巨大な人魂《ひとだま》が燃え盛っていた。余りの高温に周囲の海水がプラズマ化し、その輝きは凶悪な嵐となって全てを呑みこむ。

長く海底に潜んでいた炎の生物は久々に遭遇した古の気配に触発され、今、かつての仲間の待つ場所へ飛び立とうとしていた。

生ける炎は海中に異界へと繋がる大穴を穿つ。

暫く後に穴はまた閉じてゆくが、高温に焼かれ激しい海流に翻弄《ほんろう》された潜水艦は、外観こそ原形を留めていたが、内部は地獄絵図であった。

天地も定かでない程に揺すられ続け、その度に頭と言わず手足と言わず人々は互いの体をぶつけ合う。既に悲鳴を上げる力もなく、ただ呻き、揉《も》まれ続けるしかなかった。

別階層の司令室内では、乗員たちが必死に抗《あらが》っていた。

「多少なりとも動けないか？」

「スクリューが損傷したらしく、全く動きません。浮いているのが不思議なぐらいです」

低い声でかわされる絶望的なやり取りは、不意に割り込んで来た通信で中止される。

『……同盟国の艦……先程は……失礼……た……』

雑音に混じって聞こえるのはドイツ語だった。繰り返されるメッセージから察するに、こちらに誤って魚雷を発射したらしい。

艦長は僅《わず》かに眉をひそめる。〈くずりゅう〉が出航して以来、ソナー員の報告も含めてそのような事実はない。だが海の中を突き進んでくる死の使いのイメージは、自分の腹が抉《えぐ》られたような冷たい実感を伴っていた。なぜだ？　昔みた映画か？

……分からない。

それでも会話ができる相手の出現に、司令部内にはほっとした空気が流れる。

「お気遣いなく。貴艦が攻撃したのは本艦にあらず」

そう返信した瞬間、雑音混じりの音声は不吉な響きを伴う。

『なぜ……英語で回答を……連合国軍の……』

連合国という言葉に、乗員は思わず顔を見合わせた。発信元を探ると、どうやらすぐ上を航行しているらしい。

「どういうことだ？」

そこに突然割り込んだ者がいた。

「自分は大日本帝國陸軍情報部中尉、神門帯刀という。貴国にも関わる重要な任務でこの艦にいる。決して連合国軍の艦ではない、信じて頂きたい」

流暢《りゅうちょう》なドイツ語で語りかけ、本来彼が乗っていたUボートの認識コードを伝えると、僅かな動揺が返って来る。

神門は同じ境遇の艦が他にもあったことを確信した。

ひとまず浮上に協力して貰う約束を取りつけ、僅かな明るさが戻った司令部に、新たな衝撃がやってきた。だが〈くずりゅう〉にではない。通信に少し遅れて、海中を伝わってくるのソナーがその衝撃を伝えた。

『なんだこれは……化け物め……！　クトゥルー……封印が……!!』

そこで通信は途切れた。ソナーが拾うのは遠くから伝わる爆発の痕跡《こんせき》。

「どうした、何があった！」

呼びかけは虚《むな》しく海中に消えていく。

Uボートを破壊し、悠々《ゆうゆう》と泳いで行くのはクトゥルーの落とし仔《ご》たる蛙《かえる》の頭を持つ巨人だった。

Uボートの目的はクトゥルーの復活であったのに。

だが彼らにとっては、小さきものどもの思惑など知ったことではないのである。

加持はパイプに手足を絡め、顔を上げる。少し艦が落ち着いたようだ。

「龍頭さん、だっけ？　なんでさっき僕を殴ったんだ」

「今それを気にしてどうすんだよ。あんたが抜けたら、円環が壊れるかと思ったんだ。でもやっぱり誰かが担ぎこんじまったみたいだね」

頭が割れるように痛い。傷の痛みではない。目の前の現実を受け入れることを脳が拒否しているのだ。

「じゃあ、君が抜けてみれば良かったんじゃないのか？」

何となく思いついた言葉に、龍頭が唇を噛み締め黙り込む。やや遅れて苦しげな声が漏れた。

「……あたしにはやることがあるんだ」

だがその声も紛れてしまう程、艦内には苦しげな声が満ちていた。

全身を赤く染めた人々が幾人も、息も絶え絶えに呻いている。とぎれとぎれに聞こえるオルゴールの音は、誰の持ち物だろう。その音は潜水艦の壁を越え、外にいる者にも届いた。

〝スグロオの深き淵〟から次元を超えて、吸い寄せられるようにアラーラはやってきた。巨大な青いレンズにも似た面には、時折幾つもの顔が映る。レンズの中央から伸ばした集音器官を潜水艦にくっつけると、中の音を探ってゆく。アラーラはこの黒く細長い金属が生物ではないことを知った。ではなぜ音楽が流れるのか。どのように演奏するのか。

疑問に思ったアラーラは、思いつく限り奏でてみた。それは大音響であったり、可聴域外の音であったり――様々な音をぶつけていく。

それは人間にとって耐えがたいものだった。中でも聴覚が鋭敏な者にとっては、音が見えない刃物となって自分の脳を切り刻むようにすら思えた。

アラーラは自分の脳の調査を終えると去って行った

が、干渉された者たちの精神は既に回復不可能となっていた。ひとりが笑い声を上げながら、梯子を上がって行く。

「呼んでいるぞ！　呼んでいるぞ！」

ハッチに手を掛け、開こうというのだ。

実際、呼んでいるものはいた。潜水艦の下部には、蛙のように飛び出た目をした、白くぶよぶよした生き物が張り付いている。

「出ておいで……共に……還ろう。御方の元へ」

同族を求めて呼びかける、深きもの。久々にこここまで辿りついた同族候補たちに幾度も呼び掛ける。

その声に呼ばれ、幾人かがハッチに辿りついた。ロック解除の方法も知らないままに、力任せにあちらこちらを捻《ひね》り、叩き、外へ出ようとする。やがて彼らは互いに苛立《いらだ》ち、掴みあい、吠える。

龍頭はここが限界だと思った。忌《い》まわしい、未来の記憶。自分は彼らを手に掛けるのだ。

そう思いながらも、身体は勝手に動く。常人には龍頭が消えたと見えただろう。次の瞬間、梯子に連なっていた人々が纏《まと》めて落ちて来る。皆一様にだらりと床に横たわり、ピクリとも動かない。

続いて降りて来た龍頭は脇の小部屋に彼らを押しこみロックする。

「何を……」

してるんだ？　加持は尋《たず》ねようとして、足元から伝わる振動に言葉を呑みこむ。

惨憺《さんたん》たる有り様の潜水艦が遂に海底に辿《たど》りついたのだ。艦底が岩を擦《こす》り砂を巻き上げる。そのまま滑り続け、ようやく停止した場所は、大小様々な生物の骨が転がる海底の墓場であった。

四．約束の時

動いているときには「どこかへ行ける」という

微《かす》かな望みがあった。だが海底に沈み、動けなくなった潜水艦には絶望しかない。

だが来るべき時は迫っていた。艦の外には浮かれ騒ぐもの達が集いつつあったのだ。

深きもの、蛙の頭部を持つ人型の連中は、手を叩き、奇妙な踊りを踊りながら潜水艦の周りを巡る。水かきのある手でぺたぺたと艦を叩くと、音は響き、ますます彼らを楽しませる。

だが船に乗り合わせた者達はたまったものではない。窓のない潜水艦の中では視覚の代わりに聴覚が研《と》ぎ澄まされ、四方から響く外壁を叩く音は、じわじわと近付く死そのものの様であった。

ドン。ドン。

今度は内部から、響く音と振動。

龍頭が何人かを閉じ込めた船室の扉が、内側から叩かれている。その音は次第に激しさを増して行く。

加持の頭痛は耐え難いものになっていた。

ふと気付くと、彼が座り込んでいる通路にあちこちの船室から人々が出てくる。皆それぞれ頭や顔を血に染め、おかしな方に曲がった手足をぎくしゃくと動かしながら、それでも瞳だけは爛々《らんらん》と輝かせていた。

その不気味さに、加持は背筋が凍る思いだった。

「あんたはまだ正気みたいだな」

低い声が囁く。龍頭だ。

「一体何がどうなってるんだ？」

「……こいつらはもうダメだ」

龍頭は、加持を通路の奥へ押し込んだ。

狭い通路は異様な熱気に包まれつつあった。

「外に……出たい……」

「あそこに……行きたい……」

絶え間ない恐怖に正気を手放した人々は、うわ言のように呟きながらハッチに続く梯子を目指す。

人々は通路に身動きできない程に詰まり、それでもまだ足元を潜って進もうとする者までいる。

その顔を誰かの足が蹴飛《けと》ばした。続いて唸《うな》り声、悲鳴。顔を蹴飛ばされた男が、蹴飛ばしてきた足に食らいついていている。

似たようなことが方々で起き始めていた。互いを罵り合い、殴り合い、男も女もお構いなしに蹴り飛ばし、噛みつき、引っ掻《か》く。

加持はただ、目の前の凄惨な光景を茫然と眺めていた。どうせ逃れられない死なら、いっそ自分もああして狂ってしまった方が楽かもしれないとすら思えたのだ。

だが狂乱は、唐突《とうとつ》に鎮《しず》まった。得も言われぬ芳香が艦内を流れていったのだ。

皆が振り向いた方には、大皿を掲《かか》げた内原富手夫の姿。

「ほら食え。屋台の残りものだが、そこらの料理なんか目じゃないぜ」

歓喜の声が湧き上がり、人々の流れが変わる。芳《かんば》しい匂いは艦の中を流れ、その分子は不思議の力を持って外にいる存在にまで届いた。

ゴリゴリ。

不定形の黒い塊が幾つも取りつき、その先端を工具のように尖らせ、潜水艦のあちらこちらを抉ろうとしていた。何かに憑《つ》かれたように無数の黒い塊が海底から浮かびあがっては、艦に取りつく。

時が来たのだ。

彼らの主、クトゥルーが復活する日。飢えた主の腹を満たすためには、料理人が必要だ。

欲しい。欲しい。あの料理人が欲しい。

海底が大きく振動し、一度は落ち着いていた潜水艦がずるずると滑り出す。その先には蟻《あり》地獄の巣のように、海砂や様々な形の骨が消えてゆく穴が口を開けていた。

あと少しで潜水艦がその穴に飲み込まれようとする時、次の異変が起こった。

中央の穴からせり出してくるのは、自然にできたとは思えない等間隔《かんかく》の開口部を並べた岩だ。

潜水艦の内部からはこれらは見えなかったが、異変は起きていた。突然の床に引っ張られる感覚。潜水艦が、いや正確には潜水艦の落ちついた海底自体が上昇しつつあったのだ。

司令室の乗員達にも何もできない。それでもどうにか事態を把握《はあく》しようと試みる。

「今度は何だ！」

「わかりません、深度計も使い物になりません！」

それは一瞬だったのか、それとももっと長い時間だったのか。身体を圧《お》しつける力が不意に緩む。

「止まった……？」

ほっとしたのも束《つか》の間だった。彼らにとって最も恐ろしい事態が進行していたのである。

足元を濡らす水に、司令室は凍りつく。

「浸水だと……」

艦長が檄を飛ばす。

「すぐに破損個所《かしょ》を調べろ！」

無駄かもしれない。それでも最後まで諦《あきら》めるわけにはいかない。

だが乗員は司令室のある階層を出た瞬間、凄惨《せいさん》な光景を目の当たりにすることとなった。

水が流れる艦内には傷だらけの人々が蠢き、その光景と余りにかけ離れた芳しい料理の香りが血の匂いに混じって漂う。

確認すると、水はハッチから流れていた。水だけではない。ハッチは既に破壊されており、そこから明るい光が差し込んでいるのだ。

「艦長！」

泡を食って駆けこんで来た乗員の報告に、さすがの艦長も言葉を失う。今、潜水艦は、見渡す限り石造りの建物が並ぶ、海上に浮かんだ遺跡の真ん中にいたのだ。

富手夫の料理に群がる者以外が外に出る。

光、そして潮の香りを含んだ新鮮な空気が、涙が出る程にありがたかった。

「何だこれは」

いち早く周辺を調べていた神門が、ある物を見つけて立ち止まった。

それはちょっとしたプール程もある巨大な平石だった。表面にはびっしりと何か絵文字のような物が刻みつけられている。

見れば幾つもの平石が整然と並んでいた。これほどに巨大な平石を文書として使う存在とはどれほど巨大なのか、どのような形状なのか。

神門は暫くその絵文字を眺めているうちに、踊るタコのような同じ図が度々刻まれているのに気付いた。なおも辿ると、直感がこのパターンは英語の「e」に相当するのではないかと囁いて来る。

やがて神門の脳裏でその絵文字は南洋諸島のある言語系の形を取り始めた。

「これは……『海底神殿の守り手』の解放手段と封印手段を記したものか」

だがおかしいではないか。

解放手段はまだしも、封印手段を誰が、地球人の言語で書く必要があるのか？

足を止め、暫《しば》し考え込む神門を、神殿の岩の陰から覗く者がいた。

「この文書に気付いた者よ、挑むがよい。小さき存在が邪神に抗うには、ルールブックが必要であろうよ。さあ、ゲームの始まりである！」

隠された知識の預言者、スタフォード。人知を超えた邪神の存在を人々に解釈できる形で提供するために選ばれた託宣者。邪神の力を得て、彼はこの神殿にゲームの準備を整えていたのだ。

神門は自分に向けられた意識を感じ、鋭い視線を走らせる。その手は無意識に懐《ふところ》に納めた物を、スーツの上から押さえていた。

「もし。面白い物をお持ちのようですな」

英語だった。神門が身構える。誰かが近付く気配は感じられなかった。何者なのか。

「私はランドルフ・カーターと申します。古書の類《たぐい》が好きでしてな、ぜひお持ちの物を見せて頂きたいのです」

全身を覆《おお》うローブから漏れるのは、どこか作り物めいた虚《うつ》ろで金属的な響きのある声だった。

「何のことか分り兼ねますな」

神門はさり気《げ》なく男との距離を取る。潜水艦にはこんな気配を持った男はいなかったはずだ。

「そうおっしゃらず……」

男がにじり寄る。僅かに覗くその目はぎらつき、異様なまでの執念《しゅうねん》を滲《にじ》ませていた。

だが男の視線が一瞬逸《そ》れた。

「遺跡が歌っている……」

不思議な歌だった。

整然としながらも平衡《へいこう》感覚を狂わせる、奇妙な並びの窓という窓が、全て歌っているかのように響いてくる音。

それはこの遺跡に眠る物を呼び覚ます声。無数の深きものどもが、片手に魔導書を持ち、片手を差し上げ、思い思いの所作《しょさ》で祈りを捧《ささ》げていた。

「主よ、今こそ時は来《きた》れり」

「生け贄はここに」

「この地はあなたのもとに統《す》べられる」

その歌に、悲痛な声が混じる。

「This is Akeley!　Help me!」

遠く冥王星からやってきたまま置き去りにされ、神殿の奥に身を潜めていたHenry Wentworth Akeleyは生き物の気配にようやく元気を取り戻した。これで帰れる！　誰か私を連れて帰ってくれ！

「Help me! This is Akeley!　Help me!」

その声は最大限の悲痛を籠《こ》めて、響き渡る。

奥へ。さあ奥へ。

潜水艦の乗員のひとりが、ふらりと歩きだした。

「おい、どうした？」

仲間が声を掛けるのにも反応せず、ひと際大きな神殿のように見える建物に向かって行く。

「おい、待てって！　どうしたんだ？」

仲間の制止を振り切り、よろよろと歩き続ける。

黒い猫がゆらりと尻尾《しっぽ》を振って石柱の陰から現れた。

「そうにゃ。そのまま来るのにゃ」

何万年ぶりかの主・ツァトゥグアの気配がサドクアの猫を呼び覚ましたのだ。

主は空腹だ。それを満たすには、ちょうど良い餌《えさ》がいる。配下の奉仕種族、落とし子達も集まってくる。

彼女達は現れた餌にあわせて、姿を変えた。切りそろえた黒髪に白い肌の裸の少女の群れが、神殿の中を飛び回る。

奥へ。さあ奥へ。

遺跡のあちらこちらから、音とも思念とも区別のつかない物が混然一体となって呼びかけて来る。

操《あやつ》られた男が不意に膝《ひざ》をついて倒れる。龍頭が手刀で首の付け根を打ったのだ。

「この場所には覚えがないな。ひょっとしたら、今度は……」

円環を断ち切り、狂気に陥った人々を殺さずに救うことができるかもしれない。——世界は正しい形に戻らねばならない。

龍頭の強い想いが、遺跡の地下に届く。

地下の洞窟《どうくつ》で巨大な殻《から》に閉じこもり、卵を抱えていたクトーニアンがゆらりと触手を伸ばす。

(帰りたいか)

「何だって？」

龍頭は頭の中に響く声に眉をしかめた。

(帰りたいか。ならばここへ来て卵を受け取れ。取引だ)

何かは分からない。罠《わな》かもしれない。それでもテレパシーで語りかけて来る何者かなら、何かを変えることができるかもしれない。

「わかった。導いてくれ」

呟いて歩きだす龍頭を、ニラカが呼びとめた。

「どこへ行かれますの？」

「ここにいても雑魚《ざこ》が出てくるだけだ。大元を叩きにいく」

龍頭は振り向かずにナイフを抜いた。

「悪くない案だな」

神門が滑《なめ》らかな動作で愛用のブローニングM1910を懐から取り出した。鈍い銀色の無機物が、彼の手の中で獰猛な獣のように息づく。

「当てはあるのか」

「なくもない」

「では私も一緒に行きますわ」

ニラカも頷《うなず》いて剣を握り締めた。

「おい、軍人なら貴様たちも来い。武器は何を持っている」

神門は自衛官達に尋ねるが、そもそも潜水艦に魚雷の一つもあれば反撃していたはずだ。ここで自衛官達の役割を神門に説明しても、到底理解できないだろう。彼のいた時代の後に起きた出来事を説明するには時間が足りないし、そもそも神門は興味を持たない。

だから神門はただ黙って鼻を鳴らした。

「ならばそこで潜水艦を守ってるんだな」

龍頭が先頭に立ち、一斉に駆け出す。

「行くぞ」

ゲームマスター・スタフォードは、彼らを見送りながら宙《ちゅう》に指を滑らせた。人間のサイズでは見渡せない平石の上で、小さな駒《こま》が幾つか前に進む。

「さあ、始まりだ！　勝利者には知識を、敗北には破滅がもたらされるだろう！」

喜色満面《きしょくまんめん》のゲームマスター自身の駒は盤上《ばんじょう》に無い。彼は神の目線でゲームを見る存在なのだ。

だがそれは彼のゲームに限られていた。次元の歪みが作りだした空間に、ルールは無きに等しい。

ランドルフ・カーターと名乗ったローブの男が、いつの間にかスタフォードの背後に立っていた。

「そなたの本にはわしの求める知識は無い」

その声は先程の物とは全く異なっていた。

鋭い鉤爪《かぎづめ》の腕が伸びると、一息にゲームマスターの背中を切り裂く。何事が起きたか知る間もなく、ゲームマスターは鮮血を噴き出し倒れた。

「あの本なのだ。今度こそ空間を超え、元の場所へ帰れるはず」

彼もまた、ここではないどこかへ行こうとしている者だった。長い貘《ばく》の鼻のような物をローブに納め、カーターは一行の後を追っていく。

(奴ラノ眠ル場所ハ、ココダ)

遥《はる》か遠い宇宙の果て、星の巡りに旧敵クトゥルーの復活を感じたハスターは地球へ到達し、異変の中心に潜水艦を見た。

内部を探るうちに、精神に寄り添うような音を奏でる小箱を見つける。小箱の持ち主の少年は異郷にあって孤独だった。ハスターは共感を覚え、艦内の狂乱に彼が巻き込まれないよう寄り添い続けた。

だが、ついに潜水艦が目的の場所に辿りついた今、ハスターの中にここへ来た目的が甦《よみがえ》る。

彼の思念に応《こた》え眷属が飛来する。空気を切り裂く音、人の目にはただ閃光《せんこう》としか見えないバイアクヘー雷撃型は、遺跡の中央にそびえる神殿に真っすぐ突っ込んで行った。

「しょご、しょご」

声を発しながら、黒いアメーバ状の物が富手夫に近付く。上には目のような赤い点が二つ明滅している。それは形を変え、自分の一部を千切ると富手夫に差し出した。

「しょご、しょご」

「これを料理しろって?」

この物体は元々使役《しえき》されるために生み出された存在、ショゴス。強い空腹の念が、神殿の奥から彼を急《せ》かしているのだ。

「面白い。待ってろ、すぐに用意してやるぞ」

富手夫は辺り一面のショゴスを引き連れて、潜水艦の厨房《ちゅうぼう》に向かう。すでに見当をつけていた材料を片端から刻んで行く。勿論、ショゴスもだ。

どのような方法を使ったものか、ものの十分程で素晴らしい香りが漂い始める。

「もし、あなた」

女の声に富手夫が振り向く。

「なんだい？」

「申し訳ありませんが、その料理を捧げたい方がいます。恐らくあなた方の船がここに呼ばれたのはその為でしょう」

女の顔はふとした拍子に、明らかな異相を示す。深きものどもの一人だ。

「へえ。随分手の込んだ招待なんだな」

この状況で、富手夫は全く他人事のように言い放った。

「来ていただけますか」

「いいよ」

あっさり答えると、料理の鍋を抱えて女の後について潜水艦を出た。

（どんな奴がおれの料理を食いたがっているのかな。面白い、会ってやろう）

富手夫の顔は実に楽しそうだった。

一体どれだけの異形を倒しただろう。

龍頭は広間のような場所に出た事に気付いた。ここが目的地だろうか？　正面には魚の化け物の巨大な石像があり、侵入者を迎える。異形はこの広間を守っていたようだ。

石像は頭部だけでまるで鮪のカマのようでもあるが、開いた口から覗く牙の鋭さ、全体をびっしりと覆う鱗のおぞましさは、石像でなければ正視に耐えないだろう。

その間も後から後から異形は湧いて出てくる。

「きりがありませんわね」

ニラカも疲労の色は隠しようもない。

その一角が不意にぽかりと空間を開け、神門は咄嗟《とっさ》にそちらに銃口を向けた。

ひとりの女が顔を出し、続いて富手夫が現れた。

「どうしたんだ、一体」

「なんかおれの料理を食べたいやつがいるって聞いたんでね」

この場で鍋を抱えている姿はかなり違和感があったが、彼の唯一にして最大の武器は料理であった。

彼を待っていたかのように、異形達は道を開ける。同時に激しい震動が起こり、石造りの神殿が軋み、パラパラと小石の欠片や埃が落ちて来た。

「お待ちになって、これって復活しても大丈夫なものですの?」

ニラカがもっともなことを尋ねた。自分達を襲ってくる異形の主らしき存在が、友好的であるという保証がどこにあるだろうか。

だが時は来た。恐ろしい咆哮《ほうこう》が響き渡る。

「ふんぐるい　むぐるうなふ　くとぅるう　るるいえ　うがふなぐる　ふたぐん、ああ、父なるダゴン!」

うっとりと囁《ささや》く女の容貌《ようぼう》は魚人そのものに変じていく。石像の表面に無数のひびが入り、中から現れたのはほぼ同じ姿の怪物——ダゴンだった。

だが光を受けててらてら輝く鱗《うろこ》、大きく裂けた口からはみ出た牙《きば》、その脇から溢《あふ》れ出る唾液《すいえき》の悪臭の禍々《まがまが》しさは、石像とは比べ物にならない。

石造りの床が大きく揺れ、魚の頭の脇から白く長い物が出て来る。良く見れば人の腕にそっくりなそれは、びちゃんと音を立てて床に投げ出された。鼻がもげそうな異様な臭気が立ち込める。

だが富手夫は全く気にする様子もなく、鍋の蓋《ふた》を開けて進み出た。

「どうだ、食うか」

多くの〈深きものども〉が騒ぎ出す。

そのうちのひとつのショゴスが大きく広がると、

富手夫の背後から鍋に近寄った。

このショゴスは特殊な進化を遂げていた。人間、あるいは神となり生き延びること。その為に相手と思念で会話し、乗っ取り、その記憶や知識を取り入れて新しい種になろうとする意志を持ったショゴス。

知りたい。知りたい。知識のすべてがほしい。新しい匂い、新しい味、全てを感じたい！　本来あるはずのない欲求に駆られ、それは鍋に入りこむ。

ダゴンは粘液《ねんえき》の滴《したた》る手を差し出し、鍋を掴むと中身を口に流し込んだ。ダゴンの中に入りながら、進化したショゴスは思念波で仲間達に感激を伝える――〝ああ、なんて素晴らしい！〟

ダゴンもまた、歓喜の余り身体を震わせていた。

「どうだ、うまいか。おまえの周りの連中にちょいと材料を加えると出来上がりだ」

もっと。もっと欲しい。ダゴンの上半身がそう叫んでいる。不意に片手を伸ばすと〈深きものども〉を掴み、別の手でニラカに掴みかかる。

「何をなさいますの！」

ニラカの剣がダゴンの指先に突き立つ。だがそんなことはお構いなしに、ダゴンは手を握り締めた。なぜダゴンがニラカを、というよりは人間を掴んだのか。その理由は富手夫の料理にあったのだが、そんなことをニラカは知らない。全身の骨が砕けるような衝撃に、息もできない。

突然、何物かの声が届く。

(助かりたいか)

「な、なんです、の……？」

(この場から逃げたければ、扉を開いてやろう)

その声は全員に届いていた。

「望みの場所に戻る扉だと」

神門が訝《いぶか》しげな声を上げる。

それは次元のねじれに囚《とら》われた存在だった。ダゴンの動きを一時的に抑えれば、それぞれが行きたい場所へ行ける扉を作るという。

「迷っている暇《ひま》はないな。いいだろう」

神門は大事に持っていた羊皮紙《ようひし》の本を取り出す。

それこそがナチスドイツから預かった秘密兵器『福音者《ふくいん》ヨハネ―Johannes-Evangelium』だった。

羊皮紙の表紙に手を乗せて念じると、空間を切り裂くように幾筋もの閃光が現れる。

「これが『ヴリル・パワー』か」

次元を歪め、標的を時空の彼方《かなた》に弾き飛ばすという代物だ。さしものダゴンもそのパワーに押され、動きが止まる。

（イ　マ　ダ）

神殿がひと際大きく揺れた後、静寂が訪れた。

ハスターの眷属も攻撃を止めていた。

続いて足元が崩壊するような感覚。足元だけではない。全てが歪んで行く。神殿から溢れた光が全てを包み、全ての存在が等しく光に溶けていく。

ついに〝扉〟が開いたのだ。


茫然《ぼうぜん》と見つめていたオルゴールの少年は、その光の中で声を聞いた。

「オマエハ　ワタシノ　モトメテイタモノ。トモニ　クルカ」

遠い宇宙で孤独だった存在は、孤独を癒《いや》す音色を奏でる少年を見出した。同じく孤独な少年にとって、この寄り添うような暖かさは初めての物だった。

「うん、行くよ」

オルゴールを開くと優しい音色が流れ出す。

還《かえ》れ、還れ、在るべき場所へ。

音色もまた光に溶け、全てが光に満たされて行った。

五．円環の果てに

神門が目を覚ましたのは、暖かい砂浜だった。

大事な預かり物はしっかりと懐に収まっている。

後で知ったことだが、そこは彼の時代のパプア諸島であった。

半月前、同じ海岸に元々乗っていたUボートの残骸が流れついていたと聞いた神門は、報告書にこう記載した。

曰く、英国軍潜水艦の攻撃によりUボートは沈没。自分は近隣諸島の住民に救われたものの、記憶は欠落しており、どうやって助かったのかも不明、と。

「大本営司令部の石頭どもにはこれが最も納得できる報告だろうよ」

奴らの末裔《まつえい》が、あんな役立たずの海軍モドキになったのだと思うと納得もできる。

さて、あの連中は元の時代に戻れたのだろうか。

それは彼の知ったことではなかった。


それから七十年余り後。

海上自衛隊「瑠璃家《るりいえ》」基地は基地祭で賑《にぎ》わっていた。

招かれたアイドル達を乗せたマイクロバスの中で、若い自衛隊員が他愛ない雑談に興じている。

「そうそう、大事なことを忘れてました。基地祭の伝説！」

「えーっ、なんですかー？」

少女の嬌声に、助手席の隊員が振り返る。

「もし何かあっても、潜水艦にだけは乗っちゃいけませんよ。乗ってしまったら最後……」

マイクロバスが通過して行くゲートでは、一人の男が入場の手続きをしている。

「ご連絡していました加持です。本日はどうぞ宜しくお願い致します」

取材で。ええ、潜水艦の
屋台からは良い香りが、ゲートの辺りまで漂っていた。今日はとても賑やかな一日になりそうだ。

完

各キャラクターの物語

＊内原富手夫……………菊地秀行

海上自衛隊・瑠璃家《るりいえ》基地は、民間人を招いた基地祭で賑わっていた。そこへ巨大な海坊主のような高波が襲う。逃げ遅れた人々は潜水艦〈九頭龍《くずりゅう》〉に収容されたが、高波は彼らをどこにも存在しない海域へと導く。そこに集う魚怪どもが、襲撃して来た。基地祭の屋台で圧倒的な人気を集めていたイカモノ料理人内原富手夫は、余っていた料理で彼らを撃退する。ここ「ねじれたる地」の底深く棲息する邪神が、内原を招いているのだ。その飢えを彼の料理で満たすために。内原は日本へ帰ろうと、奇怪な料理で海魔ダゴンを狂わせ、案内役にする。だが、料理のたびに乗員がひとりづつ消えていく。内原の料理の食材は人だったのだ。

＊神門帯刀……………………朝松健

海上自衛隊の基地祭を海坊主のような異様な高波が襲う。逃げ遅れた人々を乗せた潜水艦は、謎の海域――「ねじれたる地」へと導かれた。

　伝説の遺跡へ異形の物達は集う。

　弱き種族を試すかのように……。

第三帝国より大日本帝国に送った秘密兵器「福音者ヨハネ」(Johannes-Evangelium)を護衛するためUボートに乗り込んだ神門帯刀は、太平洋の謎の海域Xポイントで「歪んだ地」に遭遇し、彼のみタイムスリップしてしまった。

「海上自衛隊？　海軍ではないのか？」

「彼らが軍人だと。尋常小学校の生徒の水雷艇ごっこではないか」

海上自衛隊護衛艦〈たつしぎ〉艦長・増田二佐と共に海底遺跡のモノと戦い、時空の歪みを通っ

て、元のＵボート内に戻る。「かれらの歴史」（神門にとっての未来）には極力干渉しない

遺跡付近に転がる巨大な平石の表面に彫られた絵文字に多用される絵が表音文字であり、何度も繰り返される蛸の絵が英語の「ｅ」に相当する最も多く使用される文字と直感した神門は、絵文字が南洋諸島の言語に似ていることを察し、そこから絵文字を解読し、平石が「海底の神殿の守り手」の解放手段と封印手段を記した「文書」だと知る。

【⇒縦25ｍ×横15ｍもの平石をまるで中世の羊皮紙のように文書用紙として使うモノとはどれほど巨大なのか、どのような形状なのか。頭の良いゲーマーはそれを想像して恐怖する。鈍感な奴はゲームをし続ければいいんだ】

海底から攻めよせる等身大の化け物数千を相手に、神門は未熟としか言いようのない現代の軍人どもと力を合わせて戦う。

数千の化け物を掃討したのち、海底の軟泥と埃を跳ね上げて、「神殿の王」が出現。ミサイル防衛用の兵器でも歯が立たない。やむなく、神門はナチスドイツから預かった秘密兵器「福音者ヨハネ－Johannes-Evangelium」を使用する。それは神秘の「ヴリル・パワー」を使って次元渦動を起こし標的を時空の彼方に送るという物であった。

秘密兵器「福音者ヨハネ－Johannes-Evangelium」が生み出した渦動により神門は元の時代に戻り、パプア諸島の一つに漂着。

彼の搭乗していたＵボートの残骸が半月前に漂着していたことより、神門は「英国軍潜水艦の攻撃によりＵボートは沈没、自分は事故のショックで一時的に記憶喪失となって近隣諸島の住民に救われた」という報告書を書く。

報告書を記し終えて神門は呟く。

「想像力皆無の大本営司令部の石頭どもにはこれが最も納得できる報告だろうな。奴らの末裔が、あんな役立たずの海軍モドキになる訳か。ようや

く納得できたよ」

＊龍頭麗華…………………牧野修

食糧倉庫の中で彼女は発見された。全身血塗《ちまみ》れで倒れていたのだが、彼女にはそれだけの血を流すほどの傷がなかった。しかも彼女は記憶を失っており、自らの名前すら思い出せなかった。しかし人目を惹《ひ》く派手な容姿。時折見せる肉食獣のような鋭い視線。明らかに格闘技に熟練した者の身のこなし。おそらくは基地祭を見学に来ていた者の一人だろうが、ただの観光客には見えなかった。

艦内で起こる非常事態に対処しながら、彼女は自分が呪禁官龍頭であることを思い出していく。ヨグ＝ソトースによってこの世界へと飛ばされたのだ。記憶は徐々によみがえるのだが、なぜか自分がこの艦内に閉じ込められた人を殺していった記憶が蘇る。しかしその被害者は生きている。それは未来の記憶なのか。このままでは自分は艦内の人間を皆殺しにするのか。

＊実は艦内の人間はやがて発狂し殺人鬼と化し、あるいは死後に蘇り歩く死体となり人を襲いだす。龍頭はそれと闘って最後は次元の扉に吸い込まれ、時間を逆行し最初の食糧倉庫へと戻されていた。この循環する時間から逃れるのが彼女の目的。

＊限界少女ニラカ…………………山田正紀

海上自衛隊の基地祭の取材に構成ライターの韮花が派遣される。経費削減のために基地祭のアトラクションに呼ばれた下積みアイドルたち〝サーファー5〟と同じ送迎バスで基地まで運ばれる。送迎を手伝う若い自衛隊員たちがアイドルたちをチヤホヤし、自分を「おばさん」扱いして無視することに悲哀の念を感じて——基地に着いたときにはいつのまにかニラカの姿になって、アイドルたちと一緒にバスから降りていた。

「あんた、何？　新人？　メガネなんかかけて目立ってんじゃねーよ。うちら聞いてないし」

などとリーダーに凄まれる。

まずはステージに立つ前にアイドルたちは屋台でやきそばやお好み焼きを売り、握手会に励む。

一角には、イカモノ料理人の姿も見える。

ニラカは意地悪をされて大量のタマネギ剥きにまわされる。涙にぐしょ濡れた目でお客を見渡すと、そのなかに異形のものが混じっていた。しかも潮のにおいが満ちてくるのをはっきり感じる。

そして、彼方に蜃気楼のように「ねじれたる地」が見えるではないか。

「お姉様たちは本物のサーファーでいらっしゃいますの」

「そうよ、みんな湘南育ちよ」

「そうですか、それじゃ準備をいたしましょうか」

ニラカはやおら刀を取り出すと屋台をバラバラに刻みはじめる。

「何すんだ、このタコ」

「あれをごらんなさって、このイカ」

基地に津波が押し寄せてくる。少女たちはそれぞれバラバラにされた屋台の板をサーフボードがわりにその津波に乗る。

「なんだよ、誰かマネージャーさんに電話しろよ、こんなの聞いてないし」

リーダーがぼやく。

その津波に乗ってクトゥルフの怪物が現れる。

「バカ、ビビってんじゃねーよ。こんなのエビの大きいんじゃねーか。うちらもともと茅ヶ崎のレディースだし」

少女たちはニラカを先頭にクトゥルフと戦いはじめる。さすがに悪戦苦闘。あわやというときに潜水艦が救助に現れる。

事件2　沈黙の海より

佐嶋ちよみ

プロローグ・事件の入り口

吹く風は潮気《しおけ》を帯びながらも爽《さわ》やかに、初夏から本格的な夏へ向かう準備運動をしているがごとく。

白い海鳥たちが鳴き声を交わし青空へ翼を広げ旋回《せんかい》している様はまるで自由の象徴だった。

「日本国南方の海を回遊しよう～一泊二日の旅」の参加者で、港は賑《にぎ》わっていた。

観光潜水艇では潜れる深さも限られるが、一日中を海の底で過ごせるというのは魅力的である。

かくいう私とて、海の神秘に魅了された一人だ。大学の講義そっちのけでバイトに励み金を作り、参加している。

近年では深海魚も頻繁《ひんぱん》に打ち上げられると聞く。そういった生き物と対面する機会があるかもしれないし、夜行性の生態を目の当たりにすることもできるだろう。

夜の数時間は浮上し、空気の入れ替えと星空の鑑賞が予定されている。太平洋沖合で観る空も、さぞ美しいことだろう。

乗船時刻になり、船着き場へと人びとが並んでゆく。私はゆっくりと最後尾についた。

二十名ほどの、乗客たちの様子を眺める。

年齢も身分も統一感がなく、学校はどうした仕事はどうしたどこの時代からやってきた、そういった人々が個性豊かに揃っていた。

抜きんでて目を引く存在が幾つかあるけれど、平凡な男子学生たる私が掛ける言葉を持ち合わせるわけもなく、目の保養に留める。

さて、並んでいる間にパンフレットへ目を通そうか。

フロアは、三つに分けられている。

一つはメインフロア。中央に在るハッチから、梯子を降りてすぐの位置。十五ほどの窓に張りつくように座席があり、乗客はそこで海底世界を楽しむ。

二つめは休息フロア。メインフロアの半分ほどの広さ。船尾に位置する。窓は少ないがテーブル席が設けられている。

メインフロアの座席もテーブルに変形することができ、つまり乗客は食事を二つのフロアに分かれて行うというわけだ。

三つめがスタッフ用のもので、一番狭い。船首方向に在り、艦長・ガイドといった者たちが休んだり食事の準備をする場所である。

それぞれに、頑健《がんけん》とは言い難い簡素な仕切りが施されていた。企画にはダイビングも盛り込まれているので、準備の際に男女が別れる必要があり、その為でもあろう。

あっという間に、船は海底へと沈んでゆく。

海の中は、存外に明るかった。

「あっ」

誰かが叫んだ。

「人が」

人が？

――人が、溺れている

ダイビングスーツを着用した女性ガイドが近寄るのが窓の外に見えた。

抜けるように白い肌。緑の黒髪がうなじに纏《まと》わりついている。年は二十代前半といったところだろうか。濡れたまつ毛は長く、美青年と呼んで差し支《つか》えない容姿の若者であった。

が、冷たく硬く、動かない。

潜水艇に手を掛けた姿で、こと切れているようだった。

ガイドが恐る恐る手を伸ばす。彼の他方の手には、何かが握られているようで、何がしかのヒントになるのではと考えたようだ。

その手の中には、月桂冠を頂いた若者の頭部をあしらった象牙細工《ぞうげざいく》があった。

彼女は魅入られるように己が手にする。

「……きゃっ？」

瞬間、若者の手首が伸び、彼女のその手を掴《つか》む。

反射で払いのける――

若者は、笑った。

若者は笑い、そうして海の深みへと還《かえ》って行った……ように、見えた。

艦内へ戻ったガイドは茫然自失《ぼうぜんじしつ》の表情で、目の焦点《しょうてん》は合っておらず、恐怖に震えていた。

件の象牙細工は、重要な証拠品だとして艦長が預かったという。神秘的な美しさで、手に吸い付くような感触だったと彼女は話した。

不思議な出来事ではあったが、特に事件性はないと判断され、潜水艇は予定通りの夜を迎えた。

しかし深夜をまわった頃、若者と遭遇《そうぐう》した女性ガイドが、ダイビングスーツを着ることなく海へと飛び込んでしまった。

理由は、誰にもわからない。

まるで何かに呼ばれたようだったと、目撃したスタッフが言っていたという。

逃げるように、船は沈む。沈んでゆく。朝は近い。

明らかに、船は沈みすぎている。潜航可能な深度を超えているように思う。

それでも艦内に異常が見られないという異常な状況を前に、何をどう動けというのだろう。

——無線が通じない

艦長の悲鳴が響いた。

ひちゃり。

船首方向……明らかに艦内から、生き物がもたらす水音が響く。

どこから。何時の間に。何が……？

私がいるのは、メインフロア。

前方にはスタッフ用のフロアを挟んで艦長がいる。後方の休息フロアには、乗客の数名がいるはずだ。

ダイビングスーツを着用して海へ逃れることも考えたが、耐えうる深度であろうか。

「海底遺跡だ！」

休息フロアから、声が響いた。

——海底遺跡？　この辺りでは、なかったはずだが……。

首をひねりながら、私も窓を覗《のぞ》く。

いつの間にか濁《にご》っている海水の奥底向こうに、見えるような、見えないような影がゆらめいていた。

地図にない「海底遺跡」は、この異変に対し、何がしかの意味を持つのだろうか。

緊張と恐怖と狂気で体が強張《こわば》る。

窓の向こうを、見たこともない魚がスイと泳いでいった。深い海の住人が、この船を取り巻いているようであった。

全てはここから、始まるのである。

一

　夜明け前、朝は近い。発光生物がいるのか、深海だというのに窓の外は薄っすらと視界が通っていた。

（……魚？）

　私は目を凝《こ》らし、目を疑う。

　それらは、腐乱していた。骨に、崩れかけた肉片がこびりついたものが、泳いでいる！

　難破船の部品らしき物さえ泳いでいるなんて。

　足の力が抜け、へたり込みそうになったところで追い討ちが来た。

「アヒル？」

　巨大なアヒルが、泳いでいる。

　こんなサイズのアヒルなんているわけがないし、百メートル近くの海底を泳ぐ水鳥なんぞいないはずだが、ここにいる。

『ほうら、ただのアヒルだぞ～』

　頭の中へ、声が直接響いた!?

　私は、今度こそ腰を抜かした。

　薄闇《うすやみ》の中でも、その白い羽は見て取れる。

『ふふふ、〝Spawn of Tsathoggua〟を知っているかい。ツァトグァの落とし仔だよ』

　その声は、説明するならテレパシーというやつだろうか。言語ではなく感覚で伝わってくる。

　私は、夢の中にいるのだろうか？　頬をつねる。痛い。

『私の兄弟はダチョウの姿を選んだ。だが、海を進むのにダチョウはおかしいだろう？　だから、私はアヒルになったのさ』

　アヒルも、充分に違和感があると思う。

　得意げな巨大アヒルへ、しかし私は意見を伝える術を持たない。

　一定時間を船と共に泳ぎ、満足したのかアヒルはスイと離れていった。

（どういうことだ）

「どういうことだ」

私の思考をなぞるように、至近距離で女の声がした。

私は驚き、顔を上げ、息を呑む。

肉食獣。

咄嗟《とっさ》に浮かんだ印象だった。

まだ、このツアーが平穏《へいおん》なものであると信じていた頃、船へ乗り込む際のこと。目の保養だと、ぼんやり眺めていた人物の一人であると思い出す。

薄闇の中でもそれとわかる白い肌に、黒髪がくっきりとした顔立ちに影を落としている。メリハリの利《き》いたボディラインは日本人離れしていて、目を奪われる。

「象牙細工……、海底神殿」

女性の聞きなれない言葉に、私は思わず口を挟んだ。

「あ、あの」

鋭い眼光がそのまま、こちらへ向けられる。

非力な男子学生である私は、獅子《しし》に睨《にら》まれるインパラの気分を味わった。

「何が起きているのか……御存じなのですか」

「知らない」

返事は端的《たんてき》だった。

しかし、知らない、という顔には見えなかった。

気力を取り戻し、なんとか立ち上がる。

「僕は星川辰哉《ほしかわたつや》、東京の大学生です。貴女は？」

「……龍頭麗香《りゅうずれいか》。呪禁局特別捜査官」

ジュキンキョク、トクベツソウサカン。

形の良い唇から、面倒そうに発せられた名前と単語。馴染みのない肩書に私は小首を傾げた。

特別捜査官というからには、何がしかの任務を負ってツアー参加したのだろうか。

任務？　観光潜水艇による回遊ツアーに？

「お一人で参加されたのですか？」

船が異常事態に包まれていることは私もわかっていたが、誰かと他愛ない会話をしたかった。そうすることで、平静を保っていたかった。

龍頭は、クイと顎《あご》を上げて後方座席を示す。連れがいる、というアクションだ。

匂うような仕草《しぐさ》に釣られ、私は振り返る。

(うわ、美青年)

高校生だろうか？　服装から、そう判断する。

やたら整った顔立ちの青年が、龍頭の視線に気づいて片手を挙げた。

しかし、よく見ると昼間、船外に漂っていた水死体の青年とそっくりではないか！　違っているのは、表情が緩《ゆる》んでいて、何事にも興味なしといった風情だ。長い脚《あし》を組み、退屈そうにあくびを一つ。

「こ、この船、どうなっちゃうんでしょうね」

話を終わらせたくなくて、さらに訊いてみた。

「知らないと言った。が、あたしは『元の世界』へ戻らねばならん。これが罠《わな》なら、掛かるくらいで良い。ぶち破るだけだ」

元の世界……罠……。

「あの青年も、きっと、枠外だ」

どういうことだ？　私の疑問は振り出しに戻る。

その時。

ひちゃり。ひちゃ、……ずる

垂れ込める沈黙の中、這《は》い寄るような水音。

「うわぁあああッ！」

「寄るな、寄るな……！」

「ひギぃィイイイイ」

スタッフ用フロアから悲鳴が聞こえた。

バンッ！

静寂《せいじゃく》が、破られる。

仕切りごと倒された向こうには、異形がいた。

成人男性よりひと回り大きな体躯《たいく》は、全身を白い鱗《うろこ》に覆《おお》われている。形こそ人間だが……、

「めめめ目が、みっつ」

「Narrathoth か」

「え？」

龍頭は、ソレの名を知っているらしい。

〝ならとーす〟、と音が聞こえた。

「……Yog-Sothoth 様……どこに……」

ナラトースが喋《しゃべ》った。意外にも、言葉遣いは流麗だった。

よぐ、そとーす？　何者かを探しているのか。

「……誰が私を喚《よ》んだのですか？」

ナラトースの右手には人間の黒髪が絡《から》みついており、その先に首だけがぶら下がっていた。

二名だけの補助スタッフ。その片割れだと気付いて、私は胃の腑《ふ》から込み上げるものを必死にこらえた。

「故意か偶然か、何者かがアレを召喚《しょうかん》した、か。このタイミングに、この場所へ？　偶然だと？」

龍頭が独《ひと》り言のようにつぶやいた。

「し、知っているんですか、アレが何か」

「この世界に、アラビアンナイトはあるか？　その妖精みたいなものだ。正しく召喚し使役《しえき》したなら、召喚者の願いを叶える」

味噌は大豆から出来ているんですと説明するような口調だった。

「誰か！　ここに書いてあることを、読み上げて下さい。それだけでいいのです!!」

ナラトースは叫び、恋人同士と思《おぼ》しき二人の前に紙片を突きつけた。女性を守ろうとしたのか、男性が果敢《かかん》にも異形の腕へ飛びついて——払いのけられる。

壁に叩きつけられ、ぐたりと力を失い床に落ちた。船が、ぐらりと一瞬揺れては元に戻る。右腕にぶら下がる首は、恐らく同様にして出来上がったのだろう。

ナラトースは三つ目に落胆《らくたん》の表情を浮かべ、フロア内をグルリと見渡した。

ややあって歩き出す。私たちを素通《すどお》りし、

「貴女。これを読み上げていただけませんか。そうすれば、地上へ戻して差し上げます」

今度は縁《ふち》なし眼鏡《めがね》をかけた三十代半ばの女性だった。

「……ギリシア語、ですか」

——淋《さび》しげで貧相…という言葉が浮かんだが、よく見ると綺麗な顔立ちの女性だった。

「町内のくじ引きに当たって、シナリオのネタになるかと思って参加しましたのに……。奇妙なことになりましたね」

シナリオ？　何かのシナリオライターなのだろうか。

「Greek？」

フロアの片隅から、震える女の声が零《こぼ》れた。

見遣《みや》れば、スーツ姿の男の後ろにブルネットと金髪の外国人女性が二人、隠れている。

男は暗色のスーツにソフト帽。彫りの深い面立《おもだ》ちに紳士然とした服装が似合う。日本人以外の血が入っているのかもしれない。私は、彼もまた乗船前に目を引いた一人であることを思い出していた。

細身ながらガッシリとした体つきだ。彼女たちのボディガードか何かだろうか。

女性二人は扱う言葉こそ英語だが、顔立ちは欧米圏とは僅《わず》かに違うように思う。

「……読めるのかい？」

男の問いに、ブルネットの女性が頷《うなず》く。

「お願いしても、よろしいですか？　わたしは藤本韮花《にらか》、と申します」

先ほどの眼鏡の女性が名乗った。

「神門《ごとう》だ。ここの乗組員は全員、ユダヤ人に対して拒否感を見せない。ということは、これはナチスの潜水艦ではないね？」

「ナチス？」

龍頭が片眉を上げた。

「あんたも『飛ばされて』きたのかい？」

「どういうことだろう」

わざとらしく靴を鳴らした龍頭に、男は女性たちを庇《かば》いながら応じる。

声色は穏やかだが、目の奥は笑っていないように感じた。

「世界と時代が、ねじれているように思える。あたしは、『邪神』によって飛ばされてきた」

龍頭が所属するのは、魔術によるオカルト犯罪を取り締まる呪禁庁呪禁局。そこの捜査官を、呪禁官と呼ぶのだという。

オカルト犯罪。

私が暮らす世界に、取り締まる省庁はない。

つまり、彼女の言葉を信じるのなら龍頭麗香は〝この世界〟の人間では、ない。

「そこの少年に誘われてツアーに来たが、今のところ誰一人として魔術を使うそぶりすらない。『違う』ってことは理解した」

先ほどの表情の緩んだ美形男子高校生は、相変わらず危機感の欠片もなく座席に着いている。

神門は彼を一瞥し、納得したのか龍頭に向き直った。

「わたしは神門帯刀。とある事情で、この婦人たちを満洲へ送り届けねばならなくてね」

「満州って、そんな戦時下みたいな……」

私が、思わず声に出す。神門がこちらを見た。

「戦時下、満州……、ユダヤ人　……フグ計画？」

世界史の知識を、私はおぼろげに繋げる。

時は一九三〇年代。

ユダヤ難民を、ヨーロッパから満洲へ――、そんな移住計画が、かつて日本で立てられた。

経済力・政治力に秀でたユダヤ人の受け入れは、日本にとって非常に有益。ドイツとの関係を考えれば、一歩間違えれば破滅の引き金。

時の海軍大佐は「美味だが毒を持つ」フグに喩《たと》え、計画に名を付けたのではなかったか。

私が口の中で音にすると、一瞬だけ神門の眉間《みけん》に力が籠《こ》められた――ように見えた。

（ということは、神門さんは、その時代の？）

「誰でもいい、読み上げて下さい!!」

話の流れから放置されていたナラトースが、苛立たしく喚いては鋭い爪を菫花へ伸ばす。

――ドン
鈍い衝突音と共に、船体が揺れた。

二

「また死体が流れてきた！」

操舵室《そうだ》からの叫び――艦長の声だ。その隙に菫花は全身鱗の化け物から逃げる。

操舵室からメインフロアへと荒々しく踏み込んできた艦長の胸ポケットには、女性ガイドから預かったという象牙細工がちらりと見えていた。

「『月桂冠を頂いた若者の精巧な象牙細工』か」

龍頭が鋭い声でつぶやいた。

「啓示で、目にした。象牙細工、おぞましい気配に包まれた海底の神殿……。どうやら、ソレが鍵のようだな」

神門の連れていたユダヤ人女性の一人も、何事かを叫んでいた。

もう片方のユダヤ人女性……ブルネットを身に着けた女性は落ち着いた印象だった。しかし、そんな彼女とは対照的に、金髪の女性の目は、どことなく焦点《しょうてん》が合っていない。

「誰、だって？　何を今更。君たちは無二の親友だと話していたじゃないか」

神門の言葉に、金髪の女性は違う、と首を振る。

一方、〝誰〟とされたブルネットは、ギリシア語の紙片を手にしたまま、思いつめた表情をしていた。

（……なんだ？）

ブルネットの彼女が纏う、小さな違和感。

その、背後。

「テケリリリ！」

休息フロアとの仕切りを喰らって、何かが飛び出してきた！

「うわぁあああああああッ!?」

大型犬サイズのソレは、スライム状で特定の形を成していない。喰らった仕切りを包むように変形しつつ、驚異の消化力を見せつけている。

「たらふく食べてやる。テケリ・リ……。キッチンは……なかった、けど……人間の食べ物っての は珍しい味がするんだ。もちろん人間も！」

可愛らしい口調で、物騒なことを言っている。

私は壁に張りついて震えるしかできない。

ソレは仕切りを消化完了した後に、もごもご蠢《うごめ》いて、目についたらしい神門へと擬態化した。

肌の色。服の質感。視覚で得られる範囲で模写した後、鋭い眼差《まなざ》しが一点で止まる。

「……あ、あいつはきっと、とってもおいしいものを食べさせてくれる」

「んあ？」

白羽《しらは》の矢を立てられたのは、我関《われ》せずを貫く男子高校生だった。

「これが、さっき食べた人間の言ってた『直感』ってやつですなノかや？　テケリ・リ！」

神門の顔で、可愛らしい口調と声。なんたるミスマッチ。

「邪魔をしないでいただきたい」

そこへ、ナラトースが立ちはだかる。

「私は一刻も早く戻りたいのです」

「なんだい、邪魔する奴だって喰ってやるのさ」

ニィ、口を大きく横に開けて、神門の顔をした異形が笑う。

「おまえはあんまり美味そうじゃないけどね」

「ショゴス、私を喰らうというのですか？」

シート状へと展開したショゴス。

硬い鱗に覆われたナラトースの拳《こぶし》。

その足元に、突如《とつじょ》として大量の蛇《へび》が現れた。

あちこちで発生しているらしく、艦内を人間たちが逃げ惑う。

「毒は無い、下手に動けば攻撃と勘違いされる」

婦人たちを守りながら、神門はクールだ。

「蛇　へび　へへへへビぃ……　あたしも　あだしも、喰わっ　く……くぅうううううアー！」

女性客の一人が、完全に正気を失った。

蛇に嫌な思い出があるのか、この怪現象に思い当たる節があるのか？

「毒はなくても、締められると骨が折れる」

龍頭は菫花の細い足に巻き付くニシキヘビに手を掛けた。種類は様々だったが、この一匹だけが格段に大きい。

「ッ、あ……」

蛇の長い舌が、菫花の眼鏡をチロチロとくすぐる。

龍頭が、眉を顰《しか》めて、また聞きなれない言葉を発した。

「……Yig《イグ》か」

いつの間に出現したのか、その視線の先にはとぐろを巻く竜の姿があった。どうやら、蛇をけしかけた主らしい。

〝イグ〟と呼ばれた竜は、狂乱した女性の傍らで巡らせる首を止めた。

「邪魔をされたものの、邪魔をする趣味はありません。ここは、一時撤退といたしましょう」

ナラトースは、声を穏やかなものに変えるとどこかへと去っていった。

「……今度はどんなイカモノ料理を作ろうかな」

緊迫を打ち破ったのは、男子高校生だ。

少し前まで薄らボンヤリとしていた表情が、今は好奇心に満ち溢れている。

「この船は、封じられた街ルルイエに向かっているようだけど……。また誰かがクトゥルフの眠りを邪魔しようとしているのかな」

立ち上がり、床に散る蛇の一匹を捕まえる。

「だめだ、これじゃない。……そっちか」

活きのいい蛇を投げ捨て、スライム状に戻ったショゴスをターゲットとする。青年は、いつの間にやら柳刃包丁《やなぎばぼうちょう》を手にしていた。

蛇を捨てられたことに、イグが過剰な反応を見せた。眷属を無造作に扱われ逆鱗《げきりん》に触れたか。

発狂した女性も、過去を辿れば蛇に繋がる何かをしたのかもしれない。

「はははは！　来い、おれが料理してやる！」

急に活き活きとし始めた青年は、華麗な身のこなしで竜王の攻撃を避け、鱗の隙間《すきま》に刃《やいば》を差し入れては確実に切り分けてゆく！

「これまた、デケェ『不和』だなぁ！」

竜王解体ショーを見遣りながら、黒い肌の少年が休息フロアからやってきた。アジア系と分る顔の造作、人懐《なつ》っこい笑顔からは犬歯が覗く。

短く刈った黒髪に、金色の眼だけが妖しい。

「『修正』しがいがあると思わねェか、兄ちゃん」

「え、あ、私？」

陽気な声に、私は毒気を抜かれた。恐怖で錯乱直前だった感情が、少しずつ落ち着いてくる。

「オレはルルハリル。覚えてもらう必要はない」

竜王をバラした後、ショゴスを薄造りにする青年から視線は逸《そ》らさずにルルハリルは言う。

「この世界に紛《まぎ》れ込んだ不和要因の四人を修正することが、神殿から課せられた任務でね」

「不和？　修正、だと」

ギチリ、韮花に巻きついていたニシキヘビを締め落とした龍頭が怪訝《けげん》な顔で振り向いた。

「アンタは後で。まずは、あの兄さんからだ。酷《ひで》ェ不和、存在しているだけで眩暈《めまい》がするゼ」

ルルハリルが手を打ち鳴らす。黒い肌が波打ち、獣の毛が突き出て来る！

「犬……　いぬ!?」

たちまち犬へと変化した少年は、韮花と龍頭の間へと飛び込み消えた——かと思うと、青年の足元・蛇と蛇の間から牙を剥《む》く。

「ッ!!」

なんだ、何が起きているんだ!

「〝鋭角の向こう側〟、……貴様、ティンダロスの猟犬か!」

龍頭は目を見開き、少年から変化した犬をそう呼ぶ。

(〝鋭角の向こう側〟……? ティンダロスって、なんだ)

私だけ完全に放置されているのだが、足元に食らいつかれた青年は、龍頭曰く〝鋭角の向こう側〟へと引きずり込まれてゆく。

(何が起きているんだ)

男子高校生は、どこへ?

その、次の瞬間だ。

天井から、先ほど消えた青年が落ちてきた。

全身びしょ濡れで、ぐったりとして動かない。

もしかしたら先ほど〝鋭角の向こう側〟とやらへ引きずり込まれた青年ではなく、昼間の水死体の青年の方なのか?

そもそも観光用潜水艇が、耐えられないような深度まで潜航していることがおかしい。

「……マジック? は、ははは、そんな……」

脱出ショーか、これは。私は力なく笑う。

〝時空がねじれた〟——なぜだかそう感じた。

他方ではトレンチコートを着込んだ長身痩躯《そうく》の男が、驚いている艦長の腕を取って放り投げた。

情けなく尻もちをついた艦長が驚いた顔のまま、顔を上げる。そして、ヒッと悲鳴を飲み込んだ。

「……おっと、人皮がズレ落ちてたか。のっぺらぼうだからなぁ、俺」

艦長が口から泡を吹いている。だが、男は構わずこう続けた。

「普段はこんなヘマは……。ま、いいさ。艦長殿……、笑い転げてもらおうか」

男の背から、蝙蝠《こうもり》の羽が飛び出す。両腕が艦長の肩を掴んで床に押し付け、シュルリと伸びたトゲ付きの尾が艦長をくすぐり始めた。

「ひ、ウヒャ、ひヒャッ、ふはっ　ふぎゃーッ」

色気のない、涙交じりの笑い声。

恐怖と混乱で、赤子の手をひねるように艦長は狂気へと陥ってゆく。

「クトゥルフ細菌《さいきん》！」

艦長のことなど捨て置いて、菫花がびしょぬれで横たわっている青年に向かって鋭く叫んだ。

「皆さん。この青年へ近づいてはいけません！」

それからこちらを振り向いて、周囲の人々に注意を促す。

「全てわかりました。これは、食品メーカーの陰謀だったのです」

彼女が当てたというツアーのことだろうか？

「イベント参加の人たちの腸内に寄生して、彼らをクトゥルフ・マスターの餌食《えじき》に変化させるべく、体内細菌を発酵《はっこう》させることが狙いでしょう」

いわば健康食品メーカーとクトゥルフがタイアップした企画であると、菫花は豪語する。

「人類の未来、そしてゴキブリを救うことがわたしに課せられた使命。無意味でもナンセンスでも、来たからにはやらなくちゃ」

力のない凡人学生はお下がりください——丁寧な言葉遣いで酷い言いようであるものの、ありがたく私は退《さ》がる。

「絶対進化いたしましょう！」

菫花の叫びと共に、空間は反転した。

三

藤本菫花、否限界少女ニラカは、マイクロバイオーム環境を展開すると剣をスラリと構えた。アイスピッケルを模倣《もほう》した細剣である。

すらりとした手足、そしてポニーテールにした紫の髪が何より目を引く。ふわり、薄紫のフレアスカートが白い太もも辺りで柔らかに揺れる。

「観念なさい、クトゥルフ細菌！」

「……」

剣を突き付けられてなお、青年は眠っている。

だが、寝ているのなら好都合、遠慮なく切り刻もうとニラカが剣を振りかざした時。

うつぶせになっている青年のシャツの下から、赤黒い何かがズルリ、ズルリと這い出てきたのを確認した。

「お前が〝鍵〟か？」

言葉は、確かに赤黒い何かから発せられている。だが、その声色は、どういうわけかニラカそっくりだった。

それは赤黒い球体の形になり、青年の身体の上にふわりと浮かぶ。

よく見れば、捻じれたロープのような管が毛糸玉よろしく巻き付いた形状をしており、中心に核となる何がしかの気配があった。

「その螺旋《らせん》構造、まちがいなくクトゥルフ！」

「我が名はユグ・ド・クツァール、海底に巣くう〝奴ら〟を滅ぼす重要な鍵となる人物がこの艦に乗っている。おまえたち四人のうちの誰か……」

「問答無用、一刀両断！」

「待っ⁉」

果たして静謐《せいひつ》なる女剣士の刃は、口上途中の敵を貫く…かに見えた。

貫かれたはずのユグ・ド・クツァール——。しかし解けかかっていた管を引き締め、球形を小さくして青年の上に浮遊したままであった。

そして、少女と彼との間にもう一つ、孔雀《くじゃく》の羽の色に似た七色の光の壁のようなものが出現している。

「我が契約相手を殺されるのは、避けたいのでね」

今度は知的な声が響く。

その声がした方を見ると、光の壁の中に蝙蝠のようなシルエットが浮かんでいた。

「契約？　そんな記憶はないが」

ユグ・ド・クツァールが疑問を声にすると、蝙蝠の影は、クツァールの後ろを指し示す。

「そちらではない、その後方」

そこには、びしょぬれの青年が横たわっている。

彼を指し示して、蝙蝠のシルエット曰く。

「彼は契約により我のもの。今奪われては困るのでな。我が障壁《しょうへき》で守らせてもらった」

光の壁よりシルエットが進み出た。そこには孔雀のような羽が蝙蝠の翼の形に生え、身体に相当する部分は孔雀明王のような異形の存在がいた。

よく見ると、孔雀の羽には何か器官のようなものがあり、そこから光を放っていた。

「わが名は、Melek Taus《マリク・タウス》。魂を代償に我と契約すれば、望むままの権力や栄華を与え……ん？」

マリク・タウスが朗々と語ろうとした刹那、途中で止めた。どこからともなく人影が近づいてきたのだ。

「誰だ」

マリク・タウスが問う。

「我が名はShambleaw《シャンブロウ》。太陽系を転々としていたが、こんなところにまで紛れ込んでしまってな。難儀している。言っておくが、人ではない」

「だろうな」

シャンブロウ。そう名乗った人外は頭部を布で巻いており、見れば少しだけ覗く赤毛は触手だった。眉や睫毛を始め、体毛の一切が無い。

彼は、触手をちらつかせながら、憐みの眼差しをマリク・タウスへ送り、それからニラカへ向き直った。

刹那、腹の虫がぐうと鳴った気がした。どうやら、彼は空腹らしい。彼は、ニラカに向かってこう持ちかける。

「体力の弱い者であれば、加減しようが衰弱させてしまうしな。精気にあふれている人間を探していた。ニラカだったか。どうだ、少しで良い、我にそなたの精気を」

「お断りします」

ニラカ、即答。今のわたしに余るようなものはありませんので、とのこと。

「なんたる。数ある人間どもの中でも、まともに話を聞いてくれそうな子だと思って……」

シャンブロウが周囲を見回した。びしょぬれのまま動かない青年と比べるのは、十代の女の子。交渉が通じそうな相手は、おのずと決まってくる。

「人を外見で判断してはいけません、と学校で習いませんでしたか？」

「学校など知らぬわ！　精気を頂戴《ちょうだい》する際に、極上の快感を与えよう。悪い話ではなかろう？」

シャンブロウは頭部から幾本もの触手を伸ばすが、ニラカが容赦なく切り払う。地上へ散らばった触手は暫し悶《もだ》え、そして枯れ落ちる。

「下手に出ておれば！」

「やめんか。ここで戦ってなんとする」

あわや斬り合い…となった刹那、マリク・タウスが割って入り、ニラカに問うた。

「この空間から戻るにはどうすればよいのだ。我は一刻も早くこの青年との契約を果たしたい」

このびしょ濡れで横たわっている青年は何を望み契約したのだろうかと、一瞬興味が湧いた。

「ここを出るのに必要であれば、我とて人間たちとも他の者とも戦う用意はあるが」

マリク・タウスもまた、事情次第では他の異形達と刃を交える気があるらしい。

一方で、空腹のシャンブロウが「勘弁してくれ」とへたり込む。先ほどのニラカへの一撃で、さらに腹が減ってしまったらしい。これ以上は、彼にしてみれば腹が減ってはナントヤラといった状態なのだろう。

「双方、落ちつけ。海底で尋常ならざる事態となっている。ここで争っている場合ではないぞ」

ユグ・ド・クツァールが管を伸ばし、宥《なだ》めるように上から下へと動く。それを機と見て、ニラカが状況を説明した。

「マイクロバイオーム環境における時間の単位は〝モエ〟。現実での一ミリ秒が一モエに相当します。細菌の繁殖《はんしょく》を思えばノンビリとはできませんが、皆さんにおかれましては、ただちに異変が起きる心配はありません」

「〝いちもえ〟」

三人の異形達の声が、思わず重なる。

「クトゥルフ細菌さえ退治してしまえば……」

「クトゥルフクトゥルフクトゥルフ……さっきから念仏のように唱えているのはコレのことか」

どう見ても水死体だった男子高校生が、突如として起き上がった。その手には、赤黒い何かを握っている。

「コレばっかりは譲《ゆず》るわけにはいかない。イカモノ料理人として最高の食材なんでね」

「それは……細菌どころか」

青年が手にする物に気づき、ニラカは震えた。

「どうするつもりなのですか！」

「おれは料理人だ、料理するに決まっている。触手頭、腹が減っているといったな。精気より美味いものがあると教えてやろう」

水を滴らせながら青年は美しく笑んだ。

「あの、〝鋭角の向こう側〟へ引きずり込まれたあなたそっくりの方は、何者だったのでしょう」

私は、さっきからずっと気になっていた疑問を口にした。全てがクトゥルフ細菌の影響ではないのかもしれないが、龍頭という女性が話していた〝ねじれ〟とも関係している？

「どれも、おれだ。内原富手夫だ。気に病むことじゃない」

何を疑問に感じているか、それを体験済みである今の富手夫は理解できた。

ほぼ同時に消え、出現する形となっていたが、そこには時間のねじれが存在していた。

「ふふん。スパイスにも事欠かないみたいだ」

イカモノ料理人は、ニラカの背後を見た。

気づいて、ニラカが振り向きざまに剣を一閃《いっせん》！

「テケ・リ……　リ」

ヒトの形をしていたそれは、ぶよぶよとした粘体へ戻り始めた。表面を玉虫色に光らせ、黒いコールタールのように地面を蠢く。

「ショゴス……？　先ほど、薄造りにされたものとは別個体ですか」

上位個体、ショゴス・ロードとでも呼ぶべきか。

地表を這って結合すると、全身に眼球に似た器官が浮き上がる。ばっくりと口が開きニラカへ襲い掛かる。が、待っていたといわんばかりに、少女は低い体勢から超光速で剣を幾度も繰り出して口腔内をメッタ刺しの返り討ちに。

「自ら、もっとも柔らかな部分を差し出すとは殊勝なことですね」

ひどかった。

グルンとショゴス・ロードの眼球が反転し、料理人を捉える。何事か言いたそうに震え、そして果てた。

叶《かな》うなら、その技量を手中にし、ショゴス一族にも振る舞ってやりたい……。ロードの悲願は、彼岸へと渡って行った。

「まずは手馴らしといこう。ハラヘリども、そう待たせやしないぜ、期待していろ」

鍋もガスコンロもないこの環境でも、料理人は自信を崩す気配がない。

「おい、そこの車椅子。光線銃を持っているな？それで火を起こせ。コレを燃やせばいい」

「んなっ？」

コレ呼ばわりされたのはユグ・ド・クツァール

であった。

車椅子と呼びかけられたのは、これまでの騒動を遠巻きに眺めていた大柄な西洋人。

肌は青白く、蝋人形のような顔をしている。顔全体をクシャリとさせ、悩んでいる風を表現していた。

付添人である妙齢――こちらは日本人だ――の女性と短いやりとりをして、それから車椅子の後ろから異物を取り出してユグ・ド・クツァールに照準を定めた。

光線銃……なのだと思う。

その様は、流木に壊れたテレビアンテナと曲がりくねった鉄パイプとマヨネーズ容器と腐った油揚げを乱雑に巻きつけた具合であるが。

ジュワッ、ジュ、……ジュ、
加減を確かめるように、一度二度、怪光線が放たれては管を解くように焼き切ってゆく。

香ばしい匂いとユグ・ド・クツァールの絶叫がマイクロバイオーム環境に広がり始める。

香りに、音に、図らずも取り込まれた異形達がそろりそろりと集い始めた。

たとえばカエルの如き容姿の、深きものども。

富手夫の料理に興味を示しているらしく、警戒する様子もなくペタペタと歩み寄る。

「今まで、自分の味など知らなかっただろう」

ユグ・ド・クツァールに語り掛けながら、富手夫は切り分けたショゴス・ロードを、燃える赤黒い管で燻していく。

部位ごとに切り方を変え、火加減も変える。

ひとつはコンガリと、ひとつはミディアムレア、そしてユグ・ド・クツァールの香りを豊かに活かしたものと。

「仕上げは、こいつのソースだ」

富手夫は、レードルで地表を這う黒き液体状の生命体を掬《すく》っては軽く炙《あぶ》り料理へとかけた。

「ショゴスロードのカルパッチョ、ユグ・ド・クツァールの香りにグリジュのソース掛け。まあ、食べてみな」

それはまさに、精の付く一皿であった。

四

艦長の発狂によって、人間たちの不安は最高潮に達していた。突如出現した青年や周囲の数名が突如として消えたことも拍車をかけていた。

青年が艦内に現れたことをきっかけに、海中の異形が同じように突然艦内に入って来る。そして、周辺の生物たちが潜水艇に体当たりを開始していた。

先ほど、チラリと窓に映ったのは馬に似た頭部を持つ蝙蝠羽のドラゴン。派手に艦体へ追突したかと思えば、後方で大爆発が発生し、船はグラングランに揺れた。水中で、燃焼による光を発して

の爆発……メタンハイドレードか？　あるいは、それを取り込んだ〝何か〟か。

船を壊す勢いの者がいれば、真逆の存在もいた。

どうやらそれは回転し続ける赤い水晶で出来た乗り物の中にいるらしかった。

錯乱して再起不能となった人間や倒された生物に何かを飲ませては水晶のゾンビに変化させ、破損した船の修理に使役しているのだ。

婦人たちを守るため、定位置からほとんど動かずナイフを振るう神門とは対照的に、龍頭は瞬間移動さながらの古武術式移動術を駆使し、異形を倒して回る。

龍頭の長い脚が旋回し、触手を絡めブチブチと本体から引っぺがしては床へ叩きつける。

神門は、襲い掛かる軟体動物の動きを最小限のモーションで捌《さば》き、的確に急所を抉《えぐ》る。

彼の後ろでは、金髪のユダヤ人女性が胸元に何

かを握りカタカタ震えていた。

「……お守りですか？」

私はカタコトの英語で問うてみる。

ロマ人の祖母からもらったという星型の石で、お守りにしているのだそうだ。

「言われてみれば、ダビデの星と似てますね」

嬉しそうに、彼女は頷く。頼もしい神門の後ろ姿や、手の中のお守りの存在で、やっとのことで正気を保っているようだった。

ブルネットの女性は、そんな彼女をじっと見ているままだった。

神門もその〝お守り〟は初めて見たらしく、視界の端に留めて、ふむと唸る。

「護符か。……活路が見えたよ」

何体目かの異形を伸《の》した龍頭の背後にたゆたっていた霧が、一気に濃くなったかと思うと触腕《しょくわん》を備えた軟体生物へと形を成し、彼女の背へ鋭い一撃を与えた。

「龍頭さん！」

ハッとして私が叫ぶも、彼女の助けにはならない。

神門がスーツの内側から拳銃を取り出し、数発撃ちこむ。

「鉛弾の味付けは、ちょっといただけないな」

赤黒く脈打つ物体を片手に、富手夫が立っていた。

「おれは海底の邪神の心臓を持ってルルイエから逃亡した。そのさなか、この船の〝ねじれ〟に巻きこまれ、心臓を奪還しようとする海魔たちもこの船に乗り込んできたというわけさ」

富手夫が阿鼻叫喚《あびきょうかん》の現状を解説した。

その姿は確かに、あの水死体であり、龍頭へ声を掛けたという無気力な美青年であり、ショゴスと竜を解体した料理人であった。

「海底の邪神か。わたしの読みと符合《ふごう》する」

そう言った神門は、星型のお守りを受け取り、なぜか潜水服を着こみ始めている。え、海へ行くんですか。

一方、富手夫は、

「せっかく入手した心臓なんだ、味わってもらいたい。調理場は、この奥だな」

と濡れた髪をかき上げ、襲い掛かる触手を気にも留めずスタッフフロアへ進む。

この期《ご》に及んで、なんて恐ろしくマイペースな集団だ。

「おい、そこのボンクラ、突っ立ってるなら材料を集めて来い！　乾燥した軟体動物、手のひらサイズの鱗、鼠《ねずみ》の死骸、翼を持った甲殻《こうかく》類。これだけ海魔がいるんだ、困らないはずだ」

「私!?　いや、あの……鼠？」

「人面でも構わん、さっさと走れ！」

年下である青年の怒声に抗《あらが》うこともできず、私は姿勢を正すと龍頭や神門が倒した魔物たちから該当するものがないか探し始めた。


「鼠なんているかなぁ」

あ、干からびた軟体動物を見つけた。

拾い上げようと手を伸ばした、その先に。

「ぐふふふ、いえいえ、怪しいものではありません。敵意はナッシング。ナッシングですな」

「人面鼠《じんめんそ》」

いた。しかも、なんだかこう、手のひらサイズだけど乗せたくない感じの。

「……あれはよくない、よくないものですよ。言うことをまともに聞いちゃあ」

〝あれ〟と富手夫を身振りで指して、人面鼠は肩をすくめる。

サイズは鼠だが、顔は人間そのものであった。禿《は》げ上がった頭が、てかてかしている。

(食べるのか？　これを)

「いやですよ、こんな私を食べようだなんて」

きっとこいつは、さっきの話を聞いていたのだろう。

思わず見つめ合う私と人面鼠の間に、菫花が船の揺れを受けて倒れ込んできた。正しく言うならば、容赦なく人面鼠を踏みつぶした。

「…………」

人面鼠は、もう、声を発することはなかった。

食材の一つとして、私はそれをつまみ上げる。

材料を揃えてスタッフフロアへ踏み込めば、簡易調理場とは見えない迫力を纏っていた。

立っているのが富手夫だからだろうか。

「一生に一度、喰えるかどうかの幸運だぞ」

下ごしらえを進め湯を沸かす、華麗なる包丁捌きに鬼気迫る笑み。彼を狙う触手があれば、流れる動きで叩っ斬り鍋へ追加する。

邪神の心臓と人面鼠の尾のマリネ。

触手パスタに心臓ソース、揚げ鱗を添えて。

ミ＝ゴの殻シャーベット・心臓チップスと一緒に。

それは、聞きしに勝るイカモノ料理であった。

狂気の縁へ突き落とされていた人間たちも、その芳醇《ほうじゅん》な香りに正気を取り戻し始める。

ひとくち、ふたくち、それからガツガツと食べてゆく。我を忘れるほどに美味だった。

「あれ、神門さんは？」

かくいう私も、現実を忘れて舌鼓《したづつみ》を打ってから呑気にそんなことを言えるくらいに気力を取り戻していた。

「あの方でしたら、海へと出ていかれました。護符を、神殿へ据《す》えに行くのだと」

ニラカが答えた。

「神殿？」

「ほら、向こうに見えるだろう」

龍頭が示す。

濁《にご》った海水の向こうに、石造りの海底神殿が確かにあった。

「護符を……神殿に」

わかったようなわからないような気分だった。

潜水服姿の神門が、神殿へ進んでいく姿が見えた。やがて、内部へと消えてゆく。

「あたしが啓示で見たのと同じだ。あたしたちもあそこに行かなきゃならない。この〝ねじれ〟から抜け出すために。――それだけはわかる」

不意に視界がぶれた。

潜水艇が揺れ、人々は壁に、椅子に、窓にしがみつく。

人智を超えた力が、潜水艇をより一層の深淵――さらなる〝ねじれたる地〟へ引きずり込もうとしていた。

神殿が陽炎《かげろう》のように揺らめき、遠ざかっていく。

「そうはさせませんことよ！」

ニラカが叫んだ。

クトゥルフ少女の力、電磁コントロールによって周辺海域の電磁帯を変異させ、潜水艇を〝ねじれたる力〟から解放したのだ。そして、神殿の入り口に導く。

しかし、それと同時に海底火山の噴火のような、強烈な爆発が起きた。限界まで来ていた潜水艇が、小学生の工作のように容易く壊れ……人間も、海魔も、海中へと放り出された。

「！　……!!」

「苦しくないだろう」

溺《おぼ》れる、そう思っていた私に、富手夫が笑いかけた。

「邪神の心臓を喰らったからな。ちょっとやそっとじゃくたばらない、滋養《じよう》の塊《かたまり》だ」

私と同様に彼の料理を食べた全員がピンピンしている。むしろ活き活きとしている。

「これが……絶対進化」

ニラカの声は、震えていた。

邪神の心臓を喰らい、自らも邪神と化した人間たちの逆襲が、今ここに始まろうとしていた。

ひとり、またひとりと、邪神の触手へ飛びついてゆく。

心臓は、あんなに美味かった。

脚は、どうだろう。頭は、どうだろう。

爛々《らんらん》と輝く眼差《まなざ》しは、正気を取り戻したようでいて、やっぱり狂っているのかもしれない。

食は、人を狂わせる。

狂気と狂氣。

ぶつかり合い、そして――

五

夏の日差しが、海面に照りつける。

それはキラキラと反射して美しく、見る者の心を和ませた。

大西洋の、とある浜辺。

通りかかったイタリア海軍の駆逐艦により救助された神門は、南イタリアのタラント軍港で下ろされたのちに二人のユダヤ人女性を無事にバチカンまで送り届ける。

本来の目的地であった満州からは、遥《はる》か遠いままであったが……。

「バチカンにはキリスト教徒のユダヤ人も多くいる。きっと君たちを匿《かくま》ってくれるだろう」

「あなたはこれからどうするの」

神門の言葉に、金髪女性が問いかける。

あの船の中での違和感は、今は抜けていた。幼馴染は、彼女のよく知る存在と変わりない。

どこかで誰かと入れ変わったというのなら、きっと今は戻ったのだと、思う。

「安心しろ。わたしは日本人だ。少なくともナチスやボルシェヴィキほどは嫌われてはいない。一人でも旅は続けられるさ」

伊達男《だておとこ》は、そう言って片目を瞑ってみせる。

「思い出をありがとう、ゴトウ」

「良い旅を。人生という名の航海を」

神門の真の肩書を知らぬ彼女らは、薄《う》っすらと涙を浮かべ、礼を述べた。

ひらりと手を上げ、男は背中で応じた。


雨が降っている。

どこぞで誰かが雨乞いの術式を行ったのか。

自室の椅子に深く腰掛けた状態で、龍頭は雨音に耳をそばだてた。

(……戻ってきた、のか)

ねじれは、戻ったのだろうか。

果たして、自分はいつから飛ばされ、いつへと戻って来たのか。

こうしている間に、どれだけ仕事が溜《た》まっているのか。

「寝ている場合じゃない」

現状の把握《はあく》、次の行動。倦怠感を振り払い、女は立ち上がる。


遠く、相棒が自分の名を呼んでいる。

返事をしながら——ふと、その手に握られている象牙細工に気がついた。

月桂冠を頂いた若者の頭部をあしらった、精巧な象牙細工。

「……ふん」

鼻で笑いポケットへ押し込むと、呪禁官は次の任務へと向かって歩きはじめた。


階段を踏み外し、最上段から床までを華麗に落ちたところで、菫花は我に返った。

「文字通り形式通りに夢落ちで決めなくてもいいじゃないですか……」

頭と背と腰とお尻とがジンジンするのを感じながら、夢ではないことを確認。天井が高い。

マイクロバイオーム環境と現実との境界がわかりにくい面倒な日常だから、眼前に在ることに対して取り組むしかないのだけど。

「潜水艇は爆発したけれど、クトゥルフ爆発を防いだということは何よりも素晴らしい。きっとそう」

素晴らしいので、誰か賞賛してくれないものか。

こういう時に限って、周りには誰もいなくて事情を知ってくれる人もいない。

なんたる――。

鞄の中には、とある健康食品メーカーが企画した潜水艦ツアーの案内が入っている。

潜水艇内をマイクロバイオーム環境に変位させたため、戻る時の次元が狂ってしまったのだ。

「『深く静かに潜航せよ』……。くじ引きには、当たったのね……」

さて、行くべきか行かざるべきか。

「しばらく、冷凍保存できるな」

部位ごと、種族ごとに切り分けた海魔の肉、瓶へ詰めた青や緑の血を前に、富手夫は口角を上げる。

ひとかけらだけ残した邪神の心臓が未《いま》だ脈打っていることを確認し、そちらは冷蔵庫へ。

良い食材でありながら、異なる食材をも呼び寄せる存在だ。

『……愛とはなに。愛を知りたい……。そのために一つになりたい』

「うん？」

戻ってきたはいいが、何かくっついて来たか。

脳へ直接語り掛ける、震えるような声。ビジョン。

『愛って……なに……なにが……ＡＩあいアイＬＯＶＥ……』

「まずは自分の味を知ってから考えろ。おれが料理してやる、姿を見せろ」

挑発すれば、時空の狭間から不完全な形の人間――擬態《ぎたい》がおぼつかず、マネキンのような姿――が這い出てくる。

と、そこで「フーちゃん！」と馴染みある声が窓の外から投げかけられた。

「おっと、約束をしてたんだった。おい、自分で動けるな？　そこに入って大人しくしてろ」

冷蔵庫を指し、富手夫は朗《ほが》らかな声を返しつつ日常へと飛び出した。

ふっと、どこからとなく潮の香りがした。


――といった感じに、皆はいるべき場所へ戻っているのだろうか。

私がいまこうして自分の部屋にいるように。


（暗転）

各キャラクターの物語

＊内原富手夫……………………………菊地秀行

〈海底で一日を過ごそう〉――この宣伝に引かれた人々は企画会社の用意した潜水艦に乗り込み、外洋に向かった。

だが、途中で艦に若い男の死体が流れ着く。艦長は死体を収容し、艦を岸へ戻そうとする。しかし、人間の服を着た人とも魚ともつかぬ生物たちが行く手を遮《さえぎ》り、艦を深みへと導いていく。

人間がパニックに陥ったとき、死体が甦《よみがえ》り、自分は海底の邪神の心臓を持って逃亡したせいで、その配下たちに追われている内原富手夫だと名乗る。船外の海魔たちは、心臓を奪還しに来たのだ。

内原は人々にその心臓を調理して食わせる。艦は耐えられるはずのない深度に建つ神殿の前に到着し、深きものたちが襲いかかってくる。しかし、それを迎え討ったのは、邪神の肉を食い、クトゥルーと化した人間たちだった。

＊神門帯刀……………………………朝松健

ナチスに逐われたユダヤ人たちを満州に送り届け、そこに新しいユダヤの地を作らせようとする「フグ計画」の協力と亡命者の護衛を命じられた神門だったが、ユダヤ人を乗せた客船が米軍の攻撃で沈没。彼は数人のユダヤ人と共に国籍不明の潜水艦にからくも救出された。

「乗組員は全員、ユダヤ人に対して拒否感を見せない。ということは、これはナチスの潜水艦ではない」

それも当然で、これは暗殺されたトロツキーの派閥に属する海軍軍人が、「反スターリン行動」のため戦線離脱したソ連の潜水艦だった。

ともに救出されたユダヤ人女性二名と共に一刻も早く、ソ連の潜水艦を離れ、日本領に逃れなければならない。

トロツキー派の軍人はスターリン派の軍人以上に、唯物論的で、潜水艦を取り巻く生き物が怪物だと認めなかった。

ユダヤ女性の一人はロマ人との混血で、ロマ人の祖母からもらったという星型の石をダビデの星と信じ、お守りにして持っていた。

これは「旧支配者」系の魔術や魔物から防御するための護符で、神門は旧式の潜水服に身を固めて護符を神殿の中枢に据える。

海底地震。泥が割れて、巨大な触手が出現。怪物の群れは触手によって「より一層の深淵」に引きずり込まれる。

潜水艦はこの衝撃で大破。

トロツキー派軍人は世界平和のために自ら死を選ぶと言い、艦ごと海底の神殿に体当たりする。

海底火山の噴火のような大爆発が起こる。

神門と二人の女性は潜水艦から脱出管で海上へ。通りかかったイタリア海軍の駆逐艦に救出される。

数日後、大西洋のとある浜辺に、魚とも人間ともつかない無気味なモノの死体や破片、さらに千切れた巨大な触手が漂着する。

三人はタラント軍港で下ろされ、神門は彼女たちを中立国のバチカンに送り届ける。

「バチカンにはキリスト教徒のユダヤ人も多くいる。きっと彼らは君たちを匿ってくれるだろう」

「あなたはこれからどうするの」

「安心しろ。わたしは日本人だ。少なくともナチスやボルシェヴィキほどは嫌われてはいない。一人でも旅は続けられるさ」

＊龍頭麗華……………牧野修

龍頭は邪神によってこの世界に吹き飛ばされる

とき、ある啓示を受けていた。それは月桂冠を頂いた若者の頭部をあしらった精巧な象牙細工と、おぞましい気配に包まれた海底の神殿のビジョンだった。

それだけでは何もわからなかったが、見知らぬ美少年から観光潜水艦で海に潜るツアーに一緒に行かないかと誘われる。意味ありげな青年の態度に、罠に掛かるつもりで龍頭は潜水艦に乗り込んだ。元の世界に戻る手掛かりを探して。

＊限界少女ニラカ……………………山田正紀

「深く静かに潜航せよ」――とある健康食品メーカーが潜水艦に乗って一日海底で過ごしてリラックスしようという企画をたてる。韮花がそれに参加したのはたまたま町内のくじ引きに当たったからに他ならない。ほかの人間たちと一緒に潜水艦に乗り込んだ。出航するとすぐに謎の青年が流れてきてそれを収容する。が、韮花にはその青年が体内の細菌叢にクトゥルフ細菌を飼っているのがわかる。クトゥルフ細菌はイベント参加の人たちの腸内に寄生して彼らをクトゥルフ・マスターの餌食に変化させるべく体内細菌を発酵させるだろう。このイベントそのものが健康食品メーカーとクトゥルフがいわばタイアップした企画なのだった。韮花はマイクロバイオーム環境におりたってニラカに変身する。そして若者と共に戦い、その電磁コントロール機能を発揮し、潜水艦をコントロールしようとする。近づいてくるクトゥルフ・マスターとの海中戦をくりひろげるために。

事件3　歴史を紡ぐモノ

高原恵

プロローグ・事件の入り口

しがない物書きである私がそのデータを入手したのは、本当に偶然の出来事であった。そう、何せわざわざ狙って入手した代物ではないのだからして。

事の起こりは、私が長年愛用していたノートパソコンの調子が、いよいよもって怪しくなってしまったことに発する。私は愛機が完全に沈黙してしまう前に各種データ類などの退避を完了させ、新たな相棒を求めるべく、同じ町にあるリサイクルショップへと夕闇《ゆうやみ》迫る中を向かうことにした。新品を購入するには、現在懐《ふところ》が乏《とぼ》しかったからである。

同じ町とはいえ、目的の店は海岸にほど近い私の家から徒歩で三十分近くかかる場所だ。近頃は物騒ゆえ暗くなる中を歩くというのはなるべくであれば避けたいところだったが、こればかりは致し方ない。

この日スマートフォンで検索するまで、私はその店の存在を知ることがなかった。そこは個人経営でやっているらしく店構えも大きくなく、店内における各種リサイクル品の陳列は、いやはや雑多なものであった。

けれどもそんな中に掘り出し物とは隠れているようで、さほど型の古くないノートパソコンが安価で並んでいたのだ。愛機より格段にスペックが上昇し、かつ予算の半額近い価格は大変魅力的で、私は深く考えることなく購入を決断した。

そして気付いたのは、小雨《こさめ》が降り始めた中を家に帰り着き、一息ついてからノートパソコンを起動させた後のことだ――ゴミ箱フォルダの中に、何やらフォルダに入ったデータがある、と。

慌《あわ》てて他も一通り調べてみたが、そのこと以外はシステムをインストールしたばかりの状態であるように私には見えた。とすれば考えられるのは、店側のミスなのだろう。

安いにはそれなりの理由があるものだと思いつつも、今しがた見付けたばかりであるデータの内容が気になった私は、念のためそのノートパソコンがウィルスに感染していないことを確かめ、中身を覗《のぞ》いてみることにした。

フォルダの中はさらに多くのフォルダに分かれていて、そこかしこにテキストデータと画像データ、それと音声データが入っていた。それらのファイル名は規則的に数字が振られているだけで、そこからファイルの中身を推察することは出来なかった。

犬の遠吠えを耳にしつつ、意を決して私はそれらのファイルを適当に選択して開いてみた。最初の感想を述べるなら……まさしく「何だこれは」だった。

テキストデータはメモ書きや報告書のような記録、それに人物データといった類であるだろうか。音声データは何かの怒号や悲鳴だったり、何かを激しく破壊するような物音、はたまた音声メモといった類。画像データは画像処理ソフトで加工でもされているのか、セピア調だったり白黒だったり、トリミングされていたりなどといった具合だ。

さて写っている物はといえば、そもそもピントがぼけていてよく分からないのもあれば、イルカやリュウグウノツカイといった海の生物、また石畳の道や砕け散った何かの像などと、被写体に一貫性が見られない。砕け散った像が写った画像をよく見てみたが、頭部に何やら月桂冠でもいただいていたのだろうかと思う破片が目についたくらいである。

どうやらこれらデータは、潜水艦だか潜水艇だかに乗り込み、とある海域の海底へ向かった者たちの記録の類《たぐい》であるらしい。にわかには信じ難いが、一時間以上かけていくつかのテキストデータを読み解いた結果、そのように私は判断せざるを得なかった。

それによると、何でもその地には「神殿」なる代物が存在しているそうだ。曰く、「神殿」に至りし者は大いなる知識を得られる。曰く、「神殿」に至りし者あれば大いなる禁忌が放たれる。そんな、二つの伝承をまとって。

「神殿」が存在するという海域は「ねじれたる地」であるらしい。未《いま》だ詳細にデータを調べていない身であるが、「ねじれたる地」と聞いて空間なり時間なりがおかしなことになっているのだろうかと即座に思ってしまったのは、私が物書きゆえの性《さが》であろうか。

その海底に向かった者たちは、何がしかの目的を持って参加していたようである。伝承を追い求めてなのか、はたまた「神殿」そのものに興味があるのか、いやいや全く違った動機があるのか……そこはこれらデータをより詳しく読み込んでいく必要があるだろう。

しかし途中、彼らは得体の知れぬ代物と遭遇を果たし、一悶着《ひともんちゃく》あったという。これらの内容も詳しくはやはりデータを深く見ていかなければ分からないが、その断片はいくつかの音声データから推察出来た。怒号や悲鳴を発するような事態があったのだろう、と。

普通であればとても凝《こ》ったフィクションだと、一笑に付す代物なのかもしれない。常識的に考えてみて、世界中に話題を巻き起こすような記録が、町の個人経営のリサイクルショップなどに転がっているはずもない。

けれどもそれらデータは、私の執筆意欲を刺激させるには十分過ぎる代物であった。幸いにして、この数日は時間がある。数多いデータの整理も兼ね、足りぬ部分は物書きたる私の想像で補いつつ、記録をきちんとまとめてみようではないか……。

作業開始

私はまず、データの時系列を把握して並べ直すことにした。改めて調べ直したテキストファイルの主な内容は、複数人の手による報告書だった。

この報告書が記されたのは一九四〇年七月——世は第二次世界大戦の最中。だから画像データがセピア調だったり白黒だったりするのかと、私はそこで深く納得させられた。

これらは、日本海洋大學《だいがく》の制作した潜水艇「あしなだ2號《ごう》」に乗り込んだ乗組員たちが記したものらしい。そんな中、私が一番注目したのは神門《ごとう》帯刀《たてわき》なる人物が記した内容だった。彼は当時の大日本帝國《ていこく》陸軍の軍人らしく、調査のため日本海洋大學の博士たち三名に同行したという。

当時、沖縄沖で陸軍基地が建設されており、その近くの海底で球体群が発見されたという報告があった。場所が場所ゆえ、それら球体群は敵国が投下した機雷なのではないかという疑いがあり、調査に向かったという。で、その海域には先に触れた通り二つの伝承を伴う「神殿」の話があり、「ねじれたる地」とも呼ばれているわけだ。

無事に調査を終えて戻ってきただろうことは、データがここにあることで推測出来るのだが、神門氏による報告書の終盤辺りがなぜか文字化けを起こしていた。ゆえに、具体的にどう調査を締めくくったのかがいまいち分からない。

それにしても、内容がまさか大戦中の出来事だとは驚きだ。実は、見知らぬ会社から先日舞い込んできた依頼が、偶然にも大戦中に関係する内容だったのだ。

その依頼は、山本五十六《いそろく》がもし戦死せずに生きていたら戦争はどうなるか、という架空戦記ゲームのシナリオを書くものだった。史実では、太平洋に戦時中沈んだ伊号潜水艦に暗合解読装置が載っており、米国はそれを回収し山本五十六がいつ零戦《れいせん》に同乗するかを突き止め、これを撃墜《げきつい》したと言われている。

内容が内容だけに執筆には詳細の資料が必要だが、私はそれよりも偶然入手した興味深いデータが気になってしかたなかった。そこで私は、藤本菫花という女性に資料集めを依頼することにした。

彼女は私が講師として参加しているシナリオ教室の生徒の一人で、前々から手伝えることがあれば手伝いますと言ってくれていたのだ。電話をかけると、幸いにも菫花は二つ返事で引き受けてくれた。

電話を終えた後、私は画像データを改めて見ていった。イルカなどの海洋生物、また石畳《いしだたみ》の道や砕け散った何かの像などについては、先に触れた通りだ。だがよく見てみると、砕け散った像はどうも木箱らしき物の中にあるようだった。まあ、それが分かった所でどうだという話だが。

新たな発見があったのは二枚の画像データだ。一枚は猫、可愛らしいアメリカンショートヘアだ。なぜここに混じっているのかも不思議だが、背景を見るにどうも潜水艇の中で撮られているらしい。偶然紛《まぎ》れ込んでしまったのだろうか？

そしてもう一枚。問題なのはこちらの方で——潜水艇の中から海中に向けて撮ったであろう、ぶれの激しい画像があった。そこに写っていたのはタコ……らしき代物。正確に書くなら、タコのような姿の下に、人のような身体がくっついているかのように見える、得体の知れない謎の代物。

何か建築物らしき物も周囲には見えるのだが、何しろぶれが激しく、また距離もあるのか、はっきりどうこうと、画像を見ても表現出来ないのだ。サイズはとても大きそうだと直感的に私は思った。

恐らく、ある報告書にあった得体の知れぬ代物との遭遇は、これを指し示しているのだろう。怒号や悲鳴が入った音声データの存在からすると、恐慌状態を引き起こしてしまったのだろうか?

音声データといえば、何やら歌のような、呪文のような、旋律《せんりつ》を持った早口で何かをつぶやいている内容の物を新たに発見した。残念ながら私にはきちんと聞き取ることは出来ず、「いあいあ」や「ふたぐん」などと言っていたのが断片的に分かっただけで、これが何であるのかは不明だ。

空白の部分をあれこれ抱えつつも、ともあれ私はその日の作業を終えることにした。窓の外からは、雨音が聞こえている。私の気付かぬうちに、外では雨が降り出していたようだ。

沖縄の深海にて

一九四〇年七月二十四日——潜水艇「あしなだ2號」による謎の球体群の調査が行われ数日が経《た》とうとしていた。地上では第二次近衛《このえ》内閣が二日前に成立したばかりだった。

調査に同行していた神門帯刀はその日、潜水艇内の狭い倉庫で小さな木箱に入れられたある物を発見していた。

(これは?)

目の当たりにした中身を訝《いぶか》しむ神門。そこに入っていたのは砕け散った何らかの像。像だと分かったのは、月桂冠をいただいているような破片があったからに他ならない。

普通に考えれば今回の調査には不要な代物《しろもの》。だが、怪しんだ神門は、この中身を写真に撮った——その瞬間だ。自分以外の別の存在が、狭い倉庫の中にいることを感じ取ったのは。

「そのまま、ゆっくり姿を見せてもらえますか」

静かに、小さな声で言い放つ神門。軍人である身だが、この調査に同行するにあたって本来の身分ではなく、同行しても疑われにくいしかるべき省庁の下級官僚という身分をここでは名乗っていた。ゆえに、いよいよとなるまではその振る舞いを崩すわけにはいかないのだ。

「おっと、そう警戒しないでほしいニャン」

（ニャン……？）

予想しない物言いを耳にして神門は一瞬虚《きょ》をつかれたが、次の瞬間にはその声の位置をおおよそにつかみ取っていた。しかしその位置は、荷物と荷物の合間にあるほんの少しの隙間《すきま》。声からすると女性のようではあるが……？

「今、姿を見せるニャン」

と神門の前に現れたのは、隙間から飛び出てトンッと降り立った――一匹の猫。可愛らしいアメリカンショートヘアが、なぜかそこにいた。

「お初にお目にかかるニャン。妾《わらわ》はウルタールの猫であるニャン。名前はまだないニャン」

そう神門に向けて話しかける猫。女性らしき声は明らかに目前《もくぜん》の猫から発せられていた。

「ふむ……お嬢さんはなぜここに？」

喋る猫、普通に考えれば信じられない話だが、神門にそんな様子は見られない。意思疎通可能とみて、まずは現実的に相手を「お嬢さん」と呼んだのは、さすがとしか言いようがない。

「んー、あちらとこちらを繋ぐ門を通って現世《げんせ》の地球を見学に……って、その辺りはまあどうでもいいかニャン？　何か面白そうなのを見付けたんでこっそり乗り込んでみたら、変な所に連れて来られたニャン。しばらく眠っていれば、いずれ外には出られるかなと思ってたけれど、どうもそういうわけにはいかなくなったようニャン」

「――どういうことです？」

猫の言葉に神門の目が鋭くなった。猫曰く、周囲の気配がガラッと変わり、放置すると自分にも害が及ぶと思い声をかけたそうだ。で、その相手にふさわしいと判断したのが神門だったわけだ。

「はは、光栄ですね。それで――条件は？」

「望みは帰還までの妾の身の安全、対価はそのために必要な多数の知識――で、どうニャン？」

「了解しましょう」

交渉成立。ならばとばかりに、神門は先程の木箱を再び開けると、中を見てもらうべく猫に促《うなが》した。とことこと歩き、猫が木箱の中を覗き込む。

「どれど……ニャン!?　……何でこんなものがここにあるニャン？」

絶句した後に顔を上げ、猫が神門に尋ねた。

「それをわたしも知りたいのですよ、お嬢さん」

誰か持ち込んだ者がいるとすれば、三人の博士のうちの誰かということになるのだが……？

博士たちの年齢の内訳は四十代前半、三十代半ば、そして神門と同年代。いずれも英国への留学経験があった。調査中、神門は彼らの様子に目を光らせていた。

というのも、神門には調査とは別に秘密の任務が課されていたからだ。その任務とは、英国のスパイを特定し射殺すべし、というものである。

そして今、謎の球体群発見の報があり、こうして調査に赴《おもむ》いてきている。もしもだ、海中に謎の球体群を投下すれば、ほぼ間違いなくスパイが調査に赴くことになると、分かっていたのならどうだろう。調査の最中に、あるいは謎の球体群発見を契機に、何か事を起こすということは考えられないだろうか。だからこそ、神門は軍人という身分を隠した上で、博士たちの様子に目を光らせる必要があったわけだ。

しかし現在までの所、妙な動きは見られない。潜水艇の窓越しにイルカなど海洋生物の写真を撮るなどということはあったが、海洋の研究者であれば別段おかしくもないことだ。

ただ一つ……妙と言うべきか悩むのだが、出発前に同年代の博士が浮かぬ顔をしていたので聞いたところ、次のような話を神門に語ってくれた。

彼の出自は沖縄で、祖先は神事に携《たずさ》わっていた家系だという。その家に伝わる事柄の一つに、沖には「ねじれたる地」と呼ばれる海域が存在し、その海底には「神殿」があって、辿《たど》り着ければ大いなる知識を得られるが、そこには大いなる禁忌《きんき》である「邪《よこしま》なるもの」が眠っている……というものがあった。で、調査に向かう海域が、ちょうどそこであるのだそうだ。

「まさか僕の代で、そんな所に足を踏み入れることになるとは思いませんでしたよ」

彼は力なくそう言って、薄い笑みを浮かべていたのを神門は覚えている。

三人の中では、そんな彼と一番言葉を交わすことが多かった。調査中、神門が口にした疑問に対して率先して答えてくれ、目に見える態度も神門が好ましく感じるものだった。それこそ、この先も研究を重ね知識量もより深めていけば、素晴らしい研究者になるだろうと思えるほどに。

「ニャー……だから気配が……ウニャー……」

猫はその場でぐるぐると回りながら、何やらぶつぶつとつぶやいている。この反応からして、心当たりがある様子。神門がそこを突こうとしたその時、倉庫の外から怒号と悲鳴が聞こえてきた。

何事かと倉庫を飛び出して戻ると、そこには異常な光景が待っていた。四十代前半の博士が泡を吹いて倒れ、時折痙攣《けいれん》していた。三十代半ばの博士はカメラを抱えたまま、ケタケタ笑いながら涙を流し続けていた。同年代の博士は非常に青い顔をして、呆然《ぼうぜん》と立ち尽くしていた。

「ご、神門さん……あ……あれを……」

同年代の博士は、震える手で窓の外を指差した。神門は窓に近付き目を凝《こ》らしてみた。

潜水艇はいつの間にやら海底にいた。だがしかし、海底にあるはずのない代物《しろもの》――「神殿」がそこにはあった。立派な「神殿」の壁や柱には恐らく月桂冠だろうか、それをいただく者の顔が彫られているようだ。そして「神殿」の巨大で立派な扉は少し開かれており、中から何か得体の知れない相手が姿を見せている。

それはタコのような頭部を持ち、イカの足に似た物を数多く生やしており、背中にはコウモリのような翼まで見える巨大な相手。まさしく得体の知れぬと呼ぶに相応《ふさわ》しい相手だった。そんな、得体の知れぬ相手が巨大な扉を押し開け、「神殿」の中から出てこようとしていた。

（これは……！）

本能的に危険を察知する神門。それは過去、いくつかの事件に巻き込まれた時に感じたのと同様のものだった。

神門が動こうとしたその前に、同年代の博士がふらふらとした足取りで行動を始めた。

彼は設置されていたマイクの前に立ち、何やら操作を行った。この潜水艇「あしなだ2號」には研究の一環で、マイクの音声を海中に向けて発信する仕組みが備わっていた。彼はそれを使って何をしようというのか。

神門が様子を窺《うかが》っていると、同年代の博士はマイクに向けて何事かつぶやき出した。いや、これだけでは表現は適切でない。なぜならばそれは、旋律らしきものを持っていたからだ。早口で、歌うように何事かをつぶやいているのだ。

「……ふんぐるいむるふうなふくとぅるふるるいえうがふなぐるふたぐん……」

意味は分からないが、神門には途中そのように聞こえたりもした。と、そっとその場にやってきた猫が、あれよあれよという間に神門の肩の所まで駆け上がった。そして耳元で何やらささやく。

気付けば窓の外では、得体の知れぬ相手が扉を開けようとする動きを止めていた。

「ふう……」

ひとしきりつぶやき終えた同年代の博士は額の汗を拭うと、ズボンのポケットに手を入れた。

「今のは何を？」

彼の背中に向け、神門が声をかけた。

「家に伝わるまじないですよ。もしやと思い唱《とな》えてみたら、効果があったようですね」

神門の方へ向き直り、後ろ手を組みながら同年代の博士が笑顔を見せる。

「なるほど。確かに効果はあったようですね……願いを伝える、という効果が」

神門はそう言い放つと、ブローニング拳銃の銃口を同年代の博士に向けた。

「なっ、何をするんですか、神門さん!?」

「残念ですよ、あなたが英国のスパイだなんて」

「何を言ってるんですか!?　僕はただ、家に伝わっていた――」

「言い逃れは見苦しい、妾には理解出来たニャン。さっきのは、しばしの猶予《ゆうよ》をクトゥルフに求めるべく、伝えようとしてたのは分かっているニャン。あ、でも……んー、まあいいかニャン」

神門の背からひょこっと顔を出し、猫が最後少し言葉を濁しつつ言った。青い顔から色が消え、白に近付いていく同年代の博士。

「わたしを始末してから、本来の使命を果たそうとしていたのでしょう？　すなわち、謎の球体群はただの撒《ま》き餌。あなたがこの地で活動しやすくするべくの……いかがです？」

相手から銃口を外すことなく、自らの推測が正しいか尋《たず》ねる神門。

「――僕の手には、手榴弾《しゅりゅうだん》が握られています」

だが同年代の博士は、答えの代わりにそう返した。後ろ手に持っているのか、神門の位置からその存在を確認することは出来なかった。

「神門さん、あなたは精神がお強い方のようだ。僕だってアレを前に、やっと正気を保っているというのに。本当は……軍の方なのでしょう？」

「…………」

神門は何も答えなかったが、同年代の博士は沈黙を肯定《こうてい》だと捉《とら》えた。

「神門さん。あなたが撃つと同時に、僕は手榴弾を作動させます。死してもせめてこの身を含め、彼の者に捧げることにしましょう。……僕の代こそが、まさに好機だったのですがね」

それを聞いた神門は、出発前の彼の言葉を思い出していた。あの言葉は見方を変えると、彼の代に「神殿」に辿《たど》り着ける可能性が高くなっているということではないのか。少なくとも何か周期か条件のようなものが、彼の家系に伝わっていたのかもしれない。もっとも、今それを尋ねても決して答えてくれはしないだろうが。

銃口は、未だ同年代の博士を捉えていた――。

新たなるデータ

一夜明け――とてつもない落雷の音で私は目を覚ました。昨夜からの雨は未だ降り続け、少し激しさを増していた。何とも鬱陶《うっとう》しいものだ。

正午前、私は件のノートパソコンを購入したリサイクルショップへ向かった。それというのも、朝一番にメールチェックを行ったところ、奇妙なメールが一通届いていたからだ。

差出人は件のノートパソコンの持ち主と名乗る相手で、内容は使い心地はどうかといった他愛のないものだった。が、問題はどうしてそのようなメールが送られてきたのか、ということだ。

相手のメールには、店主に紹介された旨が記されていた。一応、思い当たる節《ふし》はなくもない。話の流れで、店主には私のメールアドレス入りである仕事用の名刺を渡していたからだ。相手の話が本当であれば、個人情報の取り扱いが煩《うるさ》くなっている昨今、店主に強く抗議せねばなるまい。ちなみに、件のメールはゴミ箱フォルダへとひとまず放り込んである。

「さっきの女性、綺麗だったなあ！　何でか傘持ってなかったけど」

「そうそう、胸も凄《すご》かったな！　濡れてたけど」

途中二人連れの男性とすれ違うと、そのような会話が聞こえてきた。この雨の中、なかなか変わった女性もいるものだと思いつつ歩き続け、四十分ほどかけてようやく例の店へと私は到着した。

「こんとん堂」と染め抜かれたのれんをくぐり抜け、店内へ入った私を迎えてくれたのは先日も対応してくれた店主である老人だった。

「おやおや、先日は。どうされましたかのぅ」

好々爺《こうこうや》な外見通り、穏やかに話しかけてくれる店主。私は挨拶《あいさつ》もそこそこに本題を切り出した。

「はて、元の持ち主に知らせたか……？」

首を傾げ、しばし思案する様子を見せる店主。

「ああ……もしや話したやもしれませんなぁ」

それを聞いた私は深い溜め息の後、注意の言葉を投げた。個人情報を漏らしてはいけない、と。

「おうおう、それは申し訳ない。これからは気を付けますじゃ」

申し訳なさげにこちらへ頭を下げる店主。齢《よわい》を重ねた老人のそのような姿を見ると、何だか逆にこちらが申し訳なくなってくる。もういいですからと、店主の名を呼ぼうと思ったのだが——名前が出てこない。確か「あ」で始まったような……。

と、店主がそれを察したのか、自分からまた名乗ってくれた。

「朝倉ですじゃ。朝倉骸洞《がいどう》ですじゃ」

そうだった、朝倉氏だ。私は朝倉氏に今後気を付けてもらうよう告げ、そのまま店を後にした。

再び雨の中を歩き帰宅すると、郵便物が届いていた。隣の市の消印《けしいん》が押された封書で、差出人の所にただ「M」とだけ記されている以外は何も書かれていない。封を切ると、中にはメモリーカードが一枚だけ。私は訝《いぶか》しみつつも、ウィルスチェックをしてから中身を見てみることにした。

中身はといえば、規則的に数字でファイル名が振られただけの、いくつかのテキストファイルと画像ファイルのみ。……つい最近、見たばかりの光景がそこにあった。私は意を決して、まずテキストファイルの中身を確認することにした。

それは第二次世界大戦中、当時の大日本帝國海軍の行方不明となった伊号潜水艦の乗員と称する者が記した記録だった。時期はミッドウェー海戦より後らしく、その伊号潜水艦は軍の上層部より戦局を大きく転換させるための密命を受け、潜航を続けていたのだという。残念ながら記録者はその密命が何であったのか知らないらしい。

記録者によると、潜航中に二つの大きな出来事があったそうだ。一つは、米国の潜水艦に襲われた際、なぜか敵艦は攻撃することなく去っていったかと思うと、潜水服に身を包んだ者が敵艦から放出され伊号潜水艦へ向かってきたということ。回収した相手は内原富手夫と名乗り、料理人だとのことだった。

そしてもう一つ、内原氏を回収した直後から艦内で異変が起こり始めたこと。海中の密室状態だというのに、乗員が一人、また一人と消えていったという。同時に、美女に遭遇しただとか化け物を見ただとか、正常とは思い難いことを言い出す者たちも出始めたのだそうだ。

何とも気になる話だったのだが……肝心な所に来て、これまた文字化けの固まりが私を待ち受けていた。またしても結果が分からず、不完全燃焼のまま、今度は画像ファイルを開いてみた。

それは手書きのスケッチをスキャナで取り込んだらしき画像。そこにあったのはタコのような頭部を持ち、イカの足に似た物を数多く生やしており、背中にはコウモリらしき翼も見える、得体の知れぬおどろおどろしい存在。それが表示されるや否や、私は反射的に画像を閉じてしまった。

私は少しの間、まるで動けなかった。今の画像……スケッチはどういった代物なのか。恐怖、困惑、畏怖……様々な感情がしばし胸の中を渦巻いていたが、次第に平静を取り戻すと私は台所に向かい、水を一杯ゆっくり飲み干した。とりあえずもう、画像ファイルは開かない方がよさそうだ。

密命を帯びて

ミッドウェー海戦での敗北から数カ月後——戦局を大きく転換させるべく密命を帯びた大日本帝國海軍所属の伊号潜水艦は、とある海域において潜航を続けていた。艦内において密命の詳細を知る者は艦長他、数名の上層部のみに留まり、その他の乗員たちには密命である旨以外は何も聞かされていなかった。

さて、そんな最中に伊号潜水艦にとって最初の事件が起こってしまった。それまで回避していた米国の潜水艦と出くわしてしまったのだ。迫り来る敵艦に対し、ただちに戦闘配置につく伊号潜水艦の乗員たち。そして敵艦が伊号潜水艦の魚雷の射程距離に差しかかろうとした時だった。なぜか突然敵艦は針路を反転させ、攻撃することもなくそのまま去っていってしまった。

何かの罠かと考え警戒を続ける伊号潜水艦の乗員たち。そんな中で発見されたのは、伊号潜水艦に向けてゆっくりと近付いてくる潜水服に身を包んだ一人の人物だった。艦長の命令により、三名の乗員たちが潜水服に身を包んで海中に出て、近付いてきた人物を確保・収容した。

潜水服を脱がせてみると、中から現れたのは何と日本人の若者。時系列から考えて、先程の敵艦から出てきたと考えるのが妥当であろう。そうすると、この若者が敵国のスパイである可能性は極めて高い。当然、若者に対し尋問が行われた。

「……内原富手夫、料理人だ」

若者はそう名乗った。内原曰く、気付いたら先程の敵艦にいて、突然に潜水服を着せられて海中へ放り出されてしまったという。そして、この伊号潜水艦に気付き近付いた、という話だった。

正直、内原の話は疑わしい。気付いたら敵艦の中という時点で、設定を練るのならもっと丁寧に練ろという話だ。だが、怪し過ぎるがゆえに逆に真実であるやもしれない。

結局の所、艦長の判断で内原は見張りを一人付けた上で、半軟禁状態にすることが決められた。半軟禁なのは、料理人なら調理を手伝えということらしい。要は、決められた場所以外勝手に出歩くな、見張りが必ず一緒だ、ということだ。

さあこれで一段落……と思った途端、次の事件が起こってしまう。最初は、点呼の際に乗員が一人足りないことだった。すぐ艦内の捜索が行われたが、その最中に今度は二人乗員が消えたのだ。

潜水服の数に不足はない。だのに一人、また一人と、密室状態である艦内から消えていく。恐怖を覚え始めた他の乗員たちが艦長を含む上層部に訴えるも、密命を理由に捜索を続ける以上のことを行うのは制止されてしまう始末。

そのことが災いしたのだろうか、正常な思考が出来なくなった者も相次いで現れ始めた。ある者は淫靡なる美女に遭遇したとケタケタ笑いながら言い出し、またある者はヌラヌラとした醜悪《しゅうあく》さを覚える巨大なナメクジに出くわしただのと泣き叫びながら言い出していた。さらに、そんなことを言い出した者たちが、直後に行方不明の仲間入りをしていたのだから、洒落《しゃれ》にならない。

その原因として内原に疑いの目を向ける者もいたが、見張りによりそれはすぐに否定される。が、艦内の士気は最悪、上層部とその他の乗員たちの間の意思疎通もおかしくなり始めた状況下において、これ以上何かが起これば暴走して内原を吊るし上げようとする者が現れないとも限らない。

それは不味《まず》いということで、厨房へ向かう最中に、見張りが内原に事情を説明していた。

「醜悪なナメクジ……？」

　なぜか内原はそこに反応していた。そして何やらぶつぶつ呟きながら思案を開始する。

「焼く……いや、すって固めて蒸《む》すか……なら味付けは……」

　見張りはそんな内原の姿に首を傾《かし》げつつも、料理人だというのは本当なのだなあと、ちょっとずれたことを考えていた……。

真夜中の来訪者たち

　日付も変わろうかという頃、私はようやく二種類のデータの内容をほぼまとめ終えようとしていた。とはいっても、どちらもどう決着しているのか分からないままなので、どのように締めくくったものか困ってしまう。

　考えが上手くまとまらないので、私は空気を入れ替えるべく窓の方へと向かった。なおも降り続く雨は、さらに激しさを増している。

　窓を開け大きく深呼吸をした私は、続いて水を飲みに行こうかと振り返り——。

「ニャーン」

　と、なぜか一匹の黒猫がそこにいた。次の瞬間、私は急激な眠気に襲われ……。

「おっと、危ない」

　何者かに突然後頭部を強く叩かれた！

「見え見えの罠だな」

　叩いた主が私の隣に立つ。声からすると女性のようで、私はちらと横目で様子を窺ってみた。するとどうだ、そこには長身黒髪でずぶ濡れになった女性がいたではないか。肌は白く、目は肉食獣を思わせる鋭さで派手目な顔立ちをした女性だったが、もっとも目を引いたのはその胸部だ。ボール……いや、砲弾でも忍ばせているのではないかと思わせるほどに主張していて、海外のセクシー女優だと言われても違和感はないのではなどと、つい考えてしまう。

「ああ、何者かって？　あたしは龍頭麗華《りゅうずれいか》――呪禁局特別捜査官。……と言っても分からないか」

やれやれといった様子で雨で濡れた髪を掻き揚げる龍頭麗華。周囲にしぶきが飛び散った。私は彼女のため、乾いたタオルを取りに向かった。

「恐らく今のは、猫を囮《おとり》にあんたに術をかけようとしたんだと思う」

と語る龍頭へタオルを渡すと、改めて何者であるのかと問いかけた。「呪禁局」とか言っていたが、そんなものは全く聞いたことがない。

「どう説明したものかね」

そう前置きしてから、タオルで水気を拭《ふ》き取りつつ、龍頭が自らの事情を語り出す。捜査中近くの落雷の衝撃で一瞬意識を失った後、気付くと自分とは異なる世界の日本にいたのだそうだ。

そういえば「こんとん堂」に向かっていた途中で、胸の辺りが凄くて綺麗な女性がいたなんて会話を耳にした覚えがある。もしやそれは、彼女のことだったのだろうか。

「ところで、あれは？」

龍頭がノートパソコンを見て尋ねた。私が答えようとする前に、龍頭はさらに言葉を続ける。

「……何やら妙な力を感じるんだが。あれでいったい何をやっていたんだ？」

「妙な力」とはいったいどういうことなのだろうか。だが実際、このノートパソコンを買ってから妙なことが続いているのは事実。私はこれまでの経緯を簡単に説明した。

「なるほど、二つのことをまとめようと……」

そう言うと、龍頭は少し思案してから、私にこう頼んできた。

「そこにあたしの存在を加えるのは可能か？」

実際問題として、それは容易なことだ。ただ少し書き加えれば済むだけの話だ。けれどもそれをすることによって、基本は記録を整理しただけの内容から、記録をベースとした「物語」へと明確に変容することになる。

もし私がドキュメンタリー作家やノンフィクション作家だったら、龍頭の申し出に難色を示していたかもしれない。けれどそうではなく、私はしがない物書きだ。ジャンルなどを指定されず好きにやってよい状況であるのなら、面白そうな方向へ舵《かじ》を切るのが私の主義だ。どうせどちらも結末は空白なのだ、龍頭の存在を加えた上で、「物語」として仕上げても問題はあるまい。

「そうか、ならよろしく頼む。……恐らくだが、そうされることによって、あたしが帰還するための秘密を得られるような気がするんだ」

私が申し出を了承すると、龍頭はノートパソコンを見つめたままでそう言った。「特別捜査官」などと言っていたのだから、きっとその勘が働いているのかもしれない。

「ふふっ、それは少ーし困りますわ♪」

と、突然背後から別の声が聞こえてくる。振り向くと、ロングスカートのメイド服に身を包んだ褐色《かっしょく》肌で長い銀髪を持つ少女らしき者がいた。

「せっかくいい具合に仕上がろうとしてたのに、そんなことで変質させられては……ねえ？」

少女はそう言って、私に向けて妖しく微笑みかけてきた——が、それを遮《さえぎ》るように、龍頭が私の前に移動する。

「何者だ？」

眼光鋭く、龍頭が静かに少女に問うた。

「アタル・ウルタールと申しますわ、お・ば・さ・ま♪　穏便にメールを送ったというのに、無視されたのですもの。呪歌も邪魔されましたし、力づくでいただ——ニャアアアアアアッ!?」

挑発的な物言いをしていた少女——アタル・ウルタールが皆まで言い終わる前に、一気に距離を縮めた龍頭の右ストレートが、アタルの頬に叩き込まれた。そしてそのまま、龍頭はアタルの腕を抑え肘《ひじ》関節を固めた。アタルは苦悶《くもん》の表情だ。

私は龍頭の頼みを実行すべく再びノートパソコンに向かった。

やることは簡単だ。まず新規にテキストファイルを作成し、ここまでまとめておいた二種類の内容をそれぞれ元のファイルからコピーして、新規のテキストファイルへペーストする。その上で、龍頭の存在を書き加えるのだ。

そのために私は、物書きにとってはある意味便利かつ反則な魔法の言葉を使用することにした。その名も「その時、不思議なことが起こった！」だ。これを出来る限り無理のない使い方にするために、「ねじれたる地」を最大限に利用させてもらうことにした。

つまり「ねじれたる地」は空間なり時間なりがおかしなことになっている。だから「その時、不思議なことが起こって」、神門氏の乗る潜水艇のある空間と時間に、突如としてそれより未来の存在である伊号潜水艦が現れた……ということに仕立て上げたのだ。そしてさらに、龍頭も別世界から現れたことにして書き加える。具体的にどうしたと考えるほどの時間もないので、手っ取り早く神門氏の窮地を龍頭が救ったことにしておいた。少なくとも、意味は通るから問題はないはずだ。

「白いイルカは出さないんですか？」

と、そこまで書いた時に、急にそんな声が聞こえてきた。驚いた私は辺りを見回してみたが、他に部屋の中にいるのは、未だ戦いを続けている龍頭とアタルのみ。もちろん二人とは別の声だ。

「いいえ、白イルカもいいですが、それよりもっと、素晴らしい姿がいいですね」

再び同じ声が聞こえた。物書きの性《さが》か、謎の声の提案を、私は面白そうだと思ってしまった。

「ああ！　その参考になるべきデータが、目の前にあるではありませんか!!」

謎の声は私に向け、そのように語りかける。目の前にあると言われ、私は部屋を見回し思案した後、確かにと思い、ある一文を書き加えてみた。

「えっ？　いえ、あの、それ違います。あのっ、ちょっと!?　画像！　画像見て!?」

なぜか謎の声が慌てていたが、私はそれを無視し、書くべくことを書き終えた後、新規のテキストファイルの保存を完了させた。すると、私の目の前のノートパソコンから強い光が放たれ——。

任務完了

銃口は、未だ同年代の博士を捉えていた——その時だ。窓の外で突然強き光が発生したのは。

次の瞬間、同年代の博士の背後に一人の女性が突如出現し、臀部《でんぶ》を思いっきり蹴り上げた。その衝撃で、彼が手にしていた手榴弾は弧を描くようにして飛んでいき、神門の背中から飛んだ猫が口で上手にキャッチしてみせた。

床に転がる同年代の博士。慌てて上体を起こした所、神門の銃口が眉間《みけん》を捉えた。

「……あなたとは、出来れば、こんな時局でない時に、友だちとしてお会いしたかった」

苦い思いで神門はそんな言葉をつぶやくと、ブローニング拳銃の引き金を引き絞った——。

「なるほど、勝手に身体が動いたのは、そうなるように書いてくれたということか……」

突如として現れた女性——龍頭は一人納得したようにつぶやき、ゆっくりと周囲を見回した。

「まずは礼を言っておきましょうか。しかしあなたは……？　なぜここに？」

使命を終えた神門が、龍頭に向け話しかける。

龍頭は名乗り、この場にいる理由をこう答えた。

「そうなるようにしてもらったから……としか言

いようがないかな」

「ふむ。まあ深い追及はやめておきましょうか」

と言うと、神門は窓の外に目を向けた。そこには先程までは存在しなかった、伊号潜水艦の姿があった。周囲には、何やら奇妙な生物たちが張り付いているように見える。そして、「神殿」の方へと近付く潜水服に身を包んだ者の姿が一人。

神門が何者かと訝しんだ次の瞬間、再び海中で強き光が発生した。

料理人

内原と見張りの乗員が厨房へ着くと、そこには床に倒れ込み怯え切っている乗員の姿があった。

「あああああ！　ナメクジッ！　ナメクジがっ、女に見えたのがナメクジにぃっ!!」

しきりにそう叫びながら、内原たちが今入ってきたのとは別の扉を指差す乗員。すると、それを聞いて内原が包丁と袋を手にし、指差された扉へと突撃していったではないか。

「ちょうどいい、使わせてもらう！」

そんなことを言いながら扉の向こうへと消えた内原。見張りはそれに続く勇気もなく、内原が戻ってくるのを待っていた。数分ほど経った頃だろうか、内原が少し満足げな表情で扉を開けて無事に戻ってきたのは。入る前と違っていたのは、包丁がヌラヌラとしていたのと、ぺったんこだった袋にそれなりの膨らみがあったことだろうか。

「さてと、新鮮なうちに調理させてもらおう。すり鉢は……よし。で、蒸し器は……」

てきぱきと調理の準備を始める内原。どうやら袋の中にある何かを食材として利用するようだ。見張りはその様子を唖然《あぜん》として見ていた。

それから約一時間後――本来は重要な書類などを入れるはずの鉄の小箱に、完成した料理をなぜか入れ、それを手に内原は艦内を移動していた。

勝手に動かれては困ると、慌てて後を追いかけていく見張り。本来、他の乗員たちも内原の行動を力づくでも止めなければならないのだろう。だが、今の現状でそんな気力を持つ者はいなかった。

途中、艦長他上層部たちの詰める空間を通りかかった時、彼らの声が漏れ聞こえてきた。

「ついに発見出来たか……この海域での周期は間違っていなかったようだな」

「さすがですな！　朝倉殿が用意してくれた暗号解読装置の成果は！　さあ今こそ、我らが使命を果たさねば……！」

「いあ！　いあ！　くとぅるふ！」

これらの会話が何を意味しているのか、その時の見張りには全く理解出来なかった。それよりも優先すべきは、内原の後を追うことだった。

やがて内原は潜水服に身を包み、伊号潜水艦から海中へ出る。当然見張りも彼を追って続く。


伊号潜水艦の至る所に、得体の知れぬ生物が張り付いていた。カエルを思わせる顔立ちに、灰緑色の肌を覆う鱗。そんな生物がたくさん張り付いているのだ。一目見て恐怖を覚えた見張りが、再び伊号潜水艦を振り返ることはなかった。

次いで見張りの目に入ったのは、「あしなだ2號」と記された潜水艇だ。これは見張りに困惑を与えた。自国を離れ遠く潜航を続けてきたというのに、なぜ自国の潜水艇がここにいるのかと。

そして最後に目に入ったのは立派で巨大な「神殿」。これは見張りに驚愕《きょうがく》を与えた。見れば「神殿」には巨大な扉があり、少し開かれている。そこには巨大な何かがいるようだが、見張りの目はそちらではなく、「神殿」へと近付いていく内原の姿に注がれていた。

内原は「神殿」へ近付いていくと、おもむろに鉄の小箱を「神殿」の方へと押し出した。水流に乗ったか、鉄の小箱はそのまま「神殿」の扉の方へと流れていく。やがて、扉の所にいた何かと触れ合った瞬間――海中で強き光が発生した。

限界少女ニラカ、孤独なる戦い

「絶対進化いたしましょう！」

一昨夜より降り続く雨は、丑《うし》三つ時を迎えた頃には激しい雷を伴う嵐となっていた。その海岸に一人の女性――否、一人の少女の姿があった。

秋葉原にいても何ら違和感がないような装いに身を包む、紫髪の眼鏡っ娘。その手には、先の鋭く尖った長剣が。彼女の名は限界少女ニラカ――藤本韮花《にらか》その人が変身した、もう一つの姿だ。

なぜ彼女がこの悪天候の中、丑《うし》三つ時の海岸に一人いるのか。発端はニラカ……いや、韮花が通っていたシナリオ教室の講師から、第二次世界大戦に関する資料収集を頼まれたことだった。

頼まれてすぐ、韮花はネットで調べ数冊の古書を即日配送で注文していた。その中の一冊、「Ａ・Ｇ」なる著者が記した古書が昨日届いたのだが、そこには驚くべき内容が記されていた。

戦時中、太平洋に沈んだ伊号潜水艦から回収した暗号解読装置は、実はクトゥルフの呪文を解読するための装置だったというのだ。当時の大日本帝國の軍部は、クトゥルフの力を借りて戦局を好転させせん、と本気で考えていたらしい。そのために暗号解読装置を搭載し、伊号潜水艦を極秘に送り出した――クトゥルフのいる深海へと。その対価となったのは、伊号潜水艦の乗員たちの生命だ。

その試みは半分だけ成功した。クトゥルフは伊号潜水艦を取り込んだ。合体、と言ってもいいだろう。が、軍部の目的が果たされることはなかった。その後の歴史が証明しているように、敵国が壊滅することは一切なく、一九四五年八月十五日に大日本帝國は敗戦の日を迎えるのである。

問題はここからだ。伊号潜水艦を取り込んだクトゥルフ――「伊号クトゥルフ」は、なぜだか時空を超えてしまった。そして約七十年もの時を経て、日本へと降臨するという。

それを知った彼女はただちに限界少女ニラカへと変身し、何か見えぬ糸に導かれるかのごとく、この海岸までやってきたのだった。

「――現れましたわね」

沖合をしっかと見つめながら、ニラカは静かに言い放った。沖合には山が出現していた。いや、それは山などではない。伊号潜水艦だった物の上にタコのような頭と、イカのような無数の足を生やしている「伊号クトゥルフ」だった。

「伊号クトゥルフ」はまっすぐニラカのいる海岸の方へ向かっていた。もしこのまま上陸してこようものなら、甚大《じんだい》な被害が出ることだろう。だが、そんなことは絶対に阻止しなければならない。彼女が守るべきものたちのために。

「ええ、わたしの愛する――のためにも」

眼鏡の奥の目を妖しく光らせ、そう言ってくすくすと笑うニラカ。強風のためか、残念ながら一部の言葉は聞き取ることが出来なかったが、その物言いに少しぞくっとするものを感じたのは気のせいであろうか？

「それでは……参りましょう、いざ！」

両手で剣を握り直すと、ニラカは「伊号クトゥルフ」に向けて駆け出していく。結論から言えば、両者の激闘は夜明け前まで続くこととなった。

伊号潜水艦を取り込み、その火力をも手に入れた「伊号クトゥルフ」の攻撃は、その一撃一撃が非常に重く激しいものであった。まともに喰らえばただでは済まないと思われる以上、ニラカは回避と防御主体で長期戦に持ち込み、一瞬の勝機を見出す他に取り得る戦法はなかった。

だが彼女にとって幸運だったのは、「伊号クトゥルフ」は火力を手に入れた一方で、能力が弱体化していたことだ。無論彼女はそんなことを知るはずもないが、様々な要因が重なりそのようなことになっていたのだ。その要因の一つに、件のシナリオ教室の講師の存在があると知ったら、果たして彼女はどのような顔をすることだろう。

そうして耐え続けて迎えた夜明け前。相手の死角に入り込めたニラカは、ここに勝機を見出せた。

「これで、最後ですわ！」

まばゆいばかりの光とともに、渾身《こんしん》の一撃が「伊号クトゥルフ」に深々と突き刺さった――。

光の後で

光が収まると、神門の周辺では様々な異変が起こっていた。まず、つい先程までいたはずの龍頭の姿がない。次いで窓の外。やはり先程まであったはずの伊号潜水艦がどこにも見えない。そして――「神殿」もまたその場から消え失せていた。

「夢？　いや……現実だ」

自問自答する神門。足元には、自らが手にかけた同年代の博士が横たわっていたのだから。

「そう思っているのが、実は誰かの夢だったりするかもニャン」

猫が神門の足元をくるくると回りながら、そんな軽口《かるくち》を叩いた。

（そういえば、あのクトゥルフが何だかオリジナルじゃないように思えたことは、教えるべきかニャン？　分霊ぽく感じたけれど……まあ、そこまで教えてあげる必要もないかニャン）

そして神門の肩へと、再び駆け上る猫。

「さ、契約はまだ生きてるニャン。妾が無事帰れるまで、よろしくニャン。とりあえず、向こうの二人を正気に戻す方法を教えてあげるニャン」

「それはありがたいですね、お嬢さん」

神門はそう言って、苦笑いを浮かべた。

（さて、どこまで報告したものか）

地上へ戻れば神門には任務の報告が待つ。起こったこと全てを報告するわけにもいくまい。差し当たっては、猫や龍頭、伊号潜水艦などのことは省いて報告するのが無難であろうか……。

帰還

龍頭が目覚めると、そこは冷たい路面だった。

ガバッと上体を起こし、周囲を確認する龍頭。目に入る光景は、見慣れたいつもの町並み。近くには落雷の跡か、焼け焦げたガラクタもある。

夢かと思った時、龍頭は路面と身体の間に何かが挟まっていることに気付いた。引っ張り出してみると、それは見覚えのある一枚のタオル。

「……そうか、夢じゃなかったか」

龍頭はそう言い、フッ……と笑みを浮かべた。

魅入られた者

米国の漁船——見張りの乗員は気付くとそこに拾われていた。見張りは多少英語が話せたので意思疎通が出来たのだが、海上に漂っていた彼を漁船の乗組員たちが回収してくれたのだという。

乗組員の口から他には誰もいなかったと聞き、彼は落胆する。だが、内原の本来の目的というものを彼は知らなかった。

実は内原は、連合国の依頼を受けて動いていた。その依頼とは、内原の料理によって邪神クトゥルフを抹消《まっしょう》するというもの。その料理によりクトゥルフの体質を変えてしまい、「深きものたち」と呼ばれる者たちの餌にしてしまう目論見《もくろみ》だった。

その目的は半分だけ果たされた。内原が送り出した料理は、「神殿」の扉の所にいたクトゥルフによって取り込まれた。けれどもクトゥルフはその瞬間に、自らの危機を感じ取ったのである。そこで咄嗟に分霊を作り出し、伊号潜水艦を取り込むべく送り出したのだ。

それと入れ替わりに、伊号潜水艦に張り付いていた得体の知れぬ者──〈深きものたち〉は、内原の料理を取り込んだクトゥルフのいる〈神殿〉へ向かっていった。料理を取り込んだ結果、餌と化したクトゥルフの全てを喰らうべく……。

なお、見張りの他に誰もいなかったのは当然の話だ。なぜならそれよりも遥か前に、米国潜水艦によって内原は回収されていたからだ。伊号潜水艦のおおよその位置が、件《くだん》の遭遇後からは把握されていたからこそ可能な手段であった……。

落胆した見張りに対し、カプセルを二つ回収したと言って乗組員が見せてくれた。

一つは何やら複雑そうな機械。この時の彼にはそれがどういった物か分からなかったが、後にそれが暗号解読装置だと知ることになる。そしてもう一つ──木箱に入った砕け散った何かの像。かろうじて、月桂冠をいただいていたことだけは分かる代物。彼はなぜだかその時、その砕け散った像に強い興味を抱いた。

カプセルの中身を見せられた後、乗組員は漁船がどこへ向かっているか教えてくれた。漁船は翌日到着予定で西海岸の漁港へ向かっていて、そこで米軍に身柄を引き渡すとのことだった。

さて翌日。入港と同時に、見張りは姿をくらませた。砕け散った像の入った木箱とともに、だ。残された暗号解読装置は、そのまま米軍へと引き渡された。これが解析された結果、翌年の山本五十六の戦死へと繋がるのである。

余談ながら、姿をくらませた彼のイニシャルは「M」であったという──。

完

あるいは非日常という名の、日常

「こんとん堂」でノートパソコンを購入してから、約一カ月が経過した。久々に仕事の切れ間が出来た私は、気分転換に海岸を散歩していた。

龍頭やアタルが現れた夜、ノートパソコンから光が放たれた後、私は意識を失ってしまった。気付いた時は朝で、いつの間にやら雨も上がっており、二人の姿はどこにも見当たらなかった。

目覚めてすぐノートパソコンを確認した私は、そこで驚愕させられることとなった。どうしたことか、ファイル情報だけを残して、一連のデータが全て消え失せてしまっていたのだ。残っていたのは、最後に私がまとめた龍頭の存在も書き加えた「物語」のみという始末。私は溜め息を吐《つ》くと、その残っていた「物語」のみをきちんとバックアップした。これまで消えてしまっては、たまったものではない。

龍頭のことは気にかかったが、恐らく大丈夫であろうという思いも同時にあった。というのも、私は「物語」の最後にこう書いておいたのだ――「その後、全ては元ある時空へ戻され、解決を迎えた」と。無理矢理にひとまとめにされた物は、最後は元へと戻るのが「物語」のお約束ゆえに。

頼んでいた資料の第一陣を菫花から受け取ったのは、その数日後だ。何やら清々《すがすが》しい表情をしていた彼女だったが、さすがに立ち入ったことは聞けないので、未だにその理由は分からぬままだ。

かくして日常へと戻った私だったが、周囲では色々と変化があった。

まず、「こんとん堂」だ。先日足を運ぶと、しばらく休業の旨が記された貼り紙があった。その翌日に店主の朝倉氏からメールが届き、急の休業を詫びる内容と、私には楽しませてもらった旨がなぜだか記されていた。何のことか、見当もつかない。

次に、周辺地域が少々物騒になったことだ。隣の市では何やら猟奇的な事件が発生したらしい。私の住む街でも、犬たちがしきりに吠えているのを耳にするようになった。今後平穏になってくれればよいのだが、さてどうなることやら。

そして最後、妙な生物たちの目撃情報が流れていることだ。巨大なアカマンボウを見たとか、「て・けりり」やら「て・けりりりゅゅゅぅぅ」などと鳴いて逃げ去る生物がいたとか、はたまた白いイルカに乗った銀髪褐色肌のメイド少女が「もふ〜〜〜」と鳴く金色の毛玉のごとき生物を追いかけていたとか、どこまで信じていいのやらといった情報がたくさんあった。

さて、今回の一連の出来事を振り返ると、何か得体の知れぬものが裏で蠢いていたように感じなくもない。ならば私の行動は、どのような役割を果たしていたのだろうか。私には分からない。


日常に戻ったなどと言ってみたものの、今のそれは、その得体の知れぬものに都合のよい日常となってしまったのではないかとも思えてしまう。

世の中には「安物買いの銭失い」という言葉がある。私の場合は「こんとん堂」で買った妙に安い中古のノートパソコンのおかげで、銭ではなくそれまでの日常を失ってしまったのだろう。

まとまった原稿料や印税が入ってくることがあれば、今度は新品のノートパソコンを購入しようと私は決めていた。もし次もまた同じようなことをやってしまえば、今度は何を失うことになるか分かったものではないのだから……。

各キャラクターの物語

＊内原富手夫……………………菊地秀行

売れない物書きである私の下に、差出人不明の郵便物が届く。そこには一枚のチップが入っていた。

ＰＣで解読した私は息を呑んだ。第二次世界大戦中に消息を絶った伊号潜水艦の乗員が残した記録だ。

彼らは軍の命令により、某海域の海底深く眠るクトゥルーと契約を結び、乗員全体を生け贄とする代わりに、米英露を壊滅するように仕向けろとの命令を受けていたのだ。

だが、それを察知した米潜水艦が襲いかかる。不思議なことに、間一髪で敵は去った。そして、ひとりの若者が脱出し、伊号に乗り移って来た。

彼の名は内原富手夫。連合軍の依頼を受け、邪神クトゥルーを抹消する任務を課せられていた。その方法とは、彼の料理によってクトゥルーの体質を変え、〈深きものたち〉の餌にすることだった。

＊神門帯刀……………………朝松健

データの書き手は神門帯刀。記したのは一九四〇年七月二十四日。日本海洋大學の制作した潜水艇「あしなだ2號」の中だった。

「沖縄沖で建設中の陸軍基地近くの海底で発見された球体群が、敵国の投下した機雷ではないか」

それを確かめに神門は海洋大學の博士と共に乗り込んだ。

表向きは調査だが、神門には秘密の目的があった。潜水艇に乗り込んだ博士三名のうちの一人が英国のスパイという情報を受け、この機に誰がスパイか探り、射殺するというのが任務だ。

沖縄沖の海底を探査しながら、神門は三名の研究員に目を光らせる。

やがて海底の神殿と遭遇。

神殿の扉が開き、古来から沖縄で語られる「邪なるもの」が出現する。

そのものと戦い、沖縄古来の神事にヒントを得て、邪なるものを撃退。だが、神事を行って撃退した研究員こそスパイと判明して、神門は彼を射殺する。

「あなたとは、できれば、こんな時局でない時に、友だちとしてお会いしたかった」

苦い思いで神門はそんな言葉を呟くとブローニング拳銃の引き金を引き絞った。

＊龍頭麗華……………牧野修

「私」がデータを解析し、一つの物語をまとめようとしていると、そこに様々な怪異が起こる。その怪異から救ったのが龍頭だ。

彼女は「私」が物語を完成させることで、彼女が巻き込まれたこの世界から元の世界へと戻る手立てを得られるのだと信じていた。そして龍頭は知るのだ。「私」の手によって今書かれている物語の中に加えてもらうことで帰還するための秘密を知ることができることを。

＊限界少女ニラカ……………山田正紀

しがない物書きの私はシナリオ教室の講師をしてやっと生活をしのいでいる。そんな私のもとに未知の版元から「架空戦記ゲーム」のシナリオを書く依頼が舞い込んだ。山本五十六がもし戦死せずに生きていたら戦争はどうなるか、という設定のシナリオを書けという。

戦時中、太平洋に沈んだ伊号潜水艦に「暗合解読装置」が載っていた。アメリカはそれを回収して山本五十六がいつ零戦に同乗するかを突きとめて、これを撃墜したのだという。

才能もなければ、物書きとしての誠実さもない私は、シナリオ教室の生徒である菫花という女性に資料の収集を求める。ところが菫花がネットで見つけた古本の資料にはアメリカ軍が回収した潜水艦に載っていた暗号解読装置はクトゥルフの呪文を解読するための装置だったとされていた。当時の日本軍はクトゥルフの力をかりて戦局を好転させようとしたのだという。そのために潜水艦に暗号解読装置を載せて深海のクトゥルフのもとに向かわせた。クトゥルフはその潜水艦と合体した。しかも召喚されたクトゥルフは七十年の時空をへだてて日本に降臨するのだという。

それを知ったとたんに菫花はニラカに変身する。クトゥルフと戦うために。

事件4　首飾りが呼ぶ怪と海

旅硝子

プロローグ・事件の入り口

――千葉県某市……。

真夜中のさびれた港で、何人かの男たちが一隻の漁船の出港準備をしていた。その漁船の側面には、まるで装甲武装を施すかのように鉄板が張り付けてあった。

そして積み込んだ荷の一つは明らかに布に包まれた人の形をしていた。

「三百年も続いた習わしじゃが、町の人口が減り、すっかり外から若い女子《おなご》が寄りつかなくって……。村人が次々と死に始めたときは、もう戦うしかないかと思ったが……」

「こんな粗末《そまつ》な装備で戦えるものか……。直前に贄《にえ》が見つかってほんに良かった」

「あとは船長に任せれば、魚もまた明日から戻るだろう」

乗り込んだのは老人一人――のように思えたが、船が沖に出た頃、どこからか二つの人影が甲板《かんぱん》に現れた。一人は若い女性、もう一人は高校生と思しき学生服姿の若者。

老船長が驚きの声を上げると、

「ある人物を追っていて相棒と離れてしまった。あたしの世界と似ているようで異なるこの世界――戻るための鍵がこの船にあるらしいので、こっそり乗り込ませてもらった」

答えたのは女性だった。若者の方は我関せずといった表情で、ぼうっと暗い海を見つめている。

「そうかい、もう戻ることのないこの船で、戻りなさるのか。それじゃあ、ほれ、月明かりに光る泡沫《うたかた》のごときこのひと時に、わしの最後の話を聞いてくだされ」

老人は消え入りそうな声で語りだした。


わしと一緒にこの船に乗ってた男どもは、みぃんないなくなっちまった。じゃが、この街じゃ、珍しい事でもない。海の神様の御機嫌ば損《そこ》ねると、きれいさっぱり消え失せるくらいは当たり前じゃ。

この第八優福丸が鰹《かつお》漁に出たのは、一カ月ほど前のことじゃ。

うちの船でやっととったのは引き網《あみ》漁でな、いつもより随分獲《と》れたと嬉しゅうて、もう甲板で捌《さば》いて刺身にして、地酒で乾杯しとる奴までおった。

最後の引き網が上がったのは、その時じゃった。


「なっ……」

あの声は、引き揚げ機を回しとった洋平じゃ。言葉に詰まって何も言えんかった洋平の隣で、息子の洋太郎がすぐ後におっそろしい悲鳴を上げた。

「ぎぃやぁあアア!!　人が!　人が死んどる!!」

そのあと洋太郎はぶくぶくと泡噴いて倒れちまって、慌《あわ》てて何人かで囲んで仮眠室ば連れてってやった。

でも、他の漁師どもはそんなに驚いちゃいなかったかもしれんねぇ。なんせ、世界中のどざえもんが集まるなんて言われとるところじゃ。漁船の網に死体が引っかかってたなんてのもちょくちょく聞くしのう。

じゃけど、その網には他になんにも掛かっとらんかった。なのに引き揚げ機の音が随分重かった気ばしたけど、そん時は死体んことで頭がいっぱいだったでのう……いや、なんでもない。

その仏さんは、綺麗な顔したまだ若い男の外人じゃった。とりあえず船さ引き上げてやって、まん丸く開いた目ば閉じてやろうとしたんじゃが、なかなか上手く行かんかった。

みんなで手さ合わせて、港さ着いたら警察に連絡しようと思っとった。――そん時じゃ。

「しかし、随分面白い首飾りば着けとるねぇ」

そんなこと言いながら仏さんの首元さ手ぇ伸ばしたんは、悪戯もんの晋八《しんぱち》じゃった。

「阿呆、仏さんの持ちもんさ手ぇつけんじゃねぇ!」

「盗《と》らねぇよ!? ちょっと見るだけさ」

んなこと言って晋八が首飾りば持った時、仏さんの目がさらにカァッ! と見開いたんじゃ。

ありゃ、お寺さんの仁王像《におうぞう》みたいな――いや、それよりももっと、恐ろしい顔じゃった。

びちゃん、びちゃん、びちゃん、って音がして、なんじゃと思ったら仏さんの足が動いとって、しかもヒレみたいになっとって、甲板ば叩いとって、びっちゃぁん、と海に飛び込んだんじゃ。

首飾りは糸が切れて、晋八の手ん中さ残っとった。

――けど、それから何も起きんかったら、あのことは夢だと俺も、みんなも思えたじゃろうに。

じゃけど……、朝起きたら、洋太郎と晋八が死んどった。

洋太郎はあの後ガタガタ震えながら、なんぞわけのわからんことを叫び続けて、明け方力尽きたみたいに息引き取った。

晋八は……死んだと言ったが、本当は見つかっとらん。甲板に、遺書と晋八の靴が置いてあったんじゃ。

「海の神様が呼んでいる。首飾りが案内してくれる」

書いてあったのはたったそれだけじゃったから、遺書と言っていいかもわからんが――。

警察は、狂って自殺したんじゃろって言っとる。

けど、第八優福丸に乗っとったみんな、背筋が凍りつくほど怯《おび》えとった。――甲板には、遺書と靴だけじゃなく、わしが機関室に保管しておいたはずのあの首飾りが、ちょこん、って置いてあったんじゃ。

わしはその時、首飾りば海さ投げ込んだ。けど、人死には、それで終わりじゃなかったんじゃ。

洋平は、洋太郎が死んだ後、家で酒ば呑みすぎて死んだ。……ってことになっとる。けど、洋平の胃ん中さ入っとったんは、酒じゃのうて海水だったそうじゃ。

東四郎も死んだ。あいつは他の船の奴さ、この話して、笑われたんに怒って喧嘩《けんか》したらしい――東四郎も相手も、二人とも死んじまった。

そして、洋平の時も、東四郎の時も、死体のそばには首飾りがあったそうじゃ。

そして今、首飾りばどうなったか？

――ほれ、ここにある。

この船が出港して、機関室さ戻ったら、ちょこんってこいつが置いてあったんじゃ。

これがここにあるってことは、わしも、海の神様ば、呼ばれとるんじゃ。あの仏さんは、海の神様ん御使い様じゃったんじゃ。

ほぉら、ここじゃ。潮が渦巻いて、きっと海の神様んとこさ行ける。船も連れてっちゃろう……。ボイラーの仕掛けを――ああ、動いたようじゃ。ああ、見える……。渦潮の先に、海の神様が……。

言い終わるやいなや船長は立ち上がり、甲板にあった布で包んだ人の形の積み荷を海に投げ込んだ。

直後に起きた爆発音を最後に、第八優福丸は消息を絶つ。船長である井尾平蔵の死体は、海岸に打ち上げられているところを発見された――。

一

——現代より、七十八年の時を遡《さかのぼ》る。

千葉県某市にて演習中の軍人が行方不明になり、後に死体で発見される事件が発生。この事件の調査を命じられた大日本帝国陸軍中尉・神門帯刀《ごとうたてわき》は拝命後即座に現地へ向かい、隣町より某市に続く旧いトンネルへと足を踏み入れた。

深い深いねっとりとした闇。トンネルの中には、波が外壁に叩き付けられるかのような音が響いている。

——刹那《せつな》、鼓膜《こまく》を破るが如き轟音《ごうおん》が響く。まとわりついた空気にもみくちゃにされる感覚が、神門を襲った。耳鳴りと眩暈《めまい》の中、腰の拳銃に手を伸ばし——たところで意識が遠のいていった。

ぐらりと身体が揺れて、突如視界に光が戻った。漆黒《しっこく》から明光へ、神門の視覚が捉えたのは——机の足、そしてその下に広がる良質の絨毯《じゅうたん》だった。

起き上がった神門の目に入ったのは見たこともない不思議な機械だった。上には最新機械式テレビジョンに良く似た画面が、下には平仮名とアルファベットが書かれたボタンがタイプライターのように並んでいる。試しにボタンを押した手を見、神門は思わず息を呑んだ。

己の手ではない。己の手はこんなにも柔らかく、傷も豆もない白い手ではない。見渡せば机の隅に置かれた鏡に細面《ほそおもて》の眼鏡を掛けた、二十代半ばほどの男が映っていた。生白く覇気《はき》のないその顔に舌打ちすれば、鏡の男がやはり舌打ちする。一体どのような原理かは知らぬが、己の身体が変わってしまったに違いなかった。

現状を把握しようと、即座に神門は窓の外や他の部屋を見て回る——その動きが鍛《きた》え上げた本来の己よりずっと鈍重であることに、思わず苛立《いらだ》ちの溜め息が零《こぼ》れるのだった。

二

第八優福丸の乗組員が外国人の死体を引き揚げてからひと月後、船長である井尾平蔵は、狂気に侵された笑みに彩られた声を流しながら、爆発音と共に水没した。

爆発直前に海に投げ込まれたのは、町で募集したアルバイトに応じて、前日に訪れた藤本韮花《にらか》だった。海中に投げ込まれた韮花は、生命の危機を感じて瞬時に限界少女ニラカへと変身した。まるで水中ではなく美しい庭園にでもいるように、平然と彼女は眼鏡を上げる。

「……」

学生服姿の青年――内原富手夫《ないばらふてお》がその様子を見ながら喉《のど》を押さえていた。だが、自分が死にかけているにもかかわらず、彼は自分の状況に危機感を抱いているとは思えない。

「ったく、トチ狂った爺さんだ！」

吐き捨てるように言い放ったのは、砲弾《ほうだん》のような胸を持つプロポーション抜群《ばつぐん》の女性だった。オカルト犯罪者の手がかりを求めて船へともぐりこんだ彼女――龍頭麗華《りゅうずれいか》の言葉は、水中でもはっきり音を為した。

オカルトや魔術が実在する並行宇宙から来た龍頭は、オカルト犯罪を取り締まる捜査官だ。魔術書を盗んだ魔術師を追って、この世界に来たのである。開いた掌《てのひら》の硝子《がらす》の破片は相棒の呪禁官が龍頭のために誂《あつら》えた品で、水中に散らすことによって、わずかな時間であれば呼吸を可能にする。

「がはっ⁉」

突然、斜め後方からの強烈な衝撃が一同を襲う。

「ちっ……おまえら、あたしに掴まりな！」

そう呼びかけ、魔術を展開する龍頭。ニラカが内原を引っ張りながら、龍頭の腰の辺りに掴まる。

真言《しんごん》を唱え、術式を完成させた龍頭は、地を蹴《け》るかのように水中を走り出した。古武術の技能であり武術系魔術でもある縮地法ならば超高速移動が可能、故に水中呼吸が不可能な内原が窒息《ちっそく》する前に、水面へと顔を出そうとしたとき——またもや巨大な衝撃が、一行を襲った。

抗いようのない水流が一行を呑みこみ押し流す。

「あれは……神殿？」

もがく中、ニラカが視界の先に巨大な石造りの建物のようなものを捉えて呟《つぶや》く。一行は、その入り口へと吸い込まれていった。

三

この海域に三人が現れるより、少々前のこと。

折しも日本の潜水艦が潜航していた——。


そしてその近くに、人間の上半身と魚の下半身を持つ、Triton《トリトン》と呼ばれるNodens《ノーデンス》の眷属が現れた。同族の仲間達とサッカーに似た遊び（死んだオウム貝の殻を、尾ではたいてゴールに入れる）に明け暮れる。

スポーツが終われば次は宴会と言うのも、地上でも深き海でも変わらぬところなのであろう。さんざんやって疲れた所に酒をたらふく飲んだせいか、ノーデンスのお供をして法螺貝《ほらがい》を海中で吹いていた一体が、気が付くと独り取り残されていた。慌てて追っかけようと猛スピードで海中を爆泳し——。

その少し離れたところにMi-Go《ミ＝ゴ》と呼ばれる、背に羽があり昆虫と蟹と蜘蛛を合わせたような生物が泳ぎこんできた。仲間達と海底へ鉱脈を探しにやって来た彼は、単独で深い所を調査していた。

そのさなか、南極近く——かつては敵対勢力の棲みかであり今は廃墟となっている場所に鉱脈があったとの知らせ《テレパシー》が入る。急ぎ合流地点であるここに辿《たど》り着いた時には、皆、南極へ向かった後だった。慌てて超高速で後を追おうとしたところ——

これらの偶然が重なり、海底を揺るがす不幸な衝突事故が立て続けに起きたのは、不運としかいいようがない。爆音と衝撃波があたりに響き、龍頭、ニラカ、富手夫の三人を海の底のさらに果て——海底神殿の入り口へと放り込んでしまったのだ。

当のトリトンとミ＝ゴは、ぶつかったことすら気づかぬように、それぞれの目的地に向かっていった。

四

海流に流された龍頭の意識が徐々に浮上する。

「ここは……」

確か自分達は、水中にいたはずだが——。そのとき、

（ず……か……、りゅ……ず……れい……か……龍頭……麗華……）

自分を呼ぶ声が聞こえる。周囲の状況を確かめようと首を動かした彼女は、何かの気配を感じ取った。

「誰……だ……」

（我を……け入れよ……）

人のシルエットが揺らめきながら浮かび上がり、徐々にはっきりしていく。ネイティブアメリカン——？　しかしその姿は透けていて、まるで幽霊のようだった。

「我こそはMisquamacus《ミスクアマカス》——大いなる力をもつ怨霊なり……。龍頭よ……。我を受け入れよ……。皆を助けて欲しくば……我を……」

どうやらその彼は、ニラカや富手夫を助けることを条件に、自分を受け入れさせようとしている

らしい。

「本当に助けることができるのか？」

「……できる。まずは……Tsathoggua《ツァトゥグァ》の落とし仔《ご》を……召喚してみせよう」

「そんなものはいらん。失せろ」

そう言って、龍頭は回し蹴りを食らわせた。綺麗に爪先がその人影へと食い込む。

（おのれ……人間ども……また失敗か……今度こそ復活できると思ったのに……）

実は先刻、今度こそと思って取り憑いた人物が、突如、潜水艦事故に巻き込まれて死んでしまったのだ。仕方なくその身体から抜け出したら、目の前に美女——龍頭がいたのだが。

ミスクァマカスは再び現れたときと同じように揺らめき消えていった。龍頭はふっと意識が自らの身体に戻るのを感じた。

「夢、か……？」

目を開けると石造りの部屋の中だった。壁も床もぼおっと光り、室内を照らしている。触ると水気を帯《お》びており、磯臭いにおいが周囲を包んでいた。

見まわすと、他にも気を失って倒れている者が何人か——そして、中年男が一人、部屋の隅に立っている。

小太りの身体にスーツ一式、それにインバネスコートまで着こなし、ちょこんと帽子を乗せた、眼鏡《めがね》の男。濡れていない様子を見ると、流されてきたのではないらしい。

倒れていたニラカもちょうど意識を取り戻し、

「おはようございます、龍頭さん」

まるで近所で出会ったかのような口調に、半分呆れつつ、半分警戒しつつ龍頭も挨拶《あいさつ》を返す。

倒れている一人に近寄ると、同性である龍頭が見ても、整った顔立ちと恵まれたプロポーションを持った女性だった。無造作に肩を揺さぶると、呻《うめ》き声を上げてゆっくりと目を開け——息を呑み、目の前にいた龍頭に慌ててしがみつく。

「こ、ここはどこ⁉　助けてよぉ！」

「……これが普通の反応だよな」

思わず肩を竦める龍頭。そして女の声に意識を揺さぶられたか、残る人々も動き出す。次に起き上がったのは、富手夫であった。

「……」

起き上がった瞬間からもはや何にも興味がなさそうなその様子に、彼も一般人からはみ出した奴と判断し龍頭は放っておくことにした。

「え、えっと……あの、ここは……一体……」

その次に起きた一人、長身の青年が、明らかに戸惑《とまど》ったような顔をしている。異国の血が混じっているような彫りの深い顔立ち。だが身につける服装は古めかしく、細身ながらも鍛《きた》え上げられた体格。だが、その表情は、完全に困惑《こんわく》に染まっていた。

「……え？　あれ？　これ……僕、ですか⁉」

それに自分の手を見たり服を見たり、顔を触ったりしている様子は、さすがに只事《ただごと》ではない。

「あ、あの、鏡！　鏡ありませんか⁉」

「どうぞ、代用品ですけれど」

慌てる青年にニラカが剣を突き付けた。

「ひぃ⁉」

身を引く青年に、ニラカはにっこりと微笑む。

「ご安心くださいませ。単なる鏡代わりですわ」

確かにしっかりと磨《みが》かれた剣には、よく物が映っているが——ともあれ。

「ぼ、僕じゃないぃぃぃぃぃぃぃぃ⁉」

剣に映った顔を見た青年の悲鳴が、石造りの湿った部屋に響き渡った。

「え、えっと……ここ、どこですか……？」

「恐らくは、海の底だと思いますわ」

ここまでの経緯を聞かされた青年の怯《おび》えた問いに、ニラカが説明する。水流に巻き込まれる時に見た神殿の中であろうと。

「で、この……僕の身体は何者なんですか？」

「わかりませんわ」

床にちょこんと座ったまま、首を横に振るニラカ。

「どうしよう……元の僕よりイケメンだしモテそうだけど、そういう問題でもないし……」

「あら、その顔、私好みよ……逞しくて……」

困惑している青年の胸に、先ほどのプロポーションの良い女がしなだれかかってきた。

「いきなり順応してナンパしてんじゃねぇよ」

龍頭が呆れ顔で引っぺがす。

「微妙に嬉しくない……」

青年が遠い目をする。自分のものではない顔を褒《ほ》められても、それはそうであろう。膝《ひざ》を抱えて座り込む青年。

「ここで悩んでても仕方ありませんわ。まずは、ここがどこだか確かめましょう」

そんな青年に、ニラカが諭す。

「それもそうだな。で、おまえ、名前は？」

「あ、うん。佐藤範《はん》一郎」

龍頭の問いに答える青年。本来の職業は物書きとのこと。

「僕は自分の家でパソコンをしてて――取材した事件の記録の整理をしていたんです。突然、もの凄《すご》い音がして……気づいたらここにいました」

「そうか。行くぞ」

あっさり頷《うなず》く龍頭の反応も、常人ではない。

「えっあっ、僕はまだ誰の名前も聞いてな……」

「あっはーい、アタシはリリカっていうの！」

範一郎にしなだれかかったプロポーションのよい女が名乗る。

服が濡れているのは龍頭と、ニラカ、富手夫のみ――ということは、海底から流されてきたのはこの三人だけらしい。とりあえず龍頭の呪文で三人の衣服を乾かし、一行は出口を求め歩き出した。

しんがりについた範一郎の爪先に、こつんと衝撃。

「……あれ？　これは……」

靴に当たったものを、範一郎は拾い上げた。

それは第八優福丸が外国人の死体とともに引き揚げた象牙細工の首飾り——。くるくるとひっくり返してその様子を確かめている範一郎を、ニラカに引っ張られて目の前を歩いていた富手夫がいきなり振り返る。

「……」

彼は無言のまま、じっと首飾りをみていたが、それが何か確かめたように、つかつかと範一郎に近付いて。

「貸せ」

「へっ？」

それまでの無関心さが嘘だったかのように、厳しい口調と真摯《しんし》な表情で、首飾りを取り上げる。

「お前には必要のないものだ」

首飾りを無造作《むぞうさ》に仕舞い、背を向ける富手夫。

その時には、すでにそれまでと同じように、全てに無関心な態度へと戻っていた。

「いや、いいけど……うん……」

釈然としないまま昏《くら》い通路へと入り込む彼の、さらに後方——突き出た瞳。ぬめる鱗《うろこ》。首には鰓《えら》。水掻《か》きすらも持つモノが、ゆっくり、けれど着実に、彼らの後を追いかけて行った。

五

——見知らぬ男の身体に魂を宿してしまった神門は、翌日にはほぼ状況を把握《はあく》していた。男の名は佐藤範一郎、この家に一人暮らし、独身、物書き。交友関係も広くはないようだ。
偶然か必然か——この男は、第八優福丸という漁船について調べていたようだった。そして昨晩、船長一人を乗せて沖合に出ていった第八優福丸が消息を絶ち、その残骸《ざんがい》が浜辺に打ち寄せられていたと今朝のニュースが告げていた。

一カ月前に外国人の死体を引き揚げてから、乗員達の連続変死・失踪《しっそう》が続いているという佐藤の調査記録を見て、神門は己が調査を命じられた軍人変死事件と似た匂いを感じとった。

それから一週間、昼間は図書館に籠《こも》って七十八年前の事件についての資料を集め、夜は物書きの取材と称して第八優福丸の事件を探る毎日が続いた。そして、一つの事件が浮かび上がった。

――「戻り船伝説」。

ちょうど七十八年前、不可思議な漁船が漂着した。釜《かま》には炊き立ての飯が、鍋には出来たばかりの味噌汁が湯気を立て、食事の準備が丁寧に整えられ――乗組員だけが影も形もなかったのだ。

その後、街の住民や来訪者が次々に失踪・変死を遂げていく。――奇怪な事件として取り上げている七十八年前の新聞には、もう一つ意味を持ったことが書かれていた。

象牙細工の首飾り――。

無人の船で見つかったとあるその写真は、第八優福丸の変死体の傍にあったという噂の首飾りと、全く同じ特徴を有していた。――そう、変死体の傍に何度も出没したという点まで。

この二つの事件に関連性があるのは確か――そう結論付けた神門の前に警官が立ちはだかったのは、図書館を後にした夕方のことであった。

第八優福丸の事件について、話を聞きたい。

丁寧な口ぶりであったが、断ればさらに面倒になる――今も昔も、そういうものだ。

大人しく頷き、神門は警察車両へ乗り込んだ。

六

海流に飲み込まれてから、どれほどの日にちが経ったのか――。その時間は永遠にも感じられたが、腹も減らず眠くもならないところを見ると、時間の流れ方が尋常《じんじょう》ではないらしい。

時に研《と》ぎ澄ました感覚で、時に魔術の力で、そしてたまには錠前《じょうまえ》を剣で叩き斬り――慎重《しんちょう》かつ大胆に一同が進むにつれて、その建造物は徐々に奇妙な様相を露《あらわ》にしつつあった。

建物の構造が、ねじれている。二次元なら、たやすく表現されるメビウスのように交わった通路。それが三次元に現れ――空間がねじれているように、一行には感じ取れた。

「この部屋、さっき来なかったか？」

「来ましたわ」

龍頭の言葉に、ニラカがすぐさま頷く。

「で、でも僕達、階段を上ってしかいないのに」

「そういうものなんだよ」

範一郎が慌てて振り返ると、そこには人の良さそうな笑みを浮かべた食屍鬼《しょくしき》が立っていた。

「そういうものって……誰だっ!?」

驚く範一郎に、笑みを深めて食屍鬼は申し出る。

「私なら、この神殿を正確に案内できる。どうだい、案内人を任せてみないか？」

「案内人？」

声を上げたのは、龍頭である。

「あのーぅ……」

そして、さらに後ろからの控えめな声に振り向けば、そこにいたのは、気の弱そうな中肉中背の中年男性である。

「あの、私も一刻も早く帰りたいのです。どうか、案内していただけないでしょうか……」

ぺこりぺこりと頭を下げる男。その喋り方に反してどこか鋭い視線が、ちらりと富手夫の僅《わず》かに膨《ふく》らんだポケットへと注がれた。

「お願いします」

どうしようか、と言うようにニラカとリリカが視線を交わす。

「別にいいけどよ、おっさん三人いてもわけわかんねぇから、そこ、なんとかしようぜ」

龍頭が食屍鬼を含めた三人の中年男を指し示して言い放つ。食屍鬼をおっさんのうちに入れてもいいのか、範一郎の思考が追いつかないうちに。

「あ、はい、私、砂原四郎です」

気弱そうな中年男が答える。

「まぁ、『M』とでも呼んでくれ」

そう続けて言ったのは食屍鬼である。

「あ、じゃあ私は〝おっさん〟でいいですかね」

そしてインバネスコートの男の一言で話をまとめ、さっさと呼称を統一する中年男達であった。


ともあれ、食屍鬼のMと出会ったおかげで、いくつかの危機を上手く回避することが出来た。その一つはディープワンの群れ。M曰く、「その中には四十メートルを超える変異体（数万年の年を経て巨大な体躯を獲得した）がいて、全容を把握することも難しい巨躯は人間の原始的な遺伝子記憶を震撼させる」

その他にも石壁の向こうと思《おぼ》しき場所から突然、

「これ、うちの宿六なんだけど、見なかった？」

とのやたら親しげな声と共に直接全員の脳内に世にもおぞましき姿が送り込まれて悲鳴が上がった。それが夫に浮気されかけた妻のテレパシーだとわかってみんな微妙な顔を見合わせ、丁寧に見かけていないと答えた。

その後も、霞《かすみ》の如き半透明の巨大なヘラジカが、人間の存在など全くお構いなしにゆったりと何かを探して歩き回り、その実体のない脚に踏まれた者達が悪寒に身を震わせるなど、奇妙なモノ達と数々の接触を繰り広げた。

「もう、何を見ても驚かない気がします……」

そう諦《あきら》めたように呟いた範一郎は、「良いことではありませんか」と微笑んだニラカに、ぐったりとした顔になった。

延々と下り階段を上った先にあったのは、柵《さく》のある、突き出たバルコニーのような場所だった。

柵の向こうから薄っすらと光が射しこんでいる。よく見ると柵の一メートルほど外側に、薄いぬらぬらとした膜のようなものが薄っすらと見えた。そして膜の向こう側には、藍色に見える空間。光はそこからだった。

「海……？」

とニラカ。柵から身を乗り出して下を覗きこむと蛍光《けいこう》色の巨大なウミユリが繁茂《はんも》し、図鑑で見たことのある鎧《よろい》じみた外骨格を持つ巨大魚――大きさは二メートルを超え、凶悪な歯を見せている魚たちが悠然《ゆうぜん》と泳いでいた。いや、それだけではない。中にはおなかの部分に人間の顔を貼り付けたような模様を持つ、古代魚と同じくらいの大きさの蜘蛛《くも》までいる。

「うわぁぁぁぁ！」

その光景を見た範一郎が悲鳴を上げる。古代魚の口元に引っかかっていたもの……それは、マネキンには見えない人の腕だった。

「ほ、本当に海の中だったんだ……」

「そのようだな」

龍頭が平然と膜に指を突っ込めば、それを突き抜けまとわりつく水の感触。古代魚の顎《あご》が彼女の指をソーセージ代わりにしようとする直前ですっと指を抜けば、生臭さを含んだ磯の臭いがその指から放たれていた。

「落ちたら、死ぬな」

「ええ。そうでしょうね。ところで、なぜ範一郎さんは、柵を越えようとしていらっしゃいますの？」

「……え？」

ニラカの言葉に、範一郎がきょとんとした声を上げ、柵の上に乗せられた自分の足、今まさに体重をかけようとしていた手を見て――悲鳴。

「何してんだよおまえ」

振り返った龍頭が範一郎の襟首を引っ掴んで引き戻し――ぎょっとした顔になる。彼女もまた、柵に足をかけ、飛び込もうとしていたのだ。

「引き込まれている……!?」

「そういえば、わたしも」

ニラカも剣の柄に触れ、抜きかけては止める。

「この剣で喉を刺したくなってきました……」

その向こう側では、四郎が何かを叫びながら、膜の向こうある危険な海へと引き寄せられかけ、Mが自分の首を絞める右手と格闘していた。自殺衝動は、人ではないものにも容赦《ようしゃ》なく襲い掛かっているらしい。と、そんな中、取り出した包丁が己の喉に向かないようにしていた富手夫の目に、女の姿が映った。

塔の形の冠《かんむり》に、三重のベールが揺れる。顔はそれによって遮《さえぎ》られているが、ぎらりと光る瞳だけはベールの上からでもはっきりと見えた。

「死ね」

その女の姿が近づくほどに、喉を掻っ切りたい衝動が強くなり、富手夫は必死に奥歯を噛む。自死せぬよう耐えているのは、他の誰もが同じ。

――否。

一人だけ、ぽかんとしている者がいた。

「え……と？」

「罪持つ母親よ、己によって己を殺せ」

びしりと女が指したのは、リリカだったのだ。

――ベールの女曰く、リリカは娘を亡くしたばかり――不倫した挙げ句に娘を連れ相手と結ばれて、けれど娘は男の手によって殺された。

子を失った母の元には、悲しみの三姉妹が現れる。けれど悲しみによる発狂を司《つかさど》る長女も、悲しみによる深い絶望を司る次女も、彼女を狂わせられず、絶望もさせられなかった。それもそのはず、リリカは悲しむどころか、好きな男と暮らすために娘は邪魔だと思っていたのだから。

だから、自分が現れた――とベールの女は告げる。悲しみの三姉妹の三女、司るものは、悲しみによる自殺。何としてでも罪を背負った母親を自殺に追い込もうと、自死衝動を撒《ま》き散らしたのだ。

「よし死ね」

龍頭が言い放ち、他の者達からも冷たい視線を向けられて、リリカは慌てて首を振る。

「ちょっと待って！　それアタシじゃない！」

「ではどなたなんですの？」

ニラカが冷たい声のまま問う。と、リリカはぶんぶんと首を横に振って、手を祈るように組む。

「いや今アタシが変身してる女かもしれないけど！　アタシじゃないの信じて！」

「……え？」

全員の言葉が重なる。悲しみの三女も含めて。

「いや……ほら、そこそこ綺麗な女がいたから、活動しやすいように姿もらったっていうか？」

「では、元の女はどうした」

「殺して魔物にあげちゃった……」

「それでは自殺させられないではないか！」

「まぁ、ほら、因果応報？　……あっ、あたし、帰ります！」

しゅた、と右手を挙げ、リリカは笑顔のまま二、三歩後ずさる。くるりと回れ右して、上ってきた通路へ身を躍《おど》らせた。

「待て！」

「やです！　あっ、大いなる古き者、リリスたるアタシを信仰したかったら是非連絡ちょうだいね！　それじゃ！」

階段を凄《すさ》まじい勢いで逃げるリリス。その後を追う悲しみの三女。後に残されたのは、嵐に吹き荒らされたように呆然とする一同ばかりであった。

自殺衝動から逃れ、バルコニーを去ろうと進路を回れ右した瞬間、今度は進もうとしたMが凄まじい勢いで吹っ飛ばされた。

「……ぐふっ！」

真後ろにいた範一郎が巻き込まれ、一緒に柵に激突する。衝撃で柵の柱が外れ、身を半分ほど放り出された。視界にうつるのは、危険な海を閉じ込めた膜。ひ、と息を呑み慌てて海から遠ざかる範一郎。

Mが向かった先からぬっと現れた姿に、はっと範一郎は息を呑んだ。

「……セベク？」

筋骨隆々《きんこつりゅうりゅう》の身体に、大きな鰐《わに》の頭部。

顎の力は強力で、牙は鋭く、ただの人間ならば一噛みで殺せてしまうだろうその姿は——大いなる古き者、セベクに瓜《うり》二つであった。

範一郎は大学時代に、考古学研究室の手伝いとしてエジプトを訪れたことがあった。彼が師事していた日本の大学の教授と、アメリカのミスカトニック大学の考古学部の教授、そして両大学の学生達によって、合同調査隊が組織されたからだ。

けれど、彼らが発掘したのは、ピラミッドではない神殿だった。神殿には石碑《せきひ》が安置されており、そこに記《しる》された文言《もんごん》から、彼らはそれがセベクと呼ばれる神を祀《まつ》っていた神殿と確信するにいたる。調査隊は記されていた碑文を記録し、発掘した神殿を後にした。

ところがこの時、雇われていた者の一人が碑文の一枚を盗み出してしまう。一部でも欠ければ恐ろしい災いが降りかかると、神殿の碑文に記されていたのを知らずに。

盗まれた碑文そのものは、ミスカトニック大学の関係者の手で、さっさと取り戻し神殿に返したのだが——その時には、セベクの呪いとでもいうべき、不可解な事件が発生していた。あとでわかったことだが、碑文を盗み出した者を含め、神殿に関わった者たちさえも、次々と不可解な死を遂げていたらしい。

そして、この死をもたらした存在……すなわちセベクは、佐藤範一郎の魂の気配を追って、こんな場所まで辿り着いてしまったのだ――。

ニラカの刃が固い鰐の表皮に弾かれ、龍頭の拳が人外の筋肉に弾かれた。セベクが狙うのは、範一郎のみ――！

一噛みで頭を砕こうとする顎を、慌てて避ける。その動きは範一郎本来のものというよりは、鍛え上げられた借り物の肉体の力が大きい――が、やはり操るのは一般人たる範一郎である。

顔を庇《かば》った腕を牙が掠《かす》め、血が跳ねる。鋭い痛みと共に左手首から先を噛み千切られ――

「⁉」

左手は何事もなかったかのように付いている。痛みも消え――しかし、手首の部分に、まるで繋ぎ目のように玉虫色の謎の筋が薄っすらと滲んでいた。そして力が、その左手に流れ込んでくる！

「ふっ！」

身体が動くままに、範一郎はセベクの筋肉の隙間、鳩尾《みぞおち》を狙い拳を叩き込む。ぐらりとよろめいたセベクの瞳がその輝く腕を見て――ニィと笑った。

まるで、その正体を知るかのように。

残忍《ざんにん》に目を細めてからくるりと背を向け、セベクは悠々と去っていく。その姿を、一行は思わず範一郎の腕と見比べる。

「これで僕も戦えますかね⁉」

「下手に動くと巻き込まれて死ぬぞ」

たしなめる龍頭。

「はい……」

陶然と左拳を眺める範一郎の目に、薄っすら狂気が漂い始めていた。

「ところで、富手夫くん」

インバネスの男が富手夫に話しかける。だが彼は、興味なさそうに一瞥をくれたのみだ。

「確か、船の上で料理人と言っていましたね」

そっけなく頷く富手夫にインバネスの男は重ねて問う。

「ゾーネン＝タトールィという名に、心当たりはありませんか？」

「は？」

「いえ、それに関わる秘密を知らないかと。実は、菓子作りに関わる男達が話していたので」

「知らん、俺はイカモノ料理専門……」

口を開きかけた富手夫が、ふと眉を寄せる。

「ゾーネン＝タトールィ？」

「そう！　それですそれです！」

――インバネスの男は人間ではない。既に百年ほどは、人間の中で暮らしているが。ゾーネン＝タトールィ、それは彼が新たな大いなる古き者かもしれぬと思い、しばし追っていた名なのだ。

「もっとゾーネン＝タトールィを……」

その名を聞いたのは、とある製菓工場での見学会だった。隅の方で話していた作業員達の会話を、人に変じても鋭い聴覚は、的確に捉える。

「……だから……それは駄目だ……。やはり……ゾーネン＝タトールィは甘過ぎる」

専門用語の数々は理解できなかったが、それだけは聞き取れた――甘過ぎる。つまり、付け入られる隙が多いという事だろうか？

真意を確かめるべく、その製菓会社に入り込み、情報収集し――ついにはその正体を明かして人間を発狂させたものの、芳《かんば》しい成果はなかった。

重ねて問おうとしたとき、後ろから範一郎の声がした。

「……増粘多糖類がどうか？」

はっと男が振り向けば、きょとんとした顔の範一郎と目が合う。

「範一郎さんも知ってらっしゃるんですか!?」

「ええ。でも料理人の富手夫くんの方が詳しいとは思いますが」

しかし、富手夫はもう興味をなくしてそっぽを向いていた。仕方ないので自分で話す範一郎。

「増粘多糖類はですね、食べ物の食感やとろみを調整する為に使われるものなんです」

「……え？　食べ物、ですか？」

「まぁそうです。正確には食品添加物ですけど」

新たな神の発見という夢が砕けて散っていく。

「ちなみに糖だけど甘くないです」

「甘く……ないんですか……はぁ」

彼は沈みきった表情で、溜め息を吐《つ》いた。

彼が新たな興味の対象を見つけて元気を取り戻すまでは、まだしばらくかかりそうである。


一行は、今度は上り階段を下っていた。歩いていると、両側の壁が次第に高くなり、階段の横幅も広がっていく。その横幅と壁の高さは、これまでたどってきた石造りの建物に収まっているとは思えない大きさになっていった。


ようやく階段が終わると、その先は広場になっており、周囲の壁そのものがほんのりと光っている。しかし、その光をもってしても、天井は見えない。それほど高い天井を持つ広場の中央に――カピバラがいた。

正確に言うならば、背中に蝙蝠の如き羽を持つ二足歩行で見上げるほどの大きさをした、巨大カピバラだ。

「お台場で見たロボットと同じくらい……」

そのあり得ない大きさに、範一郎がぼそりとつぶやく。明らかに異常な生命体に、一同揃《そろ》って回れ右。

「あっ、逃げないでくださいよぉ！」

そんな巨大カピバラが喋った。

「この姿を人間の皆さんに見てほしくて……」

「なぜですの？」

とニラカ。

「いやせっかく変身したので！」

愛嬌を振りまく羽つき巨大カピバラ。よく見ると羽にピンクのリボンが飾ってある。どうやら女の子らしい。

「では、可愛らしく逆立ちでもお願いできる？」

「はい！　お任せください！」

「するのかよ！」

龍頭のツッコミが虚しく響く。

「おー、すごいですわ」

無邪気に拍手するニラカ。得意げなカピバラ。

「お手」

「はいっ」

「おかわり」

「はいっ」

「三回回ってわん」

「いーち、にーい、さーん、わんっ」

——本来彼女は、自らの出自に従い、さまざまに姿を変えながら、人間に恐怖を与える方法を研究していた。その結果、変身するなら海産物より恐竜がいいらしいということに気づいた。

しかしいざ変身してみたら、なぜか「捕まえろ、金になるぞ！」と人間に追い回され、次に似たような姿の怪獣というものに挑戦したら、怖がられたものの「あの顔は放射能を吐くに違いない！」と言われ途方に暮れた。魔法で頑張って炎くらいは吐けるようになったが、放射能は無理だった。

そしてある日、とあるカピバラとの出会いが彼女を変えた。怪獣姿の己を恐れず、平気で草を食べて寝てしまう姿に己の親を思い出し、ふとカピバラの姿を真似て、親を思わせる蝙蝠の羽も付けてみた。

——と言う身の上話を巨大カピバラに聞かされ、全員が「これ、どうしよう」という顔をした。

「で、で！　他にリクエストはありませんか？」

カピバラのお目目がきらきらと輝く。期待に応えようとするその姿は、恐怖を与えようという目的を持っているとは、とても思えない。

「そうだな……」

ゆらりと富手夫が前に出る。

「え、え、何ですかそれ」

「落とし仔が変身したカピバラってのは、一体どんな味がするんだろうと思ってなぁ……」

「ひぃぃぃぃぃ！」

ぽかんぽかんぽかんぽこんぽここん。

体長十八メートルの蹴りはさすがに強烈であった。全員が広間から蹴り出され、なかったはずの扉がバタンと閉まる。

「料理は嫌です……来ないで……くすん……」

中から、カピバラの泣き声が聞こえた。

「ちっ……料理し損ねたか」

「あらぁ、面白かったですのにねぇ」

残念そうに言う富手夫とニラカに、溜め息をつく龍頭と何だか罪悪感を感じてしまう範一郎であった。


広間を追い出された一行は、別の通路に放り込まれていた。さっきまで階段があったはずの場所だが、扉が閉まった瞬間に別の通路に切り替わってしまったらしい。ここでも、建物内の時空がねじれているのだろうか。

通路は螺旋《らせん》状にぐるぐるとゆるやかにのぼっていた。空間の認識能力が合っていれば、ちょうどさっきの広場の真上にあたるだろう。そこは、同じような広さの空間。天井は、それほど高くない。そんな場所に足を踏み入れた刹那、目の前に横たわる巨大な物体。

「料理は……嫌……」

ぴくぴくと痙攣《けいれん》するその姿は、先ほど広場にいたはずの巨大なカピバラだった……。

「うわぁぁぁぁ!!」

その姿を認識した範一郎が、思わず叫び声を上げる。なぜなら、その巨大なカピバラは、なぜか血まみれの活《い》け造りとなっていたのだから……！

周囲を見回す龍頭、影――というより、濃縮された墨のような色の闇が一行を包み始めていた。

「気をつけろ。幻覚だ」

彼女が言い切ると、その闇が生き物のようにごそりと動き、目の前にあったはずのカピバラの活け造りが揺らめいた水面を示すように掻き消える。残ったのは、ただ蠢《うごめ》く闇のみ。

「ショゴスか」

短く言った龍頭がすっと構えを取る。その眼前でもぞもぞと動き始めた闇は、ねばねばとしたスライムのようになりながら、じわりとにじり寄って来た。その身体はまるで興奮しているかのように、細かく震えている。

「ひぃいい……!!」

範一郎が悲鳴を上げて後ずされば、うねりと黒い体から伸びた触手がニラカを襲う――!

が、その触手は鋭利な刃物ですっぱりと切り取られていた。

「こういう嫌なものを見せられると……切り甲斐《がい》がありますわねぇ」

眼鏡をきらめかせ、うっすらと微笑んで。

「て・けりりりゅゅゅぅぅぅ!!」

ショゴスが悲鳴を上げる。躊躇《ためら》いなくその身体をぶつ切りにするニラカ。

「……知識とはなに。全てを知りたい……そのために、全てと一つに……なりたい」

その刹那、ニラカの閃く剣に絶世の美女が映ったように見え、範一郎は思わず振り向く。そこには口元にうっすら笑みを浮かべた四郎が立っていた。

もう一度剣を見ようとした時、龍頭に蹴りをぶち込まれ千切れたショゴスの一部が降って来た。

「知識を得るのはいいですけれど、この外見のあなたに吸収されるのは嫌ですわ」

「この外見じゃなくてもごめんだけどな!」

そんな中、富手夫は、敵対していると思われない程度に距離を取って幻覚を回避しつつ、何かが詰まった小瓶のようなものや包丁を取り出していた。

「何してるの富手夫くん……」

不思議そうに問いかける範一郎。

「言っただろ、料理人だって」

「……まさか⁉」

「だから言っただろ、イカモノ料理人だって……そろそろ材料が上がって来るか」

ちょうど断末魔の悲鳴が響き、スライム状の塊がのべりと地面に伸びたところである。その後ろには、ショゴスの体によって隠されていたらしい調理台のようなものが見えた。

「素材は新鮮が一番だ」

「そういう問題じゃ……」

「そういう問題なんだよ」

調理台に黒く粘る塊を乗せて包丁を振るう富手夫に、範一郎は信じられないという目をした。化け物の切れ端を、調理台にあったフライパンに乗せた瞬間、じゅうっと肉が焼ける音。

「ま、手間もかかってないソテーだが、新鮮なのはこうやって食べるに限るだろ」

富手夫が皿によそったそれは、どう見ても暗黒のスライムであった。が——香りはふんわりと空いた腹を優しく刺激し、美味の予感を感じさせた。

引きつった顔を見合わせた一同は、示し合わせたかのように同時にそれを口に入れ——頬が落ちそうなとろける味わいに目を丸くした。

「……なぜ、あれが」

「この味になるんだ……」

美味と恐怖に引きつる表情を満足げに眺めつつ、富手夫はふと呟く。

(……これで、クトゥルーの炎があれば)

彼は以前、クトゥルーの心臓を手に入れていた。

調理するためにはとっておきの炎が必要。その手がかりがこの首飾りだと聞いてここまで来たのだ――富手夫は、ポケットの首飾りを強く握り締めた。

「あの……ぅ」

匂いにつられたのか、舌鼓をうつ一行の下に現れたのは、小太りで色白の青年だった。

「この騒ぎ……。ひょっとして、あの化け物、倒しちゃったんですか？」

「ええ。今はこのとおりですわ」

ニラカが差し出した皿の上には、さっきまでショゴスだった黒い塊。あ、はい、と戸惑いながらも受け取った彼が、お礼にとこう言い出す。

「ここから脱出する方法を知ってるんですけど……」

その言葉に、ぱっと色めき立つ一同。青年はルリム＝シャイコースと名乗った。

ようやく見つかった貴重な手がかりだと、一行は視線を交わし頷いた。ショゴスのソテーを食べ終え、ルリムの案内に従い歩き出す。

奇妙に曲がりくねり、時に壁や天井が床になったりする不可思議な廊下へと、一行は足を踏み入れる。

「これ、どうなっているんでしょうね……」

気味悪そうに呟いた範一郎に、四郎が答える。

「先ほどそこに、『これなる路、未だ完成せざる神の庵《いおり》に燃え滾《たぎ》る炎揺らめけば、時と空間歪《ゆが》みて惑いの通路となりぬ。この路を通りたる者、目に見えるものに惑わされることなかれ』と書いてありましたよ」

範一郎は、少し考えて口を開く。

「それってだいたい『この建物はまだ工事中で危険な通路もあります。注意して下さい』って意味なんじゃ」

「だいたいそうですね」

頷いた四郎に、何だか脱力した顔をする範一郎。

ふとニラカは何者かの声を聞いた――むしろ脳

に直接話しかけられた気がして、足を止めた。

（もしもし、可愛いお嬢さん。何かお困りのようだが、おじさんが相談に乗ってあげよう）

「あ、ええと、わたし、好きな人がいますので」

そう小さく口に出して返せば、不審な顔で傍《かたわら》にいた龍頭が振り返る。

「どうしたんだ、ニラカ？」

「いえ、ナンパというものを受けたような気がしまして」

ニラカにかけた声の主はドリームランド、オオス＝ナルガイの谷の創造主にして主神。谷間の都市セレファイス及び天上の都市セラニアンの王クラネスであった。

「ナンパと……間違われた……」

現世で話ができる人間と見込んでニラカに声をかけたのだが……、あまりの言われように思わず床に膝を付いた。霊魂だから誰からも見えないが。

創造主にして主神にして王の、それは初めて味わった種類の悲しみであった。

――さらにしばらく、通路どころか重力すらもねじまがったかのような空間を歩いていた時のことである。

気の遠くなるほどの数の曲がり角の一つを折れた時、通路の先に頭からすっぽり頭巾を被り、床に座っている人物がいた。顔が見えず、男か女かもわからない。

「我は地球の実体〝Umr At-Tawil《ウムル・アト＝タウィル》〟なり。汝等がアラビア語に堪能で有れば文法的に〝Tawil At Umr〟であろうと言うやも知れぬが、それは気にせずにおいてもらおう。ここにいる三人の内、誰か一人でもドリームランドに行けば混乱が生じる危険があるので、もし行ける機会があっても行かずに引き返して欲しい。その代わりに答えられる範囲で三人からの質問に答える」

それは目の前の人物から――ではなく、テレパシーのように直接頭に響いてくるような声だった。

「……この建物から出る方法はありますか？」

真っ先に尋ねたのはニラカだった。

「そこの青年が持っている首飾りは、バイアクヘーを喚ぶ力を持つ。〝正しき場所〟で召喚《しょうかん》の呪文を唱え、黄金の蜂蜜酒《ミード》があれば、汝らを乗せて飛び立つだろう」

「召喚の呪文は龍頭さんにお任せしますわ。〝正しき場所〟とは……？」

と質問を重ねる龍頭。

「先ほど汝等に加わった者が知っている」

「やっぱりルリムさんが……」

「かの者は、かつてハイパーボリアで人間に傷を負わされ、永き死にも近い眠りについた。目覚めた今は飢えと渇き、弱き人間に対する復讐――」

「おれは極上のイカモノ料理を仕上げるために、特別な火が必要だ」

今度は富手夫が口を開いた。

「クトゥルーの炎を求めるものか――。〝クトゥルーの炎〟は、全てを焼き尽くす。その首飾りは、〝正しき場所〟にて〝クトゥルーの炎〟をも喚び起こすことができる」

『水神クアタト』って魔術書を知らないか？」

最後に龍頭が問いかける。

「それなら砂原四郎と名乗る男が、持っている」

「あいつも敵か！」

「これで良いだろうか……。さて後は地上の一人だ……」

そう言ったかと思うと、目の前の頭巾姿が陽炎のように揺れ始め、やがて消えた。

地上では神門が留置場に囚われていた。頭に直接語りかけてくる声――

「質問に答える」

というその言葉に、

「どうしたら元の身体に戻れるか」

と尋ねる。

「その未来はまだ確定していない」

「使えない回答だな」

しかし、それ以上、声は聞こえてこなかった。

四人とその声の主との邂逅《かいこう》は、実時間にすれば数分にも満たない間だったろう。

歩き出した一行に、先ほどから後ろについて来ていた気配が飛びかかった！

「ゲギャッ！」

カエルの如き顔と動きが、富手夫へと迫り――次の瞬間、その眉間に包丁が刺さっていた。

「ディープワン料理はだいたいやり尽くした気がするんだけどな……」

呟いた富手夫のポケットに、忍び込む手。

「何してるんだ？」

「い、いいじゃないですか下さいよ……」

弱気の顔だが、けれど絶対に譲らないと富手夫のポケットの中で首飾りを握り締める四郎。

その懐に、無造作に龍頭が手を突っ込んで。

「あっあっ！　何するんですか！」

「こっちは盗品だからな、返してもらうぞ」

龍頭の手の中に収まったのは『水神クタアト』。

「じゃあ首飾りはくれても……」

「良くありませんわ」

言葉と同時に四郎の首から刃が生え、ニラカがその背後からいつもと同じ微笑みを向ける。

「泥棒さんには、お仕置きが必要ですものね」

ぐらりとゆらりと四郎の姿が歪み始め、見る間に絶世の美女とに分裂した。『水神クタアト』を盗んだ魔術師が、四郎と何らかの契約を結び一つの体に同化していたのだ。

魔術師はごぼごぼと喉から血を噴き倒れる一方、四郎は無傷で、蛇のように体をくねらせ壁の石の隙間に消えて行った。

食屍鬼の本性を露にして魔術師の死体にかぶり

つくMの食事風景を横目に、ルリムが「大変でしたね、出口はこの先です」と笑む。

奥へ、深くへと案内されているのは承知しつつ、一行はルリムについていく。

炎のレリーフが描かれた扉が現れ、中に足を踏み入れると、キャンプファイヤーのような櫓《やぐら》が組まれていた。

富手夫は無造作に首飾りを投げつけた。常軌を逸《いっ》した色と熱さの炎が燃え盛る。その火の粉が傍らに立っていたルリムに落ち、あっという間に火に包まれる。

「ふ、不覚……！　おまえたちの血肉によって甦るはずが……！」

燃え上がるルリムの姿が、見る見るアザラシほどの大きさの巨大な白い蛆《うじ》に変わっていった。後に残ったのは焦げ目のついた巨大な〝焼き蛆〟——。

「これでやっと、究極のイカモノ料理ができる。そっちの蛆も添えてやろう」

不富夫は満足げに頷いた。

その瞬間、ごうん、と足元が大きく揺れ——全員が、振動に耐え切れず床へと転がる。

「時は来たれり」

深い声がどこからか響く。

「クトゥルーの炎に火が点《つ》き、すなわち——神殿は、完成せり」

「……そういえば、どこかの通路にまだ未完成って書いてありましたね」

範一郎が呟いた次の瞬間。

ひときわ巨大な振動——神殿が、動く！

揺れ動いたかと思うと床が大きく割れ、ついに姿を現した黒幕は、鉱石掘りのミ＝ゴ。

首飾りをこの神殿に呼び寄せたのは、彼らであった。クトゥルーの炎を点《とも》して完成した神殿を浮上させ、街を襲って生け贄とする人間を狩るため——。

既に鉱石を掘り尽くしかけた彼らは、時を遡り再び鉱石を得ようという目論見を抱いて生け贄を求め。同族を増やしたいというディープワンとの協定を結んだ。人間の半数はディープワンに、もう半数はミ＝ゴに。

一行をも生け贄と為すためにゆっくりとミ＝ゴが近づいた時――範一郎が狂ったように笑い出し、

「殺してやる！　復讐だ！　僕は無敵だ！」

ミ＝ゴに襲いかかろうとする範一郎の左手を龍頭が掴むと、玉虫色だった筋が光り「テケリリ！」と叫んだ。

範一郎の鳩尾に一発食らわせて失神させ、小脇に抱えて、

「とりあえず、撤退だ」

と走り出す龍頭。

一行も後に続いて走る中、Ｍがはっと手を叩く。

「ディープワンの中にいたデカブツを使えば！」

「なるほど。でも、どうやって……？」

首を傾げる一行に不敵に笑ったのは、富手夫。

「ディープワンなんて、頭が弱くて食欲にも弱いに決まってる。好きな料理くらい、作ってやるさ」

「え……材料は」

「そこに優秀な狩人《かりうど》がいるだろ」

指差された乙女二人が、富手夫を睨みつつも口元を緩ませる。

「……いいだろう」

「そのかわり、最後の晩餐《ばんさん》に相応《ふさわ》しいのをお願いしますわね」

二人の強き乙女が、次々と材料を調達する。蜘蛛《くも》の如きモノ、光の塊の如きモノ、やつれたゴムの如きモノ――全て殴られ蹴られ斬られ、まな板に載せられた。ついでに範一郎の傷跡を埋めていた玉虫色の怪しい何かも、引っこ抜いて酢漬けにする。

「離れていてもわかる料理の香り高さを、こうして封じ込めてやれば……」

片っ端から刻んで鍋に入れ、クトゥルーの炎で

調理する。出来上がったのは焼きたての――

「喰らえミ＝ゴ！　富手夫様特製の、具だくさんミートパイだあああああ!!」

顔の正面にべちゃりと張り付くミートパイ。パイ生地が破れて馥郁たる極上の香りがふわりふわりと漂ったかと思えば――轟音。

それは、ようやく足音だと認識できるギリギリの、凄まじい振動を纏った酷い音であった。

部屋の隅に避難した一同の前に壁をぶち破って現れた超巨体のディープワン。確かにそれに見合った破壊力を持つ――だがしかし、その破壊力が制御できなければ！

「グオオオオオオオオオオ!!」

頭からミートパイごと喰らわれたミ＝ゴと、急激な運動をしたため体重で自壊していく巨体のディープワンの断末魔が重なった。

しかし神殿の動きは止まらなかった。何者かに引き寄せられるように上昇を始め――。

七

――千葉県某市。

神門が捕らわれた夜、暗黒の海に海底の神殿が浮上し、町をめがけて接近する。

これこそ伝説の「戻り船」だったのだ。

市内のいたるところで、この地にしか生えぬチビキツルという蔦草が、意思ある生物のごとくに動き出し、市民を襲いはじめていた。海岸からは半魚人姿の化け物――ディープワンたちが現れ、人びとを引き裂き、市内は阿鼻叫喚と化す。

海から迫りくる妖気を感じ取った神門は、難なく留置場を抜け出す。海に向かって走りながら、連続殺人が「戻り船」の妖気に共鳴したチビキツルの仕業だと、ようやく悟る。

浜辺に着くと一人の女性が第八優福丸の残骸のそばで立ち尽くしていた。神門の姿を見ると、

「……あなたは！　ちょうど良い所に……」

「ああ……もしや、博物館の」

女性は、神門が資料を見に訪れた市内の博物館の学芸員だった。彼女の手には、一巻の古文書が握られている。

その二人にチビツキルが狂ったように襲いかかる。反射的に神門は腰に手をやるが——銃はない。

あわや、という時に手斧を持った一人の刑事がチビツキルを断ち切る。神門を連行した刑事だった。

「これは、博物館の奥深くに保管されていた古文書です。『戻り船』を追い払ったという室町時代の神官のもので、『戻り船』は何かに引き寄せられて海上に現れるということと、『戻り船』を海底へ押し返す祝詞が書かれています」

と学芸員の女性。

「何かとは——」

と言って見まわした神門と刑事の目に入ったのは第八優福丸の残骸であった。

「あれか……!?」

「あれが怪異の始まりだった。可能性はある」

刑事は走り寄り、その残骸に火をつける。

学芸員の女性は古文書を開き、祝詞を唱え始める。接近する「戻り船」の速度が弱まり始めた。

その刹那、水中から半魚人姿の化け物が躍り出て、学芸員に襲いかかろうとした。

銃声が鳴り響く。神門の手には、いつの間に抜き取ったのか、刑事のホルスターにあるはずの拳銃が握られていた。

「化け物は私たちに任せて、祝詞を続けなさい」

祝詞を唱える学芸員、襲いかかる半魚人の群れ、銃と手斧で応戦する神門と刑事……。あたりには血腥《ちなまぐ》い臭気が満ち溢れた。

学芸員が祝詞を唱え終わったとき、全ての揺れが止まり——地上まであと少しと迫ろうとしていた神殿は静止し、揺らめきながら消えていく。

足元には、学芸員を護《まも》って命を失った刑事とディープワンの死体が転がっていた。

「押し戻したわ。古文書を残した室町時代の神官のように」

そう言った瞬間、学芸員は緊張と恐怖の糸が切れて泣き崩れる。

八

やがて海上の空に現れたのは、人懐こいバイアクヘーの背に乗った、神殿から脱出した一行。

「結局、神殿を完成させようとしていた力が、この辺り一帯の時空を歪ませていたということなのでしょうか」

そう首を傾げたニラカに、そうだろうな、と頷く龍頭。

「それで、この身体の人と僕の精神と肉体が入れ替わっちゃったってことなんですかね」

「ええ、ですから神殿が完成して時空が戻れば……」

そう言ってニラカは、まじまじと範一郎を見つめる。

「……あなたはまだ戻っていないようですわね」

「え、それってどうしたら」

慌てる範一郎に、曖昧な笑みを浮かべて首を傾げるニラカ。それに、龍頭がくすりと笑って、

「あたしは帰るからな。魔術書は取り戻したし……あたしに捕まるようなことはすんなよ」

次元の扉を開いて、バイアクヘーの上からそのまま龍頭は自分の世界へと去っていく。

「こちらは……まずは、街に帰りましょうか」

「あ、僕もそうしたいです」

「まぁ、適当に」

「お任せしますわ」

明け方の空を、バイアクヘーは飛んで行く。ク

トゥルーの炎で蒸留した黄金の蜂蜜酒は大層な美味だったのか、大変上機嫌な様子であった。

最初に時空の歪みに巻き込まれた旧トンネルの前に、学芸員と神門が立っていた。

「あなた、物書きだったわね」

「本当は軍人だ……。もし、トンネルの向こうに行っても物書きのままだったら、帰って来るよ」

「待ってるわ」

そう明かした神門に、学芸員は涙を溜めて頷く。

「その時は……『こちら側』で君と暮らしてもいいな……物書きとして」

唇に浅い微笑を刻むと、神門はまた歩き出した。

旧トンネルは暗い。

一歩先も見えないほど濃密な暗黒。

その呼吸も出来ないほど濃密な闇に覆われた長い道を神門はゆっくりと歩き続けた。

ほぼ時を同じくして。「神門帯刀」の身体で佐藤範一郎が家に帰ってくると、パソコンの中の調査ファイルが、何者かによって書き足されていた。

けれど、その中身は知らぬ内容ではなかった。

なぜならそれは、彼自身も体験した「神殿」での出来ごとをまとめたものだったのだ。

「……で、僕、元に戻れるのかな……」

そう、つぶやいた時、鼓膜の奥に響く轟音とともに視界が歪む。

気がついて最初に目に入った自分の手は——白く柔らかい見なれたものだった。

握った拳に漲《みなぎ》る驚くほどの握力以外は——。

完

各キャラクターの物語

＊内原富手夫……………………菊地秀行

クトゥルーの心臓を手に入れた内原富手夫は、あることで悩んでいた。これを解決しないかぎり、〈神の料理〉は完成しないのだ。

解決法を求めてさまよっていた彼は、とある海辺の村で、いままさに出港せんとする漁船に潜りこむ。その持ち主たる老人によれば、村で連続する焼死の主たちが、この「第八優福丸」の船員なのは理由がある。

鰹漁にでかけた彼らは、外国人船員の水死体を収容した。そのとき、彼が身につけていた首飾りが異様な炎を放ち、それを浴びた船員たちは、自分たちがやがて、海底の邪神に生命を奪われることを知る。その死体と首飾りは今も、その海域にあるはずだ。双方を始末しない限り、自分の生命はない。

内原はついに解決法を見つけた。天才料理人たる彼にもどうしようもないもの――それは料理のための火だ。クトゥルーの生み出す炎――それを放つ首飾りを求めて、内原富手夫は魔の海へと向かう。

＊神門帯刀……………………朝松健

千葉県某市で起きる謎の連続変死。死者は全て、この街の漁港から鰹漁に出た第八優福丸の船員達であった。

最後に残った老漁師は四人の同行者達に語る。網に掛かった外国の青年の死体と、着けていた首飾りから始まった恐怖の顛末を。

千葉県夜刀浦で、演習中の軍人が行方不明になり、のちに死体で発見された。

事件に敵軍の影がないか、調査を命じられた神門だったが、夜刀浦に続く旧いトンネルで時空の歪みに遭遇し、現代人の物書きの意識と神門の意識が交換される。

七十八年前に起こった事件（神門が調査を命じられた軍人殺害事件）と、現代の事件（第八優福丸の船員連続殺人）との間につながりを感じた神門は物書きとして夜刀浦に投宿。昼は図書館で七十八年前の事件を掘り返しながら、夜は物書きとして第八優福丸の事件を追う。

夜刀浦に残る「戻り船伝説」が事件の謎を解く鍵であることまでは突き止めたが、第八優福丸事件の犯人と疑われ、夜刀浦署に囚われる。

その夜、暗黒の海に海底の神殿が浮上して、夜刀浦めがけて接近する。

これこそ伝説の「戻り船」だったのだ。

拘置所を難なく脱出した物書き(意識は神門)は、夜刀浦署の刑事と、夜刀浦民族博物館の学芸員の女性の力を借りて、迫りくる「戻り船」と闘う。

一方、「戻り船」の接近に伴い、夜刀浦では現地のみで採取される蔦草「チビキツル」が意思ある生物のごとくに動き出し、市民を襲いはじめた。

殺人は「戻り船」の妖気に共鳴したチビキツルの仕業と神門はようやく悟る。

学芸員は「戻り船」を追い払ったという室町時代の神官の古文書を博物館より奪い、そこに記されていた祝詞を唱える。

刑事は神門と学芸員を襲おうとしたチビキツルを斧で断ち切り、さらに、「戻り船」を呼ぶ第八優福丸の残骸に火をつけるが、半魚人の群れに掴まり引き裂かれて殺される。

刑事の拳銃で神門は半魚人の神官を射殺。

学芸員の祝詞がようやく終わった。

その瞬間、「戻り船」は静止し、揺らめきながら消えていく。

「戻り船を押し戻したわ、室町時代の神官のように」

　そう言った瞬間、学芸員は緊張と恐怖の糸が切れて泣き崩れる。

　平和の戻った夜刀浦。

「あなた、物書きだったわね」

「本当は軍人だ」

　と応えてから神門は旧トンネルに向かって歩きはじめた。トンネルに一歩踏み入ってから神門は学芸員に振り返り、

「もし、トンネルの向こう側に行っても物書きのままだったら、帰ってくるよ」

「待ってるわ」

「その時は……『こちら側』で君と暮らしてもいいな。……物書きとして」

　唇に浅い微笑を刻むと、神門はまた歩き出した。

　旧トンネルは暗い。

　一歩先も見えないほど濃密な暗黒。

　その呼吸も出来ないほど濃密な闇に覆われた長い道を神門はゆっくりと歩き続けた。

＊龍頭麗華……………………………………牧野修

　魔術書『水神クタアト』を一人の魔術師が盗み出し、次元の裂け目から別の世界へと逃れた。その後を相棒と追った龍頭だったが、次元の裂け目で相棒と別れてしまう。そしてたどり着いたのが千葉県某市であった。人目を引く美貌の持ち主だった魔術師の足跡を追うと、一つの村にたどり着いた。彼女の目的は勿論『水神クタアト』を取り戻すこと。

＊限界少女ニラカ……………………………山田正紀

　某県の漁港に無人の漁船が漂着した。ふしぎなことにその漁船の電気釜には炊きたての飯、でき

たばかりの味噌汁がまだ湯気をたてていて、テーブルには食事の用意が整っていた。

乗組員だけがいないのだ。

そしてその日から漁村の男女が次々に不審死を遂げていく。

じつはこの漁村では三百年もまえから魚群を漁城に追い込むためにクトゥルフの力をかりていたのだ。毎年、その生け贄のために、外から呼込んだ女性を生け贄にささげるならわしになっていた。

ところが生け贄をささげようにも、そもそも限界集落となって外部から女性が来なくなってしまったのだ。それでクトゥルフが暴れはじめたのだ。

たまりかねた漁師たちは一隻の漁船を装甲武装しそれでクトゥルフと戦おうとした。

出航まぎわに菫花がアルバイト募集に応じて村にやってくる。これをもっけの幸いとして、漁師たちは菫花を「生け贄」として舟に乗せ、出航する。

クトゥルフが現れ、菫花は生け贄として海に放り込まれるが、そのときにはすでに彼女は限界少女ニラカに変身していた。

《本企画の説明および謝辞》

本企画は、「神殿」（ラヴクラフト）をテーマに、本シリーズの人気キャラクター・内原富手夫《ないばらふてお》（『妖神グルメ』・菊地秀行）、神門《ごとう》帯刀《たてわき》（『邪神帝国』、「ダッチ・シュルツの奇怪な事件」／『チャールズ・ウォードの系譜』収録・朝松健）、龍頭《りゅうず》麗華《れいか》（『呪禁官《じゅきんかん》　百怪《ひゃっかい》ト夜行《やこう》ス』・牧野修）、限界少女ニラカ（『クトゥルフ少女戦隊』・山田正紀）と物語の中で出会いたい！　という読者の要望を具現化させた、本邦初の「読者参加企画」です。

参加形式は「メイルゲーム」の手法を基本とし、株式会社クラウドゲートに所属する四人のライター（樹シロカ氏、佐嶋ちよみ氏、高原恵氏、旅硝子氏）から予め掲示された四つの「事件の入り口」に対して、どんな神話生物となり、物語においてどんな役割を演じるかという希望を、読者の皆さまにご応募いただきました。また四人のキャラクターが四つ事件にどう関わるかなど（「各キャラクターの物語」）を、それぞれの著者が執筆。それらをもとに、各ライターが一つの物語として完成させた、四つの作品です。

ご応募くださいました読者の皆さま、キャラクターの使用をご了承くださり原稿を書いてくださって菊地秀行氏、朝松健氏、牧野修氏、山田正紀氏、作品を完成させてくださった四人のライターの皆さま、本企画をご提案くださり、また並々ならぬご協力をくださったクラウドゲート株式会社の担当・姫野里美氏に心よりお礼申し上げます。

なお、出版物として作品を完成するにあたり、募集の際に掲示した「事件の入り口」を一部修正しておりますことを、ご応募いただいた読者の皆さまにお知らせいたします。

編集部

神殿——ユカタン半島の海岸で発見された手記

《H・P・ラヴクラフト》
一八九〇年—一九三七年。アメリカ合衆国ロードアイランド州プロヴィデンスに生まれる。「宇宙的恐怖（コズミック・ホラー）」と呼ばれるSF的なホラー小説の創始者であり、彼が創りだした「邪神—Cthulhu」から「クトゥルー神話」と言われる世界が生まれた。死後、友人であったオーガスト・ダーレスはその作品群を体系化し、自ら創設した「アーカムハウス」という出版社よりラヴクラフトの作品を単行本として出版した。

《増田 まもる》（ますだ・まもる）
一九四九年宮城県生まれ。英米文学翻訳家。一九七五年より翻訳を始め、SFを中心に幻想文学から科学書まで手掛けるジャンルは幅広い。主な訳書は『夢幻会社』『千年紀の民』J・G・バラード、『パラダイス・モーテル』エリック・マコーマック、『古きものたちの墓 クトゥルフ神話への招待』コリン・ウィルソン他など。

一九一七年八月二十日、ドイツ帝国海軍少佐にして潜水艦U29の艦長であるこの私、アルトベルク＝エーレンシュタイン伯爵カール・ハインリッヒは、正確ではないが、おそらく北緯二〇度、西経三五度付近の地点において、航行不能の本艦が横たわっている海底から、手記をおさめた壜《びん》を大西洋に託すことにする。なぜそうするかといえば、ある異常な事実を世界に知らせたいという欲望のせいでもあるが、私自身が生きながらえてそれを果たすのは、おそらくほとんど不可能だからである。というのも、私をとりまく状況は異常であるのとおなじくらい恐るべきものであって、U29が絶望的に航行不能に陥《おちい》ったばかりでなく、わがドイツの鉄の意志さえも、もっとも破滅的な方法で損なわれようとしているからである。

六月十八日の午後、キールを目指すU61に無線で報告したとおり、わが艦はニューヨークからリヴァプールにむかうイギリスの貨物船ヴィクトリー号を、北緯四五度十六分、西経二八度三四分の海域において魚雷攻撃し、海軍本部に提出するための良好な記録映像を撮影するために、船の乗組員がボートで脱出するのを容認した。ヴィクトリー号はまるで絵のように、船首から沈みはじめて船尾を水面高くかかげ、船体を垂直にして海底深く沈んでいった。わが艦のカメラはそのすべてを記録したので、このすばらしいフィルムがついにベルリンに届かないのは痛恨の極みである。その後、われわれは救命ボートを機銃で沈めて潜航した。

日没ごろに浮上してみると、甲板《かんぱん》上で奇妙な形で手すりを握りしめている船員の死体がみつかった。哀れな男はまだ若く、浅黒くてまことに顔立ちがととのい、おそらくはイタリア人かギリシア人で、ヴィクトリー号の乗組員にちがいなかった。明らかに彼は、彼自身の船を破壊することを余儀なくされた、まさにその船に庇護《ひご》を求めたのである――卑劣なる英国がわが祖国にしかけた不当なる侵略戦争の新たな犠牲者というわけだ。部下たちが記念品を求めて遺体をさぐったところ、外套《がいとう》のポケットから、月桂冠をかぶった若者の頭部が彫りこまれた、非常に奇妙な象牙の小片がみつかった。わが同僚の将校であるクレンツェ大尉は、それが非常な年代物で芸術的な価値があると考え、部下からとりあげて自分のものにした。どうしてそれが平凡な船員の所有するものとなったのか、彼にも私にも想像がつかなかった。

死体を船外に投げ捨てようとしたとき、ふたつの出来事が起きて乗組員のあいだに大きな動揺が走った。死体の目は閉ざされていたが、手すりまでひきずっていったとき、その目がかっと見開かれ、死体にかがみこんでいたシュミットとツィンマーをからかうようにじっとみつめたという奇妙な妄想を、多くの者が抱いたらしいのだ。兵曹長《ボースン》のミュラーは年配の男で、迷信深いアルザス出身の豚野郎でなければ、少しは分別もあっただろうが、この妄想にひどく興奮して、水中の死体をじっとみつめたあげく、それが少し沈んでから、手足を引き寄せて泳ぐ態勢になり、水面下を南にむかってすばやく泳ぎ去ったと断言した。クレンツェと私はこうした田舎者の無知のまるだしが不愉快で、部下たち、とりわけミュラーを厳しく叱責した。

翌日、数名の乗組員の病気によって、非常に厄介な状況が生じた。彼らは明らかに、長い航海による神経性の過労に苦しんでおり、悪夢に悩まされていた。何人かはまったく放心状態で、それが仮病でないと納得すると、彼らの任務を解いてやった。海がかなり荒れていたので、われわれは波がそれほどわずらわしくない深度まで潜航した。ここは比較的おだやかだったが、いささか不可解な南にむかう海流があって、われわれの海図では特定することができなかった。病人たちのうめき声はたしかにうっとうしかったが、残りの乗組員たちの士気をくじくほどではなさそうだったので、非常手段には訴えなかった。われわれの計画は、その場にとどまって、ニューヨークの諜報員からの情報で名前のあげられていた定期船ダキア号を撃沈することだった。

夕暮れ近くに浮上してみると、海はいくらかおだやかになっていた。戦艦の煙が北の水平線に見えたが、遠く離れていて、われわれには潜航能力もあるので安全だった。それよりも心配だったのは兵曹長《ボースン》のミュラーのおしゃべりで、それは夜が迫るにつれてますます気ちがいじみたものになっていった。いまわしいほど子どもっぽい口調で、海面下の舷窓の前を死体がいくつも漂っていったとか、それらの死体にじっとみつめられたとか、ふくれあがっているにもかかわらず、わがドイツ軍が輝かしい戦果をあげているあいだに死んでいった戦友たちの死体であることがわかったとか、さまざまな妄想をべらべらとしゃべるのである。そして彼はわれわれがみつけて海に投げ込んだ若者はそのリーダーだといった。これはまことにおぞましく異常な発言だったので、われわれはミュラーに手枷をかけて、たっぷり鞭《むち》をくらわせてやった。部下たちは彼の懲罰《ちょうばつ》に不満そうだったが、規律は不可欠だった。われわれはまた、奇妙な彫刻のほどこされた象牙を海に投げ込むべきだという、ツィンマー水兵に率いられた一団の要求も却下した。

六月二十日、前日から具合の悪かったボームとシュミットというふたりの水兵がいきなり発狂した。ドイツ人の生命は貴重であるから、わが艦に配備された将校のなかに医師がふくまれていないのは残念だったが、恐ろしい呪いにまつわるふたりの絶え間ないたわごとは規律にとってもっとも破壊的だったので、思い切った措置《そち》をとらざるをえなかった。乗組員たちはこの出来事をいかにも不満そうに受けいれたが、ミュラーを沈黙させたらしく、その後は手こずらせることもなかった。夕方になって、彼を解放してやると、彼は黙って持ち場にもどっていった。

つづく一週間、われわれはみな非常に気をはりつめて、ダキア号をじっと待ちうけた。緊張はミュラーとツィンマーの失踪によってさらに高まった。ふたりは恐怖に苦しんだあげく自殺したにちがいないが、彼らが海に飛びこもうとしているところを目撃したものはひとりもいなかった。その沈黙さえも乗組員に好ましくない影響をあたえていたので、ミュラーがいなくなってむしろせいせいした。まるで秘密の恐怖を抱いているかのように、いまやだれもが黙りこくりがちだった。クレンツェ大尉が緊張のためにいらだちを募らせ、――U29の周囲に集まるイルカの群れがその数を増しているとか、海図にない南にむかう海流がしだいに勢いを強めているといった――ごく些細《ささい》なことを気に病むようになった。

ついに、ダキア号を完全に見失ったことが明らかになった。そのような失敗は珍しいことではなく、これでヴィルヘルムスハーフェンへの帰港が確定したので、われわれはがっかりしたというよりよろこんだ。六月二十八日の正午に、わが艦は船首を北東に向け、イルカの異常な集団とのいささか滑稽《こっけい》な揉め事はあったものの、ほどなく航行を開始した。

午後二時に機関室で起きた爆発にはまったく驚かされた。機械の異常や人員の不注意の報告がなかったにもかかわらず。いきなり船全体が激しい衝撃に見舞われたのである。クレンツェ大尉が機関室に急行し、機械装置の大半と燃料タンクが粉砕《ふんさい》されて、機関士のラーベとシュナイダーが即死しているのを発見した。

われわれの状況は突然きわめて深刻なものとなった。空気清浄装置は無傷で、圧縮空気と蓄電池が持ちこたえられるかぎり、浮上と潜水とハッチを開ける装置の使用は可能だったが、潜水艦を推進したり操舵したりすることはできなくなったからである。救命ボートで救助を求めるのは、わが偉大なるドイツに不当な敵意をいだいている敵の手に身をゆだねるようなものであり、無線装置はヴィクトリー号の一件以来ずっと故障していて、帝国海軍の僚艦と連絡することもできなかった。

事故が発生したときから七月二日まで、われわれは南へ南へとたえまなく流されてゆき、なすすべもなければ出会う船の姿もなかった。イルカたちがあいかわらずU29を取り囲んでいたが、移動距離を考えればいささか驚くべき状況だった。七月二日の朝、アメリカ国旗をひるがえす戦艦をみつけると、わが艦の乗組員たちは降伏を求めて騒ぎはじめた。ついに、この非ゲルマン的行為をとりわけ激しくおこなったトラウベという水兵を、クレンツェ大尉は射殺せざるをえなかった。これによって乗組員はとりあえず静まったので、われわれはみつからないうちに潜航した。

翌日の午後、空を埋める海鳥の大群が南からあらわれ、海は不気味にうねりはじめた。ハッチを閉めてしばらく様子をうかがったが、やがて潜航しないと山のような波に呑みこまれてしまうことが明らかになった。空気圧も電力も減少の一途《いっと》をたどっており、とぼしい動力源の不必要な使用はすべて避けたかったが、この場合は選択の余地がなかった。われわれは深く潜らず、数時間後に海がいくらかおだやかになると、海面にもどることにした。しかしながら、ここで新たな問題が発生した。整備士が最善をつくしたにもかかわらず、船がわれわれの指示に従おうとしなかったのである。部下たちがこの海中の幽閉《ゆうへい》状態におびえはじめるにつれて、またしても何人かがクレンツェ大尉の象牙の肖像についてつぶやきはじめたが、彼が自動拳銃をとりだすと静かになった。むだであるとわかってはいたが、われわれは哀れな乗組員たちに機械の修理を命じ、できるかぎり作業に忙殺させることにした。

クレンツェと私はふつう交代で睡眠をとっており、全面的な反乱が勃発《ぼっぱつ》したのは私が眠っている七月四日午前五時のことだった。船に残った六名の愚かな水兵どもが、われわれは遭難《そうなん》したものと思いこみ、二日前に米軍の戦艦に降伏《こうふく》しなかったことに突然の激しい怒りを爆発させて、錯乱状態で罵ったり破壊したりしはじめたのである。彼らは動物のように咆哮《ほうこう》し、計器や備品を手あたりしだいに破壊しながら、象牙の肖像と彼らをみつめて泳ぎ去った浅黒い若者の死体の呪いといったばかげたことばを絶叫した。軟弱で女々しいラインラント出身なのでいたしかたないことだが、クレンツェ大尉は呆然《ぼうぜん》として役に立ちそうになかった。やむをえない仕儀で、私は六名全員を射殺し、ひとりのこらず絶命したことを確かめた。

死体を二重ハッチから投棄すると、U29に残るのはわれわれふたりだけになった。クレンツェはひどく神経が高ぶっているらしく、浴びるように酒を飲んだ。われわれは話し合って、あの豚のような水兵どもの暴挙による破壊をまぬがれた大量の食糧備蓄と空気清浄装置の酸素を使って、できるかぎり生きのびようと決めた。羅針盤《らしんばん》、深度計、その他の精巧な機器は破壊されていたので、今後われわれがたよれるのは当て推量だけであり、腕時計、カレンダー、そして舷窓《げんそう》や司令塔からちらっと見える物体から推定した見かけの移動速度にもとづいていた。幸運なことに、艦内照明にも探照灯にもまだ長時間使用できる蓄電池があった。われわれはしばしば艦のまわりを探照灯で照らしたが、見えるものといえば、漂流していくわが艦と並んで泳いでいるイルカだけであった。私はこのイルカたちに科学的な興味をおぼえた。なぜなら普通のデルフィヌス・デルフィスは鯨目の哺乳類で、空気無しでは生きていけないからである。私は二時間にわたって船外を泳ぐ生き物を観察したが、それはいつまでも潜水したままだった。

時間の経過とともに、クレンツェと私は艦がいまだに南へと流されており、それと同時にますます深く沈んでいると判断した。われわれは海洋の動物相と植物相に注目し、私がひまつぶしに艦内にもちこんでいた書物でそれらを詳しく調べた。けれども、わが同輩の科学的知識が私より劣っていることに気づかないわけにはいかなかった。彼の心はプロイセン的ではなく、なんの価値もない空想や推論に費やされるのだった。死が避けられないという事実は彼に奇妙な影響をおよぼし、ドイツ国家に仕える行為はすべて気高いことも忘れて、われわれが海底に送りこんだ男や女や子どもたちへの自責の念から、しばしば祈りをささげるのだった。しばらくすると彼は目に見えて情緒不安定になり、象牙の肖像を何時間もみつめたり、海底深く失われて忘れ去られたものについて空想的な物語を紡《つむ》いだりするようになった。ときおり、心理学的実験として、私は彼をそのような遍歴《へんれき》へといざない、果てしなくつづく詩の引用や沈没船の物語に耳を傾けた。ドイツ人が苦しんでいるのを見るのは好まないので、まことに哀れでならなかったが、彼は死をともにするのにふさわしい男ではなかった。私自身は誇りを失わず、祖国が崇敬《すうけい》の念をもって私を記憶し、わが息子たちが私のような男になるように教育してくれることを確信していた。

八月九日に、海底らしきものが見えたので、探照灯の強力な光線を送りこんでみた。それはなだらかな起伏のある広大な平原で、ほとんどが海藻におおわれ、小さな軟体動物の殻《から》が散乱していた。あちらこちらに、海藻とフジツボにおおわれた奇妙な形のぬるぬるした物体があって、クレンツェは海の墓場に眠る古代の沈没船にちがいないと断言した。ひとつだけ、彼にも説明のつかないものがあった。硬い物質の先端で、海底からおよそ四フィートの高さまで突き出しており、太さは二フィートほどで、平坦な側面となめらかな上面は非常に鈍い角度で交わっていた。私は露出した岩だと主張したが、クレンツェは表面に彫刻がほどこされているようだといった。しばらくすると、彼はがたがたと震えはじめ、まるでおびえたかのようにその光景から顔をそむけたが、海洋の深淵の広大さ、暗さ、よそよそしさ、古めかしさ、不思議さに圧倒されたというばかりで、なにひとつ説明することはできなかった。彼の心は疲弊《ひへい》していたが、私はつねにドイツ人であり、ただちにふたつの事柄に気づいた。ひとつはU29が深海の水圧にみごとにもちこたえていることであり、もうひとつは、ほとんどの博物学者が高等生物の生存は不可能であるとみなしている深海で、例の奇妙なイルカがいまだに周囲にいることである。これまで深度を過大に見積もっていたのは確かだが、それでもなお、このような現象は注目に値するといえるぐらいの深さにいることはまちがいなかった。海底の動きから推定した南向きの速さは、もっと浅いところで通過していった有機体から見積もった速さとほぼおなじだった。

哀れなクレンツェが完全に狂ってしまったのは、八月十二日の午後三時十五分だった。それまでずっと司令塔で探照灯を操っていたのだが、私がすわって本を読んでいる読書室にとびこんでくると、その顔には名状しがたい表情を浮かべていた。彼が力をこめた単語を強調しながら、そのときのことばをくりかえしてみよう。「彼がよんでいる！　彼がよんでいる！　聞こえるんだ！　行かなければ！」こういいながら、クレンツェはテーブルから象牙《ぞうげ》の肖像をとりあげてポケットに入れ、私の腕をつかんで甲板に通じる昇降口階段へひっぱっていこうとした。私はすぐに、彼がハッチを開けて私とともに船外に出ていくつもりであることを悟ったが、無理心中を図る狂人のきまぐれにつきあう覚悟はできていなかった。私がしり込みして彼をなだめようとすると、彼はますます激高して、「さあ来い。またあとではないぞ。拒んで地獄に堕ちるより、悔い改めて許されるほうがいい」といった。そこで私はなだめる作戦を変更して、おまえは狂っている――かわいそうなほどいかれているといってやった。しかし彼は動じなかった。「狂っているなら、それはお慈悲だ！　無神経のあまり、おぞましい最期《さいご》まで正気をたもつことのできるものに、神々よ、慈悲をたれたまえ！　彼がまだ慈悲をもってよんでくださるうちに、さあ狂え！」

この感情の爆発は脳内の圧力をやわらげてくれたらしい。いいおえると目に見えておだやかになり、いっしょに行かないというのであれば、せめて自分ひとりだけでも行かせてほしいと懇願《こんがん》した。とるべき道はただちに明らかになった。彼はドイツ人だが、ラインラント出身の平民であり、いまや潜在的に危険な狂人でもあった。その自殺の要求に応じてやれば、もはや同輩ではなく脅威となってしまった人間からただちに解放されるのだ。行く前に象牙の肖像をくれないかとたのんでみたが、この要求はなんとも不気味な笑いに迎えられたので、私は二度とくりかえさなかった。それから万一私が救出されたときのために、ドイツの家族に形見の品か髪の毛でも残すつもりはないかとたずねたが、またしてもあの奇妙な笑いに迎えられた。そこで彼が梯子《はしご》をのぼっていくあいだに、私はレバーの前に移動し、しかるべき時間間隔をおいて、彼を死に追いやる装置を作動させた。彼がもはや艦内にいなくなると、私はその姿を最後にひとめ見ようと、探照灯の光を周囲に投げかけた。水圧によって理論どおり押しつぶされているか、あるいはあの異常なイルカたちのように、死体がなんの影響も受けていないか、ぜひたしかめたかったのである。けれども、イルカたちが司令塔のまわりに密集して視界をさえぎるように群がったので、亡き同輩をみつけることはできなかった。

その夕方、あの象牙の肖像が心にとりついてはなれず、哀れなクレンツェが去っていったときに、彼のポケットからくすねておかなかったことを後悔した。生まれつきの芸術家ではないが、月桂冠をいただく美貌の若者の顔が忘れられなかったのだ。そしてまた会話する相手がひとりもいないことも残念だった。クレンツェは、知的に同等の人間ではなかったが、だれもいないよりずっとましだった。その夜はあまりよく眠れず、正確にいつ終わりが訪れるのか知りたいと思った。たしかに、救出の可能性はほとんどなかった。

翌日になると、私は司令塔にのぼって、習慣となった探照灯による探査を開始した。北の方の眺めは、われわれが海底を目にしてからの四日間ほとんど変わらなかったが、U29の漂流速度がいくぶん遅くなっているように感じられた。光線を南にむけると、前方の海底が急勾配《こうばい》で傾斜しており、奇妙に規則正しい石の塊が、まるで明確なパターンに従っているかのように、ある特定の場所に並んでいることに気づいた。わが艦は海の深みに合わせてただちに降下したわけではないので、すばやく探照灯の方向を変えて、急角度で下向きの光を投射しなければならなかった。変化が急すぎたので断線してしまい、修理にむだな時間をとられてしまったが、ようやく光線がよみがえり、眼下の谷間を照らしだした。

私はいかなる感情にも溺れない人間だが、あの電気の輝きで姿をあらわしたものを目にしたときの驚きは非常に大きかった。それでもプロイセンの最良の精神文化《クルツール》に育《はぐく》まれたものとして、驚いたりすべきではなかったのだ。なぜなら地質学と伝説がともに海洋と大陸の大変動を告げているからである。私が目にしたものは廃墟と化した巨大建築物の広大にして精緻《せいち》な配列であったが、そのすべてが正体不明ながら壮麗なる建造物で、保存状態もさまざまであった。ほとんどは大理石造りのようで、探照灯の光を浴びて白く輝き、全体の都市計画はせまい谷底の大都市そのものであって、急な斜面には独立した無数の神殿や大邸宅が立ち並んでいた。屋根は崩落《ほうらく》し、円柱は折れていたが、なにものにも消し去ることのできない悠久《ゆうきゅう》の太古の華麗さの名残がいまだに漂っていた。

かつてはほとんど神話とみなしてきたアトランティスをついに眼前にして、私はもっとも熱意にあふれた探検家であった。その谷底にはかつて川が流れていたにちがいない。その光景をさらにじっくりと眺めてみると、石や大理石でできた橋や防波堤、そしてかつて緑におおわれて美しかった段丘や堤防が見えたからである。すっかり夢中になって、私は哀れなクレンツェとおなじくらい愚鈍《ぐどん》で感傷的になり、南にむかう流れがついにやんで、飛行機が地上の都市に降下していくように、U29が水没した都市にゆっくりと降下していることになかなか気づかないほどだった。異常なイルカの群れが姿を消したことにも、しばらく気づかなかった。

約二時間後、わが艦は渓谷《けいこく》の岩壁にほど近い舗装された広場に着地した。都市全体が広場からむかしの川岸までゆるやかに傾斜していたので、艦の一方の側からは、そのすべてを眺《なが》めることができた。反対側からは、息をのむほどすぐ近くに、巨大な建物の豪華に飾られて完璧に保存されたファサードが見えたが、明らかに硬い岩から彫りだされた神殿だった。この巨大な神殿を生んだ古代の職人の技量については憶測することしかできない。途方もなく巨大なファサードの奥にはどこまでもつづく空間が広がっているのか、多数の窓が広範囲に配置されていた。中央では巨大な扉がぽっかりと口を開け、みごとな階段がそこまでつづいていて、浮彫《うきぼ》りのバッカス祭の人物像を思わせる精緻な彫像で囲まれていた。なかでももっともすばらしいのは、巨大な円柱と小壁《フリーズ》で、どちらもことばで表わせないほど美しい彫刻で飾られ、あきらかに理想化された田園風景と燦然《さんぜん》たる神を讃《たた》えて風変わりな儀式用具を担う男司祭や女司祭の行列を表わしていた。その芸術性はまことに驚くほど完璧で、主題はきわめて古代ギリシア的だが、不思議な独自性を有していた。まるでギリシア美術の直接の祖先というより、むしろきわめて遠い祖先であるかのように、恐ろしく古い印象をあたえるのである。この壮大な建造物のあらゆる細部が、われわれの惑星《わくせい》の自然の丘の中腹から形づくられたことは疑いの余地がない。それは明らかに渓谷の岩壁の一部であるが、その内部がどこまで広大にうがたれているか想像もつかない。ひょっとしたらひとつの洞窟《どうくつ》か一連の洞窟が中心部を形づくっているのかもしれない。歳月も水没も、この荘厳な神殿の建造時の壮大さを損なうことはなく——それは神殿にちがいないからだが——何千年もの歳月を閲《けみ》した今日もなお、それは大洋の深淵《しんえん》の果てしない夜と静寂《せいじゃく》のうちに、汚れのない神聖なままの姿で鎮座《ちんざ》しているのである。

(続く)

《ナチス×クトゥルー神話・復刊》

邪神帝国

朝松　健

本体価格・一〇五〇円／ノベルズ
カバーイラスト・槻城ゆうこ

全国書店にてご注文できます。

《作品紹介》

第１次大戦後、ヒトラーの台頭とともに1933年に政権を掌握し、1945年には崩壊したナチスドイツ。その陰には邪神を信仰するものたちの恐ろしい魔術とさらなる闇が存在していた。緻密に織り込まれたオカルトは、どこまでが史実でどこまでが虚構なのか区別がつかないほどのリアリティと戦慄で迫りくる。アドルフ・ヒトラーの生誕自体が邪悪な存在による意図的なものであるとしたら…その恐怖と狂気が再び甦る日も、いや、それは既に甦っているのかもしれない。ヒトラー、ナチスに焦点をあてたクトゥルー神話の傑作短編集。

クトゥルー・ミュトス・ファイルズ
オマージュ・アンソロジー・シリーズ

書籍タイトル	著　　者	本体価格	ISBN 978-7988-
ダンウィッチの末裔	菊地秀行　牧野修 くしまちみなと	1700円	3005-6
チャールズ・ウォードの系譜	朝松 健　立原透耶 くしまちみなと	1700円	3006-3
ホームズ鬼譚～異次元の色彩	山田正紀　北原尚彦 フーゴ・ハル	1700円	3008-7
超時間の闇	小林泰三　林譲治 山本弘	1700円	3010-0
インスマスの血脈	夢枕 獏 × 寺田克也 樋口明雄　黒史郎	1500円	3011-7
ユゴスの囁き	松村進吉　間瀬純子 山田剛毅	1500円	3012-4
クトゥルーを喚ぶ声	田中啓文　倉阪鬼一郎 鷹木 骰子	1500円	3013-1
無名都市への扉	岩井志麻子　図子慧 宮澤伊織 / 冒険企画局	1500円	3017-9
闇のトラペゾヘドロン	倉阪鬼一郎 積木鏡介　友野詳	1600円	3018-8
狂気山脈の彼方へ	北野勇作 黒木あるじ フーゴ・ハル	1700円	3022-3

全国書店にてご注文できます。

《クトゥルー・ミュトス・ファイルズ　近刊予告》

『童《わらべ》提《ちょう》灯《ちん》』

黒 史郎

アザコは十《とお》ほどの子供にしか見えなかった。けれども、貧しい漁村に生まれてから二十年を生きていた。穢れを知らぬ生娘のように見えたが、アザコは男であり、とっくに父親に穢されていた。

父に捨てられたアザコは山中を彷徨い不思議な爺と出会う。そこは人の世に戻れぬ者が流亡の末に辿りつく鬼常叢《おにとこむら》。間引かれた赤子、棄てられた年寄り、不幸な福助、何かの足りぬ者、何かの多い者、憑かれた者、患った者——が流れ着き、鬼となる。鬼——それは人が変化したもの、人の名残を残した異形。やがてアザコは爺の後を継ぎ、鬼のための提灯を作るようになる。子供の身体全てを材料とし、鬼の足元を照らしてその姿を隠す「童提灯」を……。

『未完少女ラヴクラフト』の黒史郎、渾身のクトゥルー長編伝奇物語！

イラスト：おおぐろてん

——2015年8月発売予定

クトゥルー・ミュトス・ファイルズ
The Cthulhu Mythos Files

遥かなる海底神殿

2015年7月21日　第1刷

著　者
荒山 徹　小中 千昭　樹 シロカ　佐嶋 ちよみ　高原 恵　旅硝子

協　力
株式会社クラウドゲート
菊地 秀行　山田 正紀　朝松 健　牧野 修

発行人
酒井 武史

カバーイラスト　小島 文美
本文中のイラスト　小島 文美　猫将軍　おおぐろてん　二木 靖
帯デザイン　山田 剛毅

発行所　株式会社　創土社
〒165-0031 東京都中野区上鷺宮 5-18-3
電話 03-3970-2669　FAX 03-3825-8714
http://www.soudosha.jp

印刷　株式会社シナノ
ISBN978-4-7988-3028-5　C0093
定価はカバーに印刷してあります。

《近刊予告》

『ウエスタン忍風帳』

菊地 秀行

小説家ネッド・バントラインがその日本人と会ったのは、西部辺境《フロンティア》取材の途次だった。

駅馬車の宿駅で、口から火を吐き無頼漢どもを撃退した男は、忍者《NINJA》シノビと名乗った。仲間を殺害、逃亡した同類たちを追って、大西部を放浪中だという。

彼こそベストセラーの素《もと》だと踏んだバントラインは、わずかな借金を恩に着せ、その旅に同行する。

だが、それは“比類なきでっち上げの名手”を自覚するバントラインの想像を遥かに凌駕《りょうが》する魔闘の道程だった。

犬に変身する宿敵・忍者は、勇猛果敢《ゆうもうかかん》なコマンチ族を餌食《えじき》にし、忍法「揺れ四方《YOURESIHOU》」は無法者ビリー・ザ・キッドの立つ大地を陥没《かんぼつ》させる。対するシノビの忍法「髪しばり《KAMISIBARI》」、そして凶盗ジェシー・ジェームスをも驚倒させる忍法「幻菩薩《まぼろしぼさつ》」。

やがて、奇怪な分身に苛《さいな》まれる日本娘・お霧を伴った二人は、テキサスの果てサンアントニオを訪れる。そこには、死者を復活させる魔女エクセレントが待ち構えていた……。

ふたたび西部の荒野に炸裂する忍法と六連発。

次々に現れる強敵をシノビはいかに迎え撃つ？　そして、バントラインとお霧の運命は？

『邪神決闘伝』に次いでお送りする忍法ウエスタンの傑作！

カバーイラスト：望月三起也

――2015年8月発売予定